D1084608

La luz invisible

La luz invisible

JESÚS VALERO

Papel certificado por el Forest Stewardship Council®

Primera edición: febrero de 2020

© 2020, Jesús Valero
Autor representado por Editabundo, Agencia Literaria, S. L. / www.editabundo.com
© 2020, Penguin Random House Grupo Editorial, S. A. U.
Travessera de Gràcia, 47-49. 08021 Barcelona
© 2020, Ricardo Sánchez, por los mapas de las guardas

Printed in Spain – Impreso en España

ISBN: 978-84-666-6723-4
Depósito legal: B-443-2020

Compuesto en Fotocomposición gama, s. l.

Impreso en Liberdúplex
Sant Llorenç d'Hortons (Barcelona)

BS 67234

Penguin
Random House
Grupo Editorial

A mis padres, que con su ejemplo me enseñaron lo más importante de la vida. Me hubiera gustado que hoy estuvierais conmigo para compartir este momento. Sé que os sentiríais orgullosos.

A Karmele, por compartir el camino conmigo.

1

Año 2019

Marta abrió el libro por la página marcada y releyó la única frase subrayada: «Cuando una mujer piensa a solas, piensa el mal». Sonrió. Aquellas ideas habían arrastrado a la hoguera a miles de mujeres. Para el hombre que la recibiría en unos minutos, Marta era su versión moderna. Cerró el libro y leyó el título: *Malleus maleficarum. El martillo de las brujas.*

Miró por la ventanilla del coche. Aun bajo la lluvia, la plaza de San Pedro aparecía abarrotada de turistas que esperaban visitar la basílica. Se apilaban formando una fila compacta bajo sus paraguas, como hormigas de regreso al hormiguero.

El oscuro automóvil de lunas tintadas salió de la plaza y enfiló la Via della Conciliazione; utilizarían una entrada lateral para evitar la masa de turistas. Los dos hombres que la escoltaban guardaban silencio. Incluso cuando su mirada se encontró con la del chófer en el espejo retrovisor, el rostro de este permaneció impasible. «Quizá han recibido órdenes de no confraternizar», pensó Marta.

Sacó un espejito de mano y contempló su reflejo. Descubrió una expresión de preocupación. Se recolocó un mechón de cabello detrás de la oreja, como hacía siempre que estaba nerviosa, y trató de sonreír para darse ánimos, aunque apenas logró esbozar una mueca torpe que resaltó las pecas de su cara. Llevaba más maquillaje del habitual y sus ojos negros parecían más grandes y profundos, como si la inquietud ante la cita les hubiese dado otra tonalidad. O quizá las aventuras que había vivido en las últimas semanas la habían envejecido. «¡Qué tontería! —pensó, intentando alejar las dudas—, no sé por qué me preocupo por mi aspecto.»

El coche se detuvo ante una puerta de seguridad; unos segundos después la atravesaron y llegaron a una pequeña plaza con una fuente seca y silenciosa en el centro. El conductor se bajó para abrirle, mientras sujetaba con indiferente naturalidad un paraguas abierto. Todo transcurría con una aparente calma que contrastaba con el torbellino que agitaba su interior.

Se alisó la falda, más como un gesto automático que porque estuviera arrugada. «¡Ánimo, Marta!», se dijo antes de bajar.

Los tres avanzaron con pasos rápidos hasta el portón de madera y hierro forjado que se abrió en silencio, como si hubiera estado esperando su llegada. A la vista quedó un largo pasillo, custodiado por dos guardias con su colorido uniforme azul, rojo y amarillo. El chófer regresó al coche sin despedirse, mientras Marta escuchaba el sonoro crujido producido por las pequeñas piedras blancas que cubrían el suelo del patio. El otro hombre hizo un gesto con la mano señalando el interior del edificio a la vez que dejaba asomar un amago de sonrisa.

Entraron y recorrieron el pasillo. Otro acceso lateral los condujo a un gran salón vacío lujosamente decorado con enormes tapices. Marta escuchó la puerta cerrarse a su espalda y súbitamente se encontró sola. Tenía la boca seca y las manos frías, a pesar de que el ambiente era cálido. Se las miró y se sorprendió de que le temblaran tanto. Trató de calmarse contemplando las telas que adornaban la sala. Se situó frente a la de mayor tamaño, cuyas dimensiones permitían que las figuras apareciesen representadas a escala natural. En el centro, una mujer sostenía a su hijo en brazos, haciendo vanos intentos por alejar a un soldado. Este sujetaba al niño con una mano mientras trataba de apuñalarlo con la otra. A los pies de ambos, otra mujer lloraba con su hijo muerto en el regazo y, al fondo, varias mujeres más observaban aterrorizadas la escena.

Disgustada, Marta apartó la mirada del tapiz; le recordaba la crueldad de la historia de tortura y muerte en la que, a su pesar, se había visto envuelta. Rememoró cómo había comenzado todo unas semanas antes, con el sonido de un pico golpeando una pared de más de ocho siglos de antigüedad.

La puerta se abrió sin hacer apenas ruido y un cardenal entró en la estancia. Su rostro aguileño y su rictus severo hicieron pensar a Marta en un abad, muerto hacía más de ocho siglos, con el que había convivido hasta casi hacerse real. No pudo evitar estremecerse. El hombre se detuvo a un par de metros de ella y tras dirigirle una mirada opaca, dijo:

—Señorita Arbide, su santidad la recibirá en unos instantes.

2

Año 33

El sonido furtivo de las sandalias de Santiago rasgó el silencio. Se detuvo un momento para mirar a su alrededor, pero la plaza se encontraba desierta a aquella hora tardía en la que los habitantes de Jerusalén se recogían ya en sus moradas. Dirigió sus pasos apresurados hacia la penumbra que proporcionaban los escasos olivos. Allí, escuchando con atención, una oscura figura embozada esperaba su llegada.

—¡Aquí, Santiago! —susurró la sombra.

—Maestro, me llamasteis y acudo —contestó en un tono de voz apenas audible, nervioso por aquel secretismo y por la urgencia de la cita.

—Tenemos que hablar —dijo con ojos tranquilizadores—. Dentro de unos minutos llegarán los demás y ya no podremos hacerlo. Escucha atentamente, Santiago. Hoy es la última noche, temo una traición inminente y los conspiradores cenarán con nosotros.

Había hablado con calma, sin darle importancia, pero su mirada, de una intensa melancolía, era la de un hombre traicionado por alguien cercano que ha asumido su condena.

—¡Imposible! ¡Pondría la mano en el fuego por todos ellos! —respondió Santiago rápidamente.

Al instante, le asaltaron las dudas que lo habían carcomido en los últimos días y supo que su respuesta era solo un deseo sin sustento alguno.

—¡Mi buen Santiago! —dijo con una tímida sonrisa mientras le ponía la mano en el hombro—. En ti confío, por eso he decidido que debes protegerlo, que debes ponerlo a salvo.

—¡Pero yo...! —Santiago se sentía presa de una desolada angustia, como si viviese una pesadilla de la que no pudiera despertar.

—Sí, tú, Santiago, mi hermano. Pase lo que pase esta noche, tu cometido será guardar la reliquia y continuar mi misión. Ten, confío en ti, sé qué harás lo que debes.

Le sujetó la mano con firmeza y colocó un objeto sobre su palma abierta. Mirándolo a los ojos le cerró la mano y le apretó el puño al tiempo que le regalaba una de sus cautivadoras sonrisas, que transmitía tristeza y a la vez esperanza.

—¿Quiénes son los traidores? ¡Decídmelo! Aquellos en quien de verdad confío y yo nos ocuparemos de ellos. Haré que prueben el acero de mi espada.

Santiago notó que perdía el valor por momentos. Las lágrimas de rabia pugnaban por abrirse camino y la desolación se adueñaba de su corazón.

—No, Santiago. No quiero que derrames la sangre de tus hermanos por mí. Lo que haya de ser será. Ahora debo irme —dijo Jesús con la voz firme, sin dudas ni vacilaciones, con la fe vibrante del que sabe.

Bajo la tenue luz que apenas disipaba las sombras, Santiago escrutó la cara del hombre que lo miraba a los ojos. Le asaltó el mismo sentimiento de admiración, casi de idolatría, que lo había arrastrado los últimos meses a seguir a aquel hombre extraño, cercano a veces, distante e inalcanzable otras.

Desvió la vista y se quedó inmóvil, contemplando el objeto que le había sido confiado. Era la segunda vez que lo veía, pero la primera que tenía la oportunidad de observarlo con atención. Oscuro, pesado para su tamaño, parecía estar hecho de metal, ya que era frío al tacto. Tenía forma de doble óvalo, como si dos piedras de río hubieran quedado unidas al atravesarse la una a la otra.

Cuando levantó la cabeza, Jesús había desaparecido y él estaba solo en la noche, aún más cerrada y amenazadora.

3

Año 2019

Un golpe hueco resonó en la pared y se propagó, como el tañido de una campana, por toda la estructura del edificio hasta sus cimientos más profundos. Esquirlas de piedra y polvo saltaron desde el punto del impacto, brillando ante la suave luz que penetraba por una oquedad. El hombre del mono azul dejó caer el pico al suelo y se secó el sudor con la calma del trabajador curtido antes de volverse hacia el que observaba la escena en silencio.

—¿Ve usted? —dijo sonriendo con cierto regodeo—. El muro está hueco.

—Eso parece —contestó el otro algo contrariado—. Hubiese apostado a que ahí había una pared maestra de al menos un metro de espesor.

—Entonces, ¿qué hacemos? —preguntó indiferente el del mono azul mientras se rascaba la cabeza.

—Es lo que nos faltaba ahora. Un mes de retraso en la restauración y esta maldita iglesia no deja de darnos sorpresas.

El obrero lo miraba fijamente, dejando claro que el problema no era suyo y que esperaba órdenes.

—Llamaré a Marta y que sea ella quien decida. Para eso es la restauradora. No hagáis nada hasta que venga.

Mientras tanto, a pocos minutos de allí, Marta se encontraba en un aprieto. Era su primer día libre desde hacía meses y había bajado a la tienda del barrio para comprar comida. Tenía la intención de volver a casa de inmediato y sumergirse en su serie favorita. Sin embargo, la cajera había aprovechado la situación para abordarla.

—Mi sobrino es ingeniero —dijo asintiendo con la cabeza y con los ojos muy abiertos, como si aquello fuera suficiente para que Marta se lanzara a sus brazos.

Trató de sonreír y se prometió matar a su madre en cuanto tuviera oportunidad. Era evidente que ya había aireado su reciente ruptura con Diego y, como resultado, Marta se había convertido en la diana de todas las alcahuetas del barrio, como si una mujer no pudiera desear estar sola una temporada. Por eso, cuando su teléfono sonó, aprovechó para encogerse de hombros y alejarse con una leve disculpa. Su agradecimiento por la llamada duró solo unos instantes.

—Marta —dijo el capataz de la obra sin preámbulos—. Sé que hoy es tu día libre, pero ¿podrías pasarte por aquí? Ha surgido un problema y queremos que le eches un vistazo.

Media hora más tarde, Marta había dejado el coche en el aparcamiento subterráneo del Boulevard y caminaba por la calle Narrika en dirección a la iglesia de San Vicente. Se protegió bajo los aleros de los tejados de la insistente lluvia de las últimas semanas que daba a Donostia su característico aspecto grisáceo a tono con su humor. Cuando llegó a la iglesia, Simón, el capataz, la estaba esperando en el pórtico.

—¡Hola, Marta! —saludó con una tímida sonrisa—. Como no pare de llover no podremos empezar los trabajos de impermeabilización en la fachada norte.

Simón la había ayudado mucho cuando la empresa la

contrató cinco años atrás y se habían cogido cariño. Él llevaba cuarenta años en el oficio y aquel trabajo era su vida. Los más jóvenes aseguraban entre bromas que debería haberse jubilado para cuidar de sus nietos. Él solía sonreír cohibido y les metía prisa para que volvieran al trabajo.

—No te preocupes —respondió Marta devolviéndole la sonrisa—. Las previsiones han dicho que parará pronto. Habrá que prepararse para trabajar rápido. ¿Qué pasa ahí arriba? Luis me ha llamado y me ha dicho que venga urgentemente. Me habló de una pared que no existe y de que han abierto un hueco.

—No le gusta equivocarse —dijo sacudiendo la cabeza con pesadumbre, como si le doliese más la arrogancia de Luis que su error—. Ya le dijimos que la pared estaba hueca.

Cruzaron el pórtico, giraron a la derecha y ascendieron por una estrecha escalera lateral. Atravesaron una antigua puerta de madera con herrajes y un postigo de hierro y anduvieron un largo pasillo que daba acceso a otra escalera. Después de subir el último tramo, llegaron a una sala espaciosa y vacía en la que parecía haberse depositado el polvo de los últimos mil años.

Un olor rancio golpeó a Marta. Los demás lo consideraban desagradable, pero para ella era el mismísimo aroma de la historia. Su abuelo le había inculcado su amor por lo antiguo y aquella pasión se había transformado en el deseo de restaurar iglesias. Desoyendo los consejos de su padre, para quien debería haber sido enfermera, y de su madre, para quien estudiar una carrera solo podía ser una ocurrencia pasajera de una chica bonita antes de casarse, había entrado en la facultad de Bellas Artes dispuesta a llevarle la contraria a todo el mundo.

Simón la trajo de vuelta a la realidad y le mostró el muro. Marta observó el agujero abierto en la pared y repasó mentalmente los planos que tantas veces había estudiado sobre su mesa. Aquella iglesia era una caja de sorpresas. Algunas zonas habían sido reconstruidas varias veces, pero esa en concreto pertenecía a la construcción románica original de más de ochocientos años y no había planos de ella.

Sintió el impulso de echar un vistazo dentro del hueco.

—Me gustaría entrar, Simón. ¿Podrías acercarme una linterna?

—¿No prefieres que lo haga yo? —preguntó inquieto.

Marta sonrió para sus adentros. Le había costado ganarse el respeto en la empresa, pero ahora todos sabían que no le asustaba ensuciarse ni hacer los trabajos más duros. Sin embargo, algunos hombres no podían reprimir el viejo instinto protector, unas veces por vanidad, otras por impulso dominador y otras, como en este caso, por afecto.

Miró a Simón con expresión de falsa indignación y lo mandó a buscar algo con lo que alumbrar. Mientras, estudió el muro de piedra arenisca y mortero. No se trataba de una de las adiciones posteriores, por lo que decidió que convendría conservarlo.

Cuando Simón regresó, juntos comenzaron a quitar algunas de las piedras. A Marta el esfuerzo físico siempre le producía placer y tras unos minutos de trabajo la brecha tenía el tamaño suficiente como para poder entrar. De nuevo, Simón intentó ofrecerse voluntario, pero se contuvo al ver el ceño fruncido de Marta, que inmediatamente se deslizó por la abertura. Una vez dentro iluminó la estancia con el foco. Era un espacio de apenas un metro de anchura, limitado al otro lado por lo que identificó como la verdadera pared maestra.

El ambiente era seco y frío y un estremecimiento le recorrió el cuerpo. Giró sobre sus talones y alumbró a su izquierda a lo que parecía una cámara vacía. Una pequeña silueta se dibujó ante la luz de la linterna, en el suelo. Marta apuntó directamente a ella, descubriendo su forma plana; estaba cubierta de polvo. Recogió el objeto y lo observó; era un libro antiguo, el más antiguo que jamás había visto.

Sintió un escalofrío, la inequívoca sensación de que había encontrado algo importante. Su corazón se aceleró.

A pesar de que se conservaba en buen estado, Marta abrió la cubierta con sumo cuidado y descubrió una apretada escritura a mano. El texto ocupaba las hojas de un extremo a otro y estaba escrito en lo que parecía ser francés antiguo. Con cierta dificultad, pudo descifrar las primeras líneas:

Yo, Jean de la Croix, escribo el presente texto en el año 1199 del Señor. De pasado olvidado y futuro incierto, guardo en este libro mi única posesión, el presente. Un presente que me ha llevado a afrontar una prueba por encima de mis posibilidades. Aún no sé qué haré con el objeto que me ha sido legado, solo deseo que Dios me ayude a encontrar el camino antes de ser alcanzado por los que me persiguen.

Cerró el libro y contempló las tapas y el lomo, gastados por el tiempo y por quién sabe cuántas aventuras. Iba a salir y mostrárselo a Simón, pero dudó. Las primeras palabras del libro eran misteriosas y tentadoras, una poderosa invitación a seguir leyendo. Ocultó el libro bajo su abrigo, no sin cierta turbación. Diego se habría sorprendido de ver cómo rompía una regla; quizá, liberada de sus ataduras, había nacido una nueva Marta.

Sonrió en la oscuridad.

Fue en ese momento cuando tuvo la nítida sensación de que unos ojos se clavaban en su nuca y dio un respingo. Se volvió lentamente en el estrecho espacio, pero la linterna golpeó la pared y se le cayó de las manos, apagándose.

Nerviosa, se agachó y tanteó el suelo, mientras el pánico tomaba forma y la angustia se aferraba a su garganta. A punto de olvidarse de la linterna y saltar por el agujero, su mano la encontró. Trató de encenderla sin éxito y la golpeó varias veces hasta que la luz reapareció titubeante. Se volvió y alumbró a su derecha. Su grito resonó amplificado por el eco de las paredes. Frente a ella, un esqueleto recostado en la pared parecía reírse mientras Marta intentaba, desesperadamente, salir por el hueco de la pared.

Dos horas después Marta estaba sentada en el sofá de su salón, con un café caliente, reponiéndose de la impresión que le había causado el hallazgo. Nunca había visto un cadáver, pero en la penumbra de aquel diminuto cuarto le había parecido una imagen aterradora.

Mas a pesar de la insólita experiencia que acababa de vivir, su mente no podía alejarse del libro que reposaba, inofensivo, sobre la mesa del salón. Sentía cómo la miraba, invitándola a continuar la historia que había comenzado. Finalmente, su atracción fue mayor que el temblor de sus piernas, así que se sentó ante el libro, lo abrió y comenzó a leer:

Los hechos descritos en este libro pueden ser difíciles de aceptar. Pondrán a prueba la fe del lector, como lo han hecho con la mía. Derrumbarán hasta sus cimientos verdades que antes consideraba inmutables. Tal y como Chrétien de Troyes hizo en *Perceval o el cuento del Grial*, he novelado los hechos que aquí se exponen. He mezclado mis vivencias con acontecimientos que me fueron contados y fragmentos salidos de mi imaginación han rellenado los huecos de mi desmemoria. Si alguien, algún día, leyera estas palabras, ruego que su misericordia perdone mis faltas. Aunque vivida a mi pesar, esta es mi historia.

4

Año 1199

Mi historia comienza en el sur de Francia, región conocida por los lugareños como Entre-deux-mers.

El sol del cálido verano llevaba varias jornadas castigando mi viaje. Dos días habían transcurrido desde que cruzara el último pueblo y el camino parecía no acabar nunca ni llevar a ningún destino.

La mañana estaba llegando a su fin cuando, tras un recodo, vi que el camino serpenteaba hacia una loma y luego comenzaba a descender. En la orilla izquierda se apretaban los cipreses mientras que en la derecha un barranco caía en picado hasta el río; tramos enteros del camino amenazaban con desprenderse. Prefería no mirar en aquella dirección.

Cuando alcancé la loma, divisé un valle que se abría hacia el sur, dando paso a verdes pastos y grandes extensiones de árboles a ambos lados del ahora ancho río. Busqué algún signo de presencia humana, pero el lugar se mostraba tranquilo y el silencio era apenas roto por el murmullo del agua.

Suspiré; no me importaría encontrarme con alguien, pues no había visto alma alguna en toda la mañana. Oteé la campiña hasta descubrir un claro abierto en la arboleda que me permitiría acercarme al río. Azucé a mi asno, que descansaba al borde del camino mordisqueando pacientemente la hierba, y situándome a su altura comencé a bajar hacia el valle, que marcaba el final de aquella etapa. El sol de junio me calentaba la piel y el agua fresca me serviría para despejarme antes de comer una de las últimas raciones de las que había hecho acopio antes de abandonar Méard, una semana atrás.

Según me había indicado un peregrino unos días antes, debía de estar presto a alcanzar mi destino, la abadía de la Sauve-Majeure, pero antes debía cruzar en algún punto el río Dordoña y girar hacia el oeste.

Me dejé caer en la hierba y me descalcé. Arrodillado en la orilla, metí las manos en las aguas cristalinas. Observé mi cara reflejada en el agua, perlada de sudor, sucia. A pesar de que aún era joven, parecía envejecido por el cansancio del largo viaje. Mi rostro, habitualmente blanquecino, se había curtido por el sol y mi pelo, que solía lucir corto, se enmarañaba ahora en los cada vez más escasos lugares donde aún no había empezado a retroceder.

Seguía contemplando mi imagen cuando, de pronto, vislumbré el reflejo de una sombra moverse sobre la calmada superficie del río. Antes de que pudiera incorporarme, sentí un golpe en la cabeza y la noche cayó sobre mí, arrastrándome a un mundo de pesadillas ininterrumpidas.

Desperté sobre un lecho blando. El aroma de alguna infusión de plantas conocida cuyo nombre no acudía a mi mente llenaba la estancia. Me incorporé en la cama y una intensa punzada en las sienes me confirmó que mis pesadillas habían tenido algo de real. Logré levantarme y, no sin esfuerzo, me dirigí hacia la ventana de lo que parecía ser una vivienda humilde de reducidas dimensiones. Solo al asomarme me di cuenta de que, en realidad, se trataba de una construcción enorme situada en un pequeño altozano desde el que se divisaba parte de la región.

Hacia el oeste, el río serpenteaba a lo largo de un amplio valle verde, cubierto en su mayor parte por bosques de robles y castaños. Al fondo, las estribaciones de unas montañas dominaban el paisaje. Al sur, el río desembocaba en una amplia ensenada de aguas calmas, donde seguramente, entre los juncos, los martines pescadores y las lavanderas blancas comenzaban a preparar los nidos que en unas semanas acogerían a sus hambrientos polluelos. El sol estaba bajo en el horizonte y comenzaba a transformar el azul del cielo en destellos rojizos que contrastaban con el verde de los húmedos prados y bosques. El lugar parecía disfrutar de una extraña paz; en mi cabeza, en cambio, se agolpaban las preguntas.

Sentí una presencia a mi espalda y me volví. Una figura me observaba inmóvil desde la penumbra. No podía distinguir rasgo alguno, la luz que entraba por la ventana apenas iluminaba los objetos a su alrededor.

—¿Cómo te encuentras? —dijo la figura sin moverse—. Deberías descansar y comer algo sólido.

—¿Quién eres? —pregunté—. ¿Dónde estoy? ¿Cuánto tiempo llevo aquí?

—Demasiadas preguntas —respondió negando con la cabeza—. Todas serán respondidas, pero es pronto para hablar. Descansa, más tarde charlaremos. Me alegro de verte restablecido tan rápidamente, sin duda gracias a la fuerza de tu juventud. Hubo momentos en que temimos lo peor.

Me acosté nuevamente y traté de relajarme. En el duermevela, mi mente se esforzó por recordar, pero las imágenes se escurrían apresuradas. Solo antes de caer rendido, me di cuenta, o quizá ya estaba soñando, de que la memoria me había abandonado por completo.

Solo recordaba mi nombre.

5

Año 33

Tres días habían transcurrido desde la noche de la furtiva reunión con Jesús y la cena con los apóstoles, pero a Santiago le parecía una vida entera.

Al día siguiente, Jesús había sido traicionado y, a pesar de los esfuerzos de Santiago por lograr encontrar al traidor, había muerto horrorosamente crucificado. El desconcierto se había apoderado de los apóstoles y Santiago sentía que el recuerdo de aquellas horas sería una pesada losa de la que no se libraría jamás.

El grupo de apóstoles se había dispersado. Santiago, Tomás y Judas se habían refugiado en casa de María, la madre de Jesús, temiendo que quisieran acabar también con ellos. Sin embargo, la captura y muerte de Jesús parecían ser suficientes; quizá pensaban que, caído el líder, el movimiento no se reorganizaría.

Los tres apóstoles conversaban en la penumbra de la humilde vivienda, observados a prudente distancia por María Magdalena y por la propia María, que la había acogido como a una hija. Santiago había decidido no revelar su secreto al resto de los apóstoles, ni siquiera a Tomás y a Judas, pues, a pesar de que confiaba en ellos, las palabras de Jesús le habían hecho dudar.

—¿Qué haremos ahora? —preguntó Tomás con expresión desolada.

Pedro había aparecido una hora antes y les había anunciado que irían a recuperar el cuerpo de Jesús aquella misma noche.

—Pedro no nos tiene en cuenta —respondió Judas con acritud, molesto porque Pedro parecía haberse autoproclamado líder del grupo.

—Hermano Judas —contestó Santiago intentando retener su enfado—, ahora más que nunca necesitamos la firmeza y la tranquilidad que Pedro posee y que está más allá de nuestra capacidad.

Los apóstoles se encontraban perdidos, atónitos y desalentados; quizá el más desesperanzado de todos fuera Santiago, que se sentía como un niño extraviado, solo en la noche, y a la vez inquieto por aquel objeto que el maestro le había dado en custodia y que ahora colgaba de su cuello.

—¿Has escuchado a Pedro? —Un relámpago de ira cruzó el rostro de Judas—. Parece como si la muerte de Jesús no hubiese tenido lugar para él.

—Sosiégate, Judas, esperemos acontecimientos.

Dos horas después de la caída del sol, los doce se reunieron en una cueva cercana al lugar donde habían depositado el cuerpo de Jesús. Era una de las múltiples grutas de la zona, muchas veces refugio natural de los que nada tenían y a los que Jesús les había hecho apreciarla: «Al que nada tiene, la naturaleza proveerá». Era un espacio amplio, el agua había excavado la roca creando una depresión a cobijo de las inclemencias del tiempo. Los apóstoles habían llegado en pequeños grupos formados por la necesidad de sentirse acompañados en aquellos momentos aciagos.

Santiago vio las caras serias y preocupadas en las que

la tristeza se mezclaba con la incertidumbre. La mayoría bajaba la cabeza, como avergonzados, cuando cruzaba la mirada con el resto. Quizá en el fondo de sus corazones, como en el del propio Santiago, anidaba el sentimiento de culpabilidad por no haber salvado al maestro ni haber tenido la valentía de compartir con él su destino. Pero sus miradas eran también francas y les hacían sentir que eran un grupo, tripulantes de un mismo barco que había perdido a su capitán, reunidos para decidir quién tomaría el timón y cuál sería el rumbo.

Cuando estuvieron todos, se observaron sin saber qué decir. Fue Pedro quien, adoptando una actitud de seguridad y control, se dirigió al grupo. Estaba hecho de una pasta especial, no parecía afectarlo la incertidumbre; sus gestos eran medidos, sus palabras, siempre precisas y su mirada, penetrante. El poder de convicción de aquel hombre seguía inalterable. Todos lo considerarían el nuevo líder.

—Os hemos llamado hoy aquí para hablaros —comenzó Pedro. Hizo una pausa y miró lentamente a todos los apóstoles con un aire de superioridad que hizo que Judas se removiese incómodo—. Tenemos dos asuntos que tratar. Espero que todos estemos de acuerdo en el primero, que no es otro que la necesidad de recuperar el cuerpo del maestro.

Un murmullo de aprobación recorrió la estancia. Situado en una esquina, Santiago estudiaba los gestos de los demás y trataba de adivinar qué otro tema debían abordar. De pronto, vio que Pedro se volvía hacia él, observándolo fijamente, como si sopesara su silencio. Los ojos de aquel hombre lo perturbaban, lo hacían sentir transparente; le daba la sensación de que podía leerle el pensamiento.

—El segundo asunto —prosiguió Pedro, devolviendo su atención hacia el resto— concierne a nuestro futuro.

¿Qué haremos ahora que el maestro nos ha dejado? Si me permitís simplificarlo, debemos optar entre dispersarnos temporalmente o continuar de inmediato con su labor.

Varias fueron las voces que se levantaron. Los apóstoles parecían dividirse entre aquellos que proponían continuar y aquellos que pensaban que lo más sensato era dejar pasar un tiempo y que la situación se calmara.

—Y tú, Santiago, ¿qué opinas? —le preguntó Pedro—. Llevas toda la noche muy callado. Sé que la muerte del maestro te ha trastornado, como a todos nosotros, pero debemos permanecer fuertes y unidos ante la desdicha y el futuro que nos aguarda.

—Creo —dijo Santiago tras mirar largamente a Pedro y tomar una decisión súbita— que se os olvida un asunto más importante y urgente.

El resto de los apóstoles se volvió hacia Santiago con curiosidad, sin imaginar qué podía ser más apremiante que aquello.

—¿Y qué es, amigo Santiago? —dijo Pedro escrutándolo—. Puedes compartir con nosotros tus preocupaciones.

Santiago había estado considerando si plantear abiertamente o no la sospecha de traición. Había sopesado la posibilidad de hablar antes con Pedro, pero la había desechado. Desde luego, había decidido no hablar de la reliquia, ya que desconocía cuántos apóstoles sabían de su existencia y cuántos estaban involucrados en la supuesta traición.

—Hay... —titubeó un momento antes de continuar— un traidor entre nosotros y deberíamos descubrirlo cuanto antes.

Un coro de voces y gritos se elevó. Los rostros de los apóstoles mostraron confusión, sorpresa e incluso ira.

—¿Qué dices, Santiago? —preguntó Pedro cuando se hubieron calmado—. No es buena idea sembrar la duda en un momento tan crítico como el que afrontamos —dijo en un tono de voz mesurado a la vez que triste, como herido ante la injusta acusación de un hermano muy querido, lo que hizo que el resto dirigiese hacia Santiago una mirada reprobatoria.

Judas lo observaba con una expresión que Santiago no logró descifrar, como si lo que acababa de decir no fuese una sorpresa para él. Pedro, por su parte, tenía una mirada fría, que Santiago interpretó como fastidio ante el cambio de rumbo de la reunión, que había dejado de ajustarse a su previsión. Solo más adelante sería consciente de su error de apreciación, pero en ese momento no pudo dejar de sentir una cierta satisfacción ante la incomodidad de Pedro.

—No siembro dudas, Pedro —continuó Santiago, sabiendo que había emprendido un camino sin retorno—. La noche antes de su captura, Jesús me confesó que sería traicionado por uno de nosotros.

El murmullo empezó de nuevo. Solamente Judas y Pedro permanecieron callados.

—Son acusaciones muy graves —dijo Juan cuando cesó la algarabía—, pero estoy seguro de que Santiago tiene una causa justificada para hablar y de que ahora mismo aportará las pruebas que confío posee.

Todos se volvieron hacia Santiago, haciéndolo sentir culpable de haber hecho la acusación. «No vaciles, Santiago —se dijo—, has lanzado un desafío y ahora debes mantener la mente fría.»

Santiago envidió por un instante la locuacidad de Pedro. Él era un hombre de acción, poco dado a los discursos y a las discusiones filosóficas. Además, carecía de su seguridad y de su capacidad de elegir el camino correcto o de tomar la decisión adecuada. Él no era un líder.

Se incorporó y miró a cada uno de los allí reunidos para ordenar sus ideas y con la esperanza de encontrar en sus ojos una brizna de inspiración. Sus rostros, sin embargo, solo mostraban sorpresa, interés o reprobación; era ingenuo pensar que le proporcionarían algún indicio que lo ayudara a revelar al traidor.

—No sé quién es el traidor —admitió finalmente—, pues Jesús no quiso decírmelo. —Se escucharon murmullos y Santiago sintió que estaba perdiendo la oportunidad. Decidió arriesgarse y jugar la única baza que le quedaba—. Pero sí conozco la razón de la traición. —Nuevos cuchicheos siguieron a sus palabras, pero esta vez el grupo parecía haber recuperado el interés. Se animó, viendo que volvía a tener el control—. Sé que muchos de vosotros sabéis que Jesús poseía un objeto, una reliquia que guardaba en secreto. Me dijo que temía una traición, y que alguien intentaría apoderarse de la reliquia cuando fuese apresado. Él ya sabía qué iba a suceder y cuándo.

Se hizo un silencio incómodo y por un instante Santiago tuvo la sensación de que muchos conocían la existencia de la reliquia. Era un momento crítico y lo que ocurriera a continuación marcaría el devenir del grupo de apóstoles.

—Si así hubiera sido —respondió Pedro con severidad—, si uno de nosotros hubiese traicionado a Jesús con tal objetivo, ya no estaría entre nosotros una vez alcanzada su meta. Pero no es ese el caso, así que tu teoría no parece fundada en la realidad.

Pedro era, como siempre, un maestro en el arte de la política, ya que le quitaba la razón y a la vez se mostraba ante el grupo como desconocedor de cuanto había sucedido. Santiago decidió seguirle el juego. Era peligroso, pero necesario.

—Así es, Pedro —dijo desafiante—, excepto por el hecho de que la reliquia podría seguir en el cuerpo de

Jesús. Recuperar el cuerpo también significaría recuperar el objeto.

Santiago trató de evitar que su cuerpo temblase de pánico, y sostuvo la mirada de Pedro esperando que el sudor que se le deslizaba por la frente no revelase su mentira.

—¿Estas insinuando algo, Santiago? Si así fuera, deberías acusarme directamente. Yo no tengo nada que ocultar. Es cierto que yo conocía, igual que tú, la existencia de la reliquia. ¿Tienes tú algo que ocultar, Santiago?

Por un instante, Santiago pensó que Pedro había descubierto su juego, pero enseguida fue consciente de que solo se trataba de una finta para desviar la atención de su persona. Santiago miró a Judas, que seguía la discusión con una leve mueca irónica.

—En cualquier caso —terció Juan, siempre diplomático—, la respuesta estaría en el cuerpo de Jesús. Propongo que mañana, antes de que cante el gallo, nos reunamos aquí y juntos recuperemos su cuerpo, busquemos el objeto y tomemos las decisiones que consideremos oportunas.

Un tenso silencio se instaló en la cueva, pero uno a uno los apóstoles se mostraron de acuerdo con Juan. Decidieron dispersarse en pequeños grupos hasta la mañana siguiente. Pedro se quedó con algunos de los apóstoles, observando cómo Santiago se retiraba en compañía de Tomás y Judas.

Santiago no estaba muy seguro de haber logrado algo provechoso. La intervención de Juan había evitado que cometiese un error mayor, pues no podía medirse en una lucha retórica con Pedro y salir indemne. Lamentaba haber mencionado la reliquia, algo que se había propuesto no hacer, aunque al menos le había servido para ser consciente de que casi todos sabían de su existencia.

Judas caminaba junto a él rumiando sus propios pensamientos.

—¿Qué te sucede, Judas? —preguntó Santiago soltando un suspiro de desaliento—. Estás taciturno y te noto preocupado.

—No me fío de Pedro, hermano Santiago. Ahora que todos sabemos lo de la reliquia, estoy seguro de que aprovechará el poco tiempo que le queda para hacerse con ella y quizá mañana ya no encontremos nada en el cuerpo de Jesús.

Judas era muy directo en sus apreciaciones, aunque siempre había que tener muy en cuenta su opinión. Era el que mejor conocía el alma y las debilidades humanas. Santiago decidió que necesitaba un amigo en quien confiar y, sin saber muy bien la razón, lo eligió a él.

—No temas, amigo Judas —y dudó un instante antes de añadir—: no hay nada que encontrar.

Judas lo estudió con interés y cautela, tratando de elegir cuidadosamente las palabras a utilizar.

—Solamente se me ocurren dos posibilidades que expliquen lo que acabas de decir —señaló Judas, tanteando su silencio—. Una es que el objeto no exista y que sea un invento tuyo para intentar que el traidor cometa un error y revele su identidad. La otra es que esté en tu poder. Y sé que la primera no es posible.

—Entonces, si la segunda opción fuese la verdadera —dijo Santiago sintiendo que se deslizaba por una pendiente con final desconocido—, ¿qué harías tú en ese caso?

—Mantenerlo en secreto —respondió con decisión—. Al menos todo el tiempo que me fuera posible —añadió negando con la cabeza—. Pero algo me dice que ya es demasiado tarde.

6

Año 1199

El lugar donde despertó mi consciencia, que no mi memoria, era la abadía de la Sauve-Majeure, o quizá debería decir sus ruinas. Unos años antes de mi llegada, había sido completamente destruida por hordas de navarros y vascones que la habían reducido a escombros y apenas unas pocas estancias quedaban en pie. Los monjes habían comenzado su reconstrucción, pero su avance era lento, ya que buena parte de los monjes, bajo el nombre de Orden de los hermanos de Alcalá de la Sauve-Majeure, participaban en la reconquista de España junto al rey de Aragón.

Cuando me recobré por completo, el prior me permitió trasladarme desde el hospital, que había sido mi hogar, a una de las celdas ocupadas por los monjes sobre el claustro abacial. Comencé a recibir instrucción del hermano Vincent, quien me introdujo en el mundo de las artes, las letras y las ciencias, para las que parecía estar especialmente dotado. Aprendí mucho, pero nada sobre mi pasado.

Se me permitía el acceso a todas las estancias de la abadía, y no existía secreto para mí en ellas, excepto a una. Se trataba de una celda situada al final de un estrecho pasillo sin salida. A pesar de que jamás había entrado en aquella habitación ni visto a la persona que en ella habitaba, cada día me enviaban con una bandeja de comida que debía depositar ante la puerta cerrada y recoger, ya vacía, unas horas más tarde. Más de una vez había interrogado al hermano Vincent al respecto, pero siempre obtenía un obstinado silencio por respuesta.

Una tarde, mientras los monjes se encontraban rezando en el refectorio, llevé la bandeja a la misteriosa habitación, pero esta vez había una diferencia sustancial: la puerta estaba abierta.

La habitación estaba en penumbra, lo que me hizo dudar unos instantes, pero la curiosidad por conocer el secreto que escondía fue superior al temor a todas las miradas reprobatorias que el hermano Vincent podía dirigirme. Me acerqué lentamente a la puerta y cuando me disponía a empujarla una voz grave surgió de su interior.

—Pasa. No te quedes fuera. Hace tiempo que quería hablar contigo. Cierra la puerta al entrar, no quiero que ojos indiscretos nos vean juntos.

Por un instante dudé.

Una cosa era echar un vistazo a través de la puerta entreabierta y otra muy diferente era descubrir que la persona que allí habitaba me estaba esperando. Su voz transmitía confianza, era casi magnética, así que sin pensarlo más crucé el umbral. La habitación estaba a oscuras; no tenía ventanas y un camastro y una bacina componían el único mobiliario. Un anciano se hallaba sentado en el lecho. El contraste de la endeble figura con la voz grave y vigorosa que me había llamado me llevó a buscar otra presencia a mi alrededor.

—Hola, Jean —dijo dirigiéndome una mirada intensa—. Sí, sé cómo te llamas.

—Le traigo la comida —dije desconfiado y con la bandeja aún en las manos.

—Déjala en aquel rincón —dijo señalando el otro extremo de la habitación— y siéntate junto a mí, que quiero contarte algo importante.

La manera en que pronunció la palabra «importante» hizo que me pusiera tenso. Obediente, me senté al borde de la cama y lo observé con atención. Cientos de arrugas surcaban su rostro, que parecía tallado en piedra como los de las figuras que adornaban los muros de la abadía. Su nariz, extremadamente larga y fina, su barbilla afilada y sus orejas puntiagudas le daban un aspecto vivaz, a pesar de la edad. Sus ojos, con unas cejas espesas y enmarañadas, eran de un negro tan oscuro que parecían observarte desde las profundidades de la tierra. El hombre me sonreía, como divertido por un chiste que solo él conocía.

—Jean, ¿has podido recordar ya algo de tu anterior vida? No te sorprendas —añadió al ver mi expresión—, conservo algunos contactos en la que una vez fue mi abadía.

—¿Esta fue su abadía? ¿Y por qué lo mantienen aquí encerrado? —pregunté arrastrado por la curiosidad.

—Sí, así es. Yo soy Pierre de Didone, antiguo abad de Sauve-Majeure, y estoy aquí encerrado porque guardo un secreto cuya revelación haría temblar los cimientos de la cristiandad.

Me moví inquieto, con la incertidumbre de si aquel hombre se hallaba en sus cabales.

—¿Y por qué me lo cuenta? —dije con escepticismo.

—Porque ha llegado el momento de que el secreto salga a la luz, de que la farsa se termine y el legado de Jesucristo nos guíe de nuevo en estos momentos de oscuridad.

A sus palabras siguió un largo y denso silencio, durante el que el antiguo abad me dirigió una mirada penetrante y severa mientras esperaba la respuesta a una pregunta que no había formulado.

—Ruego disculpe mi atrevimiento —terminé por responder incómodo—, pero ¿cuál es ese secreto y por qué me lo cuenta a mí?

—Porque está a punto de romperse una promesa hecha hace doce siglos. Un error irreparable. Porque te encuentras en el momento adecuado en el lugar preciso, porque eres una persona sin pasado ni futuro y, por lo tanto, sin nada que perder. Y, sobre todo porque mi hora ha llegado y si no transmito mi secreto, quizá este se pierda para siempre. —El anciano hizo una pausa dramática, tras la cual pareció dar por finalizadas las explicaciones—. Y ahora se terminaron las preguntas; llegó la hora de que escuches el mayor secreto de todos los tiempos y de que ocupes el puesto que la historia te ha reservado.

Hablaba con una convicción tan vibrante, como si en verdad creyese lo que estaba diciendo, que me fue imposible encontrar una excusa para huir de aquella habitación. Me limité a asentir, incómodo, con una sonrisa forzada, esperando que aquella situación terminara.

El antiguo abad me narró entonces la historia de un objeto, desde su origen hasta que les fue confiado al grupo de hombres que ahora lo custodiaba.

—Hace mucho, mucho tiempo, tanto que la memoria de los hombres se ha difuminado en la niebla de los años, un grupo de hombres fue elegido depositario de una reliquia. Dicha reliquia fue legada únicamente en custodia, no para su uso.

»Esos hombres tenían el deber de protegerla hasta que aquel para quien estaba destinada regresara. Muchas eras han transcurrido desde entonces y muchos son los avatares, peligros y traslados que el objeto ha sufrido desde su origen en el oeste de la península Ibérica, en un lugar llamado Finisterre. Pero ese grupo de hombres ha logrado mantenerlo siempre a salvo de los males que lo han acechado. Hasta ahora.

»Por primera vez, la reliquia corre verdadero peligro, pues los mismos hombres que prometieron entregar su vida para protegerla han decidido traicionar su juramento.

Miré al anciano con otros ojos, arrastrado por la historia que me estaba contando. Un gesto de cansancio cruzó su rostro, que por un momento pareció envejecer aún más. Tomó aire y continuó su relato.

—Desde hace varios siglos —continuó—, en el seno de los custodios, dos facciones contrarias se enfrentan por sacar o no el objeto a la luz para utilizarlo en la lucha contra los infieles. Desde que yo me convertí en el abad protector, hace ya cuarenta años, la facción favorable a su utilización siempre ha sido minoritaria; mas, por primera vez, los partidarios son mayoría. Me han obligado a abandonar el cargo para cedérselo al abad Clement y planean enviar la reliquia al abad de Citeaux, que se encargará de trasladarlo a Roma.

—Quizá sepan lo que debe hacerse con ella —interrumpí encogiéndome de hombros.

—¡No, insensato! —gritó con los ojos inyectados de sangre—. Eso no debe ocurrir. Jamás deben poseerla.

Me sentí impulsado a llevarle la contraria. No entendía que se opusiese a los deseos de Roma; él era un monje.

—Pero son la máxima autoridad eclesiástica. ¿No son acaso ustedes, monjes a su servicio, los que deben fidelidad y obediencia?

—No lo comprendes aún, ¿verdad? —Su expresión pasó del enojo a la desilusión—. Escogimos ser monjes porque eran quienes mejor podían pasar inadvertidos y no levantar sospechas. Así hemos conseguido realizar nuestra tarea, despistar a nuestro enemigo, conocer sus planes a tiempo y salvar aquello que nos fue encomendado.

Yo seguía sin entender qué tenía que ver con todo lo que me estaba contando y el tono de la conversación comenzaba a asustarme. El antiguo abad no estaba en su sano juicio, así que busqué la manera de terminar aquella conversación. Sentía que debía huir de aquella historia llena de monjes, traiciones y objetos mágicos.

—Solo en ti puedo confiar —continuó el anciano, ajeno a mis pensamientos—. El resto de los monjes están siendo vigilados para evitar que salven el objeto de un destino que ya ha sido decidido. Por eso, debes recuperarlo, ponerlo a salvo y continuar con nuestra labor.

—Pero... —quise objetar viendo que el anciano esperaba de mí un compromiso que me parecía una ensoñación.

—No —me interrumpió con gesto categórico—, escucha atentamente. Dentro de cinco días esperamos la llegada de Guy Paré, abad del monasterio de Citeaux y enviado de Roma, que se hará cargo del objeto y lo trasladará hasta dicho monasterio. Debes partir antes de cuatro días, robar la reliquia y huir antes de que puedan localizarte. No estarás solo, aún quedan hombres que me son leales y que podrán ayudarte en tu cometido.

—¿Y cómo podré reconocerlos? —pregunté sin darme cuenta de que me estaba dejando arrastrar por aquella sinrazón.

—No podrás hacerlo. Nunca confíes en nadie. Yo te indicaré dónde está escondido el objeto y cómo hacerte con él. A partir de ese momento deberás seguir el dictado de tu corazón. Debes prometerme que lo harás.

El abad me miraba ansioso, expectante, yo era su última opción. Medité mi respuesta durante unos instantes. Aquel hombre había perdido la cabeza y lo más probable es que se olvidara de la promesa en cuanto yo saliera de su habitación.

—De acuerdo —dije finalmente—, lo haré.

Estaba nervioso, deseaba irme cuanto antes de aquel cuarto y olvidar aquella historia extravagante y ridícula.

—Bien, así sea. Vete y cumple tu promesa.

Aquella noche no pude conciliar el sueño, asaltado por el recuerdo de la conversación con aquel extraño anciano. La historia que me había contado era completamente increíble, pero el convencimiento con el que se expresaba, el magnetismo que desprendía y la precisión de su relato despertaban en mí sentimientos encontrados.

Los días siguientes a mi encuentro con el antiguo abad, la vida volvió a su rutina habitual, aunque no pude evitar mostrarme distraído, hasta el punto de que el hermano Vincent comenzó a sospechar. Traté de disimular haciéndole creer que veía retazos de imágenes en mi memoria de manera caótica y desordenada. No podía olvidar nuestra conversación y, aunque seguía pensando que eran los desvaríos de un loco, recordaba la promesa que estaba incumpliendo. El quinto día se acercaba y mi inquietud crecía; pero algo sucedió al atardecer de la cuarta jornada.

Convocados por la campana abacial, nos reunimos en la pequeña iglesia, aún inacabada. El abad Clement apareció con rostro serio. Había un extraño silencio entre la congregación que no hacía presagiar buenas noticias.

—Hermanos —comenzó el abad Clement con tono solemne—, os hemos reunido aquí para daros una triste noticia. Nuestro antiguo abad, Pierre de Didone, ha sido llamado al lado de nuestro señor Jesucristo en este aciago día.

Un murmullo recorrió la congregación, que después volvió a guardar silencio, meditando la mala nueva. Todos parecían afectados, pero el efecto de la noticia en ellos no era comparable al que había tenido en mí. Me había esforzado por olvidar el secreto que compartía con el abad, pero ahora me sentía mal por no estar cumpliendo lo prometido. Las imágenes de aquel día se mezclaban en mi mente y, aunque me parecía estar traicionando su recuerdo, no quería estar atado a una promesa hecha a un viejo loco.

—¡Hermanos! —El abad retomó la palabra con un tono que ahora parecía impostado, como si lo hubiera ensayado innumerables veces—. Debéis rezar por nuestro hermano, cuya vida fue provechosa al servicio del Señor y de nuestra misión en este mundo. Mañana celebraremos una misa en su memoria.

El abad y algunos de los monjes se retiraron en silencio por la puerta lateral de la iglesia que conducía a la sobrecapilla. La manera en que simultáneamente se habían dirigido hacia la puerta mientras el resto de los monjes permanecía en la iglesia llamó mi atención. Por alguna extraña razón, creía que su comportamiento estaba relacionado con la historia del abad.

Escondiéndome en las sombras de la iglesia, los seguí. El pulso se me aceleró. Me sorprendía mi resolución, pero necesitaba saber qué estaba sucediendo. La reacción de los monjes parecía confirmar que aquella no era una congregación normal y daba cierta veracidad a las palabras del antiguo abad.

Cuando llegué adonde estaban reunidos, vi que los monjes se encontraban de pie, formando un semicírculo perfecto alrededor del abad. Estaban en silencio, con las manos recogidas, como esperando una señal, y su semblante era serio y expectante. El abad tomó la palabra, dando inicio a un ceremonial que se hundía en lo más profundo de los tiempos.

—Yo, Clement, abad de la Sauve-Majeure y sexagésimo cuarto abad protector —dijo apenas susurrando; me resultaba difícil entenderlo—, abro la sesión del consejo guardián. Como todos sabéis, la muerte del antiguo abad nos libera de nuestro juramento, aquel que nos ha guiado durante siglos. —El abad hizo una pausa para permitir que todos asimilaran sus palabras—. No creo necesario recordaros —continuó solemne, con los ojos puestos en el suelo— que solo si hay unanimidad en el consejo guardián aquí reunido, podremos tomar tan importante decisión. Hermanos —dijo levantando la voz—, no quiero prolongar más la espera: votemos.

Cuando el abad levantó la cabeza, todas las manos de los monjes se hallaban alzadas.

—Así sea —dijo el abad dejando entrever una sonrisa condescendiente—. Mañana recibiremos a un emisario de su santidad, al que yo mismo acompañaré a Roma para presentar el objeto.

Sin hacer ni un gesto ni decir una sola palabra, los monjes comenzaron a moverse hacia la puerta. Tuve el tiempo justo para retroceder unos metros y ocultarme tras una columna desde la que un centauro y un pez sirena tallados en la piedra me observaban acusadores.

Mientras los monjes regresaban a la iglesia, medité sobre lo que acababa de escuchar y sobre lo que el antiguo abad me había confiado. Todo se agolpaba en mi mente: las palabras de aquel anciano que hasta ese momento no había llegado a creer, la mirada de codicia del abad Clement al comunicar que él en persona acompañaría la reliquia a Roma, los monjes alzando las manos para traicionar su juramento y yo mismo haciendo al antiguo abad una promesa que nunca había tenido intención de cumplir.

Tratando de contener la respiración para no delatar mi presencia, tomé una resolución que cambió mi vida:

abandonar el remanso de paz que era la Sauve-Majeure y volver a un mundo inhóspito, hostil y desconocido. Pero antes debía seguir las instrucciones del viejo abad: buscar la iglesia de Saint-Émilion y robar la reliquia.

En Roma, la puerta del salón pontificio se abrió de par en par. Un caballero entró en la estancia con paso firme y se dirigió directamente hacia el vicario de Cristo; tal era el nombre que Inocencio III se había otorgado. Hincó la rodilla en el suelo y, agachando la cabeza, le tendió una carta lacrada. Este se volvió lentamente y observó imperturbable la figura del caballero a sus pies. Reconoció al instante el sello del abad de Citeaux, Guy Paré. Con un gesto rápido, tomó el sobre de manos del mensajero y despidió a sus consejeros con una mueca de urgencia. Cuando se quedó solo, lo abrió, extrajo la carta y leyó la única línea que componía el mensaje: «Mi misión ha comenzado. Pronto será nuestro».

Inocencio III sonrió complacido. Desde que había llegado al trono de Roma las cosas estaban cambiando, pero ahora obtendría el objeto que le permitiría culminar su estrategia y convertirse en la espada vengadora de Dios. Pronto podría organizar la cruzada definitiva a Tierra Santa y recuperar los Santos Lugares, acabar con la herejía cátara creciente en el Languedoc y establecer el justo orden en el imperio. El vicario ensanchó su sonrisa hasta enseñar los dientes, como el lobo que muestra a su manada quién es el líder. La Orden del Císter y los caballeros templarios eran su ejército. En aquellos momentos recordó las palabras de Bernardo de Claraval: «Aspira esta milicia a exterminar a los hijos de la infidelidad, combatiendo a la vez en un doble frente: contra los hombres de carne y hueso y contra las fuerzas espirituales del mal».

Pero para ello necesitaban aquella reliquia. Si esta caía en su poder, ya nada los detendría.

Una vez solo en el pasillo, volví a mi cuarto. Estaba dispuesto a actuar con rapidez; los monjes se acostarían enseguida y nadie notaría mi ausencia hasta la mañana siguiente. Además, tenía la sensación de que si dejaba pasar algo de tiempo, el sentido común se apoderaría de mí, impidiéndome actuar. Recogí mis escasas pertenencias y pensé que debía llevarme algo de comer, así que me dirigí a la cocina.

—Veo que mi cena no te ha parecido suficiente —dijo Nicanor, el hermano cocinero guiñándome maliciosamente un ojo.

—En realidad, no —respondí sobresaltado, con un gesto de disculpa—. Quizá un par de manzanas calmen mi apetito.

El hermano Nicanor entró en el almacén a buscarlas y yo aproveché para robar unos trozos de pan y algo de queso. El cocinero regresó con tres manzanas y me las entregó guiñándome el ojo de nuevo.

—Toma —me dijo con tono falsamente recriminatorio—, y espero no volver a verte hoy por aquí.

Regresé a mi cuarto excitado y un poco asustado; era demasiado tarde para cambiar de opinión. Al amanecer llegaría el enviado de Roma y yo habría perdido la última oportunidad.

Esperé hasta que la abadía estuvo en silencio. Solamente el sonido del viento sobre las copas de los árboles se filtraba por los muros, recordándome que allí fuera me esperaba un mundo peligroso. Inquieto, recorrí el claustro y me dirigí a través del huerto hasta la zona más baja del muro perimetral.

En el exterior, había un viejo castaño cuyas ramas sobrepasaban el muro y caían al interior del recinto. Me colgué de una de ellas y trepé hasta el tronco del árbol, dejándome caer con suavidad al otro lado sobre la mullida hierba. Sin mirar atrás ni un solo instante, recorrí los escasos metros que me separaban del bosque y me adentré en él en medio de la noche. Encontré con facilidad el camino que el anciano me había señalado. El bosque no era excesivamente frondoso y avancé sin tropiezos durante un buen rato. Luego, me encontré en una zona más densa, en la que el camino se estrechaba y ascendía lentamente.

Fue entonces cuando la oí. Al principio pensé que el bosque y la noche me estaban jugando una mala pasada, pero después de recorrer unos metros, la melodía de una canción comenzó a materializarse. Me oculté tras unos arbustos y escuché con atención. Un hombre solo, iluminado por el débil resplandor de una hoguera, se entretenía tarareando:

La douce mère au Créateur
dans l'église à Rochemadour
fait tant miracles
tant hauts faits...

La música cesó súbitamente y ambos nos quedamos quietos, rodeados por los sonidos del bosque.

—Acércate —dijo con voz alegre—. Agradeceré unos momentos de compañía de un peregrino en estas inhóspitas tierras. Y tú podrás calentarte a la lumbre de mi fuego.

Dudé sobre qué hacer, si desaparecer en la noche o acercarme al desconocido. Mi misión no había hecho más que comenzar y no parecía sensato desviarme del rumbo, pero la música me había resultado vagamente familiar; incluso en aquella situación, mi mente seguía buscando la luz de mi memoria.

—¿Cómo sabías que estaba aquí? —pregunté sorprendido, creyendo que me había acercado sin hacer ruido.

—Has sido sigiloso, pero el bosque tiene ojos y oídos y se mostró de pronto silencioso. Y yo sé escuchar. —El desconocido no parecía un hombre peligroso, así que decidí acercarme. Él pareció leerme el pensamiento—. Mi nombre —dijo sin moverse— es Gautier de Coincy, monje, músico y poeta. No temas mal de mí, ya que no busco nada en este mundo que no sea glorificar a la Santa Madre de nuestro Señor.

—Te agradezco la bienvenida —dije aproximándome aún con timidez.

Me situé junto al fuego, frente a él. Desde mi posición pude observarlo con detenimiento. Tenía el rostro más extraño que jamás había visto. Cada detalle parecía elegido para no encajar con los demás. Su cara ancha alojaba una nariz diminuta. Los ojos eran tan diferentes entre sí que parecían pertenecer a dos personas distintas; mientras uno permanecía casi cerrado, el otro se abría desmesuradamente, como si fuese a saltar de su órbita. Las orejas estaban muy separadas del cráneo y el poco pelo que le quedaba caía lacio, contrastando con unas cejas espesas que se proyectaban hacia fuera, dando un aspecto inquisitivo a su semblante. La boca era pequeña, con labios finos y rosáceos que salían por encima de una mandíbula inexistente. El resultado era cómico a la vez que desconcertante.

—Dime, peregrino —dijo el músico observándome con el ojo más abierto—. ¿Eres acaso como yo un hombre que se dirige hacia los Santos Lugares? Yo vengo de Rocamadour, de honrar a la Virgen, y me dirijo a Santiago de Compostela a visitar la tumba del apóstol. ¿Adónde te llevan tus pasos?

—Me llamo Jean, Jean de la Croix, y voy camino de Saint-Émilion. Por azar, ¿no podrías indicarme si he extraviado mi ruta?

El músico pareció meditar unos segundos su respuesta y un silencio incómodo se instaló entre nosotros.

—Entonces —dijo tan súbitamente que a punto estuve de dar un salto—, ¿te diriges a Saint-Émilion a venerar la tumba del santo o acaso a disfrutar de los placeres del vino que allí se cultiva? —preguntó guiñándome el ojo más abierto a la vez que me dirigía una sonrisa pícara.

—Tal vez a las dos cosas —contesté divertido.

Aquella respuesta pareció satisfacer al músico, que sonrió asintiendo.

—Entonces puedo decirte que tu ruta es la correcta y que, si continúas el camino que hasta aquí me ha traído, alcanzarás tu destino con las primeras luces del amanecer.

—Gracias por la información y por la hospitalidad —respondí haciendo una reverencia—. Te deseo buena fortuna en el camino.

—Marcha con Dios, hermano, pero cuida adónde encaminas los pasos y desconfía de los caballeros que te encuentres.

Después, continuó tarareando su canción, como si yo hubiese dejado de existir.

Retomé el camino a grandes pasos. Debía alcanzar mi meta antes de que los primeros rayos del sol se alzaran sobre el horizonte. Mientras caminaba, meditaba sobre lo último que había dicho el músico: «Desconfía de los caballeros que te encuentres». Esperaba que aquellas palabras no fueran premonitorias.

7

Año 2019

Marta cerró el libro unos instantes y trató de imaginar qué haría ella en aquella situación. Sola, sin memoria, empujada por un enigmático anciano a dejar la tranquilidad del monasterio para robar un objeto desconocido y a cargar sobre sus hombros con una responsabilidad para la que probablemente no estaría capacitada. Una congregación de custodios guardando una reliquia de Jesucristo ansiada por Roma doce siglos después. Si hubiera estado en el lugar de Jean, no se habría creído semejante relato. Habría salido de aquella habitación y habría olvidado el asunto; bastantes problemas tendría ya tratando de recuperar su memoria.

Parecía una aventura excitante, pero no le daba demasiada credibilidad. Aun así, había despertado su curiosidad y quería descubrir qué había de verdad o de mentira en aquel relato. ¿Se trataba de los desvaríos de un loco? ¿Cuál era la naturaleza de aquel objeto que Jean de la Croix tenía la intención de robar?

Se levantó de la mesa y se acercó al escritorio, donde creía guardar un ejemplar antiguo de la Guía Michelín de Francia. Tras rebuscar durante unos instantes, la encontró y volvió al sofá dispuesta a ubicar la abadía de la Sauve-Majeure y el pueblo de Saint-Émilion. No tardó en localizarlos en el mapa, no muy lejos de Burdeos.

Un pensamiento fugaz cruzó su mente, una idea loca. Aquel libro la había impresionado y, aunque se tratara de la invención de una mente extraviada, la arrastraba a seguir los pasos de aquel misterioso personaje. Como Jean, tomó una decisión sin pensarlo mucho y una sonrisa se dibujó en su rostro. Estaba segura de que su madre la sermonearía por dejarse llevar por la imaginación y la fantasía, pero ¿cuándo le había hecho caso?

Unos minutos después, Marta había llamado a la oficina y había pedido unos días de vacaciones de los muchos que la empresa le debía. La noticia del cadáver aparecido en las obras de San Vicente había corrido como la pólvora y no fue difícil que entendieran su necesidad de aislarse del mundo.

Hizo la maleta con rapidez, siguiendo la misma rutina que cuando iba a un congreso, aunque esta vez escogió ropa algo menos formal: unos pantalones vaqueros, un pantalón de montaña, algunas camisetas, calzado, incluyendo sus zapatillas de *trekking*, la ropa que usaba para salir a correr y ropa interior para varios días. Añadió, además, todos sus dispositivos electrónicos: portátil, MP3 y tableta.

Recordó de pronto la guía del Camino de Santiago que habían comprado Diego y ella con el ya inútil propósito, tanto tiempo postergado, de hacer el Camino. Allí estaba, cogiendo polvo sobre una estantería. La hojeó durante unos segundos. ¿Cuánto había cambiado el mundo en ocho siglos? Por su trabajo de restauradora, sabía que aún quedaban restos de aquella época. Cerró la guía, cogió la maleta y bajó hasta el garaje.

Dos horas después dejaba la autopista principal en Burdeos. Le sonó el móvil. Descolgó de forma automática y su cuerpo se tensó al escuchar la voz de su madre. Siempre le producía ese efecto.

—Hola, hija. ¿Cómo estás? —preguntó con voz de profunda resignación.

—Bien, ama, ¿y tú? —respondió Marta tratando de mantener la calma.

—Sin noticias tuyas en la última semana —contestó con tono acusador.

Marta se puso tensa de nuevo. Se alegró de no haberle dicho nada sobre el cadáver de San Vicente, aunque quizá ella ya se hubiese enterado. Tenía la sensación de que el servicio secreto en pleno trabajaba para su madre.

—Me he cogido unos días de vacaciones, ama. Ha sido repentino —añadió imaginando su mueca de disgusto por no haberla avisado.

—Me parece muy bien, hija —contestó para su sorpresa—. Me alegro de que Diego y tú os hayáis tomado unos días para arreglar lo vuestro.

Marta notó cómo la decepción ascendía por su garganta. No entendía que su madre no la apoyara en aquella decisión.

—No, ama —dijo resoplando—, estoy sola.

—Y yo que me había hecho ilusiones —contestó haciendo caso omiso al bufido de su hija—. Tienes que darle una oportunidad.

Marta no sabía cómo lograba contenerse ante aquella insistencia. Solo su padre tenía la paciencia necesaria para sobrellevarla.

—No, ama —repitió tozudamente—. Además, eso no es asunto tuyo. Estaré unos días fuera —añadió tratando de cambiar de tema.

—¿Y dónde estás? Si no es meterme también en tus asuntos...

—En Francia —respondió tajante viendo que se le agotaba la paciencia—. Estaré una semana fuera, quizá más.

—Bien, hija, tú sabrás —añadió con tono dolido—. Pero acuérdate de llamar a tus pobres padres de vez en cuando.

Marta colgó el teléfono y soltó un grito para aliviar la tensión. Después se recompuso, miró su rostro en el espejo retrovisor, se colocó un mechón de pelo detrás de la oreja y se sonrió para darse ánimos. Cuando, minutos después, comprobaba en el GPS la distancia que aún le quedaba para llegar a la Sauve-Majeure, el móvil volvió a sonar.

—¿Diego? —preguntó Marta atónita.

El mundo se había confabulado para estropear su pequeña escapada.

—Marta, ¿cómo estás? —preguntó.

Le pareció advertir un tono de genuina preocupación en su voz.

—Bien. ¿Por qué iba a estar mal? —respondió mosqueada; no creía en las coincidencias.

—No lo sé. Tu madre me ha llamado preocupada. Dice que te has ido al extranjero. Que no has querido decir adónde y que quizá hayas conocido a otro. ¿Estás saliendo con alguien? Creo que tendrías que habérmelo dicho.

Marta no podía creerse lo que estaba escuchando. Ahora no solo estaba enfadada con su madre, se sentía traicionada.

—¿Ahora le haces caso a tu suegra? ¿A mi madre? —corrigió cuando se dio cuenta del error—. No te preocupes, cuando haya alguien, serás el primero en enterarte, a ver si así se te mete en la cabeza que tú y yo ya no somos nada. Pensaba que lo había dejado claro la última vez. Por cierto, ¿te aviso solo si es un novio formal o también si me tiro a algún tío en los lavabos de la autopista?

Y colgó.

Como una señal, al final de la curva apareció una gasolinera. No tenía ninguna intención de cumplir su amenaza, pero necesitaba detenerse unos minutos.

Un rato después, más tranquila y algo arrepentida de su conversación con Diego, llegó a la Sauve-Majeure. Su primera reacción fue de cierta decepción. Esperaba encontrarse una bella abadía gótica, pero la mayor parte del edificio estaba en ruinas. Le llamó la atención que fuera la primitiva iglesia románica la que mejor había sobrevivido al paso del tiempo.

Cerró los ojos y se imaginó a Jean entre aquellos muros ochocientos años atrás. No tenía ni idea de cómo era, pero su mente enseguida le puso rostro. Lo imaginó joven, alto pero desgarbado, guapo pero no demasiado. «¡Marta, no te conviene tanta imaginación!», se dijo.

Se acercó a uno de los muros y pasó la mano por el rugoso tacto de la piedra. Solía hacerlo en las obras; los operarios ya se habían acostumbrado a esa rareza suya. Simón solía decir que si prestas atención, las piedras te hablan. Para ella, era simplemente relajante.

—*Vous ne pouvez pas toucher les murs!*[*] —dijo una voz seca a su espalda.

Con una sonrisa de disculpa no correspondida, Marta se alejó hacia la salida. Se hacía tarde, así que regresó a su coche y condujo hasta Saint-Émilion, donde había reservado una habitación por internet.

El exterior del hotel era precioso. Un antiguo edificio del siglo XVI, como orgullosamente exhibía la fachada, llamado La Couleuvrine. «Extraño nombre», pensó. Dentro exhibía esa esmerada decoración que solo los franceses son capaces de ofrecer. En España, habrían convertido aquel lugar especial en un moderno y funcional hotel de

* «¡No puede tocar los muros!» [*N. del A.*]

tonos chocolate y visón, despojándolo de toda personalidad; sin embargo, allí, habían conservado los muros interiores y los muebles te hacían retroceder varios siglos.

Entró y recogió las llaves con una sonrisa que se le borró cuando llegó a la habitación y vio que no había baño; únicamente un desconsolado lavabo. Bajó a recepción a protestar. Le explicaron que su bañera se encontraba al otro lado del pasillo, pero que era de uso exclusivo; para el resto de sus necesidades había otra dependencia, esta compartida, al lado de la habitación.

—Perfectamente inadecuado —le comentó al amable pero inflexible caballero de recepción.

La cena en el coqueto restaurante del hotel le devolvió la sonrisa: un exquisito *magret* de pato acompañado con vino de Saint-Émilion. A pesar de la fama que tenía, no era su denominación de origen francesa preferida. Sacó varias fotos del local y del plato y las subió a Facebook.

Error. Recordó que aún no había eliminado a Diego de sus contactos. Marta se golpeó con la mano en la cabeza; el camarero la miró mal. Revisó las fotos y vio que ninguna daba pistas de si se encontraba sola o acompañada. Al día siguiente tendría que atender llamadas, pero aquella noche no podría soportarlas. Regresó a la habitación, desconectó el móvil, se desnudó, se envolvió en una toalla y, tras comprobar que nadie merodeaba por el pasillo, se deslizó hasta su cuarto con bañera. Un baño relajante y un sueño reparador la harían afrontar la siguiente jornada con mejor ánimo.

De vuelta en la habitación, se metió en la cama con el libro de Jean. Estaba ansiosa por saber cómo continuaba la historia. Poco podía imaginar que aquella travesura de tres o cuatro días la iba a conducir, al igual que a Jean, a una terrible aventura que cambiaría su vida, algo que no tardaría en descubrir.

8

Año 1199

Un bosque está lleno de sonidos. Muchos son reconocibles, como el murmullo de las hojas, el rumor del agua o el canto de algunos pájaros. Otros no. Estos juegan con la mente y nos hacen rozar, si no la locura, al menos la paranoia. Así es como me sentía mientras caminaba hacia mi destino, al que parecía no llegar nunca.

Poco antes del alba, el bosque se abrió y, frente a mí, al otro lado del río, apareció un pequeño poblado coronado por una hermosa iglesia. Sin duda, se trataba de Vignonet, como había predicho el abad. Respiré aliviado y busqué el puente que el abad había mencionado. Lo crucé y avancé por los viñedos que me separaban de Saint-Émilion.

El pueblo dominaba una meseta y ahora podía contemplar ya las primeras casas y la muralla que lo protegía. Únicamente dos puertas permitían el acceso; una se abría al norte y la otra, al sur. Me dirigí a esta última, por ser la más cercana y también la menos transitada, según me había contado el anciano. La puerta se hallaba cerrada. Golpeé hasta que un soldado acudió a mi llamada.

—¿Quién eres? ¿Qué buscas de madrugada en Saint-Émilion? —preguntó molesto por la temprana hora.

—Soy un enviado de la abadía de la Sauve-Majeure —contesté recordando las instrucciones—. Me envía el abad Clement a preparar la iglesia para un acontecimiento especial.

—¿Y cuál es ese acontecimiento? —preguntó desconfiado el soldado.

El abad me había asegurado que aquello sería suficiente para acceder al poblado; tendría que improvisar. Traté de mantener la calma y de reunir todo el aplomo del que era capaz.

—Como imagino que sabrás, el antiguo abad, Pierre de Didone, ha fallecido. El abad Clement me envía para preparar una misa en recuerdo de su alma, que Dios lo acoja en su seno.

—¡Adelante! No te entretengas, que el frío de la noche es traicionero. ¿Cómo es que no has viajado a caballo? ¿Vienes a pie desde allí? —preguntó sorprendido.

Decidí aprovechar la simpatía que había despertado mi pequeña hazaña.

—¡Así es, amigo! El abad vendrá por la mañana con parte de la congregación y no había monturas suficientes para evitar a este humilde monje una larga caminata nocturna.

La explicación pareció satisfacer la curiosidad del soldado, que se despidió refunfuñando palabras de comprensión y quejas contra sus superiores.

Miré al este y vi que el sol comenzaba a despertar. El alba me había alcanzado sin completar mi misión. Me arrebujé en mi manto y avancé a grandes pasos hacia la iglesia. Por lo que me había dicho el abad, era una construcción muy antigua excavada en la roca que se encontraba en la parte baja del pueblo, no muy lejos de la puerta de acceso que yo acababa de cruzar.

Al final de la calle encontré una cruz sobre un arco

tallado en piedra y bajo este una puerta de madera. Me detuve un instante bajo el arco y, tras mirar a ambos lados de la calle para comprobar que nadie me observaba, empujé la puerta, que se abrió con un quejido. Dentro, la oscuridad era casi total. Solo una antorcha situada junto a la puerta iluminaba el espacio circundante. Tomé la antorcha con la mano derecha y me adentré en el oscuro espacio mientras las sombras retrocedían.

Era una iglesia realmente grande, aunque buena parte de ella se encontraba por debajo del nivel del suelo. Imposible imaginar cuánto habían excavado para lograr una nave central de aquel tamaño.

El sonido de mis pasos rompió el silencio. Notaba mi corazón desbocado y decidí concentrarme en la tarea y no pensar en sus posibles consecuencias. Me apresuré hacia el fondo de la iglesia y busqué la estatua yaciente de Émilion. De cuerpo entero, representaba al santo que daba nombre al pueblo, tenía más de un metro de longitud y estaba tallada en piedra blanca, ahora oscurecida por el humo de las antorchas.

Traté de estimar el peso de la estatua y de si sería capaz de moverla. «El mejor modo de saberlo es intentarlo», pensé. Me situé tras la cabeza del santo y pasé la mano por debajo de la misma. Probé a levantarla, pero no se movió. Volví a probar con más fuerza y esta vez la piedra se deslizó perceptiblemente. Minutos después, había conseguido desplazarla varios dedos de su posición inicial y el sudor me recorría la espalda, a pesar del frío ambiente que me rodeaba. Redoblé mis esfuerzos hasta que finalmente logré separar al santo de la pared.

A la luz de la antorcha, recorrí con la vista el muro de ladrillos de adobe, buscando la marca que el abad me había dibujado en el suelo de su celda con una rama: el nudo de Salomón, un doble óvalo cruzado. Allí estaba, cubierta por el polvo de los tiempos, pero aún visible.

Saqué un cuchillo y comencé a eliminar el mortero alrededor del ladrillo, que se desencajó con facilidad. Introduje la mano en el hueco y mis dedos tocaron un bulto pequeño y frío. Extraje el objeto de su escondite y lo acerqué a la luz para observarlo con detenimiento. Hasta ese momento no me había acabado de creer la historia del abad, pero ahora tenía en mi mano la prueba definitiva. Tenía los lados iguales, como un trébol de cuatro hojas de anchura uniforme. Era la representación física del símbolo que el abad había dibujado. No parecía de piedra; la superficie estaba totalmente pulida, casi brillaba, y era de un color negro profundo.

La guardé en la bolsa de cuero que colgaba de mi cuello y me incorporé. Aunque seguía solo en la iglesia, la luz de la mañana entraba ya por la puerta entreabierta. Miré la estatua y evalué si colocarla nuevamente en su sitio, pero pensé que alguien podía descubrirme profanando la tumba; el miedo comenzaba a asomar a mi mente.

Apagué la antorcha, salí a la calle y me encaminé a la puerta norte para no despertar las sospechas del anterior guarda por mi pronto regreso. Crucé la plaza mayor y recorrí las estrechas callejuelas. Los habitantes más madrugadores ya abrían sus comercios, salían a buscar agua o se dedicaban a otros quehaceres. Caminé con paso premeditadamente lento para no llamar la atención, aunque nadie parecía extrañarse de la presencia de un monje. Apreté el objeto tratando de infundirme calma, a pesar de no estar excesivamente nervioso. «Debe de haber algún ladrón entre mis antepasados», pensé sin poder evitar una sonrisa maliciosa.

La puerta norte se abrió ante mí y vi cómo bajo la atenta mirada de los soldados, la cruzaban los primeros carros con verduras y quincallería. Me cubrí la cabeza con la capucha y aceleré el paso. Ya estaba cerca de la puerta cuando unos soldados bloquearon la salida.

—¡Alto, esperad! —gritó uno de los soldados—. ¡Dejad paso al abad de la Sauve y a su séquito!

El terror se apoderó de mí. Tuve el tiempo justo para dar media vuelta y dirigirme a uno de los puestos de sedas que comenzaban a ofrecer su mercancía. El abad Clement, montado en su caballo blanco, traspasó la puerta junto al que debía de ser el enviado de Roma y enfiló hacia la plaza mayor. De repente, detuvo su caballo justo a mi espalda. Por un instante, temí haber sido descubierto.

—Esperad un momento, abad Guy Paré —dijo el abad Clement con tono meloso—. Estoy seguro de que su santidad encontrará exquisita la seda de Saint-Émilion. ¡Comerciante, mostradnos la más bella de vuestras telas! —me ordenó confundiéndome con el vendedor.

Un silencio expectante se materializó a mi alrededor. Si el abad me descubría, todo habría terminado antes incluso de comenzar, pero no podía permanecer quieto por más tiempo sin despertar sospechas. Por fortuna, el vendedor apareció súbitamente mostrando sus mejores telas al abad, que, tras dedicarme un gesto despectivo, centró su atención en las sedas que le eran ofrecidas.

Me deslicé entre los curiosos hasta la salida, ahora libre de tránsito. Con el corazón latiendo desbocado, crucé el arco y tomé el camino que descendía hacia el bosque. Lejos ya del pueblo, traté de tranquilizarme y pensar; solo entonces me di cuenta de que, absorto en el robo que acababa de cometer, no me había planteado qué haría una vez que este se hubiera consumado.

¿Qué camino debía tomar? ¿Adónde me dirigiría? Y, sobre todo, ¿qué haría con el objeto en mi poder? Aún sin tener claro cuál sería mi siguiente paso, decidí que lo más conveniente sería alejarme de Saint-Émilion y regresar al bosque, que me daría cobijo hasta que meditase mi próximo movimiento.

9

Año 33

—Ven, acompáñame —dijo Judas enigmático—, tengo algo que mostrarte.

—¿Adónde nos dirigimos? —preguntó Santiago desconfiado.

—Todas tus preguntas serán contestadas, pero no aquí, en medio de la noche, donde oídos indeseables pueden escucharnos.

Dejaron atrás las humildes cabañas del pueblo y descendieron por un estrecho camino entre olivos y pequeños huertos. Santiago se percató de que se acercaban al lugar donde se encontraba el cuerpo de Jesús. A cada poco, Judas dirigía miradas furtivas hacía atrás y hacía los lados. Tan insistente era que acabó por contagiar su inquietud a Santiago, que empezó a temer a las sombras que les rodeaban; la noche le parecía ahora más oscura y llena de amenazas.

Se preguntó si había escogido bien a sus amigos, si podía confiar en algún apóstol y, si así era, en cuál, pero ya era tarde para cambiar. Miró a Judas caminando a su lado. Siempre había pensado que era alguien especial, poco dado a confraternizar, introvertido y algo seco. Solo hablaba de vez en cuando y sus comentarios eran rotundos, a veces no excesivamente apreciados por su crudeza, pero siempre interesantes para quien venciese la reticencia inicial. Era un hombre solitario y más de una vez Santiago se había preguntado por qué razón se había decidido a seguir a Jesús.

Santiago se sentía desventurado y tenía la sensación de que un aura de fatalidad envolvía cuanto le rodeaba. Temía que todo acabase mal y que la obra que Jesús había iniciado y que, tras su desaparición, él había cargado sobre sus hombros, se perdiera.

Doblaron un recodo del camino y al pie de una peña rodeada de olivos y oculta entre unos matorrales, Judas descubrió una fisura en la roca a través de la cual accedió a una pequeña cueva. Santiago dudó unos momentos antes de entrar, pero pensó que, una vez allí, debía confiar en Judas; si este hubiese querido apoderarse de la reliquia, podía haber aprovechado ya la oscuridad de la noche.

La cueva tenía un tamaño reducido, ya que, incluso iluminada únicamente por la luz de dos lámparas, podían distinguirse sus límites. Tres figuras silenciosas se encontraban sentadas sobre unas piedras dispuestas en el centro de la gruta; una cuarta permanecía de pie, alejada del resto. Las cuatro se volvieron al oírlos entrar y Santiago reconoció inmediatamente a Tomás, que lo miró con el entrecejo fruncido, y a Teodosio y Atanasio, inseparables compañeros que se habían unido a ellos en los últimos meses, con gesto expectante. Formaban un extraño dúo. Atanasio era un hombre entrado en años, con los gestos pausados y el verbo contenido de quien rara vez muestra sorpresa y precipitación por haber vivido ya largo tiempo. Por el contrario, Teodosio demostraba la inquietud de la juventud y un tremendo fervor hacia el maestro solo superado por su sed de vivir. Sin embargo, ambos eran inseparables y parecían haber encontrado en el otro el complemento necesario.

La cuarta figura correspondía a una mujer. Cubría su cabeza con una capucha, como queriendo pasar desapercibida. Cuando vio que era Santiago quien llegaba, se la quitó.

—¡María Magdalena! —exclamó Santiago.

—¡Mi buen Santiago! —respondió ella

Ambos se abrazaron mientras el resto los contemplaba en silencio.

—¿Cómo estás? —preguntó Santiago—. Me he acordado de ti muchas veces estos días.

Ella no contestó; simplemente le devolvió una mirada triste. No era necesario añadir nada más, la pena era palpable en el ambiente. Nadie dijo una palabra hasta que Judas se volvió hacia Santiago.

—Estás entre amigos —dijo esbozando una sonrisa que pretendía ser tranquilizadora—, puedes confiar en nosotros. Sabemos lo de la reliquia y no queremos que caiga en malas manos. Ahora que el maestro se ha ido creemos que eres el hombre adecuado para continuar su tarea. Él te eligió y eso para nosotros es suficiente.

Tanta franqueza sobre un asunto que hasta hace poco creía secreto abrumó a Santiago, que se sentó en una piedra sin decir nada. Los demás permanecieron también en silencio. Santiago tuvo la sensación de haber permanecido ajeno a los acontecimientos que se habían desarrollado a su alrededor. Sentía que los apóstoles a los que había considerado su familia en los últimos meses eran un grupo de conspiradores y que él era un simple soldado en una guerra que no podía ni quería comprender. Ahora las máscaras caían, el simple soldado ocupaba la primera fila y de él dependía la guerra. La sensación se hizo tan intensa que durante unos instantes se sintió mareado y el recuerdo de Jesús y su dolorosa ausencia se hicieron más intensos. Miró a María Magdalena, que asintió como si entendiera lo que estaba pensando.

—¿Quién es el traidor? —terminó por preguntar Santiago con un suspiro de resignación.

Se miraron unos a otros sin atreverse a responder. Finalmente, fue Tomás quien tomó la palabra.

—No estamos seguros, Santiago. Hemos discutido el asunto muchas veces y no llegamos a ponernos de acuerdo. Solo podemos realizar suposiciones, pero hoy vamos a salir de dudas.

—No te entiendo, Tomás. ¿Cómo vamos a salir de dudas? Os pido solamente que seáis claros y que no me ocultéis vuestras intenciones.

Santiago apoyó la cabeza entre las manos. Estaba cansado, angustiado por la muerte de Jesús, por la incertidumbre y por la duda.

—Por eso nos hemos reunido. Estamos seguros de que el traidor actuará esta noche, pues es su última oportunidad antes de que recuperemos el cuerpo. Cuando aparezca, estaremos allí para descubrirlo.

—¿Y te has preguntado, mi buen Tomás, qué haremos cuando lo descubramos? —preguntó Santiago mirándolo a los ojos con una sonrisa irónica—. Desde hace días intento adivinar qué haría Jesús en nuestra situación. Él siempre tenía respuestas para todo, pero yo no soy él, ni siquiera su pálida sombra. Quizá lo mejor para todos sería que el objeto estuviese en manos más diestras que las mías.

—No, Santiago —intervino Judas negando enérgicamente con la cabeza—, eso sería lo más fácil. Pero tú mismo has afirmado que Jesús tenía respuestas para todo y él te lo confió a ti. Y no hacía nada sin una buena razón.

Santiago valoró durante unos segundos las palabras de Judas. Nacían de la inocencia, de la ingenuidad de creer que las cosas suceden solo porque creemos que van a suceder. Lo miró y tomó una determinación.

—Dejemos entonces que la noche y el amanecer del nuevo día tomen las decisiones que nosotros no acertamos a tomar.

Instantes después, dejaron a María Magdalena en la cueva y los cinco se dirigieron silenciosos hacia una atalaya desde la que observar el sepulcro de Jesús. Establecieron turnos de observación y, mientras Atanasio ocupaba el puesto el primero, el resto se reunió alrededor de una piedra al amparo de la noche sin poder encender una hoguera que, a buen seguro, los delataría.

—Santiago —comenzó a decir Judas después de unos momentos de duda—, quizá haya llegado el momento de que te sinceres. Creo que nos lo debes.

Santiago miró uno a uno los rostros de los hombres que lo acompañaban. Estaban tensos y reflejaban cansancio, pero sus miradas eran francas y directas y lo animaban a confiar.

—No lo sé, Judas. Los últimos días han sido tan extraños... La ilusión se torna desesperación, los amigos se revelan enemigos y la verdad..., la verdad se muestra ante mis ojos igual de turbia que esta niebla que nos rodea.

Meditó durante unos momentos si debía fiarse de ellos. Cada vez estaba más seguro de que Jesús había elegido mal. Quizá Pedro no tendría tantas dudas y sabría qué hacer con la reliquia.

—Sí, quizá sea el momento —dijo finalmente con un suspiro de resignación.

—Puedes estar tranquilo —afirmó Judas aliviado—. Cualquiera de nosotros habría dado su vida por Jesús y la daríamos también por cumplir con su legado.

—En realidad, no hay mucho que contar —respondió Santiago encogiéndose de hombros.

Sus recuerdos lo trasladaron al día del encuentro con Jesús entre los olivos. Vio de nuevo aquella mirada tan profunda que nunca antes había visto en él, mezcla de tristeza y determinación, y también aquellos ojos que lo habían arrastrado a seguirlo y por los que habría dado la vida si él se lo hubiera pedido.

—La noche de la última cena Jesús mandó llamarme —comenzó a relatar cuando regresó de sus recuerdos—. Nos encontramos en la plaza antes de la hora. Me dijo que sospechaba que iba a ser traicionado y me habló de la reliquia, aunque no era la primera vez. Y sí, estás en lo cierto, Judas, me pidió que la guardara para devolvérsela algún día.

El ambiente era tenso; finalmente caía el velo que apenas cubría un secreto a voces. Sumergidos en sus cavilaciones, no parecía que hubiera nada más que añadir.

—¡Venid, alguien se acerca por el camino! —gritó Atanasio rompiendo el silencio.

Todos se levantaron y se situaron al borde del risco. Vieron a cuatro hombres cubiertos con capas. No podían distinguir quiénes eran, pues todos llevaban las capuchas puestas. Caminaban en silencio, apresurados, sin mirar a su alrededor. y en unos instantes habían alcanzado el sepulcro. Se situaron frente a las cuatro esquinas de la losa que lo cubría; no sin gran esfuerzo, lograron destapar la tumba.

Santiago estiró el cuello tratando de vislumbrar el interior mientras dos de los encapuchados se introducían en el sepulcro. Tras unos segundos de espera, vieron cómo sacaban el cuerpo y lo dejaban en el suelo junto a la lápida. Santiago sintió un escalofrío: aquel era el cuerpo de Jesús. Una sensación de irrealidad lo golpeó al recordar que no volvería a ver con vida al hombre que tanto le había enseñado sobre sí mismo y sobre la naturaleza humana. Lo que estaban haciendo aquellos hombres era un sacrilegio y notó la ira arder en su interior.

—¡Intolerable! —dijo Santiago levantándose sin poder contenerse.

—¡No, Santiago! —exclamó Tomás mientras lo sujetaba por el brazo—. Esperemos.

Santiago vio cómo Judas apretaba los puños manifestando una rabia similar a la suya, pero se mantuvo quieto, a la espera de lo que sucedía abajo.

Una de las figuras se inclinó y rebuscó en el cuerpo. Al rato, hizo un gesto a uno de sus ayudantes y este encendió una lámpara de aceite y la colocó a su lado. El otro prosiguió el registro con detenimiento. Los encapuchados comenzaban a ponerse nerviosos y miraban a su alrededor temiendo que alguien llegara. El registro continuó de manera cada vez más desesperada, y cuando la figura inclinada sobre el cuerpo hizo un movimiento brusco la capucha se le desprendió.

—¡Pedro! —exclamó Tomás con los ojos refulgiendo de ira—. ¿Cómo es posible que él sea el traidor? Siempre ha estado al lado de Jesús, lo dejó todo por él y ahora...

Callaron al ver que las cuatro figuras se incorporaban y discutían. Colocaron la lápida de nuevo en su sitio, cogieron el cuerpo de Jesús y, caminando lentamente, se perdieron en las sombras de la noche.

—Debemos seguirlos —dijo Santiago saliendo de su letargo—. Daos prisa, antes de que desaparezcan.

—No, Santiago —contestó Tomás con firmeza—. Dejémoslo por ahora. Ya sabemos lo que ansiábamos conocer. Solo faltan dos horas para el alba y todos deberemos reunirnos para recuperar el cuerpo.

Regresaron a la cueva y, tras contar a María Magdalena lo que había sucedido, cada uno se sumió en sus propios pensamientos. Los de Santiago eran caóticos; iban desde la tristeza por la muerte de Jesús y por la codicia de poder del nuevo Pedro hasta la duda al respecto del origen de la traición a Jesús y de la postura a adoptar cuando los apóstoles se volvieran a reunir. Aquellas dos horas se hicieron interminables y a lo largo de los meses que siguieron quedarían en su recuerdo como uno de los momentos más negros y solitarios de su vida.

10

Año 1199

El abad Clement estaba contento. En apenas unas semanas estaría en presencia del mismísimo Inocencio III, al que regalaría, además de unas preciosas sedas de la región, el mayor presente que jamás un sumo pontífice pudiese haber deseado.

Había sido un largo camino: la admisión en el consejo guardián de la reliquia, el nombramiento como abad protector de la Sauve-Majeure y, finalmente, la decisión de sacar a la luz el objeto. Por fin serían reconocidos sus méritos y su ascenso a la cúspide romana sería rápido. Quizá, quién sabe, hasta el propio Inocencio III podía morir.

Miró de soslayo al abad Guy Paré, que cabalgaba a su derecha. Se le antojaba un hombre desagradable. Alto, delgado y estirado, con una nariz larga, estrecha y aguileña, unos ojos hundidos en profundas cuencas y una escasa mata de pelo lacio coronando una cabeza huesuda, adornada por unas orejas también largas y puntiagudas. Vestía hábito, lo que contrastaba con la espada que ceñía a su cintura. A lomos de un nervioso corcel negro parecía la imagen misma de la muerte. Pero lo que más desagradaba al abad Clement era su profunda fe cristiana. A pesar de su impaciencia por acudir a Saint-Émilion, se había visto obligado a orar durante una eternidad en la capilla de la abadía antes de partir.

El abad Guy Paré también pensaba en el futuro que le aguardaba, uno bien distinto al deseado por el abad Clement. Él no aspiraba a entrar en la cúpula romana ni anhelaba sustituir a Inocencio en su pontificado; él deseaba cumplir la misión que Dios le había encomendado: recuperar el objeto y restituirlo a su legítimo dueño. Con él en su poder, Inocencio III podría culminar la obra de su vida, poner en orden Roma y el Estado Pontificio, ejercer la *Plenitudo potestatis*, organizar las cruzadas que liberasen Tierra Santa y derrotar a la creciente herejía cátara del condado de Toulouse. Él solo era un instrumento, el largo brazo que portaba su espada. Miró a su izquierda, al hombre que cabalgaba a su lado. El abad Clement le desagradaba en extremo. Le parecía vago y codicioso, sin una profunda fe religiosa; la ambición era su única religión. Con cierta satisfacción, pero sin cambiar de expresión, pensó que, una vez en Roma, se ocuparía de darle un final rápido y doloroso.

Los dos abades se detuvieron frente a la iglesia y Clement notó crecer su impaciencia. Algo le rondaba en la cabeza desde que había entrado en Saint-Émilion, una sensación extraña e indefinida que se había apoderado de él. Lo atribuyó a la excitación ante la culminación de un trabajo bien hecho.

Descabalgaron de sus monturas y entraron en el templo. A Clement le sorprendió la ausencia de antorchas, ya que era costumbre extendida tener siempre una encendida por si alguien quería entrar a rezar. Ordenó a un monje que le trajera una. Después le pidió que saliera y que cerrara la puerta y le encomendó no dejar entrar a nadie. Cuando el monje hubo salido, se dirigieron hacia el fondo de la nave. El abad Guy Paré mantenía un rostro impenetrable, que contrastaba con la expresión exultante de Clement.

De pronto, la sangre se heló en sus corazones. La estatua de Saint-Émilion no se hallaba en su lugar y tras ella, en la pared de ladrillos, se abría un agujero que parecía mirarlos como una boca desdentada que emitía una carcajada burlona. La tumba había sido violada y la reliquia había desaparecido.

Entonces, un destello de clarividencia reveló a Clement por qué había estado preocupado desde su entrada en Saint-Émilion. Aquel hombre con hábito en el mercado. Un monje se había adelantado desde la abadía y ante sus propios ojos les había robado la reliquia. Emitió un gruñido de sorpresa y desesperación. Giró sobre sí mismo y siguiendo al abad Guy Paré, que había reaccionado incluso antes que él, se precipitó fuera de la iglesia.

Mientras subían a sus caballos, Clement explicó al abad Guy Paré sus sospechas. Luego se giró hacia los monjes que lo acompañaban, que los miraban sorprendidos.

—¡Regresad a la Sauve con la mayor presteza posible! ¡Apresad a todo aquel que fuera leal a Pierre de Didone y esperad allí nuestras instrucciones!

Al tiempo que sus hombres se dirigían al sur de regreso a la Sauve, Clement y Guy Paré galoparon por las estrechas calles del pueblo hacia la puerta norte, haciendo apartarse a su paso a los asustados habitantes de Saint-Émilion.

11

Año 2019

El sonido de un edificio antiguo es único. Cruje, protesta y chirría como una bestia mitológica despertando de un largo sueño. A Marta siempre le había gustado esa idea; era como si la construcción tuviera personalidad.

En su habitación de La Couleuvrine, se desperezó debajo de las sábanas, disfrutando del momento. Pocas veces podía hacerlo, ya fuera por la tiranía diaria del despertador o por el acoso aún más tirano de su gata, que, independientemente del día de la semana en que se encontrasen, se subía puntual a su cama para recordarle que su cometido principal en la vida era darle de comer y acariciarla. Aquel día echó un poco de menos los ojos verdes y el suave pelo de Raisha, su ahora única compañera en la vida. La había conquistado varios años antes y estaba siendo un consuelo tras la ruptura con Diego.

Se levantó con una sonrisa, mucho apetito y con ganas de comenzar su aventura, pero tuvo que esperar un rato para poder cruzar el pasillo hasta la bañera. Era la hora en la que los huéspedes bajaban a desayunar. Se sintió estúpida con la toalla enrollada en el cuerpo y la oreja pegada a la puerta de la habitación. Mientras se duchaba, escuchaba el tintineo de los platos en el restaurante y su cerebro imaginaba el olor a café recién hecho.

Ya en la cafetería del hotel, disfrutó de un exquisito cruasán hojaldrado y de un delicioso café, y planeó los movimientos del día.

El plan era sencillo: trataría de seguir paso a paso los lugares que describía Jean, si es que aún existían. Había estado ya en la Sauve-Majeure y ahora recorrería Saint-Émilion para visitar la iglesia donde Jean había recuperado el extraño objeto. Se resistía a pensar que lo había robado. Le gustaría tocar la piedra que Jean, con tanto esfuerzo, había movido poco antes de la llegada de los abades.

Pagó la habitación y salió a encontrarse con un pasado que creía muerto. Pronto descubriría que no era así, que aún estaba latente entre los semiderruidos muros de las iglesias y de las abadías y que la historia dormía entre las piedras, agazapada, esperando que alguien la despertara.

12

Año 33

Instantes antes de la salida del sol, Santiago, Tomás y Judas se dirigieron hacia el lugar donde habían de encontrarse con el resto de los apóstoles. No habían sido capaces de determinar cuál sería su proceder, por lo que decidieron esperar acontecimientos. Cuando llegaron, el grupo los esperaba taciturno. Santiago vio que Pedro lo observaba con intensa curiosidad. Tras un denso silencio, Juan se levantó y, viendo que estaban todos, los exhortó:

—Ha llegado el momento —dijo con actitud solemne—. Si alguien no está de acuerdo con lo que vamos a hacer, que lo diga ahora.

Se miraron unos a otros. Los ojos de Santiago se detuvieron en los de Pedro; este se encontraba sumido en sus pensamientos, pero levantó la mirada y le sonrió de una manera que a Santiago, en las tinieblas de la noche, le pareció siniestra, casi cruel, reveladora del secreto que ambos compartían. Comprendió entonces que las máscaras habían caído: Pedro sabía que la reliquia se hallaba en su poder y Santiago sabía que él la ansiaba tanto como para estar dispuesto a todo para conseguirlo.

Todos se levantaron y se encaminaron al sepulcro. Santiago pensaba en cómo reaccionarían los demás ante el descubrimiento de la tumba vacía, en Pedro y en sus aún desconocidos cómplices y en la enigmática sonrisa que le había dirigido unos minutos antes.

Llegaron justo cuando los primeros rayos de sol comenzaban a iluminar el mundo. Varios apóstoles se dispusieron a mover la lápida, mientras los demás esperaban a su alrededor, con la mirada fija en la sepultura. Dos apóstoles se situaron a cada lado de la enorme piedra y la hicieron girar hasta desplazarla lo suficiente como para permitir el acceso. Santiago levantó la cabeza y vio que Pedro lo miraba de reojo.

—¡Está vacía! —escucharon exclamar desde la entrada del sepulcro—. ¡El cuerpo de Jesús ha desaparecido!

—¡Traición! —gritó Pedro, como si hubiera estado esperando ese momento.

Santiago se dio cuenta de que todo aquello había sido meticulosamente planeado. Un ruido de hojas desenvainando resonó a su alrededor. De detrás de unos matorrales salieron varios hombres portando espadas. Pedro, Pablo y Juan también iban armados y lo miraban con fría determinación. Las fuerzas estaban descompensadas: Santiago solo tenía a Tomás y a Judas, mientras que Pedro contaba con siete hombres. El resto de los apóstoles contemplaban atónitos la escena. El resultado de la lucha dependía de lo que estos hiciesen. Pedro habló despiadadamente a Santiago:

—Tira tu espada, Santiago, y entrega la reliquia. Nadie tiene por qué resultar herido.

—¡Nunca, Pedro! —contestó Santiago con firmeza. La rabia y la indignación lo invadieron; apenas unas horas antes le habría dado el objeto, pero no lo haría por la fuerza—. ¿Qué derecho crees tener para reclamar algo que Jesús no quiso darte? —preguntó recuperando la confianza—. ¿Qué potestad te otorgas para decidir por tu cuenta el destino de todos nosotros?

Pedro rio a carcajadas, aunque su risa sonó falsa. Bajó la espada y miró a su alrededor, invitándolo a comparar sus huestes.

—¡Este es mi derecho, esta es mi potestad! —dijo señalando a sus hombres—. Solo yo tengo la sabiduría y la fortaleza necesarias para reclamar la reliquia y no un pusilánime cuya principal virtud es comparable a la obediencia de una oveja hacia su pastor —añadió con tono despectivo—. Jesús dijo que sobre mí fundaría su Iglesia, yo soy el elegido.

Con los ojos inyectados en sangre, Judas avanzó hacia Pedro blandiendo su acero, pero Pablo y Juan se interpusieron. Santiago pensó que quizá era mejor ceder para evitar males mayores. En ese momento dos hombres más aparecieron corriendo. La última esperanza lo abandonó. Escuchó gritar a Judas: eran Teodosio y Atanasio.

—¡Huid! —gritó Teodosio al tiempo que se lanzaba sobre Pedro con coraje.

Judas dio un fuerte empujón a Santiago y lo obligó a correr junto a Tomás. A su espalda se oía el ruido del entrechocar de las espadas, que se fue perdiendo en la distancia a la vez que los primeros rayos de sol aparecían por el horizonte. Corrieron sin mirar atrás, escuchando a sus perseguidores acercarse cada vez más.

Llegaron a un pequeño pero profundo riachuelo atravesado por un angosto puente tras el cual el bosque los esperaba silencioso. Se detuvieron en la orilla y comprobaron que cuatro hombres, entre los que se encontraba Pedro, caerían sobre ellos en unos instantes.

—Nosotros los entretendremos —dijo Judas con la mirada endurecida por la furia—. Nos veremos junto al embarcadero si todo va bien.

—Nunca, Judas —respondió Santiago negando con la cabeza—. No os dejaré solos. Entre los tres podemos vencerlos.

—No temas por nosotros, es a ti a quien buscan —terció Tomás poniendo una mano sobre su hombro—. Ve y espéranos en el embarcadero en la segunda hora.

Bajo la débil luz del día naciente, Santiago miró por última vez los rostros de sus amigos y deseó más que nada en el mundo volver a verlos con vida. Comprendió que tenían razón: si quería evitar que el objeto cayese en manos de Pedro, debía continuar sin ellos. Entonces no fue consciente de las consecuencias de su decisión, la primera de las muchas que tomaría en los meses siguientes.

Hizo un gesto de despedida, cruzó el puente y se internó en el bosque. Recorrió unos cientos de metros hasta que creyó haber dejado atrás a sus perseguidores. Se escondió entre unos matorrales y permaneció muy quieto, evitando el más mínimo ruido que pudiese revelar su presencia. El silencio más absoluto lo envolvió. Sin darse cuenta, y a causa del cansancio de una noche entera en vela y de las preocupaciones que lo acechaban, cayó profundamente dormido. O quizá otra mano lo había conducido al mundo de los sueños.

En las tinieblas del sueño, se encontró en un paisaje desconocido, un desierto de arena y guijarros que se extendía muchas leguas. Por aquel desierto avanzaba lentamente una caravana formada por una decena de hombres a lomos de camellos. Provenían de un lejano país; su lengua y sus vestimentas le eran desconocidas. Cubiertos de polvo y sudor, y a pesar de que la tarde caía ya, continuaban tozudamente su marcha. Iban camino de una ciudad lejana situada al borde de un río sagrado, en cuya orilla los hombres habían construido gigantescas norias de madera, algunas de ellas de más de cuarenta pies de altura. Al girar, crujían y rechinaban, mientras el agua ascendía desde el lecho del río hasta las enormes estructuras de piedra que la conducían hasta los ricos palacios de la ciudad.

La imagen volvió a cambiar, mostrándole de nuevo la caravana del desierto. El viento comenzó a soplar y la arena rugió y se alzó como un enjambre, sembrando el desconcierto entre los viajantes. El estruendo aumentó y el viento se transformó en una fuerte tormenta que descabalgó a los jinetes de sus monturas, dispersando al grupo. Los camellos emprendieron la huida y los hombres echaron a andar sin rumbo, protegiéndose como podían de aquel infierno.

Cuando el temporal amainó, las dunas quedaron sembradas de cadáveres. La escena pareció detenerse hasta que un punto oscuro salió de una gruta situada en una colina cercana y comenzó a descender. Santiago tardó en reconocer la figura de Jesús, pues su aspecto era muy diferente al que había conocido. Escuálido, muy joven, casi imberbe, apenas era una sombra. Estudió los cuerpos y descubrió un hálito de vida en el último de ellos. Sin perder un segundo, Jesús lo tomó entre sus brazos y, sin aparente esfuerzo para un hombre de su constitución, lo levantó y lo llevó hacia la gruta.

Los días pasaron. Los cuidados que Jesús ofrecía a su paciente fueron obrando el milagro, las marcas de su padecimiento fueron remitiendo y comenzó a mejorar. Cuando se recuperó por completo, llegó el día de su partida. Jesús salió a despedirlo a la entrada de su gruta. Antes de emprender la marcha, el hombre hurgó entre los pliegues de su túnica y sacó un objeto pequeño y se lo tendió. Jesús lo rechazó con un gesto de agradecimiento, pero ante la insistencia del otro aceptó la ofrenda. El hombre dio media vuelta y sin decir una palabra reemprendió su camino. Jesús se quedó pensativo viendo cómo se alejaba el desconocido. Finalmente, bajó la mirada y observó el regalo que acogía en su mano.

En ese momento, Santiago se despertó. Aquel objeto colgaba ahora de su cuello.

13

Año 1199

El pueblo de Saint-Émilion quedó atrás. Me acercaba al
puente por el que cruzaría de nuevo el río Dordoña y
decidí que una vez que estuviera al otro lado me separa-
ría del camino y me internaría en el bosque. Además del
temor a ser perseguido, me preocupaba no encontrar
nada de comer, pues las magras provisiones que había
sacado de la abadía pronto se acabarían.

El puente apareció ante mi vista y el sonido lejano de
los cascos de un caballo me sacó de mis pensamientos.
Por un momento temí que el abad me hubiese dado alcance, pero el ruido provenía de la dirección contraria a
Saint-Émilion. Aún no podía ver quién se aproximaba,
ya que la curva del camino me lo impedía, pero me oculté tras unos arbustos.

Un caballero apareció en el camino y refrenó su montura. Con un ligero trote, cruzó el puente, mientras observaba el pueblo a lo lejos. Al cabo de unos instantes,
detuvo el caballo por completo, precisamente a mi altura, lo que me dio la oportunidad de estudiar al jinete con
detenimiento. Se trataba de un hombre muy joven, alto,
moreno y de rasgos agraciados y ojos oscuros. Su piel
estaba curtida por el sol y velada por el polvo del cami-

no. Cabalgaba un corcel negro como su vestimenta, sin ningún adorno visible. En el costado, llevaba ceñida una larga espada cuya vaina era completamente lisa. La ausencia de aderezos y marcas hacía pensar que el caballero quería pasar desapercibido, pero producía el efecto contrario.

De pronto, mi atención se centró en la empuñadura de su espada. Tenía un símbolo extrañamente parecido al del objeto que ahora escondía yo en mi bolsa. No pude evitar estremecerme. No creía en las causalidades. Las palabras que me había dicho el músico en el bosque apenas unas horas antes volvieron a mi recuerdo.

—Si vas a atacarme ahora, te recomiendo que te lo pienses dos veces —dijo con voz calmada sin darle importancia.

Noté que la piel se me erizaba al haber sido descubierto con tanta facilidad.

—No tenía intención de atacarte. Más bien temía que pudieras atacarme tú a mí —contesté nervioso.

—¿Y qué es aquello tan valioso que posees para temer ser atacado? No, no me contestes —continuó con una sonrisa irónica—. La ignorancia es la mejor manera de evitar la tentación.

—¿Quién eres? —pregunté venciendo mi inicial recelo—. Yo me llamo Jean y voy a Rocamadour. Vengo desde Santiago de visitar la tumba del santo —mentí.

El caballero inclinó la cabeza para estudiarme y amplió su sonrisa, como si algo en mi voz le indicara que mentía.

—Yo me llamo Roger de Mirepoix y vengo de Carcassonne. Soy albigense y la razón por la que estoy aquí no te concierne —respondió haciendo un gesto distraído con la mano—. Pero ¿serías acaso tan amable de decirme si este pueblo es Saint-Émilion?

—Sí, estás en lo cierto. De Saint-Émilion se trata —contesté un tanto confundido por su actitud.

—Bien, te agradezco la información, peregrino —dijo irguiéndose sobre la montura a la vez que me miraba con curiosidad, como si me viera por primera vez—. Te deseo buena ventura en tu camino.

Acto seguido, espoleó su montura y se marchó raudo hacia el pueblo. Yo me quedé pensativo, recordando el símbolo tallado en la espada de aquel hombre y en las últimas palabras del antiguo abad: «No estarás solo, aún quedan hombres que me son leales y que podrán ayudarte en tu tarea». Pero el abad también me había dicho que no confiase en nadie y quizá solo era una casualidad.

Salí de entre los arbustos y crucé el puente. No podía apartar de mi mente al jinete. Llegué al lugar por donde horas antes había salido del bosque y miré por última vez el pueblo. Entonces los vi. Los dos abades y el caballero negro se habían cruzado en el camino y los tres conversaban mirando en mi dirección.

Corrí aterrorizado. La persecución había comenzado.

14

Año 2019

Las callejuelas de Saint-Émilion combinaban suelos empedrados con cuidadas casas antiguas de piedra entre las cuales circulaban los turistas tan interesados en comprar vino de la región como en visitar cada rincón de la pequeña población. Siguiendo un pequeño mapa que le habían dado en el hotel, Marta dio con la iglesia en la que Jean había robado el objeto. La noche anterior, tras consultar en internet, había descartado la otra basílica del pueblo; era demasiado moderna. En el año 1200 solo existía la iglesia monolítica.

Marta esperaba encontrarse una ermita recogida, pero la construcción excavada en la roca caliza casi un milenio atrás era enorme; contaba con una amplia nave central y dos laterales casi del mismo tamaño.

Ya en su interior, miró a su alrededor buscando la estatua de Saint-Émilion, pero no encontró rastro alguno de ella. Regresó a la puerta para hablar con el encargado de cobrar las entradas, que estaba enterrado en sus propios pensamientos y con expresión de aburrido desdén.

—¿Podría indicarme dónde está la estatua del santo? —preguntó en francés con una sonrisa inocente.

—¿Qué estatua? —respondió sorprendido.

—La estatua de Saint-Émilion que aquí se guarda.

El hombre la miró con el ceño fruncido, como si no supiera de qué le hablaba.

—Aquí nunca ha habido una estatua del santo, créame —dijo viendo la cara de incredulidad de Marta—. Llevo trabajando aquí veinticinco años y nunca he oído hablar de ninguna estatua.

Marta murmuró una disculpa y se alejó al interior de la iglesia. Estaba decepcionada; había dado por hecho que la estatua seguiría allí, esperando a que ella, la única persona viva que conocía lo que había pasado ochocientos años antes, viniese a visitarla. Se había dejado arrastrar por la imaginación, siguiendo un rastro perdido hacía muchos siglos. Frustrada, abandonó la iglesia y se dirigió al coche. Decidió regresar a casa, entregar el libro y volver a su vida. Todo aquello no había sido sino una huida de sus problemas, de su ruptura con Diego. Era hora de afrontarlo como una persona adulta.

Salió de Saint-Émilion en dirección sur. La carretera serpenteaba hacia el río y al doblar una curva pudo ver, abajo, el puente, una obra moderna que, sin duda, había sustituido tiempo atrás al que Jean había cruzado huyendo de los abades.

Estaba a punto de atravesarlo, cuando algo la hizo detenerse bruscamente. Medio oculto entre los árboles, apenas cien metros río arriba, había otro puente más antiguo, romano quizá; había resistido allí apartado, inútil, envejeciendo lentamente. Marta bajó del coche y caminó por un estrecho camino de tierra. El puente se conservaba en buen estado, aunque le faltaban varios sillares y el musgo, los líquenes y los helechos amenazaban con engullirlo. Se imaginó a Jean escondido, perdido, sin memoria, observando aterrado la conversación entre el caballero negro y los abades.

Entonces la vio. Apenas distinguible, en uno de los sillares de piedra del puente había una pequeña marca de cantería que solo su ojo entrenado habría podido encontrar. La firma orgullosa que un maestro cantero había dejado como prueba de su trabajo. Ahí estaba, dos mil años después, enseñándole que el pasado podía sobrevivir al tiempo, que solo había que saber mirar.

Aún no era el momento de regresar; Jean la llamaba y ella trataría de acudir a su reclamo. Mientras las piedras le hablasen.

15

Año 1199

Sin mirar atrás un solo instante y presa de un pánico atroz, me introduje en la espesura del bosque y corrí hasta que pensé que me estallarían los pulmones. No me atrevía a detenerme y a cada segundo me parecía oír el galope de los caballos acercándose. Dudé si desandar el camino que había recorrido para llegar a Saint-Émilion, pero decidí evitar la abadía, así como el presumible rumbo que tomarían mis tres perseguidores. Poco a poco mi corazón volvió a su ritmo normal y el miedo me abandonó, dando paso a la angustia, que me acompañó el resto del día.

No conocía ningún sitio en el que refugiarme; me esforzaba por recordar algún lugar, alguna imagen, algún rostro amigo, pero mi mente seguía en blanco. Opté por ir en dirección contraria a la que le había dicho al caballero negro, esperando que aquello me diera más oportunidades de escapar.

Entonces se me ocurrió una idea. Igual que el trovador con el que me había topado en el bosque la noche anterior, marcharía a Santiago de Compostela. Allí pasaría desapercibido entre los numerosos peregrinos que acudían a venerar la tumba del apóstol. Lamentaba tener que abandonar la región, ya que eso me impediría comenzar la búsqueda de mi identidad, pero sin saber aún bien por qué, parecía lógico dirigirme hacia el propio origen del objeto que ahora custodiaba. Tal vez allí descubría qué hacer con él o cómo protegerlo de la persecución de Roma, o quizá podía dárselo a alguien.

Al caer la noche, busqué un lugar alejado del camino para dormir. Encontré un claro en el que la hierba rodeaba a un viejo roble, proporcionándome un lecho mullido en el que acostarme. En silencio, acabé las últimas provisiones, diciéndome a mí mismo que el destino proveería y recordando que en el camino existían numerosas iglesias, monasterios y hospitales donde el peregrino recibía ayuda, comida y un lecho en el que descansar. Extendí mi capa sobre la hierba, me arrebujé en ella y, propiciado por el agotamiento del día, el sueño me invadió casi al instante. Poco sabía yo de los peligros que acechaban en el bosque a la caída del sol; de haberlos conocido, probablemente no habría pegado ojo en toda la noche, pero mi desconocimiento, el cansancio y la suerte me proporcionaron una noche entera de descanso.

La mañana siguiente llegó con una llovizna persistente que no ayudó a mejorar mi ánimo decaído. Mi estómago me recordó que debía buscar comida antes de continuar. Trataría de encontrar algún lugar donde aprovisionarme y después me dirigiría al sur y cruzaría el Garonne. El paso del río sería el punto crítico de mi viaje. Tenía la esperanza de que cuanto más me alejara de la Sauve-Majeure, más oportunidades tendría de evitar a mis perseguidores.

La lluvia resultó ser una estupenda aliada. Apenas me crucé con unos pocos viajeros y estos estaban más preocupados por terminar su recorrido y escapar del chaparrón que por interesarse por otro vagabundo más en aquel mundo hostil, en el que un encuentro inesperado solía terminar mal.

A mediodía llegué a un pueblo llamado Athala. Intentando pasar desapercibido, me dirigí al mercado; aunque nadie vería extraño que un monje comprase comida, quizá se acordaran de mí si alguien les hacía preguntas indiscretas. Compré pan, un queso, unas tiras de carne seca y algo de fruta, un cuchillo para cortar el queso, que no para defenderme, y un odre para el agua. No me quedaba mucho más dinero, por lo que abandoné la idea de hacerme con una capa nueva.

Hice un repaso mental de las necesidades que me encontraría a lo largo del camino, pero no se me ocurrió nada más. «¿A quién pretendes engañar?», me dije desmoralizado. «No eres un peregrino, algo olvidarás que luego echarás en falta.»

Dejé el mercado y reemprendí el camino. La lluvia había dado paso al sol y algunas mujeres del pueblo se ocupaban de tender la ropa frente a las fachadas de sus casas. La idea fue repentina. Miré a ambos lados del camino y hacia atrás y reparé en una casa con la ropa ya tendida. Nadie parecía prestarme atención, así que, temblando, me acerqué al tendedero y rápidamente cogí una capa grande. Luego, me quité la mía y la coloqué en su lugar convenciéndome de que solo era un trueque. Me cubrí con la nueva capa mientras pensaba en lo irónico que resultaba ponerse más nervioso ante el hurto de una simple capa que robando un valioso objeto. Miré de nuevo a mi alrededor, aceleré el paso y dejé atrás las últimas casas del pueblo.

Caminé durante todo el día a través de pastos y bosques y solo me detuve en algunos de los numerosos riachuelos para saciar mi sed y refrescar mi cansado cuerpo. Era evidente que no estaba acostumbrado a este tipo de esfuerzos; fuera cual fuese mi ocupación en mi anterior vida, estaba claro que no conllevaba la realización de grandes derroches físicos ni largas marchas por los caminos. Me descubrí pensando en el vacío que ocupaba en mi mente todo lo ocurrido antes de mi estancia en la Sauve-Majeure. Deseé que alguien se hubiera percatado de mi ausencia o que una mujer me esperase en algún lugar.

Debido a estos pensamientos no me percaté del peligro inminente que me acechaba. Un repentino ruido de cascos de caballos me sacó de mis ensoñaciones y; cuando tuve enfrente a los dos abades, ya era tarde.

Un silencio extraño se extendió entre nosotros, solo interrumpido por el relincho de las monturas y por el rumor del viento entre los árboles y el tiempo pareció detenerse. Los ojos de mis perseguidores se clavaron en mí como los de un lobo en su presa. El abad Guy Paré se adelantó unos metros con una expresión intensamente concentrada, mientras el abad Clement enseñaba los dientes en una sonrisa cruel, disfrutando de la escena.

—Ladrón —rugió el abad Guy Paré con mirada triunfal—, devuelve aquello que no es tuyo y que has profanado. Muere luego para arrastrarte hasta el fin de los tiempos por el infierno de los herejes.

La desesperanza se apoderó de mí. Poco podía hacer solo ante dos hombres a caballo armados con espadas y dispuestos a todo. Luchar no serviría de nada e intentar huir únicamente prolongaría mi agonía. «Bien —me dije—, aquí termina mi misión. Ha sido antes de lo esperado, pero nunca confié en acabarla con éxito.»

De repente, el ruido de otro caballo al galope se escuchó al final del camino y la atención de los abades se desvió por un instante hacia el lugar del que provenía. Los dos desenvainaron sus espadas y adoptaron una actitud defensiva. El sonido se acercaba rápidamente; yo me di la vuelta esperanzado ante la nueva situación. El caballero negro apareció ante mi vista sujetando firmemente con la mano izquierda las riendas del caballo y blandiendo con la derecha la espada con el extraño símbolo. Por un instante, me fijé en sus ojos, que brillaban concentrados, desapasionados. Mi última posibilidad se desvaneció. Ni siquiera tuve el coraje de moverme de mi posición y esperé, casi aliviado, el mortal descenso de la espada sobre mi cabeza.

Se abalanzó sobre mí, pero en lugar de sentir el frío acero, noté un soplo de aire cuando el caballo me esquivó en el último momento. El sonido del entrechocar de las espadas me sacó de mi inmovilidad y entonces vi a los tres caballeros enzarzados en combate. A pesar de encontrarse en desventaja, el caballero negro mantenía a sus enemigos a distancia. El abad Clement era un pésimo espadachín; el abad Guy Paré, sin embargo, parecía haber recibido instrucción en armas. Pronto la lucha se convirtió en un duelo entre los dos. Clement intervenía con poco éxito cuando las circunstancias lo permitían. Los caballos se encabritaban y relinchaban expulsando vaho, mientras los jinetes trataban de hacerlos girar según las necesidades de la contienda.

Me sorprendí admirando la destreza de mi salvador, que parecía bailar sobre el caballo. Su espada dibujaba arcos limpios y controlados, mientras su montura se anticipaba a sus deseos con la misma tranquilidad que su jinete. El caballero negro hizo una finta y golpeó de lado la espada del abad Guy Paré, quien, por un momento, perdió el control de su caballo. Consiguió recuperarse, pero su contrincante atacó de nuevo y esta vez el abad no estaba preparado. Tuvo el tiempo justo de interponer su espada, pero el golpe lo derribó. Su cabeza golpeó contra el suelo antes que el resto del cuerpo y quedó inmóvil sobre la hierba.

El abad Clement aprovechó la situación para abalanzarse sobre el caballero negro. Un grito se escapó de mi garganta y, como movido por un resorte, este reaccionó justo a tiempo para detener el golpe y lanzar una estocada casi ciega. La hoja de la espada atravesó con facilidad pasmosa el pecho del abad, que se quedó mirando el filo con una expresión mitad incredulidad, mitad desaprobación. Sin emitir siquiera un gemido, cayó del caballo y quedó boca arriba en el suelo; una enorme mancha de sangre se extendió con rapidez mientras la luz se extinguía de sus ojos.

El caballero negro se bajó del caballo y fue hacia los dos cuerpos caídos. Se detuvo un instante a contemplar la aparatosa herida del abad Clement y luego se acercó al abad Guy Paré, al que tomó el pulso. Finalmente, enfundó el acero y se volvió hacia mí, que observaba pasmado la escena.

—¡Sube! —dijo con una nota de apremio en la voz—. Debemos huir tan rápido como podamos.

Salté a lomos del caballo, que se agitó inquieto, quizá excitado por el olor de la sangre y por el esfuerzo de la batalla. El caballero negro arreó la montura y con el sol de la tarde ya iniciando su descenso nos perdimos en la distancia, dejando atrás a nuestros enemigos muertos.

Cabalgamos hasta que la oscuridad se tornó densa a nuestro alrededor. Mi cuerpo comenzaba a entumecerse por el frío y la inactividad. Ya había perdido la esperanza de que aquella interminable carrera finalizase y sentía que en cualquier momento me caería del caballo por puro agotamiento cuando el caballero detuvo el corcel al pie de un pequeño promontorio.

Descendió y me ayudó a descabalgar. Subimos la colina a pie y nos instalamos junto a un grupo de árboles, en un lugar desde el que se podía divisar un gran trecho del camino.

—Descansaremos un par de horas y luego continuaremos —dijo sin siquiera mirarme.

—Has acabado con nuestros perseguidores —protesté irritado—. ¿No podríamos descansar más tiempo?

El caballero negro me escrutó detenidamente, como si no entendiese mi queja.

—Quizá deberías empezar agradeciéndome que te haya salvado la vida —dijo acompañando el comentario con una mueca sarcástica—. Uno de ellos no está muerto, solo inconsciente. Pronto nos perseguirá de nuevo y no vendrá solo. No querrás sentarte a esperarlo, ¿verdad?

Esta vez fui yo quien lo miró con curiosidad, como si lo viera por primera vez.

—¿Por qué no acabaste con él cuando pudiste?

—No quito la vida a un hombre, salvo que la mía o la de un inocente se encuentre en verdadero peligro. Tal hecho es contrario a mis convicciones.

16

Año 2019

Sentada en el coche con el libro entre las manos, Marta releyó el episodio de la llegada a Athala y del encuentro de Jean con los abades y con el caballero negro. Se dio cuenta de que el mundo de Jean era un lugar peligroso; entonces, la vida y la muerte eran cuestión de suerte. Un mundo muy diferente del actual.

Decidió que Athala sería su siguiente paso, aunque al introducir el nombre en el navegador, no apareció ninguna referencia similar. El nombre, la grafía o incluso el pueblo podían no existir ya. Decidió mirar en Google y no tardó en averiguar que Athala había sido una pequeña población hoy conocida con el nombre de Sauveterre-de-Guyenne.

Al llegar, comprobó que el pueblo aún conservaba rastros de su historia. Recorrió las calles tratando de imaginarse a Jean robando la capa y comprando comida. Comió en el pequeño restaurante del albergue St. Jean Baptiste y dedicó el tiempo del café a pensar en cuál sería su siguiente paso.

En algún lugar más al sur, Jean había sido salvado por el caballero negro. ¿Por qué razón lo había hecho? Parecía difícil de entender que un soldado hubiese actuado así, defendiendo a un ladrón frente a dos abades, hasta dar muerte a uno de ellos. Jean no daba ninguna explicación en su relato, pero el hecho de que ambos hubiesen continuado juntos indicaba que el caballero negro sabía algo. Quizá, tras encontrarse en el puente con los abades, había entrado en el pueblo, había descubierto la causa de la persecución y había regresado para proteger a Jean. Era evidente que no había aparecido por casualidad, pero ¿qué era lo que buscaba aquel caballero?

17

Año 1199

Los siguientes días fueron una pesadilla.

El caballero negro apenas me daba tregua y las jornadas transcurrían monótonas. Aprovechábamos el día para descansar y desde el atardecer hasta que el sol se alzaba de nuevo en el horizonte avanzábamos, deteniéndonos solo para que el caballo bebiese y para estirar las piernas, anquilosadas por la posición sobre la montura.

Era un hombre silencioso, apenas me dirigía la palabra, pero pude averiguar que íbamos hacia el sur cruzando el río Adour y que nos estábamos acercando a los Pirineos. Según me había dicho, aquellos eran parajes peligrosos, los lugareños tenían fama de salvajes y de asaltar a los peregrinos para robarles sus escasas pertenencias. Sin embargo, ya fuera por su destreza, por el conocimiento del terreno o por el miedo que inspiraba, no sufrimos ningún incidente.

El día antes de nuestra llegada a Roncesvalles, me atreví a preguntar a mi guardián acerca de nuestro destino.

—Pronto nos separaremos —contestó con calma—. En poco más de dos días alcanzaremos Pamplona. Entonces, yo me desviaré hacia el este y tú podrás continuar viaje a Santiago.

Decidí aprovechar que estaba más comunicativo que los días anteriores para tratar de entender la situación.

—¿Por qué me salvaste? —pregunté vacilante sin estar muy seguro de querer escuchar la respuesta.

El caballero negro me miró sin pestañear. Pareció dudar si responderme, pero al final algo le impulsó a hacerlo.

—Ibas a morir —contestó como si aquello fuera suficiente—. No sé quién eres ni por qué los abades te perseguían, pero sé que iban a matarte y que ellos no eran inocentes, de eso estoy seguro. Quizá tú tampoco, pero eso no lo sé aún.

Medité sus palabras. Quería seguir preguntando, pero sospechaba que no me daría más información y temí que me la pidiera a mí.

Pensé en mi futuro. No había tenido tiempo, o ganas, de reflexionar acerca de lo que haría. Me había dejado llevar por aquel hombre que me había salvado la vida, pero ahora estaría solo de nuevo. Tal vez no fuera una mala idea viajar hasta Santiago. Tal vez allí, delante de la tumba del apóstol, encontrara una salida al atolladero en el que me encontraba.

Después de nuestro paso por Roncesvalles, el número de peregrinos que encontramos no dejó de aumentar. Según dijo el caballero negro, utilizaban Roncesvalles como punto de encuentro. A partir de allí, se agrupaban para afrontar la parte más peligrosa del viaje, en la que los ladrones, los asaltantes, las incursiones árabes o simplemente el hambre y las enfermedades diezmaban la multitud. Solamente las órdenes religiosas, y en especial los monjes soldados como los de la Orden del Temple, les daban un respiro en su peligrosa peregrinación.

Días después, con el sol ya alto sobre el horizonte, llegamos a Pamplona. Florecía como capital del reciente Reino de Navarra, bajo la autoridad del obispo Martín de Tafalla. Cruzamos el río Arga por un bello puente que parecía observar el tranquilo discurrir del agua y vigilar el trabajo de los cercanos molinos. Numerosos comerciantes ofrecían sus productos a los peregrinos que cruzaban los Pirineos, salvo pan y vino, que eran derecho único de los monjes.

Tras atravesar las calles principales de la población, arribamos a la catedral de Santa María la Real. El caballero negro detuvo su montura ante el edificio principal y descendió del caballo, ayudándome después a descabalgar.

—Bien, amigo, aquí se separan nuestros caminos —dijo poniendo una mano sobre mi hombro.

Era la primera vez que se mostraba amistoso; incluso sonreía, lo que lo hacía parecer más joven y alejaba al taciturno extraño con el que había convivido aquellos días.

—¿Tan pronto partes? —pregunté agradecido por el cambio de actitud—. ¿Ni siquiera descansarás esta noche en algún lugar confortable?

El caballero negro me dirigió una sonrisa irónica.

—No me es posible descansar aún —contestó—. Mi misión ya se ha retrasado más de lo deseable. Ayer me esperaban en mi destino y con suerte aún lo alcanzaré mañana.

—No sé cómo agradecerte la ayuda que me has prestado. No tengo nada con lo que poder pagarte.

—Ah, ¿no? —inquirió con una mirada divertida—. Todo el mundo tiene algo con lo que saldar una deuda. Mas no te pediré que lo hagas ahora. Te deseo suerte y espero que nuestros caminos vuelvan a cruzarse en el futuro y puedas entonces devolverme el favor que aseguras deberme.

Sin esperar una respuesta, saltó sobre el corcel, lo azuzó y desapareció por el camino, dejándome una sensación extraña, como si un fantasma se hubiese desvanecido tan repentinamente como había aparecido unos días antes.

Aquella noche dormí junto a decenas de peregrinos en un amplio salón dispuesto para tal fin en el monasterio de Santa María. La cena a base de caldo de verduras y legumbres, unida a la agradable compañía, hicieron que me olvidase de la situación en la que me encontraba inmerso. Cuando el silencio, apenas interrumpido por el ronquido y las toses de algunos peregrinos, se extendió por la sala, los recuerdos de los últimos días y una inquietante sensación de haber cometido un error irreparable se adueñaron de mí.

¿Por qué había escuchado a aquel anciano loco y había abandonado la seguridad del monasterio? No, el anciano no era un loco y la prueba de su cordura se ocultaba bajo mis vestiduras. Acaricié la reliquia tratando de recuperar el ánimo y el sopor me fue invadiendo hasta sumergirme en un sueño lleno de pesadillas y fantasías.

Mientras el sueño disolvía las preocupaciones de Jean, el caballero negro apenas descansó, empeñado en alcanzar su destino, a unas decenas de kilómetros al este de Pamplona. Cruzó Sangüesa sin detenerse y enfiló un valle escoltado a su izquierda por las ascendentes cumbres prepirenaicas de la sierra de Errando que parecían vigilar, ceñudas, su paso. Luego tomó un desvío a su izquierda y se internó en un robledal que tapizaba la estribación sur de la sierra.

Unos minutos después, una inmensa construcción emergió ante él. Aislado del mundo, situado en lo más profundo del bosque, estaba el monasterio de San Salvador de Leyre. Sin descabalgar, se dirigió directamente a la iglesia adosada al monasterio, donde esperaba encontrar al abad Arnaldo.

La puerta Speciosa estaba abierta y el caballero se detuvo a contemplar el cuidadoso trabajo de talla con el que el maestro Esteban había decorado el pórtico un siglo antes. Siete figuras lo adornaban. Jesucristo se encontraba en el centro, flanqueado por la Virgen María y Juan Evangelista, a cuyos lados figuraban Santiago y San Pedro. En los extremos, San Mateo y San Juan Bautista completaban la escena, cuya alegoría iba mucho más allá de lo que los fieles que visitaban la iglesia y el mismo caballero negro podían imaginar.

Bajó la cabeza y atravesó el pórtico de la iglesia. Su ímpetu se vio frenado por el sonido que venía del interior. Los monjes, reunidos frente al altar, invadían el espacio con sus cánticos, que ascendían por los muros, que parecían contemplar, complacidos, la escena. El caballero contuvo el aliento y escuchó atentamente, deleitándose ante aquel sonido que ponía a los monjes en contacto directo con Dios.

Iñigo, uno de los monjes jóvenes, se percató de su presencia y, en silencio, se separó del grupo y se acercó a él con una sonrisa dibujada en los labios.

—Roger, qué alegría verte de nuevo por aquí —saludó Iñigo agarrándolo del brazo.

—Es una alegría compartida, Iñigo —respondió el recién llegado devolviéndole el cálido gesto.

—¿Deseas unirte a nosotros en nuestra oración?

El caballero negro valoró por un instante el ofrecimiento que el monje le había hecho más por compromiso que porque esperase que fuese aceptado.

—Te agradezco la invitación, mas sabes que estropearía el bello conjunto que formáis y quizá Dios no escuche entonces vuestra plegaria —contestó sonriendo.

El monje pareció meditar, divertido, su respuesta.

—Ya deberíais saber que Dios no escucha las voces, sino el sentimiento que se halla detrás de ellas.

—Aun así, debo rechazar la oferta, pues asuntos más urgentes me esperan. Debo hablar con el abad —dijo el caballero negro encogiéndose de hombros.

—Nada puede haber en esta vida más urgente que hablar con nuestro Señor —contestó Iñigo con una sonrisa cómplice—, aunque esta es la opinión de un modesto monje. El abad se encuentra meditando en la cripta, pero te advierto que ha pedido no ser molestado.

El abad era una persona de extraordinaria energía, pero en los momentos en que su presencia en el monasterio no era necesaria, se refugiaba en la iglesia o en la bella cripta que atesoraba el monasterio para orar o meditar en soledad.

—Estoy convencido de que me escuchará —contestó el jinete—. No os molestaré más. Tal vez más tarde podamos discutir las repercusiones filosóficas de tus palabras.

El caballero negro volvió sobre sus pasos y abandonó la iglesia en dirección a la cripta. Siempre que visitaba aquel insólito espacio sentía un estremecimiento, era un lugar mágico. Parecía imposible que las columnas pudiesen sostener el peso del edificio. La piedra arenisca adquiría un tono dorado, a medias entre el color del oro puro y el de la fina arena, y, aunque no estaba profusamente tallada como la del pórtico, un misterio proveniente del origen de los tiempos la envolvía. Las columnas parecían surgir de las más hondas profundidades de la tierra con el único fin de honrar a Dios sosteniendo aquel edificio.

El abad Arnaldo se encontraba al fondo de la cripta, vuelto hacia una pared adornada con una pequeña estatua de la Virgen que combinaba perfectamente con el ambiente austero de la estancia. Vestía una sencilla sotana marrón y la capucha le tapaba el cráneo tonsurado. Quizá motivada por la inmensidad de la cripta, el caballero tuvo la sensación de que el abad había encogido; la edad avanzada lo hacía ya menguar. Se situó unos pasos por detrás y esperó pacientemente.

—¿No quieres acompañarme en mis oraciones? —gruñó el anciano—. Te vendría bien.

—Dos invitaciones en pocos minutos —respondió—, pero ninguna relacionada con aspectos terrenales, como una ración de buena comida o un lecho donde descansar.

—Veo que sigues prefiriendo los placeres materiales a los espirituales —contestó el religioso mientras se volvía con una sonrisa en el rostro.

Los dos hombres se abrazaron como dos viejos amigos que no se veían desde hacía tiempo. Cuando se separaron, el viejo abad observó al joven caballero con detenimiento, como si buscara cambios indetectables a primera vista.

—Veo que la fortuna te ha acompañado en tu viaje. ¡Cuéntame las noticias que traes del otro lado de los Pirineos!

—Muchos y variados acontecimientos se han sucedido desde nuestro último encuentro. Las noticias que traigo de Languedoc no son esperanzadoras y, aunque la enseñanza cátara se extiende rápidamente, estamos despertando muchas reticencias, incluidas las de Roma, lo que no permite aventurar un futuro tranquilo. Con respecto a la misión que me encomendaste en la Sauve-Majeure, lo más importante que debes saber es que el abad Pierre murió haces apenas unos días y que su sucesor, el abad Clement, también ha encontrado la muerte.

La cara del abad se transformó por completo y en sus ojos asomó la sombra de un temor escondido durante largos años y que ahora salía de nuevo a la luz.

—¿Muertos? —preguntó sorprendido—. Era de esperar la muerte de mi viejo y querido amigo Pierre de Didone, Dios lo acoja en su seno, pero ¿Clement? ¿En qué circunstancias ha fallecido? Veo una sombra en tu mirada.

—Fui yo quien acabó con su vida, pero te puedo asegurar que lo hice únicamente para proteger la mía y la de Jean.

—¿Jean? ¿Quién es Jean? —preguntó el abad con aire confundido.

—Lo conocí poco antes de encontrarme con el abad Clement, que viajaba acompañado del abad de Citeaux, enviado por Roma. Ambos lo perseguían y habrían acabado con él si yo no me hubiese interpuesto en su camino.

El abad se quedó pensativo durante unos instantes. No acababa de comprender quién era Jean y qué papel jugaba en aquella lucha transcendental. El hecho de que los abades lo persiguieran podía significar muchas cosas; lo relevante era que ambos estuvieran juntos cerca de Saint-Émilion. Tras la muerte de Pierre, aquello solo podía indicar una cosa: la reliquia iba a salir a la luz.

—Somos aún tan pocos... —dijo el abad hablando más para sí mismo que para el caballero negro—. Dices más de lo que tus palabras apuntan y me temo que no tendrás tiempo de descansar esta noche en un lecho de tu agrado. Escúchame atentamente. Partirás de inmediato y cruzarás la península hasta alcanzar su otro extremo. Allí donde el río Tajo se encuentra con el mar, hallarás un pequeño monasterio. No preguntes por él, ya que solo unas pocas personas saben que existe y dónde se encuentra y, de saberse, estarían en peligro. Busca los símbolos en los montes cercanos a Suntria y guíate por ellos. Cuando llegues, busca a fray Honorio y dile que ya es tiempo de que regresen. Mientras, yo intentaré enterarme de qué está sucediendo al otro lado de los Pirineos. Necesitamos información antes de dar nuestro próximo paso.

Se miraron en silencio. El caballero dio media vuelta y salió de la cripta; subió a su caballo y partió al galope. El abad se quedó pensativo, apoyado en la columna menguante. Confiaba sin ninguna duda en él, pero un solo hombre no sería capaz de contener a los emisarios de Roma y evitar que la reliquia cayese en manos de aquellos a los que se les había ocultado durante doce siglos. Por eso era necesario ir a Suntria. Era el momento de que fray Honorio y sus hermanos pusieran fin a su retiro. Su vigilancia en el sur ya no tenía sentido; ahora que el objeto iba a reaparecer, toda ayuda para recuperarlo sería poca.

El anciano se levantó con esfuerzo por el dolor de los años acumulado en sus articulaciones. Salió de la cripta caminando lentamente y cruzó el pequeño patio hacia la iglesia. Una vez allí, reunió a algunos de los monjes.

—Dejad los himnos para más adelante —dijo mirándolos con gravedad—. Debéis partir sin demora. Vuestra misión será informar sobre lo que está sucediendo al otro lado de los Pirineos. Seréis mis ojos y mis oídos. Regresaréis antes de que haya transcurrido una luna completa.

18

Año 33

Santiago tardó unos instantes en darse cuenta de dónde estaba. El bosque. El puente. La huida. El sepulcro de Jesús. Pedro.

El día avanzaba y comprendió que debía darse prisa; la hora de la cita con Judas y Tomás debía de haber pasado ya. Se cubrió con la capucha y avanzó por el bosque silencioso hasta recuperar el sendero que llevaba al poblado a orillas del río. No había casi nadie en los caminos y únicamente se cruzó con algunas mujeres que bajaban a lavar la ropa. El embarcadero estaba desierto. Los pescadores hacía horas que se habían marchado y no regresarían hasta bien entrada la mañana. Solo unos cuantos botes desperdigados se mecían en la calma de las aguas. La quietud del lugar era completa.

Caminaba sin saber muy bien qué hacer ni adónde dirigirse cuando oyó que alguien lo llamaba desde una barca de gran tamaño. Se volvió y se alegró de saber que al menos Tomás había podido escapar con vida. La embarcación se encontraba unos metros río adentro, por lo que Santiago se quitó las sandalias antes de meterse en el agua y caminar hasta ella.

—¡Tomás, hermano! —dijo mientras subía por la

borda—. ¡Qué alegría volver a verte tras esta oscura noche!

Miró a Tomás a los ojos y descubrió en su rostro una extraña expresión, la de un hombre que ha tomado una decisión difícil en contra de su propia voluntad y que sabe que las consecuencias lo acompañarán el resto de su vida.

El gesto de Tomás delató una mirada fugaz hacia la popa de la embarcación. Santiago se dio la vuelta y descubrió a Pedro y a Juan observándolo con una mueca cruel. Se volvió hacia Tomás, reflejando en su rostro más sorpresa que enfado.

—¡Pero...! —acertó a balbucear.

—Sí, Santiago —comenzó a decir Pedro pausadamente—. Tu hermano Tomás te ha traicionado, aunque quizá nunca estuvo de tu lado. Has sido siempre tan confiado... Jesús no pudo elegir mejor si quería a alguien que lo siguiera hasta la tumba. Bien, si ese es tu deseo, así será. Jesús pudo haber escogido otras virtudes: la inteligencia, el aplomo, la perseverancia, incluso la clarividencia. Debió escogerme a mí. Pero aquí estamos para enmendar el error. Entrega la reliquia y terminemos con este fastidioso asunto.

—Quizá Jesús eligió la modestia —respondió Santiago con ironía.

Por un lado, se sentía hastiado, cansado de luchar, pero por el otro, había recuperado la lucidez y había decidido impedir que Pedro obtuviese lo que anhelaba.

—No, Pedro —continuó—, el deseo de Jesús no fue ese. Lamento oír de ti esas palabras y lamento la sangre que has derramado en esta aciaga noche. Ahora vete, Pedro. Y tú, Tomás, dime qué ha sido de mis hermanos Judas, Atanasio y Teodosio.

—¡Mi buen Tomás! —exclamó Pedro con una falsa sonrisa y un gesto displicente—. Santiago quiere saber qué le sucedió a Judas. Tal vez deberías decirle que no supo escoger el bando correcto, no como tú. En cuanto a los demás, ya no son importantes; huyeron como cobardes y a estas horas deben de estar escondidos en el pozo más profundo que hayan podido encontrar. Se acabó la conversación.

En el preciso instante en que Pedro y Juan se abalanzaron sobre Santiago, un golpe tremendo se escuchó a babor y el bote escoró peligrosamente. Santiago pudo mantener el equilibrio asiéndose a un cabo. Escuchó a una voz que no pudo reconocer gritar su nombre. Al volverse pudo ver que otra barca les había abordado; Teodosio le hacía señas desesperado.

Santiago reaccionó como un resorte y, a punto de ser alcanzado por Pedro, saltó cuando la popa comenzaba a alejarse. Atanasio le dio un remo y los tres trabajaron con afán durante unos minutos. El esfuerzo le permitió olvidarse de la situación que estaba viviendo y de los acontecimientos de los últimos días. Empleó toda su energía en asir con fuerza la vieja madera del remo y en acompasar la respiración con el ritmo de esta entrando y saliendo del agua. Sin ser capaces de tomar una decisión, navegaron hacia la desembocadura ayudados por la lenta corriente, dejando todo atrás.

19

Año 1199

El alba llegó a Pamplona y una tenue luz iluminó a los peregrinos. Las toses y los ronquidos dieron paso a los bostezos y a las charlas en susurros. Después de los días de soledad con el caballero negro, ahora me sentía extraño entre aquella pequeña muchedumbre.

Los monjes nos ofrecieron unos mendrugos y algo de leche que devoramos con placer, meditando sobre la larga jornada que nos esperaba. Compartí aquella primera comida con un grupo de canteros que charlaban y reían, animados por el día que comenzaba. El jefe, de nombre Tomás, al ver que estaba solo, me invitó a acercarme.

—Quizá quieras unirte a nosotros —me ofreció amablemente—. Los asaltantes prefieren abordar a grupos pequeños o a peregrinos solitarios.

Estuve tentado de negarme, algo me empujaba a desconfiar, pero enseguida pensé que pasaría más desapercibido escondido entre una multitud.

—Será un placer acompañaros, os lo agradezco de corazón —respondí—. ¿Adónde os dirigís?

—A Santiago, a venerar las reliquias del santo. Y a buscar trabajo a lo largo del camino; sabemos de varias obras que necesitan trabajadores especializados.

—No sé nada de cantería, pero os acompañaré. Yo también me dirijo a Santiago.

Tomás asintió satisfecho por mi respuesta y me contó que él y sus hombres habían trabajado en la construcción de algunas de las mejores catedrales de Francia e Inglaterra. Me cayó simpático; su jactancia tenía más que ver con el orgullo por el trabajo bien hecho que con la arrogancia.

Con el sol aún bajo, nos pusimos en camino. La charla y el buen humor fueron las notas predominantes; teníamos el estómago lleno y aún no nos encontrábamos agotados por el esfuerzo de una larga jornada de marcha. El día transcurrió en completa calma y avanzamos a un ritmo que yo toleré a duras penas, pues aún arrastraba el cansancio de las despiadadas horas soportadas en compañía del caballero negro. Al mediodía, compartimos las escasas provisiones que nos quedaban. En las iglesias y hospitales nos proporcionaban lo justo para completar la siguiente etapa de nuestro peregrinar a Santiago. La mayor parte del tiempo caminé junto a Tomás y hablamos sobre nuestras respectivas vidas.

—Has vivido una historia increíble —dijo Tomás mirándome sorprendido.

Había decidido contarle a Tomás la historia de mi pérdida de memoria, pero había omitido el nombre de la Sauve-Majeure y, por supuesto, los acontecimientos de las últimas semanas.

—Me he convertido en peregrino para agradecer a Dios que me haya otorgado una segunda oportunidad —mentí algo azorado.

Tomás asintió como si comprendiese mi decisión.

—Mi razón es menos trascendente —respondió sonriendo tímidamente, como disculpándose—. Quiero llegar a Garex antes de tres días, ya que allí están construyendo una iglesia y necesitan manos hábiles como las nuestras. La paga será suficiente; conozco al *magister muri* y sé que nos dará trabajo a mí y a mi cuadrilla.

—Construir iglesias es también una manera de venerar a nuestro Señor —puntualicé avergonzado porque mi verdadera razón era mucho menos espiritual.

—Así es —afirmó Tomás—. Aunque también espero poder llegar algún día a Santiago. Hice la promesa de visitar la tumba del apóstol como agradecimiento por la salvación de mi mujer, aquejada de tisis.

Atravesamos una tierra fértil, donde las verduras y hortalizas crecían con facilidad. El clima era bueno, como correspondía al principio del verano, y en la lejanía se veían las cumbres de las montañas con unas manchas blancas que recordaban al ya lejano invierno. Me sorprendió la cantidad de peregrinos que encontramos. Unos iban también hacia Santiago; otros, estaban ya de regreso. Estos últimos contaban historias de milagros, apariciones, reliquias santas que hacían que a aquellos que aún se hallaban lejos del final del camino se les iluminaran los ojos. Yo escuchaba sorprendido por que tantos hombres pusieran sus esperanzas en aquel periplo. Aunque muchos dijeran que este era un viaje de descubrimiento, por las historias que contaban parecía también un éxodo, una huida de la terrible realidad que era el mundo.

Al cabo de dos días y medio de marcha, vimos Garex a lo lejos. Los hombres estaban deseando llegar, descansar del viaje y ponerse a trabajar en aquella iglesia cercana al monasterio que ayudarían a elevar hacia el cielo. Cuál no fue su sorpresa al descubrir que la obra, ya avanzada, había sido pasto de las llamas apenas unos días antes.

Decepcionados, esperamos junto a la puerta del monasterio a ser recibidos. Vimos acercarse a caballo a un buen número de monjes guerreros de la Orden del Temple. Me asusté. Mi mente regresó a la persecución de la que era objeto. Me llevé la mano al cordal que sujetaba la reliquia, de la que me había ido olvidando a cada paso del camino.

—No te preocupes —me dijo Tomás resignado, confundiendo mi incomodidad con frustración por la iglesia quemada—, seguro que encontramos otro lugar donde nuestras artes sean útiles.

Me conmovió la capacidad de Tomás para sobreponerse a la decepción y para evitar regocijarse en el infortunio y mirar al futuro con esperanza. Mientras meditaba sobre ello, uno de los monjes de la Orden nos condujo ante el abad, que no parecía un religioso, sino un guerrero, imagen que acentuaba el hecho de que llevara una espada ceñida a la cintura. Alto y de anchas espaldas, poseía unas manos enormes y se movía con agilidad, como un felino. Hizo gala de su carácter práctico yendo directamente al grano.

—Como veis, vuestros servicios no son ya de nuestro interés —dijo con un tono acostumbrado a dar órdenes que eran atendidas sin discusión—. Siento mucho que os encontréis en esta situación tras tan largo viaje, pero ahora solo puedo ofreceros el mismo trabajo el año próximo, cuando hayamos logrado reunir el dinero necesario para recomenzar.

—Nadie puede comprender los designios del Señor —contestó Tomás con un gesto de serena resignación—. Sin embargo, no queremos irnos sin antes ofreceros un regalo que traíamos para honrar la iglesia en la que íbamos a trabajar —añadió haciendo un gesto a uno de sus ayudantes para que se acercase. Este portaba un enorme objeto envuelto con cuidado en varias telas.

El abad pareció sorprendido y a la vez un poco avergonzado por el trato dispensado a los canteros, que a cambio le ofrecían un presente traído de tierras lejanas.

Los canteros colocaron con delicadeza el objeto sobre la mesa y retiraron las telas que lo cubrían. Se hizo un silencio y todos contemplamos la exquisita obra de arte: una cruz como jamás había visto. Por el gesto del abad, supe que también estaba impresionado.

Lo primero que llamaba la atención era que tenía forma de i griega, lo que hacía que el Cristo tuviera una posición anómala, con el tronco retorcido, dando sensación de dolor. La madera daba a la cruz el aspecto de un árbol con la corteza intacta, como si Dios padre hubiese colocado a su hijo sobre el árbol del pecado original, para así recordarnos nuestra falta y el sacrificio de entregar a su hijo. El abad la cogió y la miró largamente.

—No dudéis —dijo con un tono súbitamente respetuoso— que tendrá el sitio que merece en esta iglesia una vez que haya sido terminada. Bien os digo que todos los peregrinos que por aquí pasen la admirarán por más años que los transcurridos desde la crucifixión de nuestro Señor. En agradecimiento, os deseo el mejor de los viajes y os recomendaré con una carta a otros abades para que se comporten con vosotros como merecéis. Acudid al monasterio de Irache, cerca de Estella; allí encontraréis al *magister muri* que buscáis, pues partió hace unos días. Escuché que se dirigía hacia el oeste, a una población de nombre Villasirga, donde monjes de nuestra Orden están empezando la construcción de una nueva iglesia con advocación a Santa María. Descansad esta noche entre nosotros y partid al amanecer.

Al día siguiente, avanzada ya la tarde, alcanzamos Estella que, según me dijo un peregrino citando el Libro V del *Codex Calixtinus*, era considerada «fértil en buen pan y excelente vino, abundante en carne y pescado, y abastecida de todo tipo de bienes». A pesar de contar con tres iglesias en las que recibir cobijo y comida, no nos detuvimos allí, sino que, dando un rodeo para evitar el hospital de San Lázaro, refugio de leprosos, nos alejamos de la ciudad para tratar de alcanzar el ya cercano monasterio de Irache, donde un hospital de peregrinos había sido construido bajo el auspicio de Don García el de Nájera.

El *magister muri* y su grupo ya no se encontraban allí, habían continuado hacia el oeste, hacia las nuevas obras que les esperaban. Nos sacaban gran ventaja debido a que ellos contaban con mulas de soporte, mientras que nosotros solo teníamos nuestros pies para recorrer el camino. Decidimos salir al día siguiente hacia Torres del Río, apenas a una jornada de distancia.

La acogida a los peregrinos en el hospital fue magnífica y recibimos vino y leche en cantidad, así como pan, frutas e incluso pescado. Comenté asombrado con mis compañeros de viaje la hospitalidad y la calidad y cantidad de las viandas con las que habíamos sido agasajados.

—No esperes que en todos los lugares nos reciban de esta manera —dijo Tomás pensativo—. Recuerdo una leyenda que quizá quieras oír.

Asentí, esperando ser sorprendido por alguna maravillosa historia que había dado fama a aquel lugar, atrayendo a peregrinos de todo el mundo.

—Cuentan —comenzó a relatar Tomás—, que poco después de la llegada del milenio, la zona en la que se encuentra este monasterio de monjes benedictinos sufría una situación de grave carencia. El abad dedicaba a los peregrinos el poco alimento disponible aun cuando ni los propios monjes podían comer todos los días. Y he aquí que la congregación, reunida para tratar el asunto de la carestía de alimentos, tomó la decisión, contra la opinión del abad, de no proveer a los peregrinos más que de un poco de agua y un pedazo de pan seco y duro.

»Veremundo, que así se llamaba el abad, robaba la comida cada día y la distribuía entre los caminantes. Mas he aquí que, cuando los monjes registraban al abad, que ocultaba la comida bajo su hábito, los alimentos se transformaban en las más bellas flores del bosque o en leños que el religioso aseguraba llevar a los peregrinos para hacer una hoguera con la que calentarse. Cuando los leños y las flores llegaban a su destino se convertían de nuevo en las más deliciosas viandas. Al ver el milagro que obraba Veremundo, los monjes dieron gracias al Señor y comprendieron la misión que este les había confiado.

—Es una historia muy bella —respondí impresionado— y no puedo por menos que agradecer que tal maravilla haya sucedido.

El caballero negro tomó el camino del sur. Sentía en sus músculos el cansancio de las últimas semanas, pero el rostro de preocupación del abad Arnaldo había sido suficiente para hacerle ver que la misión era urgente.

Aun así, el destino era una sorpresa. No entendía qué esperaba encontrar Arnaldo en el otro lado de la península. Si lo que había sucedido en la Sauve-Majeure era tan grave, él no sería de mucha ayuda en un lejano monasterio. Estaba seguro de que, como siempre, el abad tenía una explicación, pero no solía preocuparse de compartirlas. Arnaldo escondía muchos secretos y, aunque confiaba a ciegas en él, a veces sus instrucciones eran difíciles de entender.

Su plan para alcanzar Suntria era continuar hacia el sur y girar luego hacia el oeste. Era difícil saber qué zonas estarían dominadas por árabes y cuáles por cristianos. Al sur habría grandes áreas despobladas por la guerra y por la peste en las que le resultaría fácil pasar inadvertido. Aunque prefería no utilizarlo, en caso de encontrarse en apuros, disponía de un salvoconducto del propio abad de Leyre; pero no le serviría de nada si caía en manos de los árabes.

Sobre su montura, el caballero negro contempló el sol ponerse tras las nubes de un cielo que se cerraba. Continuó sumido en sus pensamientos. El viaje sería largo.

20

Año 2019

El camino de Marta hacia el sur fue mucho más sencillo que el de Jean. Evitó la autopista procurando imitar la ruta que él había recorrido junto al caballero negro. Cruzó los Pirineos por Roncesvalles siguiendo la parte francesa del Camino de Santiago. Le habría gustado detenerse en el hospital de peregrinos para ver el mausoleo de Sancho VII, que reinaba en Navarra cuando Jean cruzó los Pirineos, pero lo desechó porque se había retrasado al viajar por carreteras secundarias y quería llegar a Puente la Reina antes de que oscureciese. Gracias a internet, había descubierto que aquel era ahora el nombre de la aldea que Jean llamaba Garex.

Al cruzar Pamplona, recordó que allí era donde él se había separado del caballero negro. A lo lejos, vio recortada la silueta de la catedral de Pamplona, cerca, sin duda, del punto donde Jean se había unido a Tomás y al resto de los canteros. Le parecía imposible que fueran los mismos lugares, como si el tiempo los disociase hasta hacerlos irreconciliables.

A Marta le hubiera gustado entender por qué el caballero negro había tomado la decisión de abandonar a Jean. Parecía tener prisa en dirigirse al este, lo que hacía aún más incomprensible su comportamiento. Todo lo que estaba viviendo le parecía irreal: el libro, la historia de Jean, el hecho de seguir sus pasos ocho siglos después... Quizá todo aquello no era más que una huida de su vida, de su ruptura con Diego. Recordó el puente y la marca del cantero. Se esforzó en no pensar en Diego y en disfrutar de lo que estaba haciendo, de la libertad que sentía.

Cuando la luz comenzaba a menguar, llegó a Puente la Reina y buscó un hotel donde pasar la noche. Miró en internet la lista de alojamientos y no pudo resistirse a reservar una habitación en el hotel El Peregrino. Mientras se registraba en la recepción, pensaba en la iglesia y en el crucifijo que los canteros habían regalado al abad. Deseaba descubrir si aún existían.

Poco podía imaginar en aquel momento que pronto se vería envuelta en un juego comenzado mucho tiempo atrás y que ella, un simple peón en aquella partida, estaba a punto de alcanzar un protagonismo que nadie habría podido prever.

La puerta de la iglesia de Puente la Reina crujió y chirrió, pero poco a poco, acabó cediendo. Marta sintió el inconfundible olor a vela quemada inundando sus fosas nasales. Siempre tenía un efecto tranquilizador en ella, como el que se siente al regresar al hogar tras un largo periodo fuera. Llevaba tanto tiempo restaurando iglesias que ya se sentía en ellas como en su hogar.

Escuchó antes de entrar, pero no percibió ruido alguno, ni la música de un órgano, ni la voz de un sacerdote, ni siquiera el murmullo atenuado de los turistas. Era tarde y por el camino solo había visto a un par de puentesinos deseosos de llegar a casa tras la jornada de trabajo y a un peregrino que, con la mochila en la espalda, terminaba una larga etapa de sudor y cansancio.

Entró en la iglesia y la recorrió en silencio, buscando una cruz que no parecía estar allí. No quedaba rastro de la iglesia románica y, si no había iglesia, era ingenuo pensar que pudiera haber crucifijo. Iba a marcharse cuando vio por el rabillo del ojo una sotana desaparecer por una puerta lateral tras el altar. Sin reconocerse en aquel impulso, se acercó y la abrió. Un hombre alto vestido con una sotana negra le daba la espalda. Parecía joven, su mata de pelo también negro aún no mostraba síntomas de empezar a clarear.

—Disculpe —le dijo con un hilillo de voz, sintiendo que había invadido su privacidad.

El sacerdote se sobresaltó y se volvió con rapidez a la vez que guardaba algo en la sotana. No fue lo suficientemente rápido y Marta pudo ver un pequeño espejo de mano en el que el hombre se estaba contemplando antes de la interrupción. «Un objeto y un comportamiento poco habituales para un hombre de Dios», pensó. Desconcertada, tardó un instante en mirarlo a la cara. Él se había sonrojado, algo que a ella siempre le había parecido encantador en un hombre. Era atractivo, de poco más de treinta años, con unos profundos ojos marrones. «Por Dios, Marta, cálmate —pensó—, es un sacerdote».

—¿Puedo ayudarla en algo? —preguntó el capellán tras un incómodo silencio—. Si ha venido a donar ropa, puede hacerlo en los contenedores que hay al final de la calle.

—No, no —respondió Marta quizá demasiado rápidamente—. Busco un crucifijo en forma de i griega que se suponía debería estar en esta iglesia.

La expresión de sorpresa del sacerdote desapareció.

—No lo encontrará aquí —respondió con una hermosa sonrisa y, al ver la cara de desilusión de Marta, añadió—, pero puedo indicarle dónde está.

—Creí que estaría aquí, en la iglesia de Puente la Reina.

—Y así es, pero no está usted en la iglesia correcta —aclaró divertido—. Usted busca la iglesia del Crucifijo y esta es la iglesia de Santiago.

Marta no se había parado a pensar que pudiera haber dos iglesias en el pueblo.

—Oh, disculpe —respondió azorada, pensando que como investigadora no llegaría lejos—. ¿Podría indicarme dónde se encuentra la otra iglesia? —preguntó mientras se daba cabezazos contra una pared imaginaria.

—Está cerrada —contestó sin dejar de sonreír. A Marta le pareció aún más atractivo.

—Usted disfruta con esto, ¿no? —le espetó esperando cogerlo por sorpresa.

—Disfrutar así es uno de los escasos placeres de la vida que me están permitidos —dijo encogiéndose de hombros.

Marta siempre había odiado su incapacidad para controlar las reacciones de su cuerpo. Notó que se le encendían las mejillas.

—Se ha sonrojado —observó él.

Parecía divertirse respondiendo a su ataque. Marta no habría esperado ese comportamiento en un sacerdote.

—Ahora ya somos dos —contraatacó ella recordándole su reacción al descubrirlo con el espejo.

El capellán dejó escapar una carcajada.

—Me lo tengo bien merecido. Me llamo Iñigo —se presentó tendiéndole la mano— y soy el párroco de esta iglesia repleta de fieles —dijo abriendo los brazos—. Venga conmigo, tengo la llave de la iglesia del Crucifijo; no puedo por menos que acompañarla habiendo venido desde lejos solo para verlo.

Mientras avanzaban por la calle Marta se presentó, intentando a la vez seguir las largas zancadas del párroco. Tardaron casi quince minutos en recorrer los escasos doscientos metros que separaban ambas iglesias. Varias personas, casi todas de edad avanzada, pararon a Iñigo para agradecerle diversas ayudas prestadas. Finalmente, llegaron y él abrió la puerta de la iglesia con una enorme llave de hierro; Marta aprovechó para preguntarle.

—Parece usted bastante famoso aquí. ¿No deberían los fieles llenar su iglesia?

Iñigo la miró divertido por el nuevo ataque.

—La gente agradece la ayuda y algunos el consuelo, pero eso no significa que estén dispuestos a perder la mañana del domingo escuchándome —dijo encogiéndose de hombros.

Empujó la puerta y le pidió a Marta que esperase a que encendiera las luces. Poco a poco la claridad invadió la nave y los oscuros rincones de la iglesia. Primero, se iluminaron los muros laterales, decorados con sencillez; luego, la zona central, ocupada con los sobrios bancos de una pequeña iglesia de pueblo. Finalmente, apareció el altar, sin ningún retablo que adornara el conjunto; en su lugar, una pequeña talla de la Virgen.

—Por qué se construyeron dos iglesias casi juntas en la misma época es un misterio —dijo cuando regresó—, pero hay quien dice que esta fue obra de los caballeros templarios, que preferían el recogimiento a mezclarse con el resto de los fieles. Allí está el crucifijo —indicó señalando una pared.

Marta se acercó y observó la talla unos instantes. Tenía que ser la misma que Jean, Tomás y los canteros habían llevado hasta allí. Le impresionó su tamaño, mucho mayor del que esperaba. Sobrecogida por haber encontrado por fin un objeto descrito por Jean con tanta precisión, abrió la mochila y sacó el manuscrito. Leyó el párrafo donde describía la cruz y no tuvo duda de que se trataba de la misma.

—Parece que fue un regalo de unos peregrinos alemanes —señaló el sacerdote, que miraba el crucifijo a su lado con las manos en la espalda.

—Franceses —corrigió Marta sin pensarlo—. Unos canteros que venían a trabajar en la construcción de la iglesia.

Iñigo enarcó las cejas, sorprendido.

—Nunca había escuchado esa historia. ¿Es eso lo que está escrito en ese libro? Parece muy antiguo.

Marta lo guardó algo azorada. Debía recordar que lo había robado y que eso podía ocasionarle problemas. Había bajado la guardia con aquel extraño y a la vez atractivo sacerdote.

—Soy historiadora —mintió incómoda—. Estudio las leyendas del Camino de Santiago. Sigo el camino haciendo trabajo de campo.

Iñigo pareció satisfecho con la explicación y salieron de la iglesia, cada uno perdido en sus pensamientos. Recorrieron juntos el camino de regreso a la iglesia de Santiago. Marta aprovechó que una mujer se acercó para despedirse.

—Muchas gracias —dijo sosteniendo su mano durante demasiado tiempo. ¿O quizá era él quien sostenía la suya?

Se alejó antes de que la delatara el color que otra vez le cubría las mejillas. Volvió al hotel, cenó algo ligero y decidió salir a correr por el pueblo. Necesitaba liberar energía después de su encuentro con Iñigo; quizá así se olvidaría de él. «Para un hombre atractivo que conozco desde que he dejado a Diego —pensó—, y resulta que es cura.»

Terminó de vestirse con ropa deportiva, le hizo una mueca a su propia imagen en el espejo de la habitación, imaginando que se la hacía a Iñigo, y salió dispuesta a sudar. «¿A quién pretendes engañar? —se dijo a sí misma—. No te va a ser tan fácil.»

Al mismo tiempo que Marta contemplaba su imagen en el espejo, Iñigo meditaba. Doña Eulalia extendía sus explicaciones acerca del estupendo trabajo que estaba haciendo con la rifa parroquial, mientras lanzaba dardos envenenados contra sus vecinas. Iñigo sonreía sin prestar mucha atención. Una y otra vez volvían a su mente las misteriosas palabras pronunciadas por su predecesor dos años antes, el día que él había llegado a la parroquia: «En esta carpeta tienes un número de teléfono. Es un prefijo del Vaticano. Yo no he necesitado usarlo en los veinticinco años que llevo aquí, ni tampoco mi predecesor. Las instrucciones que recibí fueron tan claras como extrañas y ahora te las transmito a ti. Algún día alguien visitará la iglesia en busca de un objeto perdido mucho tiempo atrás. Quizá lleve un libro antiguo. Hará preguntas. Ese día llamarás a este número y seguirás las instrucciones que te sean dadas.»

De camino a la sacristía tras deshacerse de Doña Eulalia, Iñigo dudó. Marta no había preguntado por un objeto perdido, sino por una cruz muy conocida, pero el libro que portaba y la sensación de que buscaba algo le rondaron en la cabeza el resto del día. Se metió en la cama, pero no consiguió dormir. Revivió, no sin un cierto placer culpable, su encuentro con Marta. No todos los días se conocía a una mujer atractiva, decidida y segura de sí misma. «Por Dios, eres un sacerdote —se reprochó—. Y un hombre —pensó inmediatamente después—, un hombre con dudas acerca de ti mismo y de tu papel en el mundo.»

Trató de apartar sus pensamientos de Marta y de enfocarlos en lo que le preocupaba, pero no sabía cómo proceder. Finalmente tomó una decisión, se levantó y regresó a la sacristía.

Buscó la carpeta y la abrió. Una única hoja amarillenta mostraba un número de teléfono escrito a mano. «Acaba ya con esto y vuelve a la cama», se dijo. Descolgó el teléfono y marcó. Probablemente el número ya no existía, pensó, por lo que se sorprendió al oír el tono de llamada. Se propuso colgar al sexto tono sin respuesta, pero una voz le contestó casi de inmediato, como si estuviese esperando su llamada.

—*Pronto*? —dijo una voz masculina con acento italiano.

Iñigo relató lo ocurrido. La voz no lo interrumpió y lo dejó continuar hasta el final. Cuando terminó, el silencio se prolongó al otro lado de la línea. Después, la voz habló:

—Escuche atentamente.

21

Año 33

Los tres miraban silenciosos cómo las aguas del río desfilaban incansables. El río Soreq se ofrecía ante ellos reposado, en contraposición a los tormentosos momentos que acababan de vivir. Los juncos se mecían con las leves olas que creaban a su paso y, de vez en cuando, algún ave, algún insecto u otra criatura que no eran capaces de distinguir se agitaba entre las ramas o bajo la superficie del agua. Ninguno hablaba.

—¿Qué haremos ahora? —preguntó Teodosio, a quien el silencio prolongado parecía haber puesto nervioso.

Atanasio le dirigió una mirada severa, como si no tuviese derecho a hablar, pero Teodosio hizo caso omiso a su compañero.

—Podemos abandonar la embarcación en algún punto de la orilla y regresar caminando a Jerusalén —propuso.

—¿Y qué haremos una vez allí? —preguntó Santiago, encogiéndose de hombros.

—Podemos buscar a los apóstoles que no se han puesto del lado de Pedro y tratar de involucrarlos en nuestra causa —insistió ansioso.

Teodosio parecía enardecido por el enfrentamiento y estaba dispuesto a presentar batalla.

—Quizá —dijo Atanasio más prudente— sería mejor que nos alejáramos del peligro durante unos días y meditáramos bien nuestro siguiente paso.

Santiago dudaba. Le atraía la propuesta de Atanasio de dejar pasar algo de tiempo, pero reconocía que Teodosio tenía razón. Volver a Jerusalén junto con los demás apóstoles era lo que debían hacer.

—Estamos cerca de Beth Shemesh, donde viven mis primos —concluyó Atanasio—. Pasemos allí la noche; la mañana nos ayudará a tomar decisiones.

—Así sea —dijo Santiago al fin, pensando que sería mejor disponer de un tiempo para meditar.

Los dos apóstoles le contaron lo sucedido tras su marcha. La lucha no había durado mucho, ya que casi todos habían participado en su persecución. Los cuatro habían logrado contener al resto el tiempo suficiente para permitir la huida de Santiago. Sin embargo, cuando Atanasio sufrió una herida en el brazo y el derramamiento de sangre parecía inevitable, el propio Tomás desarmó a Judas y les pidió que depusieran las armas. Así fue como Santiago se enteró de la captura de Judas.

—Atanasio y yo resolvimos no entregarnos —dijo Teodosio con un gesto orgulloso— y huimos para poder buscarte y decidir juntos qué hacer.

—No culpes a Tomás, Santiago —dijo el otro mirándolo a los ojos con tristeza—. Lo hizo para protegernos. Luchando solo habríamos conseguido que nos mataran. Al menos yo —bromeó—. Sabes que he nacido más para la buena mesa y el buen vino que para el combate. Y este —dijo señalando a Teodosio con una sonrisa— se habría dejado matar solo porque le parece una manera heroica de morir. Después de huir, regresamos para seguir a Pedro y, adivinando sus intenciones, preparamos el golpe en el río.

Santiago se sentó en la popa de la embarcación a reflexionar. No acababa de creer todo lo sucedido y tenía la sensación de haber seguido a Jesús con inocencia, mientras otros apóstoles formaban facciones internas más interesadas en la lucha por el poder.

Cuando el sol comenzaba a descender, llegaron a su destino, cansados y hambrientos. La casa de los primos de Atanasio era una humilde cabaña situada a poco más de cien metros de la orilla del río. Parecía tener tantos años como sus dueños y las maderas utilizadas para su construcción ya habían sido reparadas innumerables veces. El tejado era una mezcla de hojas y argamasa hecha con la propia arena del río, pero dentro el ambiente era seco y limpio.

Los primos de Atanasio y sus dos hijos vivían de la pesca y de vender en el cercano pueblo de Beth Shemesh los excedentes que rara vez lograban capturar. Durante la cena no se mencionó la razón de la repentina aparición de los visitantes y sus anfitriones se mostraron agradablemente respetuosos con su silencio. Ambos parecían haber aprendido en los largos años de su existencia que la curiosidad nunca trae nada bueno y que la ignorancia es, a menudo, la mejor de las virtudes. Poco después de la puesta del sol, la familia se retiró a sus habitaciones y los dejaron solos para que pudieran discutir sus asuntos.

—¿Qué temes, Santiago? —preguntó Atanasio con un tono de voz preocupado.

—Quizá un posible regreso a Jerusalén y el encuentro con Pedro —respondió este dispuesto a sincerarse.

—La huida sin un destino fijo tampoco parece apetecible —intervino Teodosio—. Tal vez podríamos utilizar la reliquia de algún modo.

Santiago no había pensado en ello y la mera posibilidad de hacerlo lo asustó; no se sentía preparado. Fue Atanasio quien corrigió severamente a Teodosio.

—No te ha sido dado el objeto ni el poder de decidir qué hacer con él —dijo con gesto serio—. En su infinita sabiduría, Jesús hizo lo que consideró necesario y nosotros no somos dignos de tal responsabilidad. Solo Santiago lo es.

—De todas maneras —intervino Santiago—, desconozco cómo podríamos utilizarlo y de qué podría servirnos. En realidad, tengo miedo de hacer algo que no tenga marcha atrás.

Santiago tenía la sensación de estar en un callejón sin salida. Pedro no debía, bajo ningún concepto, apoderarse del objeto. Sin embargo, él solo, separado del resto de los apóstoles, tampoco podría continuar el trabajo de Jesús. Dando por zanjada la discusión, se acostaron esperando que el nuevo día les trajera ideas renovadas.

El primo de Atanasio les había preparado unos lechos con heno y mantas en la cuadra. Aun siendo como eran gentes humildes, habían insistido en cederles su alcoba para dormir aquella noche, a lo que ellos se habían negado en redondo. Ya estaban acostumbrados a encontrar el sueño entre animales y la compañía de un par de cabras y un mulo no les resultaría extraña. Se acomodaron y al instante Santiago pudo escuchar la respiración suave y acompasada de Teodosio y los inconfundibles ronquidos de Atanasio.

Reflexionó sobre su situación durante unos minutos antes de dormirse. ¿Qué hacer? ¿Regresar a Jerusalén, enfrentarse él solo a Pedro y quizá morir bajo su espada o, peor aún, crucificado por los romanos? ¿Huir, establecerse en algún lugar lejano y dedicar su vida a predicar las enseñanzas del maestro? No. Huir no serviría de nada, Pedro acabaría por encontrarlo en cualquier lugar de Judea. Mientras meditaba qué hacer, el cansancio lo fue venciendo y casi sin darse cuenta cayó en un profundo sueño.

22

Año 2019

La torre de la iglesia del monasterio de Irache parecía vigilar a Marta desde lo alto. Detrás, se situaba el espectacular cimborrio que coronaba el templo. Marta recordó que su forma octogonal había sido relacionada con los caballeros templarios y sus prácticas esotéricas. No creía una sola palabra de aquellas supercherías, pero ahora la historia de Jean la hacía pensar. ¿Cuál era aquel objeto que había despertado tanta codicia como para matar y morir por él? ¿Tendría algún poder o era solamente su valor simbólico lo que empujaba a todos a perseguirlo? «Tonterías —se dijo—, los objetos no tienen más poder que el de controlar a los crédulos.»

Aquellos eran sus pensamientos al contemplar la torre, que brillaba al sol del mediodía sin proyectar apenas sombra. Decidió visitar el monasterio y luego buscar un sitio para comer. Quería ir a varios pueblos por los que Jean había pasado y quizá hacer noche en Torres del Río.

Antes de entrar se detuvo ante el pórtico que con tanto detalle había descrito Jean. Las figuras esculpidas parecían inofensivas, pero mucho tiempo atrás debieron de antojárseles aterradoras a los fieles que allí acudían.

Como la puerta estaba cerrada, dio la vuelta al edificio y accedió por el monasterio a la iglesia. Avanzó por la nave central mientras sus ojos se acostumbraban a la tenue luz que penetraba por los vitrales. Por dentro el templo se veía macizo, poderoso. Vacío de todo adorno, daba la sensación de estar visitando el interior de una tumba.

Unos turistas japoneses, un chico en vaqueros con una pequeña mochila y ella eran los únicos visitantes. Caminó por el centro de la nave y se detuvo frente al altar a contemplar el lugar donde debería estar el retablo. Una mano le tocó el hombro.

—Volvemos a encontrarnos —dijo una voz a su espalda.

Marta se sobresaltó. Se volvió y se encontró de frente con Iñigo. La misma sonrisa, los mismos ojos, pero vestido muy diferente. No se había dado cuenta de que él era el joven de la mochila.

—¿Qué hace aquí? —preguntó Marta tratando de reponerse del susto.

—Vacaciones —respondió él encogiéndose de hombros, en un gesto que a Marta le empezaba a resultar familiar. Pero creo que si te parece bien podríamos tutearnos.

—No sabía que los curas tuvierais vacaciones —contestó sin pensarlo.

El comentario pareció divertir a Iñigo, que sonrió al tiempo que entornó los ojos para evaluar a Marta.

—Son solamente unos días —dijo mirándola de una manera extraña—, pero quería aprovechar para recorrer una parte del camino de Santiago, algo que aún no he podido hacer.

—¿Y qué es lo que te gustaría visitar?

Marta intentó que su pregunta sonara inocente, pero el eco de la iglesia vacía hacía reverberar sus voces, dándoles una tonalidad diferente.

—Mi idea es ir hacia el oeste y... hasta donde llegue con los días libres que tengo. ¿Y tú? —preguntó Iñigo.

Al enterarse de que ambos iban en la misma dirección, Marta notó un leve estremecimiento en el estómago. «Es hambre», se engañó, pero sabía que tenía que ver con el pensamiento fugaz que había cruzado su mente: quizá podrían viajar juntos.

—Yo también voy hacia el oeste —dijo tratando de aparentar indiferencia—. Tengo que visitar varias iglesias del camino para mis estudios.

—¿Puedo acompañarte? —preguntó Iñigo de repente—. Soy inofensivo —dijo levantando las manos—, como te puedes imaginar. Tú tienes coche y yo no. A cambio, puedo ayudarte con tus pesquisas. Un sacerdote puede serte de utilidad para abrirte las puertas de las iglesias.

Marta sintió una agradable sensación de flirteo, pero se dijo que aquello no era posible, que estaba hablando con un cura y que su imaginación se estaba desbocando.

—Mientras no pretendas evangelizarme —respondió sonriendo—. Debes saber que soy atea; agnóstica, al menos.

Iñigo la interrogó con la mirada antes de seguir.

—¿Y qué hace una atea estudiando arte sacro? —preguntó levantando una ceja.

—¿Debe un psiquiatra estar loco? —repuso Marta con acidez, dejándose llevar en exceso por el placer del juego.

Inmediatamente se arrepintió de su comentario. Tal vez se había excedido, pero provocar a Iñigo se había convertido en una diversión.

—Prometo no intentar convertirte en una buena cristiana —respondió tranquilizador—. Pero no me quites la esperanza de que, de tanto visitar iglesias, puedas llegar a ver la luz tú sola —añadió sonriendo.

A Marta le gustó la manera en que él encajó el golpe.

—La única luz que nos muestra la verdad es la razón. Todo lo demás son fantasías. Quizá algún día lo descubras —sentenció con la mejor de sus sonrisas.

Visitaron la iglesia en silencio, como una pareja más de turistas. De vez en cuando, Iñigo hacía un comentario sobre la vida de los monjes en la Edad Media y Marta le hablaba de la arquitectura de la época. Él resultó ser un buen conversador, atento a las explicaciones, preguntando de vez en cuando o haciendo comentarios que mostraban sentido del humor e inteligencia. Marta se sintió cómoda y relajada como hacía tiempo que no se sentía.

Dejaron el monasterio y se dirigieron hacia el oeste con destino a su próxima parada. Iñigo cumplió su palabra y la ayudó a localizar la siguiente población. Durante la comida, Marta le habló de Jean y le enseñó el libro, sin mencionar cómo se había hecho con él ni el robo de aquel misterioso objeto. Por un momento, vio el paralelismo entre su historia y la de Jean. Ella también se resistía a contarle a Iñigo todos los detalles, pero sabía que era imposible continuar la búsqueda sin hablarle del libro. Debería haberlo pensado antes de aceptar su proposición de viajar juntos, pero ahora era demasiado tarde. O puede que él le pareciera tan interesante como la historia del propio Jean.

El libro mencionaba el poblado de Villamaior, que Iñigo identificó como Villamayor de Monjardín, situado a apenas unos kilómetros de Irache. A Marta le sorprendió que no mostrara curiosidad por el origen del libro, pues no todos los días se veía un manuscrito tan antiguo fuera de las bibliotecas. Sin embargo, sí le preguntó varias veces por Jean y por su historia. Ella le explicó que parecía ser un mero peregrino camino de Santiago. Marta sonreía para sus adentros; la situación parecía bajo control.

Nada más lejos de la realidad.

Mientras Iñigo y Marta visitaban la iglesia de San Andrés Apóstol, en Villamayor de Monjardín, un avión despegaba del aeropuerto romano de Fiumicino. Un hombre anodino, a quien el resto de los pasajeros no había prestado ninguna atención, desplegó la bandeja del asiento cuando las luces de emergencia se apagaron. Su pasaporte indicaba que se llamaba Federico Constanza, aunque ese no era su nombre verdadero, el cual ni él mismo recordaba. Todos lo conocían como la Sombra.

Colocó unos papeles sobre la bandeja y los hojeó distraídamente. No le hacía falta leerlos de nuevo, su memoria eidética le permitía recordar todo cuanto se acumulaba en aquel memorándum compuesto por dos informes. El primero diseccionaba a Iñigo Etxarri, párroco de Puente la Reina, un joven peculiar que no parecía destinado a escoger los votos. Sus padres habían fallecido cuando aún era un niño y después de algunos escarceos ilegales en compañías poco recomendables, alguien había resultado muerto en circunstancias no del todo aclaradas. Fue a parar al seminario gracias a los contactos de unos familiares cercanos que intentaron alejarlo del peligro.

A este informe lo acompañaba otro más extenso sobre Marta Arbide. Al servicio secreto del Vaticano no le había sido muy difícil seguir su rastro. El cadáver encontrado días atrás en las obras de una iglesia. El nombre de la empresa de restauración que ejecutaba las obras. El nombre y apellidos de la responsable de aquella obra en la web de la empresa. Varias fotos obtenidas de las redes sociales y de algunas conferencias sobre restauración.

Una vida pública, despreocupada y fácil de alguien que nunca se había metido en líos. Y finalmente, la transcripción de la descripción que sobre ella había dado Iñigo cuando había llamado al Vaticano.

Federico miró las fotos de Marta. Era una mujer atractiva, con una sonrisa franca, amable. Tenía una mirada muy expresiva, inquieta y despierta; no era muy alta y parecía conservarse en buena forma. Vestía ropa moderna y no tenía tatuajes ni *piercings* visibles, como parecían llevar todos los jóvenes ahora. Cabello rubio, probablemente natural. Una chica de buena familia con una vida fácil. El perfecto contrapunto a Iñigo.

Aquella sería una misión sencilla. Recuperaría el libro de manera rápida y limpia, sin heridos, como a él le gustaba. Una vez en sus manos, dispondría de tiempo suficiente para descubrir por qué aquel libro era importante, antes de entregárselo a sus superiores. La información era poder.

Cerró el informe y colocó la bandeja en su lugar. En dos horas estaría en el campo de juego. Tenía el teléfono de Iñigo, pero prefería seguirlos discretamente hasta averiguar lo necesario. Luego actuaría.

23

Año 1199

Por la mañana, antes de continuar nuestro camino, los peregrinos quisimos agradecer la hospitalidad y fuimos al monasterio situado junto al hospital para rezar en la iglesia construida unos años antes. Era la primera iglesia que visitaba desde mi salida de la Sauve-Majeure y me quedé atónito ante el espectacular conjunto.

El ábside central se levantaba a una altura imposible, empequeñeciendo los laterales, mucho más bajos. Estaba profusamente decorado con una rara mezcla de cabezas humanas, animales y monstruos que daban a la iglesia un aire siniestro e irreal. Los contrafuertes eran enormes para poder soportar el peso de la estructura. En el lado norte se hallaba la puerta de entrada, sobre la que también abundaban las figuras de cabezas de aberraciones surgidas de la imaginación del maestro cantero y unos finos capiteles tallados con maestría con motivos vegetales y animales. Adornaban el pórtico escenas mitológicas de centauros y jinetes en lid, animales fantásticos, palmetas y arpías que sugerían que el visitante se encontraba ante las puertas del infierno.

Pero la impresión causada no fue nada comparada con la que tuvimos al entrar. La luz entraba a raudales a través de numerosos vanos, óculos, ventanales y un rosetón finamente rematado por el maestro vidriero que representaba a Jesucristo y el milagro de los panes y los peces. La altura estaba en armonía con la del exterior y enormes pilares cruciformes se alzaban hasta donde la vista podía alcanzar. Vagué por las naves que componían el conjunto admirando boquiabierto los delicados detalles que sorprendían al visitante tras cada arco y cada pilar, sobre cada capitel y cada cornisa; quedé especialmente deslumbrado por el impresionante cimborrio que coronaba la iglesia y bajo el cual se situaban las figuras de los cuatro evangelistas, que miraban serenamente a los fieles que se congregaban ante ellos.

No cabía duda de que Dios había inspirado aquella obra y bien podía ser aquel el lugar al que regresaría para librarnos del mal que acechaba al mundo.

Ante tanta maravilla, el tiempo transcurrió sin que me percatara. Me sobresalté al notar el contacto de la mano de Tomás.

—¿En qué estás pensando, Jean?

—En que envidio a los canteros que han construido esta iglesia —respondí aún impresionado—. Siempre me había parecido una profesión poco interesante, pero ahora entiendo el orgullo con el que habláis.

En ese momento, sin pasado ni futuro, se me ocurrió que dedicarme a construir iglesias podía hacerme lo suficientemente feliz el resto de mi vida.

—Vamos —me dijo Tomás—, ya nos hemos entretenido mucho. El sol remonta el horizonte y debemos partir ya si queremos alcanzar Torres del Río antes del anochecer.

Nos detuvimos en la iglesia de Villamaior para reponer fuerzas y pronto nos pusimos en marcha otra vez. Nuestra siguiente parada fue la cercana localidad de Arcos, en cuya pequeña iglesia también tuvimos buena acogida.

—Tomad del río el agua que necesitéis —nos aconsejó el fraile a cargo de la modesta ermita—. Más arriba es ponzoñosa desde que los árabes fueron expulsados de nuestra tierra.

—Gracias por el consejo —respondió Tomás—. Nos cuidaremos de beber solo donde estemos seguros.

—Y no os detengáis demasiado —añadió el fraile—, pues hablan de salteadores cuando la noche cae. Aún os quedan varias horas de marcha. Buscad la luz, ella os guiará.

Nos fuimos sin entender las últimas palabras del fraile. Nos esforzamos tozudamente por avanzar, con la espalda curvada por el peso de las horas. Solo veía los pies de Tomás delante de mí y de vez en cuando escuchaba la voz de algún peregrino maldecir por un nuevo tropezón.

Casi sin que nos diéramos cuenta, la luz se hizo insuficiente para continuar y el bosque adquirió un aspecto lóbrego. Aceleramos el paso, temerosos de las advertencias sobre los asaltantes y entonces vimos una tenue luz en la lejanía. Sin duda, se trataba de aquella de la que nos había hablado el fraile, quizá dispuesta por los habitantes de Torres del Río para guiar a peregrinos como nosotros, perdidos a la caída de la noche. Era difícil calcular a qué distancia se encontraba; unas veces parecía estar tras la siguiente curva y otras, tan lejana como la propia luna. En algunos momentos parecía incluso que hubiese más de una, pero era la oscuridad del camino, que jugaba con nuestras percepciones.

De pronto nos encontramos ante una encrucijada y dudamos. Uno de los caminos, el más pequeño, ascendía por la derecha y el otro, más ancho, descendía por la izquierda. Algo en mi cabeza me empujaba a elegir el segundo y, sin embargo, la luz se situaba a la derecha.

Como yo, Tomás miraba a un lado y al otro sin acabar de decidirse. El resto lo mirábamos expectantes.

—Haremos caso del fraile y seguiremos hacia la luz —dijo finalmente.

Comenzamos a ascender, pero una sensación de ahogo empezó a adueñarse de todos. El silencio era tan absoluto que hacía daño en los oídos. De pronto, nos detuvimos, alertados, y escuchamos en la oscuridad. Un silbido recorrió la noche seguido de un impacto y el cuerpo de Tomás se desplomó en el suelo. Los demás tardamos unos segundos en reaccionar y para cuando lo hicimos estábamos rodeados por hombres armados con puñales y bastones.

—Entregadnos todo cuanto de valor poseáis y os dejaremos marchar en paz —gritó uno de los malhechores.

Nos miramos unos a otros sin saber qué hacer. Ver caer a Tomás nos había dejado paralizados. Yo estaba aterrado. Lo miraba y deseaba acercarme a ayudarlo, pero temía la reacción de nuestros asaltantes. Uno a uno fuimos dejando nuestras posesiones en el suelo. Ninguno llevábamos nada de valor, unas pocas monedas tal vez; pero los canteros guardaban sus útiles de trabajo, martillos y cinceles, escoplos y reglas, como si de tesoros se tratase. Por eso, muchos dudaron antes de soltar sus hatillos y bolsas con las mandíbulas tensas y los nudillos apretados.

De pronto, a lo lejos, oímos un ruido de cascos aproximándose. Dando la curva aparecieron varios jinetes. Montaban grandes corceles y vestían hábitos blancos con una enorme cruz roja en el pecho. Reconocimos a los monjes guerreros de la Orden del Temple. Uno de ellos se detuvo junto a nosotros, mientras el resto perseguía a los asaltantes, que habían huido a esconderse entre las sombras de la noche.

Me acerqué para atender a Tomás, al que recosté contra un árbol. Vi que tenía una herida no demasiado profunda en la cabeza y suspiré aliviado.

—Sobreviviré —dijo Tomás dedicándome una sonrisa mientras trataba de apartarme para levantarse.

Los caballeros templarios regresaron de la persecución, arrastrando tras de sí a uno de los salteadores atado de manos.

—Salimos del monasterio al ver las luces sobre la colina —nos contó con voz grave el comandante—. Esta banda de maleantes lleva actuando impunemente varias noches.

Cuando Tomás se encontró bien para caminar, recogimos nuestras pertenencias y, escoltados por los templarios, nos dirigimos hacia Torres del Río, donde fuimos acogidos por los monjes benedictinos que ya habían sido advertidos de nuestra llegada.

No fue, sin embargo, una noche tranquila.

Apenas los primeros rayos del sol se insinuaron, fuimos despertados y conminados a acudir a la plaza del pueblo, donde, a pesar de la temprana hora, los habitantes se agolpaban inquietos. Con los rostros expectantes, la muchedumbre conversaba animada, señalando a los caballeros templarios y a nuestro grupo de canteros.

Por una de las calles que desembocaba en la plaza aparecieron dos de los caballeros con el salteador maniatado entre ellos. Se situaron en el centro y se detuvieron. Se hizo un profundo silencio y todas las miradas se posaron en el comandante de la Orden, que se irguió sobre su montura y habló con voz firme.

—¡Escuchad ahora, gentes de Torres del Río! Sabed que traemos aquí a este desdichado, acusado de romper las reglas de Dios y del hombre y de atacar a un grupo de peregrinos, despojándolos de sus bienes e hiriendo a uno de ellos. Aquí mismo, ante Dios y ante vosotros, yo lo condeno por ello a morir ahorcado. Que Dios se apiade de su alma.

De nuevo, el silencio se extendió por la plaza, roto por el siseo de la cuerda al deslizarse sobre el madero de la horca. Nadie miraba al condenado, que observaba espantado lo que habría deseado que fuese un mal sueño.

Pensé que quizá no era un mal hombre, sino alguien cuya mala suerte o cuyo destino lo habían empujado a aquella vida de proscrito. Ahora temblaba como una hoja y un charco de orín se extendía a sus pies. Miraba a un lado y a otro, como esperando que alguien hablara en su favor, pero nadie se movió ni levantó la voz.

De repente, tuve náuseas y pensé que iba a vomitar. A empujones, el bandido fue obligado a subir a una pequeña escalera. Comenzó a sollozar cuando uno de los hombres le colocó el lazo alrededor del cuello. La cuerda se tensó y la garganta del hombre dejó escapar un sonido gutural. Noté unas gotas de sudor cayéndome por la frente y un escalofrío me recorrió el cuerpo. Segundos más tarde las piernas bamboleantes de aquel desdichado dejaron de moverse y el último soplo de vida lo abandonó.

Tan pronto como todo había comenzado, así concluyó. La masa humana se dispersó en pequeños grupos y los monjes bajaron el cuerpo y se lo llevaron para darle sepultura fuera del pequeño camposanto del pueblo, como se hacía con los ajusticiados.

—Qué poco vale una vida en este mundo hostil —reflexioné en voz alta.

—Y qué fácilmente el castigo supera al daño —respondió Tomás a mi lado.

Levanté la mirada y me encontré con la suya; su expresión era de profunda tristeza.

—Por eso tallo piedras —dijo—, nunca dejan cicatrices como la que a partir de este día llevaré en mi conciencia, pues los que han impartido justicia no han querido escuchar a los afrentados. En este mundo de destrucción, crear es lo que permite a un hombre no arrastrarse como las bestias.

Deseosos de abandonar aquel pueblo cuanto antes, tomamos un frugal desayuno y, después de dar las gracias a los monjes, retomamos nuestro camino hacia el norte. La sensación de malestar físico me acompañaba, pero estaba seguro de que tenía que ver con lo que acabábamos de presenciar y de que caminando volvería a encontrarme bien.

Tomás estaba completamente recuperado de sus heridas físicas, pero presentía que las del alma tardarían más en curar. Pronto el sol de la mañana borró el recuerdo de la dura noche y del triste amanecer y las bromas y chanzas de algunos de los canteros alejaron de nosotros el fantasma de nuestra conciencia. Sin embargo, no dejaba de pensar que yo podía ser aquel desdichado, yo también había robado. Agarré el collar y me sentí tentado de tirarlo a lo más profundo del bosque, pero algo me retuvo: la promesa a un moribundo.

El esfuerzo y la debilidad por el estómago vacío hicieron que me fuera quedando atrás. Comí algo de pan para asentar el cuerpo, pero el efecto fue el contrario al que esperaba. Volvieron los escalofríos y el sudor y pronto me encontré extenuado. Había terminado toda el agua que llevaba encima. No entendía qué sucedía y ya no creía que ver la muerte de aquel ladrón pudiera tener un efecto tan devastador en mí. Debía de tener muy mal aspecto, ya que en las numerosas pausas que mis compañeros se vieron obligados a hacer, las miradas y los murmullos transmitían lástima y preocupación. No toleraba ningún alimento y mi cuerpo acabó rechazando incluso el agua; poco a poco las fuerzas me fueron abandonando. Al día siguiente, tras una noche de vómitos e insomnio, necesitaba ayuda para caminar.

—Estamos cerca de una población de nombre Viana —me dijo Tomás con la angustia reflejada en el rostro—. Allí, según nos han dicho unos peregrinos, hay un hospital bajo la advocación de Santa Catalina donde los monjes podrán atenderte. Verás como te recuperas enseguida. No queda mucho ya —añadió esbozando una sonrisa de ánimo que me asustó más que el semblante de preocupación de los demás canteros.

—Seguiré, ya me encuentro mejor —mentí devolviéndole la sonrisa.

La noche se acercaba y yo, con tozudez, colocaba un pie delante del otro y trataba de sonreír a los que se acercaban para ayudarme, ofrecerme agua o simplemente darme ánimos. Pronto el sol estuvo tan bajo en el horizonte que nos cegaba al caminar. Cuando parecía que tendríamos que pasar la noche a la intemperie, uno de los canteros señaló una torre de iglesia rodeada de algunas casas. Sonreí agotado por el esfuerzo y me desplomé.

Mi siguiente recuerdo es el de un extraño olor al despertar, un hedor acre, mezcla de sudor viejo, vinagre y vómito junto con algo que solo pude identificar como olor a enfermedad. O a muerte.

Me incorporé con dificultad y vi que estaba tendido en un camastro situado al final de una larga sala. Los monjes, sigilosos, se movían entre otros que estaban como yo; su silencio contrastaba con el coro de quejidos, lamentos, toses y arcadas. Al fondo, un fraile aplicaba un tratamiento y a mi lado, otro limpiaba a un enfermo. Unas camas más allá, un tercero sostenía la mano de un hombre, cuyo sufrimiento no podía aplacar. Yo sabía que a los hospitales solo iban los desahuciados a esperar la muerte. Todo aquello me hizo sentir como si me encontrase en la antesala del infierno. Me asusté. Uno de los religiosos, con una gastada túnica, se acercó a mí al ver que había despertado. Debió de advertir mi cara de aprensión.

—No te preocupes —me dijo con un gesto que pretendía ser tranquilizador—, pronto estarás bien, lo peor ya ha pasado.

—¿Qué me ha sucedido? ¿Dónde estoy? —pregunté más temeroso que confuso.

—Me llamo Esteban. Estás en buenas manos. Llegaste a nuestro hospital hace dos días con mal de estómago y sediento de agua. Te trajeron tus amigos, que han velado tu enfermedad mientras nosotros ayudábamos a la naturaleza a hacer su trabajo. Eres joven y fuerte. Mañana estarás recuperado y podrás partir hacia tu destino.

Instintivamente me llevé la mano al cuello, al recordar cuanto había sucedido en las últimas semanas. Había sido despojado de la reliquia, así como del resto de mis pertenencias. ¿La tendrían los monjes? ¿O tal vez Tomás o alguno de los canteros? ¿Se habría perdido el secreto? Quizá mis perseguidores me habían localizado y, habiendo recuperado el objeto, habían partido esperando que yo muriese allí. Como si hubiera expresado mis temores en voz alta, el monje respondió a mis preguntas.

—Todas tus pertenencias están a buen recaudo, incluso ese amuleto al que pareces estar tan apegado. A pesar de que delirabas cuando llegaste, nos fue difícil separarte de él y lo has nombrado en sueños en innumerables ocasiones. Te será devuelto en cuanto puedas ponerte en pie de nuevo.

Después, se alejó de mí, dejándome envuelto en mi silencio. Me sorprendió darme cuenta de que, por un momento, había deseado que me hubieran robado el objeto, que la responsabilidad hubiera desaparecido, aunque fuera cobarde por mi parte. Pero aún no era el momento, debía hacer lo que había prometido al abad Pierre de Didone. Encontraría en Santiago a alguien a quien entregar la reliquia, alguien que supiera qué hacer con ella, y luego regresaría a buscar mi vida.

Unas horas más tarde, cuando por fin pude comer algo, Tomás y algunos de los canteros vinieron a visitarme. Cruzaron la enorme sala llena de enfermos con miradas aprensivas. Nadie iba de visita a los hospitales salvo que fuese un familiar muy cercano y la persona estuviese muy enferma. Por ello, agradecí mucho el esfuerzo que hicieron; su coraje me hizo sentir que me habían aceptado como uno de ellos. Tomás se acercó a grandes pasos.

—Hemos rezado por ti, Jean —me dijo con una sonrisa preocupada pero aliviada.

—Sé que habéis hecho muchísimo más —respondí con un gesto de agradecimiento. Pasar el tiempo aquí no es fácil, salvo que, como a mí, no te quede más remedio y pases las horas dormido e inconsciente.

Tomás me lanzó una mirada que interpreté como de ternura. Yo también empezaba a encariñarme con el viejo cantero.

—No hablemos ahora de momentos oscuros —dijo Tomás—. Ya habrá tiempo para los recuerdos cuando caminemos al sol. Con la luz del mediodía, la oscuridad retrocede.

Pasamos unos instantes en silencio. Yo sentía su compañía como si hubiesen organizado una celebración en mi honor. Tomás parecía tan contento de verme recuperado que no reparaba en el dolor ni en el peligro de hallarse en un lugar donde la muerte acechaba. O tal vez no le importaba. Era un hombre extraordinario. Me había adoptado como a un hijo, aunque en realidad trataba a todo el mundo con bondad y parecía que nada de lo que sucediese a su alrededor podría cambiar su esencia. Era como una roca sumergida en el mar, que soporta el embate de las olas durante toda su existencia y aun así no se doblega.

En cambio, sí notaba la incomodidad del resto de mis compañeros, que miraban con recelo a su alrededor, deseando alejarse de enfermos y moribundos. Sonreí a Tomás y le pedí que, para alivio de los demás, se marcharan y se fueran a descansar. Les prometí que al día siguiente, con los primeros rayos del sol, me uniría a ellos y continuaríamos avanzando hacia el oeste.

Cuando los primeros cantos de los gallos del cercano pueblo de Viana alcanzaron el hospital anunciando el alba, pedí al hermano Esteban que me trajese mi ropa, ya que deseaba reunirme con mis amigos y no retrasarlos más en su camino. Al cabo de unos minutos, Esteban regresó con mis escasas pertenencias y un buen montón de consejos que escuché con paciencia, agradecido. Me colgué el objeto del cuello otra vez y una vez más le agradecí al monje los cuidados que me habían proporcionado. Antes de marcharme, me atreví a preguntarle:

—¿Por qué haces esto? —Al ver su cara de sorpresa entendí que no había comprendido mi pregunta—. Dedicarte a cuidar enfermos y ver morir a muchos de ellos, arriesgando tu vida cada día —aclaré.

—¿Nunca has escuchado la voz? —respondió Esteban—. No, no me refiero a la voz de Dios —añadió señalando con un dedo hacia el cielo—. Me refiero a la pequeña voz que dentro de tu cabeza te dice cuál es el camino correcto. Muchos hombres pasan su vida sin oírla, otros incluso tratan de acallar sus gritos. Yo no. Yo la escucho y la he convertido en la guía de mi vida, y ella me dice que este es mi lugar. A veces desearía que no fuese así, tener la debilidad suficiente para no hacerle caso, pero supongo que entonces no sería yo. ¿Y qué me quedaría entonces? Algunos llaman a esa voz conciencia. Y tú, ¿la oyes?

Recorrí pensativo los pasillos acompañado por los gemidos y las toses que salían de los rostros demacrados de aquellos que habían perdido la esperanza de salir de allí algún día. Sus miradas imploraban lo que nadie podía proporcionarles y entendí que mi vida jamás podría ser tan plena como la de Esteban.

Cuando salí a la luz del sol me sentí más vivo que nunca, agradecido por abandonar aquel lugar, pero consciente de que debía escuchar mi voz. Tomás y el resto me esperaban en la puerta con sus hatillos preparados.

—¡Vamos! —les dije—. ¡O la noche nos alcanzará antes de encontrar refugio!

24

Año 2019

Tras visitar las iglesias de Monjardín y Los Arcos, Marta e Iñigo pusieron rumbo a Torres del Río. Allí visitarían la iglesia del Santo Sepulcro, donde Jean había sido acogido tras el ataque, y la plaza donde el salteador había sido ajusticiado.

Había algo que preocupaba a Marta. La tarde avanzaba y pronto necesitarían un lugar en el que dormir, lo que obligaba a una incómoda conversación con Iñigo, una que ambos, o al menos ella, habían obviado durante todo el día. Cuando se armó de valor y le planteó la cuestión, Marta se llevó una sorpresa.

—Pasaremos la noche en casa de mi tía Beatriz —anunció Iñigo—. Le he dicho que llegaríamos para cenar y está encantada.

—No me habías dicho que tuvieras familia en Torres del Río —dijo Marta frunciendo el ceño, algo molesta por no haber sido consultada.

—Perdona, tienes razón —se disculpó él—. Quería darte una sorpresa y aproveché cuando fuiste al baño en la cafetería para llamarla. En realidad, no es que tenga familia en Torres, es que nací allí —confesó con un deje de tristeza.

Se quedaron callados. Marta esperaba que Iñigo le contara algo más, pero él permanecía en silencio, ordenando sus pensamientos. Finalmente, continuó:

—Mi tía Beatriz es como una madre para mí. Cuando mis padres murieron, ella se ocupó de todo. Y yo no siempre se lo he puesto fácil.

—¿Qué quieres decir? —lo animó a continuar.

—Malas compañías. Por aquella época estaba enfadado con el mundo por haberme arrebatado a mis padres. Cuando no sabes lo que quieres, buscas algo o a alguien que dé sentido a tu vida. Yo lo encontré en dos jóvenes delincuentes. Lo que hacíamos me parecía excitante. Hasta que una noche...

Iñigo se calló, indeciso.

—Si no quieres seguir, lo entenderé.

Marta notaba la angustia que le había ido subiendo por la garganta. Quizá ella tampoco quería escuchar lo que Iñigo le estaba contando. Él le hizo un gesto con la mano para que no se preocupase.

—Aquella noche atracamos una gasolinera. Mikel llevaba pistola, pero siempre insistía en que estaba descargada. Esa noche descubrí que no. Disparó al chico de la caja porque se resistió a darle el dinero. Nos detuvieron, pero como yo no tenía antecedentes, mi tía removió cielo y tierra —sonrió al recordarlo— y logró que me conmutaran la sentencia por un ingreso en el seminario. Y hasta hoy.

Marta estaba intrigada por la historia de Iñigo y deseaba conocer a su tía Beatriz; debía de ser una gran mujer. Cuando llegaron a Torres del Río, Iñigo la condujo a través de calles estrechas hasta una modesta vivienda situada en el número 3 de la calle Ote. Antes de que hubieran bajado del coche, la antigua puerta de la vivienda, que había conocido tiempos mejores, se abrió de par en par. Una mujer pequeña y vivaracha se abalanzó sobre Iñigo y lo abrazó. Luego se retiró para mirarlo y comprobar satisfecha que no había adelgazado más de la cuenta.

A Marta le recordó a su tía Lucía, siempre insistiendo en que comiera, y no pudo reprimir una sonrisa. Beatriz se volvió hacia ella, la abrazó y le dio dos sonoros besos en sendas mejillas. Sin dejar de hablar, los condujo al interior de una casa acogedora pero humilde. El olor a comida casera llegaba desde la cocina y a Marta le abrió el apetito. Subieron por una estrecha escalera hasta el segundo piso y continuaron por un pasillo más estrecho aún.

—Esta será tu habitación —dijo Beatriz mirando a Marta. Luego se volvió hacia Iñigo y le guiñó un ojo—. Tú ya sabes cuál es la tuya.

Marta se dio una ducha y aprovechó para lavarse el pelo. Se lo dejó suelto para que se secara y, tras vestirse con ropa cómoda, bajó siguiendo el olor de la cena. Escuchó a tía y sobrino hablando en la cocina.

—Sabía que esto sucedería algún día —le decía ella con un tono alegre—. Que algún día aparecerías por aquí con una chica y me dirías que dejas la iglesia.

Marta se quedó paralizada. ¿Eso era lo que le había dicho Iñigo? No se podía creer que le estuviese contando esa historia.

—Marta es solo una chica que visitó mi iglesia ayer —negó Iñigo; su voz sonaba seria—. No tengo intención de colgar los hábitos. Solo la acompaño en su investigación.

Marta se había quedado en las escaleras, a medio camino hacia la cocina. Dejó escapar el aire más tranquila por la aclaración de Iñigo, pero se sentía incapaz de moverse, atrapada por la conversación.

—¿Crees que no me he dado cuenta de cómo la miras? —continuó Beatriz—. Yo quería que entraras en el seminario solo para protegerte de ti mismo, para que acabaras convirtiéndote en el hombre en que te has convertido. Pero ya es hora de que salgas de aquellos muros y vuelvas a enfrentarte al mundo.

—Estoy bien donde estoy. Ese es mi mundo y no quiero cambiarlo —se defendió él.

Marta cambió de postura para seguir escuchando, pero las tablas de la escalera crujieron. Dejaron de hablar. Marta bajó aparentando normalidad. Consiguió engañar a Iñigo, pero tuvo la sensación de que con Beatriz no era tan sencillo.

—¡Qué bien huele! —dijo tratando de evitar el rubor en sus mejillas—. Tengo mucha hambre.

—No sabes lo que acabas de decir —rio Iñigo, que parecía aliviado por terminar tan incómoda conversación—. Mi tía no te dejará salir hasta que no quepas por la puerta.

La tía Beatriz le golpeó con el trapo de cocina y entre risas se sentaron a la mesa. Tal y como Iñigo había advertido, la cena fue copiosa y Marta temió por un momento que la amenaza de no caber por la puerta se cumpliera. Poco a poco, la charla derivó hacia el objetivo del viaje de Marta, que acabó contándoles la ejecución que había tenido lugar en la plaza del pueblo ochocientos años atrás.

—¡Qué horror! —exclamó Beatriz—. Nunca había escuchado esa historia. Nadie merece morir de esa manera.

—Eran tiempos más duros —dijo Iñigo—. No se trataba solo de justicia, sino de aleccionar a la población.

—En todo caso, me alegro de que el mundo sea hoy un lugar más tranquilo —concluyó Beatriz.

Marta miró a Iñigo. Estaba serio, pensativo, como si no estuviera del todo de acuerdo con lo que su tía acababa de decir.

—Mañana podemos visitar la plaza —propuso Beatriz—, aunque os advierto que lo más interesante que veremos allí es a los lugareños sentados en el bar del pueblo viendo pasar la vida.

25

Año 33

Un estruendo despertó a los tres apóstoles. Escucharon golpes en la puerta de la casa y gritos amenazadores en el exterior. El portón que comunicaba la cuadra con la vivienda se abrió y el primo de Atanasio apareció en el umbral con la cara desencajada. Cruzó la cuadra a grandes pasos y les mostró una trampilla oculta en una esquina. Apenas habían logrado vestirse y todavía el primero salía por la trampilla, cuando un ruido intenso les indicó que los asaltantes habían logrado derribar la puerta de la casa. Solo tenían unos preciosos segundos para alcanzar el río y subir a la barca.

Atanasio, buen conocedor del lugar, los condujo con rapidez hasta el embarcadero. Enseguida se dieron cuenta de que sus enemigos habían considerado tal eventualidad. La barca estaba en medio del cauce del río y un hombre sujetaba los remos. Los miró durante un instante antes de comenzar a llamar a gritos a sus compañeros. Si no tomaban pronto una decisión, se encontrarían atrapados entre sus perseguidores y el río.

Atanasio fue el primero en reaccionar y con un gesto y un grito les ordenó que lo siguieran. Se adentraron en un bosquecillo y cruzaron un pequeño puente. Entonces les pidió que lo esperasen un momento; cruzó de nuevo el puente, dejó huellas al otro lado del río y regresó junto a ellos.

—Cuando era niño jugábamos a escondernos en el bosque —dijo con una tímida sonrisa en los labios, como si el recuerdo de una época tan lejana lo sonrojara—; nunca pensé que de adulto volvería a hacerlo.

Reanudaron la marcha, primero paralelos al río y después alejándose del cauce. Transcurrido un lapso que a Santiago se le antojó interminable, se pararon a escuchar, tratando de advertir la llegada de sus perseguidores. El silencio inicial dio paso a los ruidos de la noche.

Un extraño pensamiento asaltó a Santiago. Cuando el hombre dormía, la noche tenía su propio sonido, profundo, ancestral, que seguiría latiendo incluso si algún día el hombre desaparecía de la faz de la tierra. Pero no era eso lo que esperaban oír, sino pisadas resonando, ruidos furtivos, susurros o respiraciones entrecortadas. Por más que pusieron atención ningún sonido les llegó y poco a poco relajaron sus sentidos. Parecía que habían logrado huir.

A pesar de que estaban cansados, sin comida ni agua y sin un lugar al que ir, Atanasio mostraba una determinación antes desconocida en él. Dándoles apenas unos instantes para recuperar el resuello, los apremió a continuar.

El recuerdo que Santiago conservaría de aquella noche sería el de las sandalias de Teodosio delante de él, el de las innumerables piedras del camino surgiendo como sombras en la oscuridad para desaparecer del mismo modo, el de la garganta seca, el cansancio y el miedo. Y, finalmente, el recuerdo del día asomando tras ellos e iluminando el mar.

26

Año 2019

Mientras Marta meditaba en la cama sobre los acontecimientos que la habían llevado hasta allí, Federico Constanza se registraba en una desvencijada pensión del centro de Pamplona. Podría haberse alojado en alguna de
las numerosas congregaciones religiosas de la ciudad,
pero la discreción era su norma. Si nadie podía recordar
que había estado allí, mejor. Incluso la recepcionista de
la pensión habría olvidado su cara en unos minutos, de-
seosa como estaba de regresar a la pantalla de su móvil
para leer los insulsos mensajes que su novio le habría
mandado.

Una vez en la habitación, Federico recorrió la estancia con una mirada indiferente, como quien hace un inventario. Luego marcó el teléfono de Iñigo y esperó.

—¿Sí? —contestó una voz

—Hola, Iñigo —dijo sin presentarse—. Pronto nos
conoceremos.

—¿Quién es usted?

La voz de Iñigo sonó desconfiada. Federico hizo una
mueca de fastidio; aquel jovenzuelo no se lo iba a poner
fácil. Estiró la pernera de su pantalón hasta igualar ambas y retiró una pelusa con expresión de tedio.

—Mi nombre no es relevante. Solo mi misión —dijo tras la pausa.

—¿Y cuál es esa misión?

—Estoy aquí para saber por qué nos has llamado, cuál es ese libro del que hablas y qué busca tu amiga la restauradora.

—¿Restauradora? —se sorprendió Iñigo.

Federico levantó una ceja: había encontrado la primera grieta a la que agarrarse.

—Veo que tu amiga no ha sido del todo sincera. ¿Quién te ha dicho que era? ¿Quizá una historiadora?

La línea quedó en silencio. Iñigo trataba de descifrar lo que aquel hombre acababa de sugerirle. Finalmente fue Federico quien habló.

—Ayúdame en mi misión y después me iré —concluyó.

—¿Así, sin más?

Iñigo no solo estaba receloso, sino incluso incómodo. Había entendido la velada amenaza.

—Sin más. Hoy en día aún se descubren obras de arte, libros y escritos escondidos en rincones incógnitos. Muchos de ellos nos ayudan a conocer y explicar la obra de Cristo. Mi deber es descubrirlos y protegerlos. Y tu deber como sacerdote es ayudarme.

Al otro lado de la línea, Iñigo sintió un extraño desasosiego. Algo en la impasibilidad de aquel hombre le resultaba inquietante. Hablaba con la frialdad con la que un forense ejecuta una autopsia, pero, sin duda, tenía razón y su tarea era necesaria, aunque no se le escapaban las implicaciones que tenían sus palabras. ¿Y si lo encontrado no debía salir a la luz? Recordó las veces en las que la desobediencia lo había metido en problemas, antes y después de tomar los hábitos.

—Estamos en Torres del Río —dijo tras tomar una

decisión—. Mañana al mediodía visitaremos San Millán de la Cogolla. Podemos vernos allí; iré con Marta.

—No te preocupes por eso. Yo me encargo de todo.

—¿Qué quiere decir con que se encarga de todo? —preguntó intranquilo.

—Que mañana tendrás un encuentro casual con un viejo amigo, Federico Constanza, al que no veías desde tus tiempos en el seminario. He venido de visita a España deseoso de encontrarme con mis antiguos compañeros.

La voz de aquel hombre era desconcertante; no transmitía ninguna emoción, solo información, como un contestador automático. Se oyó un clic. Federico había colgado sin despedirse. No tenía nada más que comunicar.

Iñigo se sentó en la cama de su antigua habitación y se quedó pensativo. No le gustaba el cariz que estaba tomando aquel asunto.

Al día siguiente, Marta se levantó temprano y salió a correr. La noche anterior no se había hecho una idea de lo pequeño que era el pueblo y enseguida lo recorrió entero. Se desvió por la carretera, vacía a aquellas horas, llegó hasta el cercano Sansol y regresó; todo en poco más de media hora. Cuando entró en la casa, se encontró a Beatriz preparando el desayuno. Iñigo aún no había bajado.

—Y no esperes que lo haga pronto —le advirtió la mujer cuando le preguntó—. Siempre le ha gustado dormir, pero no importa, así tú y yo podemos charlar un poco.

De pronto, Marta se sintió como una alumna que ha sido llamada al despacho del director acusada de alguna travesura.

—Eres una chica muy bonita —comenzó diciendo Beatriz.

—Gracias —respondió Marta quizá demasiado secamente. Estaba poco acostumbrada a los piropos y no
supo cómo reaccionar. Decidió mantenerse a la espera y
descubrir sus intenciones.

—Iñigo y tu hacéis buena pareja —continuó mirándola de soslayo, tanteando el terreno.

—No somos pareja —respondió Marta con firmeza
para evitar falsas expectativas—. Nos conocimos hace
dos días.

—Pero he visto cómo lo miras y cómo te mira él a ti.

Marta maldijo su incapacidad para esconder sus emociones. Era cierto que se sentía atraída por Iñigo, pero no
sabía que fuera tan evidente para los demás. Decidió que,
a partir de ese momento, intentaría ocultar sus sentimientos.

—Iñigo es sacerdote —objetó encogiéndose de hombros para señalar la obviedad.

—No debería serlo —afirmó Beatriz para sorpresa
de Marta—. Iñigo se quedó huérfano muy pronto y yo
no fui capaz de controlarlo. No he tenido hijos propios
y no supe lidiar con la situación. Él se metió en líos y al
final me vi obligada a enviarlo con los curas. Yo solo
quería evitar que se dañara a sí mismo. De repente, un
día regresó y había cambiado; estaba sereno, había ma-
durado. Y me dijo que quería tomar los hábitos.

—Entonces fue su decisión.

Marta se sintió satisfecha de cómo estaba llevando la
conversación, pero, por el gesto de Beatriz, le pareció
que aquello no era suficiente para ella.

—No es feliz —respondió con una mirada triste—. Y
lo sabe, aunque intenta no pensar en ello. Por eso tu llegada es oportuna, eres lo que necesita para decidirse.

«Está poniendo demasiada responsabilidad sobre
mis hombros. Me resulta atractivo, no lo niego, pero no

lo conozco. Y tiene un lado oscuro», pensó Marta, sin atreverse a decirlo en voz alta.

—No te pido mucho, no podría hacerlo. Solo que os acompañéis unos días. Y que recuerdes que sí, que es cura, pero también es un hombre.

Escucharon pasos por las escaleras e interrumpieron la conversación, mirándose incómodas. Iñigo entró en la cocina.

—Tengo hambre —dijo—. Podíais haberme avisado para desayunar.

Marta lo miró con otros ojos tras las palabras de Beatriz. Notó que se ruborizaba.

—Voy a darme una ducha —dijo levantándose quizá demasiado rápido—. Bajo en unos minutos.

Vio a Beatriz mirándola con una sonrisa. Iñigo estaba sorprendido por su reacción. Huyó escaleras arriba.

Después de desayunar, visitaron la plaza de Torres del Río, que en nada se parecía a la imagen que Marta se había hecho. Era una plaza minúscula en relación con el tamaño del pueblo. Después se dirigieron, desilusionados, a la iglesia del Santo Sepulcro. Allí tuvieron que esperar unos minutos a que llegara Ofelia, la encargada de abrir la pequeña iglesia, a la que Beatriz había tenido que llamar. Llegó resoplando, con cara de pocos amigos, como si acabara de levantarse de la cama.

Para Marta la espera mereció la pena. Se trataba de una construcción peculiar. Apenas unos metros separaban la entrada del otro extremo de la nave. Era, en realidad, una torre, y el efecto que producía era extraño. Según el relato de Jean, la iglesia tenía origen templario, con la característica planta octogonal. Iñigo y su tía Beatriz siguieron atentamente las explicaciones de Marta sobre la bóveda mudéjar y los ocho arcos que conformaban una bella estrella bajo la cúpula.

—No me imaginaba todas las maravillas que nos has contado —dijo Beatriz—. Para mí siempre ha sido la vieja iglesia del pueblo y ahora resulta que nos hablas de templarios, musulmanes y significados esotéricos.

Al salir, se despidieron de tía Beatriz, que le dio dos besos a Iñigo y un fuerte abrazo a Marta; aprovechó para susurrarle al oído unas palabras que el sacerdote no pudo entender. Cuando se montaban en el coche, Iñigo preguntó:

—¿Qué te ha dicho mi tía?

—Solo que se alegra de haberme conocido —mintió Marta.

«Una mentira piadosa es un pecado menor», pensó. Además, no se veía explicándole a Iñigo lo que de verdad le había dicho: «Estoy segura de que volveremos a vernos». A Marta todo aquello le parecía una locura, pero una voz instalada en su cabeza le decía que quizá Beatriz no se equivocaba. O tal vez era lo que quería creer.

27

Año 1199

Una densa arboleda nos abrazó durante el ascenso hasta el monasterio de Suso. Daba la impresión de encontrarse en mitad de un bosque antiguo y la suave llovizna y la bruma enfatizaban esa sensación. Me preguntaba dónde podía estar escondido el convento, cuando la niebla se levantó y ante nosotros aparecieron siete pequeños sepulcros tallados en piedra. Por su tamaño, parecían las tumbas de unos niños; el corazón se me encogió pensando en la triste historia que, sin duda, habría detrás de ellas.

Habían pasado cinco días desde nuestra salida del hospital de Santa Catalina, en Viana, y por fin alcanzábamos nuestro siguiente destino, que nos saludaba desde la ladera de la colina, desde donde protegía los pequeños sepulcros.

Tomás, a quien los monjes conocían porque años atrás había trabajado para ellos, me animó a acompañarlo a visitar el monasterio.

—Podrás ver los trabajos que hicimos en las primitivas cuevas —dijo orgulloso—, ampliándolas con muros y arcos de medio punto.

—A estas cuevas se retiró Aemilianus, el eremita

—puntualizó el prior con voz pausada mientras caminaba junto a nosotros con las manos en la espalda.

No pude reprimir una sonrisa. Tomás y el prior recorrían el mismo monasterio, pero veían cosas diferentes, continente y contenido.

Tomás me señaló las columnas visigodas, las más antiguas del templo. Luego me enseñó las mozárabes, de muy bella factura y, finalmente, me indicó cuáles había construido él. Todas juntas parecían narrar la historia de sus moradores a través de los siglos.

En una de las pequeñas cuevas, nos detuvimos ante un gran sepulcro finamente tallado en piedra.

—Es el sepulcro de San Millán —aclaró el prior.

Tomás se arrodilló ante la sepultura y el resto de los canteros y yo lo imitamos. Oramos en silencio durante unos minutos hasta que Tomás se levantó.

—Bien —dijo—, debemos continuar hasta Yuso para poder descansar allí.

—¡Creí que este era nuestro destino! —exclamé temiendo que aún tuviésemos por delante varias horas de camino.

—No, tranquilo —respondió Tomás sonriente—. Yuso está cerca, apenas será un paseo. Allí podrás descansar y recuperarte.

Y así fue. Poco después alcanzábamos el monasterio de Yuso, casi a tiro de piedra, abajo, en el valle. Los monjes nos proporcionaron comida y unos jergones donde dormir y decidimos descansar un día entero antes de continuar nuestro camino hacia el oeste. El abad conocía también a Tomás y enseguida lo puso al día de los cambios que se habían producido desde su última visita.

—Tenemos intención de realizar una obra para extender el *scriptorium*, ya que se ha quedado pequeño para todos los códices que copiamos —le informó el prior—. Además —añadió con orgullo—, hemos creado un taller de eboraria y ya hemos elaborado algunas bellas tallas de marfil para nuestro relicario.

—Quizá podrías derribar uno de los muros —sugirió Tomás entusiasmado por la idea— y ampliar la zona este hasta duplicar el tamaño actual del *scriptorium*.

—Jean, ¿te apetece visitarlo? —preguntó el prior volviéndose hacia mí de repente—. Es el orgullo del monasterio. Tenemos códices únicos en lenguas como el vascón o el romance.

—Me encantaría —contesté sin pensarlo, olvidando el cansancio de mis piernas.

Nunca había estado en un *scriptorium*, o al menos mi memoria no lo recordaba. Mientras nos dirigíamos hacia allí, el prior continuó relatándome sus esfuerzos por convertir San Millán en un centro mundial del saber.

Al entrar, me quedé sin aliento. Decenas de monjes estaban encorvados sobre sus trabajos y sus siluetas bailaban a la tenue luz de las antorchas. Mantenían un silencio únicamente rasgado por el sonido de las plumas deslizándose sobre los pergaminos. Nos acercamos a uno de ellos, al que el prior presentó como Eneko, un joven alto, espigado y algo desgarbado, con una barbilla puntiaguda, una nariz afilada y más que generosa y una mirada huidiza que transmitía timidez.

—Eneko llegó aquí hace dos años —explicó el prior—. Es vascón y le hemos encomendado reproducir algunos textos sobre la historia y la cultura de su pueblo.

Continuamos caminando entre las mesas, parándonos con cada monje; el prior nos los presentaba y nos indicaba la importancia del trabajo específico que realizaba cada uno.

—Nicolás es gascón —dijo el prior señalando al monje que estaba más cerca—. Transcribe por encargo diversas obras de San Agustín, como el *Enchiridion* y el *Liber quaestionum*, para un caballero de indudable riqueza.

Observé el trabajo de Nicolás y vi que no usaba pergamino, sino un material desconocido para mí. El prior percibió mi curiosidad.

—Acercaos —indicó— y veréis que algunas de nuestras obras se transcriben en lo que se ha venido a denominar papel. Es un nuevo invento llegado de Oriente y somos de los primeros en utilizarlo.

Nos inclinamos sobre el tal papel, interrumpiendo el trabajo del monje, que parecía deseoso de que nos marcháramos y le dejásemos continuar con su labor. Un pequeño detalle atrajo mi atención y, antes de que pudiera meditarlas, las palabras salieron de mi boca.

—Aquí hay un error —señalé, arrepintiéndome inmediatamente de mi comentario.

—No es posible —contestó el monje entre sorprendido y enojado.

Todos me miraban, esperando que continuase. Yo no deseaba hacerlo, pero ya era tarde.

—Esta frase —señalé—, «*Quisquis se laudauerit, ad nihilum / sepe euenit. Nam fornica et musca contendebant / acriter, que melior illarum fuisset*». Debería poner «*formica*», en lugar de «*fornica*».

Los demás monjes levantaron la cabeza de sus códices y me lanzaron una mirada inquisitiva.

—Bien —dijo el prior con un gesto apremiante—, dejemos trabajar a los monjes; aún queda lejos la hora tercera.

Mientras nos alejábamos, Tomás me interrogó con la mirada. No le hice caso; en ese instante estaba demasiado ocupado preguntándome a mí mismo cómo es que era capaz de leer en latín. ¿Tendría que ver con mi vida anterior? Una sucesión de imágenes pasaba vertiginosamente por mi mente: arcos que se elevaban sobre poderosas columnas, pequeñas ventanas por las que entraba una tenue luz que apenas lograba iluminar una estancia, numerosas lámparas de aceite desprendiendo luz y un olor que impregnaba los libros, hábitos, las gruesas paredes de un monasterio... Era un *scriptorium*.

Tal como vino, la imagen se difuminó hasta desaparecer, dejando un vacío que me llegó hasta la boca del estómago. ¿Quién era yo? Sabía leer y probablemente escribir. Había vivido, o al menos estado, en un monasterio. Quizá por eso me sentía tan a gusto rodeado de piedras. Pero todo lo demás se me escapaba entre los dedos como la arena de la playa. ¿Dónde estaba aquel monasterio? ¿Acaso yo era un monje? ¿Quizá un escriba?

Miré a Tomás y me encogí de hombros.

28

Año 2019

—Nuestra siguiente parada es Viana —dijo Marta mientras arrancaba el coche—. Buscaremos el hospital de peregrinos donde fue atendido Jean.

—No recuerdo que haya ningún hospital de peregrinos, pero Viana es uno de los pueblos más bonitos que conozco. Y, de todas maneras, quizá encontremos información sobre ese antiguo hospital —respondió Iñigo.

Marta disfrutó mucho de la visita a Viana. Tan pronto se perdían entre calles angostas con pavimento de adoquines y coquetas casas de pueblo restauradas como se topaban con construcciones históricas decoradas con antiguos escudos familiares. Iñigo parecía conocer muy bien el pueblo y le enseñó rincones que solo los lugareños podían encontrar. El tiempo transcurrió tan rápido que al finalizar el recorrido se dieron cuenta de que no llegarían a San Millán a comer.

—Podemos comer aquí —sugirió Marta deseando extender la magia del momento.

De pronto, el humor de Iñigo cambió. Primero se mostró contrariado, luego nervioso. Finalmente se dio por vencido y entraron en un pequeño restaurante que habían visto durante el paseo. La magia se había desvanecido y él parecía ahora resignado. Marta estaba confundida por el cambio de actitud y le parecía tener delante a una persona distinta. Un silencio se adueñó del espacio entre ambos.

—Me encanta verte comer —dijo Iñigo de improviso—. Quiero decir que tienes muy buen apetito para alguien...

—... tan delgada como yo.

Marta terminó la frase entre divertida por el comentario y sorprendida por lo inesperado del mismo.

—No, yo... Bueno, sí.

Marta no pudo evitar echarse a reír. Iñigo le parecía a veces lejano, atractivo y misterioso; otras, juguetón y descarado; y en ocasiones, hasta inocente. Lo que estaba claro era que ser sacerdote no encajaba con él.

—Estoy delgada porque hago deporte y porque la genética me ha favorecido. Tendrías que ver a mi madre. Es una mujer muy atractiva.

—Me lo imagino —respondió—. Perdona, no quería decir...

El teléfono de Iñigo sonó y tras mirar la pantalla se alejó para responder.

—¡Salvado por la campana! —exclamó Marta con una sonrisa.

Cuando regresó volvía a estar taciturno y reflexivo.

—¿Quién era? —preguntó Marta curiosa.

—Eh... nadie, un asunto de la parroquia —respondió él incómodo—. Deberíamos irnos, aún nos queda camino hasta San Millán y la visita merece la pena.

Marta tuvo la sensación de que Iñigo le había mentido o de que, al menos, no le había dicho toda la verdad sobre la llamada que acababa de recibir.

Federico colgó el teléfono. Se quedó pensativo y removió su café ya frío. No le gustaba Iñigo, no era previsible como solían serlo la mayoría de los sacerdotes que conocía. Atados al mundo por sus reglas y su obediencia, pocos eran los que tenían espíritu crítico, no hablemos ya de voz propia. Pero Iñigo era diferente y pensó que debería tener cuidado con él. No era un problema de tiempo, su paciencia era infinita, sino de fiabilidad. Quizá aquella misión no fuera tan sencilla como esperaba. Federico esbozó un amago de sonrisa.

Le gustaban los retos.

29

Año 33

Los graznidos de las gaviotas despertaron a Santiago del sueño en que se había sumido vencido por el esfuerzo y el hambre. Tenía un sabor salado en la boca y el cuerpo dolorido por la postura. Por la altura del sol, la tarde se acercaba a su fin. Atanasio y Teodosio continuaban dormidos a su lado. Se levantó y, sin despertarlos, se acercó a la orilla. Se desnudó, se metió en el agua, sumergió la cabeza y por unos instantes disfrutó de una paz y un silencio que ya creía olvidados.

Cuando salía, Atanasio y Teodosio alcanzaban la orilla. Teodosio gritó alborozado al entrar en el mar, salpicando a su alrededor, mientras Atanasio, reticente por la temperatura del agua, permanecía en la orilla decidiendo si aquello merecía la pena. Santiago no pudo evitar sonreír ante la disparidad del comportamiento de sus amigos. Ambos habían demostrado ser dos compañeros fieles y nobles y les había tomado cariño.

Unos minutos después los tres caían sobre la arena. Las sonrisas dieron paso a los silencios conforme se daban cuenta de que su aventura aún no había terminado. Finalmente, Teodosio evidenció de una manera directa y práctica aquello que Atanasio y Santiago no se atrevían a decir.

—Tengo hambre. Deberíamos buscar algo de comer.

—Podemos ir a la cercana Joppa —sugirió Atanasio—. Quizá podríamos conseguir algo de comida y un lugar donde dormir.

A regañadientes, se levantaron, se vistieron y comenzaron a caminar por la orilla hacia el norte. De no ser por las circunstancias y por el hambre, habrían disfrutado del paseo al borde del mar. Acompañados por el ruido de las aves y el murmullo de las olas rompiendo a sus pies, avanzaron por una zona de playas de arena dorada, saltando entre las rocas intermareales y deteniéndose de vez en cuando para arrancar algún mejillón o alguna lapa con los que calmar el hambre.

Teodosio, siempre ávido de escuchar historias, le pidió a Atanasio que les contase alguna leyenda de la zona. Tras meditar unos instantes, el viejo les habló del origen de la ciudad hacia la que se dirigían.

—Cuentan los antiguos —comenzó a relatar— que cuando Noé libró al mundo de la destrucción tras el diluvio universal, él y sus hijos se dispersaron para volver a poblar la tierra. Fue uno de sus hijos, de nombre Jafet, quien decidió fundar una ciudad a orillas del Mediterráneo a la que llamó Jaffa y que acabó siendo uno de los puertos más antiguos del mundo. Sin embargo, otros opinan que Joppa toma su nombre del hebreo Yafa, que como sabéis significa «la bella», y que fue fundada por los cananeos. En todo caso, una colina domina el puerto y pronto, si seguimos andando y no me entretenéis, la veremos aparecer en la lejanía.

Al anochecer llegaron a la ciudad, que, en efecto, disponía de un importante puerto pesquero. Atanasio los guio hacia una posada llamada Noaj, donde, según afirmó, les darían algo de comer y una cama a un precio bastante razonable. La perspectiva de una cena caliente alimentó sus espíritus.

Era una posada humilde, situada en una esquina del puerto, lejos de la zona más ajetreada. Apenas contaba con un puñado de mesas destartaladas que, bajo la escasa luz que iluminaba la estancia, presentaban el aspecto de haber lucido mejor en otro tiempo. El posadero era un hombre de una delgadez extrema, de piel reseca, casi apergaminada, más propia de un marinero. Los miró con desconfianza al cruzar la puerta de su negocio, pero el recelo se disipó cuando le mostraron las monedas, que desaparecieron en sus manos con la misma rapidez que el rictus de su cara. Señaló una mesa en la esquina del local, que a aquella hora estaba casi desierto.

Pronto llegaron las viandas, judías y pescado en salazón, de las que dieron cuenta con avidez, sin apenas articular palabra hasta que los platos quedaron vacíos sobre la mesa. Hasta Teodosio, el más ansioso de los tres, lo que no era de extrañar, pues nunca había permanecido tanto tiempo sin llevarse nada a la boca, pareció quedar satisfecho.

El posadero se sentó junto a ellos y sin disimular su curiosidad los avasalló a preguntas sobre quiénes eran, de dónde venían y adónde se dirigían. Teodosio y Santiago permanecieron en silencio, a lo sumo, asentían de vez en cuando. Atanasio inventó una historia sobre tres amigos dispuestos a ver mundo e interesados en buscar algún trabajo que les permitiese ganar un sustento hasta enrolarse en algún barco con destino exótico.

—No encontraréis aquí trabajo de sobra —dijo escupiendo al suelo despectivamente—. Joppa es un pueblo de pescadores en el que rara vez arriban barcos mercantes. Debéis ir a Tiro; allí hallaréis lo que buscáis si tal es vuestro deseo —añadió desconfiado, pensando que no estaban en sus cabales.

—Le agradecemos su consejo —contestó Atanasio—. Allí nos dirigiremos en cuanto reunamos algo más de dinero. ¿Cree que algún pescador local nos dará trabajo? Los tres hemos pasado más tiempo con las redes en las manos que... en nuestra actual situación.

El posadero lo miró durante unos instantes antes de contestar, quizá intrigado por la frase súbitamente rectificada.

—Buscad en el puerto a Ismael. Lo encontraréis al final del muelle sur. Su barca se llama Madrugada. Decidle que vais de mi parte. Creo que estaba buscando a alguien que lo ayudase.

Agradecieron al posadero la información y se retiraron a descansar a la habitación que este les había preparado.

—Deberíamos ir a Tiro —dijo Teodosio cuando se quedaron solos.

—Tiro está lejos —replicó Atanasio en tono de reproche.

—Pero las posibilidades de escondernos allí serán mejores —insistió el joven mirando a Santiago, sin hacer caso a su compañero.

Teodosio no podía evitar sentirse tentado por una gran ciudad que emanaba un aura de misterio y que le permitiría conocer mundo. Santiago, como siempre, dudaba y solo sabía que se estaba dejando arrastrar por sus amigos y por los acontecimientos. Dejó a ambos discutiendo, se envolvió en su capa y se entregó a un profundo sueño reparador. No sabía cuál sería el resultado de la conversación, probablemente ninguno, pero en cualquier caso podía esperar hasta el amanecer.

30

Año 2019

San Millán de la Cogolla tenía dos monasterios separados apenas cien metros uno del otro. Suso, el más antiguo, era el favorito de Marta. Recostado sobre la loma de un monte, agazapado detrás del bosque, miraba hacia el valle. Era antiguo, muy antiguo, tanto, que parecía fundirse con la roca como si formara parte de ella. Yuso, aunque con varios siglos menos de vida, había visto nacer dos lenguas, el castellano y el euskera; en su *scriptorium* se habían encontrado los primeros testimonios escritos en ambas lenguas. A Marta aún le resultaba extraño que Jean hubiese paseado entre sus muros y visitado dicho *scriptorium* mucho tiempo atrás; quizá había leído aquellas primeras palabras.

Iñigo, sentado a su lado en el coche, estaba tenso. Con las manos colocadas en paralelo sobre los muslos y la mirada al frente, se mostraba inmerso en sus pensamientos. Marta empezó a preguntarse si todo aquello era buena idea. No lo conocía de nada y tras la visita al monasterio tendrían que hablar, ahora sí, sobre cómo y dónde dormir. No sabía por qué se preocupaba, él era el sacerdote, no ella. Ella no se debía a ningún credo o norma más que a la de su propia voluntad y deseo. Quizá era eso, ella era libre y él no y nunca podría pasar lo que tal vez habría sido natural en otras circunstancias.

Marta trató de no pensar contemplando los sepulcros de los siete infantes que Jean describía en el libro. Habían sido movidos de su lugar original frente a la entrada, pero seguían produciendo el mismo efecto en los visitantes. Dentro de la iglesia admiraron la tumba de San Millán y los arcos visigodos, mudéjares y románicos. Parecía un milagro que aún estuvieran allí. En aquel momento, Marta sintió una profunda conexión con Jean, como si el tiempo que los separaba se hubiese fundido hasta casi desaparecer.

A su lado, Iñigo caminaba absorto. Sobrecogidos por la paz y el recogimiento que transmitía aquella abadía hoy abandonada, casi no hablaron hasta la salida.

En el monasterio de Yuso, se unieron a una de las visitas guiadas que estaba a punto comenzar. Para su decepción, el recorrido no incluía el *scriptorium*.

Pero Iñigo le tenía preparada otra sorpresa. Finalizada la visita, uno de los monjes se les acercó y lo saludó cariñosamente. Se trataba de un hombre joven, en la treintena, de baja estatura y cuerpo regordete. Su tez era blanquecina y de mejillas sonrosadas. Tenía el aspecto de alguien poco habituado al ejercicio o a la vida al aire libre. Sus ojos eran grandes, redondos y ligeramente desiguales y le daban un aspecto de estar permanentemente desconcertado.

—¡Cuánto me alegro de verte, Iñigo! ¡Hace tiempo que tenías que haber venido a verme!

—Y aquí estoy finalmente —respondió el sacerdote con una sonrisa abierta, poniendo las manos sobre los hombros del recién llegado—. Y además te voy a pedir un favor personal, Alberto. Ella es una amiga mía, Marta. Le gustaría visitar el *scriptorium* si es posible. Es investigadora y está haciendo un trabajo de campo sobre los monasterios de la zona. ¿Qué me dices?

—Ya sabes que no te voy a decir que no —respondió el otro con un gesto tímido—. Hiciste mucho por mí y aún te lo debo.

Alberto tomó del brazo a Iñigo y juntos avanzaron por el pasillo. Marta no pudo evitar sentirse como un niño celoso al que no prestan atención.

Entraron en el *scriptorium* por una pequeña puerta de madera y Marta notó que se le aceleraba el pulso. Una amplia sala se abría ante ellos, repleta de estanterías en las que estaban expuestos enormes volúmenes y tesoros históricos de increíble belleza. Marta se detuvo a observar una obra que estaba iluminada, abierta por una página que mostraba a un caballero y un castillo sobre un campo verde.

—¿Puedo hacerte una pregunta, Alberto? —dijo cuando ambos sacerdotes retrocedieron para situarse a su lado.

—Por supuesto, Marta. Si puedo ayudarte en algo...

—Quería saber si tenéis un ejemplar de un libro llamado *Liber quaestionum*.

Alberto se encogió de hombros y negó con la cabeza.

—No puedo contestar a tu pregunta —respondió con un gesto de disculpa—, pero sé quién puede hacerlo: el hermano Anselmo. Esperad aquí un momento.

Alberto desapareció por una puerta lateral e Iñigo se volvió hacia Marta, inquisitivo.

—¿Por qué preguntas por ese libro en particular?

—Jean lo menciona. Habla de un monje llamado Nicolás que hacía una copia de ese libro cuando él estuvo aquí. Solo quiero comprobar cuánto de verdad hay en su relato.

Alberto regresó acompañado por un hombre menudo, de piel igualmente blanquecina y ojos pequeños pero saltones, enmarcados en unas gruesas gafas de pasta que le daban un aire despistado, casi cómico. Se dirigió directamente hacia Marta.

—El hermano Alberto me dice que quizá yo pueda ayudaros —dijo abriendo aún más los ojos—. Preguntáis por un libro en concreto. ¿Quizá uno de los que se guardaban en el infiernillo? —preguntó con una sonrisa que Marta no supo interpretar.

—¿El infiernillo?

El hermano Anselmo fue hacia uno de los extremos de la biblioteca y señaló una puerta entreabierta.

—Aquí se guardan los libros que eran considerados inapropiados o heréticos. Por eso la puerta tiene grabado el símbolo de la Inquisición, con la cruz y la espada.

—¡Oh, no! Nada de eso —respondió Marta—. El libro que busco se titula *Liber quaestionum*; es una obra de San Agustín y puede que aquí se hiciese una copia.

El hombrecillo pareció concentrarse y buscar en lo más profundo de su memoria. Marta no creía que nadie fuese capaz de recordar cada uno de los miles de libros que allí se conservaban.

—Sin duda, así fue —respondió el monje para sorpresa de Marta—; no una, sino varias copias salieron de este *scriptorium* alrededor del siglo XIII. Era un libro muy apreciado por aquellos caballeros que podían permitírselo, que no eran muchos. Todas las copias conocidas fueron realizadas por un mismo monje.

—¿Y cómo lo sabe? —preguntó Marta asombrada.

—Por dos razones —dijo como si la respuesta fuera obvia—. La primera es que los copistas dejaban testimonio con una marca personal. En este caso concreto, creo recordar que eran dos letras, una N y una C, lo que es curioso...

—Nicolás —interrumpió Marta excitada.

A Anselmo se le dilataron las pupilas.

—¿Cómo...? ¿Cómo sabe eso? —tartamudeó.

Su desconcierto resultaba gracioso y Marta tuvo que hacer un esfuerzo consciente por reprimir la risa. Trató de no mirar a Iñigo porque entonces sería incapaz de contenerse.

—Hay un libro muy antiguo que menciona el monasterio y a un copista llamado Nicolás que por aquel entonces realizaba una copia del libro en cuestión.

—¿Podría ver el manuscrito que menciona? Sin duda, es un documento único.

Sus ojos resplandecían con el brillo de la avidez del coleccionista y Marta se sintió culpable por no poder satisfacer su deseo.

—Claro —mintió, notando la mirada acusadora de Iñigo—, aunque ahora no lo llevo encima, por supuesto.

—¡Nicolás! —dijo Anselmo para sí—. En este monasterio se guarda el registro de todos los manuscritos y sus copistas. El monje que firmaba como N. C. era de origen gascón y se llamaba Nicolás.

Salieron del *scriptorium* después de prometerle a Anselmo que le harían llegar una copia del escrito que mencionaba a San Millán y se despidieron de Alberto en la puerta del monasterio.

—Iñigo —dijo Alberto dándole un sentido abrazo—. No dudes en volver a verme cuando quieras. Sabes que tu visita es siempre apreciada.

—Lo sé —Iñigo correspondió al abrazo de Alberto—. Ten por seguro que lo haré.

Se alejaron hacia el coche y Marta no pudo resistirse a comentar:

—Alberto estaba encantado de verte y deseoso de volver a hacerlo en el futuro —dijo con una sonrisa maliciosa.

—Alberto lo pasó mal en el seminario y yo traté de ayudarle con sus dudas —respondió Iñigo con el rostro serio.

—¿Dudas... religiosas? —tanteó.

Iñigo reflexionó un instante e intentó escoger las palabras con cuidado.

—No, nada tan elevado —respondió al fin—. Dudas... más personales.

—Alberto es homosexual, ¿no? —arriesgó Marta.

El sacerdote la miró sorprendido de que hubiese descubierto un secreto cuidadosamente escondido.

—¿Cómo lo has sabido? —preguntó admirado, como si le concediese un mérito extraordinario.

—Es bastante evidente. Como también lo es que está locamente enamorado de ti.

Iñigo sonrió, dando a entender que aquello no era una novedad.

—La Iglesia consiente la homosexualidad —dijo por fin encogiéndose de hombros—. Al menos mientras sea discreta.

A Marta le chocó el comentario. Pensaba que la Iglesia no era tan tolerante con lo que ellos consideraban una desviación.

—Como el ejército norteamericano —dijo ella al fin sabiendo que pisaba un terreno resbaladizo—. No lo digas, no preguntes.

—Así es.

—¿Y tú qué opinas?

Iñigo se volvió hacia Marta despacio, pensativo.

—Jesús dijo que nos amáramos los unos a los otros. Si Alberto prefiere amar a los hombres, para mí no es un problema. El problema sería que odiara.

—Eres un cura muy moderno —dijo Marta tratando de provocarlo.

—La Iglesia marca una línea, pero eso no quiere decir que yo no pueda tener mi propia opinión.

Ella iba a responder cuando oyeron una voz gritar detrás de ellos.

—¡Iñigo! ¡Qué sorpresa!

Se dieron la vuelta y miraron al hombre que se aproximaba. Era de pequeña estatura y con grandes entradas. Sus ojos llamaron la atención de Marta inmediatamente. Desmentían al resto. Era un hombre común, casi vulgar, alguien que pasaba desapercibido, pero sus ojos brillaban inteligentes e inquietos. Y no sonreían. Se acercaba a Iñigo en actitud amistosa, sin embargo, su mirada era fría, imperturbable. Sin saber muy bien por qué, Marta se sintió incómoda en su presencia.

Iñigo reaccionó con asombro primero y con nerviosismo después. Respondió al abrazo del recién llegado con un rictus serio y algo almidonado. Estaba claro que le producía un efecto parecido al de Marta.

—Siempre tan serio —continuó el hombre dirigiendo su comentario a Marta más que a Iñigo—. Ya que no me presentas a tu amiga, me presentaré yo. Federico Constanza —dijo con una leve inclinación de cabeza.

—Marta —balbuceó, desconcertada por la falta de reacción de Iñigo.

—Veo que estás ocupado. No te entretendré entonces —dijo guiñándole un ojo—. Estaré por aquí unos días, no dudes en llamarme; o mejor, te llamaré yo a ti. Así nos ponemos al día. Tenemos asuntos que resolver.

El hombrecillo se alejó sin añadir nada más y sin ni siquiera despedirse. Iñigo y Marta se quedaron en silencio, observándolo. Federico había pronunciado la última frase con singular énfasis. Finalmente, Iñigo habló:

—Vamos, busquemos un sitio donde dormir.

31

Año 1199

Los dos días en el monasterio de San Millán de la Cogolla trascurrieron en una paz que nos permitió recuperar fuerzas y ánimos. El abad y el prior administraban la congregación según la regla de San Benito, de un modo estricto que, sin embargo, los monjes parecían apreciar. No les faltaba la comida y las obras realizadas en los últimos años contrastaban con la austeridad con la que vivían los religiosos, dedicados a sus oraciones, a sus quehaceres y a la copia de manuscritos, su principal fuente de ingresos.

Me impresionaba la manera en que los monjes vivían entregados a la oración, a la reflexión y a servir con devoción a cuantos peregrinos y enfermos se acercaban a sus puertas. Todo aquel esfuerzo se consagraba enteramente a la gloria de Dios y a hacer del monasterio un refugio para los más desfavorecidos.

Al término del segundo día nos despedimos de aquellos que tan bien nos habían tratado. Tomás les prometió que se desviaría del camino para visitarlos de nuevo si volvíamos al este.

Las lluvias torrenciales del final de verano nos acompañaron durante las siguientes jornadas. Nuestra incapacidad para predecir el tiempo hacía que tan pronto pasásemos calor, azotados por un sol que nos castigaba sin piedad, como instantes después la lluvia nos calase hasta los huesos.

Dejamos a nuestra izquierda los montes de Faiago y atrás las aún más elevadas montañas de San Lorenzo y San Millán. Caminábamos testarudamente hacia nuestro próximo destino, la ciudad de Burchia, que Tomás y el resto de los canteros ya habían visitado anteriormente. Durante uno de nuestros breves descansos, Tomás me contó que Burchia era una gran urbe, atravesada por un río de nombre Aslanzón y dividida en barrios rodeados de elevados muros. La ciudad, durante muchos años capital del reino de León y Castilla, era fuerte y estaba acondicionada para la defensa; contaba con innumerables bazares y comercios y con una población que no se había visto mermada por la pérdida, un siglo antes, de la capitalidad.

Nosotros, sin embargo, no descansaríamos allí, sino extramuros, en el cercano monasterio de las Huelgas, que según Tomás había sido terminado unos años antes y estaba bajo el cuidado de las monjas cistercienses de San Bernardo.

—Verás, mi buen Jean, lo que es el lujo —dijo abriendo muchos los ojos—. El mismísimo Alfonso VIII lo fundó hace unos años y él y su mujer, Leonor Plantagenet, hermana de Ricardo de Inglaterra, lo visitaron para su fundación. Lo sé porque yo estuve allí para verlo.

Con el sol aún ascendiendo en nuestro quinto día de camino, llegamos a Burchia; cruzamos el río sin detenernos en la próspera ciudad y fuimos directos al monasterio. Si el de San Millán me había parecido recogido y hermoso, este se erguía majestuoso junto al río. Una muralla rodeaba la iglesia y el claustro, dando al conjunto un aspecto de fortaleza. En la entrada nos cruzamos con un peregrino.

—Buen camino —saludó Tomás con un gesto amable.

—Lo mismo os deseo —contestó el peregrino con expresión hosca—. Aunque no será aquí donde encontréis descanso y hospitalidad.

—Extrañas palabras —replicó Tomás—. Este lugar es conocido por el buen trato a los que aquí buscan refugio.

El peregrino miró por un instante a Tomás con una mueca de desagrado y antes de responder negó con la cabeza.

—Sin duda, así era, pero parece ser que la nueva abadesa, doña María, ha introducido algunos cambios. Podréis verlo vosotros mismos —añadió despidiéndose con gesto cansado.

—Que el camino te sea leve —respondió Tomás viendo alejarse al peregrino mientras los demás nos mirábamos confusos.

Una religiosa de rostro amable salió a nuestro encuentro y se presentó como la hermana Elena. Se ofreció a acompañarnos a la parte trasera del monasterio, donde estaban los establos.

—Perdonad, hermana Elena —dijo Tomás con tono receloso—, creo recordar que la última vez que estuve aquí, hace ya cuatro años, los peregrinos reposábamos junto a la iglesia.

La hermana miró a Tomás con una mezcla de piedad y compasión antes de contestar.

—Así era —respondió escogiendo las palabras—. Así era antes. Pronto descubriréis que no es lo único que ha cambiado.

Sin aclarar qué quería decir, la hermana Elena nos llevó a un recinto que había servido de establo no mucho tiempo atrás. La humedad rezumaba por las paredes, acentuando el olor animal que flotaba en el ambiente, lo que hizo arrugar la nariz a todo el grupo. La hermana nos señaló la zona del refugio que parecía más protegida del viento y las goteras.

Dejamos nuestras pertenencias y nos acercamos al abrevadero situado a unos pocos pasos de la entrada. El agua tenía un tono verdoso; aprovechamos para refrescarnos, aunque sin beber ni llenar los odres que transportábamos ya medio vacíos. Algunos se descalzaron y se curaron las ampollas a las que, paulatinamente, se habían ido acostumbrando. Eran hombres recios, pero estaban más habituados a los callos en las manos que a las heridas en los pies.

Algunas hermanas se acercaron con viandas, lo que animó al grupo, que no tardó en reflejar la desilusión en sus semblantes. Agua en abundancia, apenas coloreada con un poco de vino, unas tiras de carne seca y unos mezquinos pedazos de queso con pan de varios días fue todo lo que se nos ofreció.

—Magra comida para un monasterio que se encuentra bajo la protección del mismísimo rey Alfonso —dijo uno de los canteros en voz lo suficientemente alta como para que las hermanas lo escuchasen.

Yo temí que se enfadasen con nosotros, pero dejaron la comida en silencio y se apresuraron a salir, avergonzadas por la situación.

—¡Hermanas! —llamó Tomás, que era el único que no parecía decepcionado—. ¿A qué hora celebraréis la misa hoy? Mis amigos y yo somos buenos creyentes y durante el camino no hemos tenido muchas oportunidades de escuchar la palabra de Dios.

—A las vísperas —contestó la mayor de ellas con cierto temor—. Mas no sé si podréis asistir.

La paciencia de Tomás pareció colmarse y un rastro de ira, desconocido para mí, apareció en su rostro.

—Este era un lugar renombrado por su buen trato a los peregrinos, hermana —repuso Tomás con voz seria—. Al menos así era la última vez que tuve la fortuna de ser acogido aquí —añadió—. ¿Podéis decirme cuál es la razón por la que la hospitalidad se ha deteriorado? Si buenos cristianos tienen que dormir como animales de tiro, comer como ratones y permanecer apartados de Dios, ahora comprendo por qué somos los únicos que aquí buscan amparo.

Las duras palabras de Tomás cogieron por sorpresa a las hermanas y las más jóvenes se mostraron airadas por la rudeza del peregrino. La hermana Elena, en cambio, permanecía triste.

—Haremos cuanto esté en nuestras manos para que podáis acudir a la oración —respondió nuevamente la hermana—, pero la nueva abadesa ha dado órdenes explícitas de que tal cosa no se permita a ningún peregrino. Volveremos antes de vísperas para conduciros a un lugar desde el que asistir a la liturgia.

La hermana se dio la vuelta y se alejó hacia el claustro, discutiendo con las hermanas más jóvenes que, asustadas, trataban de hacerla cambiar de parecer.

Nosotros nos sentamos en el suelo y Tomás y algunos de los canteros más veteranos compartieron sus recuerdos de los buenos tiempos del monasterio y de la anterior abadesa, la hermana Misol. Parecían reminiscencias de otra época. Nos hablaron de reyes y reinas, de caballeros de pulidas armaduras y brillantes espadas, de damas ataviadas con ricas sedas. Contaron cómo se atendía a los peregrinos, cómo el vino era apenas rebajado con agua y las viandas se acompañaban siempre de un generoso trago de cerveza. Nos hablaron del interior del monasterio, de las tallas de madera policromada, de las estatuas de piedra y de los sepulcros donde descansarían reyes y reinas, infantes e infantas, que habían escogido aquel lugar para su eterno descanso. Después se hizo el silencio y los ecos de la riqueza y los tiempos mejores se disolvieron delante de nuestros ojos, haciendo aún más duro el contraste con el presente.

No tuvimos que esperar mucho antes de que, cumpliendo su promesa, la hermana Elena regresara para conducirnos a vísperas. Con un gesto nos indicó que la siguiéramos en silencio y entramos en el monasterio por una puerta lateral. Estaba muy seria, con la preocupación de quien está rompiendo las reglas y conoce las consecuencias. Se dirigió con paso apresurado a través de un largo pasillo apenas iluminado, caminando con la espalda recta, sin prestar atención a su alrededor. Nosotros, en cambio, no pudimos resistirnos a contemplar los sepulcros que, a ambos lados del pasillo, escoltaban, enmudecidos, nuestros pasos.

La hermana Elena vio que nos habíamos detenido y nos explicó en susurros que las tumbas habían sido talladas por el maestro *sculptor lapidum liberorum* Mateo, el mismo que había tallado el pórtico de la gloria de la catedral de Santiago. Tomás alargó la mano y la deslizó sobre la superficie del sepulcro, decorado con un castillo cincelado dentro de una arquería. La sepultura estaba sustentada sobre dos pedestales rematados en prótomos de felinos.

—Dicen —aclaró la hermana— que el mismo rey Alfonso pidió tallar estos dos sepulcros gemelos para él y su esposa tras la derrota en la batalla de Alarcos. Tan cerca estuvo de la muerte que quiso asegurarse de que si moría, descansaría en este su amado monasterio y junto a su reina.

De pronto, una voz resonó con fuerza en el angosto pasillo.

—¿Se puede saber qué hacéis aquí?

Nos volvimos al ver la expresión de pánico de la hermana Elena ante la que, sin duda, era doña María. La abadesa levantó la mano izquierda y señaló la puerta por la que habíamos entrado, como si no hubiese nada más que añadir. La hermana Elena agachó la cabeza y se dirigió con pasos pequeños y rápidos hacia la salida. En cambio, Tomás se acercó pausadamente a la abadesa.

—Abadesa María, somos peregrinos canteros de camino a Santiago. Queríamos vivir la liturgia del monasterio. No hemos tenido muchas oportunidades en nuestro camino y somos buenos cristianos.

—¡No! ¡Escuchadme bien! —replicó la abadesa—. Esto no es una pequeña iglesia de pueblo donde cualquier menesteroso puede arrastrarse ante nuestra puerta pidiendo limosna. Este es un monasterio de reyes —dijo levantando la barbilla—. No hay sitio aquí para vosotros. Debéis abandonar el monasterio inmediatamente.

Tomás no se arredró ante los insultos y la expresión altanera de la abadesa. Colocó pacientemente las manos en su regazo y, tras una larga pausa, respondió sin alzar la voz:

—No es grande un monasterio por las riquezas de aquellos que a él acuden a rezar, sino por la fe de estos. Y no es labor de las siervas de Dios preparar suntuosos sepulcros, sino obrar el bien sobre aquellos de los que habló nuestro Señor en las Escrituras.

A la abadesa le cambió el rictus y miró a Tomás con un mal disimulado rencor. Sin esperar respuesta, Tomás dio media vuelta y se alejó. El resto le seguimos, no sin antes, uno por uno, dar las gracias por su ayuda a la hermana Elena.

—Siento el mal que os hayamos podido causar —dije al pasar junto a ella—. No era nuestra intención.

—No os preocupéis por mí —contestó la hermana con una resignada sonrisa de agradecimiento—. A veces Dios nos habla con extrañas voces como las que hoy habéis traído hasta aquí. Quizá esta vez el mensaje haya sido escuchado.

Nos fuimos con el deseo de que la hermana Elena estuviera en lo cierto, pero con poca esperanza de que así fuera. Aquella noche dormimos al raso, compartiendo en silencio la camaradería que une a aquellos que han sido expulsados, pero cuyo orgullo no les ha abandonado.

Tomás y yo nos quedamos hablando hasta bien entrada la noche. Recordamos los acontecimientos de las últimas semanas y conjeturamos sobre el futuro que nos esperaba al final del camino.

—Estoy decidido a llegar hasta Santiago —dijo mirándome a los ojos— y me gustaría que me acompañases para contemplar juntos el sepulcro del apóstol.

Yo no estaba seguro. Le había cogido cariño al viejo maestro cantero, pero mi cabeza era un torbellino de imágenes, ideas y episodios en blanco y aún no tenía muy claro qué haría más allá de los próximos días. Poco podía imaginar yo que nunca llegaría a acompañar a Tomás a ver el sepulcro y que las próximas semanas serían las últimas en las que compartiríamos viaje hacia el oeste.

32

Año 2019

Amanecieron en Burgos.

La luz entraba por los agujeros de la persiana y, aún medio dormida, Marta extendió su brazo buscando en el otro lado de la cama.

Allí estaba el libro.

La noche anterior se había quedado leyendo hasta tarde. Fue Iñigo quien había propuesto ir a dormir a la ciudad. Parecía ansioso por alejarse de San Millán y Marta tuvo la sensación de que aquella resolución tenía mucho que ver con el inesperado encuentro con Federico. Estuvo tentada de oponerse, solo por verlo sonreír ante sus intentos de provocarlo, pero se refrenó. Parecía preocupado, ensimismado, y a Marta le asustaba descubrir dónde estaba su límite. Al fin y al cabo, era un desconocido y creía haber arañado tan solo la superficie de su compleja personalidad. A pesar de que era un hombre atractivo, divertido e inteligente, Marta también apreciaba en él algo misterioso, indefinido, que la alertaba a alejarse. Quizá el recuerdo de Diego aún estaba demasiado vivo. «Pensaba que yo era complicada», se dijo contemplando con una mueca su imagen en el espejo de la habitación. «Curiosa aventura —pensó—, un cadáver emparedado, un libro antiguo y extraño, un objeto oculto y misterioso y un sacerdote atractivo pero oscuro.»

Recordó unas palabras, la frase favorita de su profesor de Historia y director de su tesis doctoral: «Las casualidades no existen». Sacudió la cabeza. La noche anterior, mientras leía, su mente se había llenado de tonterías. Se aplicó el lápiz labial y se preguntó si Iñigo ya habría bajado a desayunar. «Seguro que sí. Se habrá levantado a las cinco para rezar», pensó con malicia mientras cerraba la puerta de la habitación.

—¿Has dormido bien? —preguntó el Iñigo risueño y juvenil cuando se encontraron en el comedor del hotel.

—Perfectamente —respondió Marta mordisqueando un trozo de cruasán y tratando de encajar sin éxito a aquel Iñigo con el oscuro del día anterior—. ¿Y tú?

—Fenomenal —contestó animado—. ¿Cuál es el plan para hoy?

Iñigo parecía ansioso por continuar con la singular aventura y la miraba expectante. Marta meditó un segundo antes de contestar.

—Monasterio de las Huelgas —dijo al fin—, a las afueras de Burgos. Jean y los canteros pasaron por allí, aunque apenas se detuvieron. Luego partieron hacia el oeste, hacia Castrojeriz.

—¿Qué sentido tiene parar en las Huelgas si su paso fue tan breve? —preguntó Iñigo.

—Quiero visitar la iglesia y los sepulcros de los antiguos reyes que descansan allí.

—¿Sepulcros? ¡Qué divertido! —dijo con una sonrisa torcida.

Parecía que el Iñigo jovial y despreocupado tomaba el mando. Marta pensó en preguntarle por Federico, para saber cómo lo había conocido, pero decidió no hacerlo por temor a que regresara su versión cerrada y taciturna.

Recogieron sus cosas, pagaron las habitaciones y en poco más de cinco minutos habían llegado al aparcamiento del monasterio. Como aún faltaba algo de tiempo para que abrieran las puertas, Marta le contó los problemas que Jean y sus compañeros habían tenido en las Huelgas con la abadesa doña María.

—Menuda mala pécora —exclamó Iñigo con falsa indignación.

—Padre, por favor —dijo Marta poniendo cara de escandalizada—. Esas expresiones no son propias de un hombre de Dios.

Bajaron del coche entre risas y entraron en el monasterio. Otra vez, decidieron unirse a una visita guiada y durante una hora se sumergieron en plena Edad Media. Vieron la iglesia, los dos claustros y los sepulcros de los reyes. Marta se perdió enseguida entre los nombres de los innumerables monarcas que estaban allí enterrados y se distrajo con la exquisita decoración de las tumbas.

—Hay algo que no entiendo —dijo Iñigo frunciendo el ceño—. Dices que Jean pasó por aquí en el año 1199, pero estos sepulcros son posteriores.

—Tiene una explicación sencilla —respondió Marta recordando la visita de Jean—. Alfonso VIII y su mujer Leonor de Plantagenet ordenaron levantar este monasterio para convertirlo en panteón real y mandaron construir los que serían sus futuros sepulcros.

—¡Qué previsores! —exclamó Iñigo.

Al salir, Marta convenció a Iñigo de regresar a Burgos para ver la catedral.

—Siempre que paso por allí me acerco a verla y anoche no tuvimos oportunidad.

Sin duda, era la catedral más bella jamás construida y más de una vez Marta había soñado con participar en su restauración. Acostumbraba visitarla sola, disfrutando en el más profundo de los silencios, por lo que hacerlo con Iñigo fue una experiencia nueva para ella. Ella le explicaba cada detalle y él sonreía divertido ante su casi infantil entusiasmo, sin mostrar la más mínima impaciencia o deseo de terminar.

Marta se preguntó cómo sería compartir su vida con alguien así, tan distinto de Diego. Ahora comprendía que este siempre la había tratado con condescendencia y que rara vez había mostrado interés por lo que a ella le gustaba. Solo existía él y ella había acabado siendo un mero apéndice, una muesca más en su vida perfectamente conformada.

En un momento dado, Marta señaló la decoración de los pilares del claustro alto y al bajar el brazo, su mano se encontró con la de Iñigo; sus dedos se entrecruzaron y permanecieron así unos segundos, sin que él la mirase ni hiciese amago de retirar la mano. Fue un momento mágico que se rompió con el sonido del móvil de Iñigo.

—Un sacerdote no debería coquetear con una mujer —dijo la voz monocorde de Federico.

—¿Acaso nos está espiando? —preguntó enfadado Iñigo cuando se hubo alejado lo suficiente para que Marta no lo oyera.

—No tengo un especial interés en vuestros devaneos, pero ella tiene en su poder algo que me interesa y necesito información. Pregúntale por el libro. Cógelo cuando ella no esté y léelo.

Iñigo sintió que aquello era una orden inapelable. Se quedaron súbitamente en silencio y entendió que Federico esperaba una respuesta.

—No se separa de él, rara vez lo saca de su mochila en mi presencia. Lo lee por la noche en su habitación.

—Pues encuentra la manera de entrar en su habitación —replicó Federico—. Por el momento, parece que vas en la dirección correcta para lograrlo.

Aquellas palabras en boca de otra persona hubieran traslucido una cierta ironía, pero en el caso de Federico sonaban asépticas, como si simplemente constataran un hecho. Iñigo se sintió como un peón en medio de una complicada partida de ajedrez. Un peón negro enfrentado en el centro del tablero a un peón blanco, Marta, ambos obligados a convivir hasta que los jugadores de la partida determinaran que ya no servían a sus intereses y los sacrificaran. No estaba seguro de estar en el bando adecuado, ni siquiera de querer participar en el juego. Decidió volver junto a Marta y ocultar su incomodidad mientras pensaba en qué hacer, aunque tenía que hacerlo pronto: la paciencia no parecía ser una de las virtudes de Federico.

Federico Constanza colgó. Las instrucciones ya habían sido dadas. Salió de detrás de la columna y vio cómo el sacerdote se reunía con Marta. De momento la situación parecía bajo control, así que resolvió darle a Iñigo algo de margen. Ya habría tiempo para intervenir.

33

Año 33

La mañana siguiente trajo buenas nuevas para Santiago, Atanasio y Teodosio. Encontraron a Ismael a bordo de su embarcación, terminando de preparar sus redes antes de hacerse a la mar.

Era un hombre de edad avanzada, piel curtida por el sol y el agua de mar, manos encallecidas por años de trabajo y ojos vivaces que se iluminaron cuando los tres apóstoles le propusieron ayudarle en su tarea. Tras una dura negociación acerca del jornal, en la que Ismael especuló con su precaria situación económica para realizar una oferta a la baja, Atanasio, dando muestra otra vez de su experiencia, logró un buen acuerdo al prolongar innecesariamente el regateo. Ismael comenzó a ponerse nervioso al ver que la mañana avanzaba sin echarse al mar.

El esfuerzo físico, ya casi olvidado, sentó bien a Santiago, aunque sus manos habían perdido la costumbre de trabajar duro y varias ampollas comenzaban a asomar en su piel. Por unas horas olvidó los sucesos de los últimos días y se concentró en el trabajo, recordando cuanto su padre le había enseñado del arte de la pesca. Al atardecer, regresaron a puerto y descargaron las capturas, que habían sido abundantes. Cansados pero con buen ánimo, volvieron a la posada a dormir y aquella noche fue la primera de varias en las que nada perturbó su sueño.

Las jornadas de pesca se repitieron toda la semana y el humor de Ismael mejoró con el transcurso de los días, aunque seguía mostrándose poco comunicativo. La rutina tuvo un efecto balsámico, acentuado por el cansancio físico. Los acontecimientos de las últimas semanas se tornaron algo lejano, como la tormenta que se aleja y cuyos truenos se escuchan, ya sin miedo, en la distancia.

Pero esa calma terminó al séptimo día.

Aquel atardecer regresaron con una captura excepcionalmente buena y, mientras los tres se afanaban en descargar la pesca, Ismael los llamó.

—Debo agradeceros la ayuda prestada —dijo nervioso retorciendo las manos—, pero a partir de mañana ya no os necesitaré más. La pesca ha sido abundante y al alba navegaré hasta Tiro para vender allí los frutos de nuestro trabajo.

Santiago pensó durante unos instantes qué hacer y de pronto se le ocurrió una idea.

—Somos nosotros los que debemos estar agradecidos —contestó—. Pero queremos pedirte un último favor.

Santiago notó la mirada expectante de Atanasio y Teodosio. Sin duda, estaban deseosos de saber en qué había pensado.

—Déjanos acompañarte hasta Tiro —continuó— y ayudarte en la venta de tu mercancía. Quizá allí encontremos quien nos dé trabajo.

—Así sea —respondió Ismael con una tímida sonrisa—. Mañana navegaréis conmigo a Tiro, pero debo recomendaros prudencia, ya que abundan los trúhanes y los desalmados, aunque me imagino que sabréis cuidaros; en todo caso, no seréis ya mi problema —dijo volviendo a su habitual sequedad.

Aquella noche los sueños regresaron: una vasta inmensidad se extendía hasta donde alcanzaba la vista. La tierra, de un color rojo intenso, era yerma y ni una brizna de hierba adornaba el paisaje. A lo lejos había una montaña que hendía el cielo y ocupaba todo el horizonte. A muchos metros de altura sobre aquel valle muerto, cerca de la cumbre que dominaba por completo la tierra a sus pies y sobre la niebla y las nubes, se encontraba Jesús. Con los brazos extendidos, tenía en las manos abiertas una extraña ave que Santiago no reconoció. El animal permanecía silencioso y tranquilo, como esperando una señal. Repentinamente, Jesús alzó los brazos y el ave extendió las alas y comenzó a volar en amplios círculos.

De pronto, unas sombras aladas se dibujaron en el horizonte, tres halcones de grandiosas proporciones que se lanzaron sobre la pequeña ave con gritos amenazadores. Sin embargo, la pequeña ave superaba a los halcones en agilidad y con un requiebro esquivó la furiosa acometida. Sin dudarlo ni un instante, se alejó hacia el desierto. Jesús observaba la escena sin moverse, como si conociese el desenlace. El ave se esforzaba por volar rápido, pero sus perseguidores acortaban distancias.

No parecía haber esperanza alguna en la huida y por momentos parecía dispuesta a dejarse alcanzar. Cuando estaba a punto de hacerlo, vio que la tierra tocaba a su fin y que allí, en el extremo del mundo, donde el mar crecía hasta el infinito, un árbol solitario se erguía con porte majestuoso, ofreciendo su frondosidad como protección. Con un último esfuerzo, nacido de la desesperación y también de la esperanza, la pequeña ave se lanzó hacia el árbol.

En ese momento Santiago se despertó.

34

Año 1199

El caballero negro refrenó su caballo. No quería forzarlo más a pesar de la urgencia de su encargo. Desde hacía tres días había alternado breves descansos con etapas muy exigentes. Tenía las piernas entumecidas por las largas horas sobre la montura y los brazos y el cuello agarrotados, pero aún quería aprovechar las primeras horas de la noche para avanzar, ya que la luna llena hacía el camino fácilmente transitable. Había avanzado a buen ritmo, pero aún lo separaban de Suntria innumerables leguas. Las indicaciones del abad de Leyre eran oscuras y temía no ser capaz de encontrar el lugar, pero, como de costumbre, se dejaría guiar por su instinto.

Mordisqueó un trozo de tocino que le había proporcionado en Leyre el hermano Onofre, más por entretenerse que por verdadera hambre. Se irguió sobre el caballo y vio los últimos rayos del sol ponerse a su derecha. La tierra tenía un aspecto salvaje, agreste, y la ausencia total de personas aumentaba esa sensación. Aquella era tierra de nadie, desolada por las innumerables refriegas con los árabes; nadie quería establecerse allí hasta que aquella guerra interminable se decantase.

Acarició la cabeza del corcel que piafaba inquieto.

Continuaría un poco más y buscaría un lugar donde dormir.

El abad Guy Paré recorrió los últimos metros de su camino pensando en la sorpresa que el abad Bertrand se llevaría ante su visita. Sin duda, lo sacaría de su lecho, pues se acostaba muy temprano todos los días. Era un hombre madrugador y los trabajos del pórtico y del tímpano de la iglesia abacial atraían su atención en demasía y le hacían dejar de lado aspectos más teológicos. Le reconvendría al respecto, aunque solo fuera por ver lo nervioso que se ponía; debía dejar claro quién mandaba y que la abadía de Moissac estaba bajo la tutela de Citeaux.

Pero eso sería más tarde. Antes era menester ocuparse de la misión primordial. Necesitaba llegar a Moissac, el monasterio de la Orden del Císter más cercano, para enviar un mensaje a Citeaux para que sus monjes soldados se le unieran en la persecución.

Guy Paré se desvió unos instantes para contemplar el pórtico. Había que reconocer que Bertrand estaba haciendo un gran trabajo. El cristo central, rodeado por los cuatro evangelistas, parecía hacer descansar sus pies en un mar de cristal. Todos se erguían, hieráticos, en posturas un tanto forzadas que daban al conjunto una sensación de cierta irrealidad. Sin duda, propiciarían el temor de los creyentes, algo que siempre era conveniente.

—¡Abrid! —gritó el abad Guy Paré, aporreando la puerta como si fuera a derribarla a golpes.

Cuando finalmente un temeroso monje abrió la puerta, Guy Paré continuó con sus gritos.

—¡Dile al abad Bertrand que el abad de Citeaux está aquí y que requiere su presencia inmediata!

El grupo de canteros llegamos al convento de San Antón, situado junto a la pequeña población de Castrojeriz. Caía la tarde y lo primero que nos sorprendió fue hallar en la entrada, en una hornacina, un odre de vino y varios trozos de pan y de carne seca que los monjes habían dejado para que los peregrinos repusieran fuerzas. Agradeciendo a los invisibles frailes la ofrenda, dimos cuenta de ella mientras contemplábamos el sol descender junto al cercano río Odra.

Vi que Tomás disfrutaba del espectáculo del atardecer, de aquella paleta de colores que iban del amarillo intenso al rojo velado, y me acerqué a él. Tenía aún en mi mente el recibimiento en las Huelgas y algo me decía que Tomás estaba pensando en lo mismo. Callados, nos hicimos compañía durante unos instantes.

De pronto, salió a recibirnos un monje en el más absoluto de los silencios. Tras él, cruzamos el claustro, de una sencillez que transmitía serenidad. A aquella hora tardía, varios monjes trabajaban aún en una pequeña huerta que ocupaba la parte central del claustro con la misma actitud reservada que el que había salido a buscarnos. Ni siquiera levantaron la mirada cuando pasamos.

Nos condujo hasta una austera estancia junto al claustro, donde unos cómodos jergones se hallaban ya dispuestos para nosotros. Trajeron agua para que nos laváramos y nos dejaron descansar durante un rato. Al cabo de una hora, el mismo hermano nos condujo de vuelta a través del claustro, ahora completamente vacío, hasta el refectorio, donde los demás nos esperaban en silencio. Habían dispuesto más sillas alrededor de la mesa, invitándonos así a compartir cena con ellos.

Aquel que nos había acompañado se situó en la cabecera, señal evidente de que se trataba del prior del convento, hecho que nos sorprendió, pues no era habitual que un superior se ocupase de unos peregrinos. Comenzábamos a comprender que el convento de San Antón se regía por unas reglas muy diferentes a las del monasterio de las Huelgas.

Varios monjes trajeron la comida, que consistía en verduras y frutas y en una abundante ración de pan de trigo y centeno. Mientras servían la cena, uno de los hermanos más jóvenes se levantó y se colocó ante un púlpito dispuesto en un lateral de la sala, donde esperó pacientemente a que la comida fuera servida. El joven fraile comenzó entonces la lectura de las Escrituras, que nos cautivó por su efecto hipnótico.

A pesar de que inicialmente no presté atención, pronto me percaté de que, del mismo modo que había podido descifrar el manuscrito que el escriba estaba copiando en el monasterio de San Millán, comprendía el latín que ahora escuchaba. Aquello me trasladó al pasado y a mi alrededor comenzó a desdibujarse el refectorio para insinuarse las formas de un monasterio mucho más grande.

Decenas de monjes cenaban en torno a una enorme mesa, mientras otros más jóvenes les servían. Un hombre, que me resultó vagamente familiar, se sentaba al frente de la congregación. De corta estatura, nariz ancha y ojos inteligentes, dominaba la escena; parecía que el simple levantamiento de su ceja sería suficiente para que todos supieran qué se les pedía. Emanaba de él un aire de autoridad no sustentada en las reglas ni en el miedo, sino en el respeto y la sabiduría. Su nombre sobrevoló mi memoria huidizo. A punto de abandonar mi esfuerzo por recordarlo, me vino a la mente como un destello: Odilón.

El pulso se me aceleró y traté de concentrarme y de recordar dónde había sucedido todo aquello. Tenía la sobrecogedora sensación de que iba a recuperar la memoria cuando un golpe en el codo me sacó de mis pensamientos. Tomás me estaba hablando, aunque tardé un rato en entender lo que me estaba diciendo.

—Vamos —me apremió con los ojos brillando de expectación—. Parece que nos invitan a completas. Aquí tendremos lo que en el monasterio de las Huelgas nos fue negado.

Nos dirigimos hacia la iglesia, apenas decorada con un sencillo crucifijo tallado en madera. Con la mente aún enturbiada por el recuerdo de Odilón, me di cuenta de que nos habíamos mimetizado con los monjes. Apenas hablábamos, ni siquiera entre nosotros. Después de la invocación inicial, comenzaron a cantar varios himnos y de nuevo, sorprendido, reconocí uno de ellos, el *Quanta qualia*. Sin querer, mi voz se unió a la de los monjes, que recordaba ahora de una belleza sublime. Volví a sentirme transportado a la época anterior a mi pérdida de memoria, la cual no pudo añadir más detalles a lo que había recordado durante la cena. Cuando la liturgia finalizó, los monjes se retiraron a sus celdas y los canteros, a la estancia donde pasaríamos la noche. Tomás me detuvo por el camino.

—Eres una caja de sorpresas, Jean —dijo abriendo mucho los ojos—. Primero descubro que sabes leer en latín y ahora veo que conoces de memoria los himnos litúrgicos. ¿Qué será lo siguiente? ¿Acaso eres el mismísimo Inocencio III peregrinando a Santiago?

Aunque Tomás hablaba con tono alegre, yo me sentía desconcertado. Notaba un nudo en la garganta y un peso en el corazón por la incertidumbre.

—Estoy confuso, Tomás. Parece que algunos retazos de memoria regresan a mí, pero son deslavazados, inconexos y ni siquiera puedo asegurar que sean reales.

—Es un buen síntoma —respondió Tomás recuperando su tono serio y preocupado—. Estoy seguro de que terminarás por recordarlo todo —dijo poniendo sus manos sobre mis hombros—, aunque eso signifique que entonces decidas separarte de nosotros.

Me dio la sensación de que, además de preocupación, en su mirada también había cariño y un poco de dolor ante la posible pérdida.

—No sé qué temo más —respondí con una tímida sonrisa de consuelo—. A veces hay cosas que es mejor no saber.

35

Año 33

Al alba se hicieron a la mar y, siendo favorables los vientos, antes de que el sol alcanzara su cenit, Santiago y sus compañeros arribaron al bullicioso puerto de Tiro. A pesar de que la ciudad había pasado por mejores tiempos, aún conservaba vestigios del esplendor que la había convertido en uno de los puertos más importantes del Mediterráneo, del que cientos de barcos mercantes zarpaban cada día cargados de finos tejidos, perfumes, púrpura o aceite y regresaban con metales de las lejanas tierras de Hispania y hasta con plumas de avestruz de África.

Ismael los dejó preparando la mercancía en silencio y se perdió entre la muchedumbre. Al terminar, Teodosio, excitado por la algarabía del puerto, les pidió dar un paseo por el muelle. Santiago decidió mandar a Atanasio con él, para evitar que se metiera en líos.

Santiago observó los barcos que se encontraban anclados en las inmediaciones. La mayoría transportaba mercancías de pequeño tamaño y eran adecuados para recorrer distancias cortas sin apenas alejarse de la costa. Los barcos más grandes tenían el casco ancho y redondeado, como si de ballenas se tratasen. Según había oído, pues jamás había navegado en uno, podían alcanzar altas velocidades y recorrer en un solo día distancias de hasta cien millas.

Pensó en la posibilidad de navegar a lugares desconocidos, olvidar lo sucedido y huir para siempre. Nada lo ataba a aquel destino que otros habían decidido por él y que sentía como una losa. «No, no es eso lo que haré —pensó—, regresaré y me enfrentaré a Pedro.» Debía hacerlo si quería mantener viva la llama de Jesús, incluso dejando que Pedro ocupase su puesto. Solamente una idea lo desasosegaba: no cumplir con el mandato que Jesús le había encomendado. Meditó sobre la elección del maestro. ¿Qué había visto en él? ¿Quizá su inquebrantable fidelidad? ¿O acaso había sido una simple alternativa a Pedro cuando la elección evidente de este había resultado fallida?

Atanasio y Teodosio regresaron muy excitados. Habían recibido ofertas para enrolarse en varios barcos que zarparían antes del amanecer. Santiago trataba de serenar su lógico entusiasmo sin anunciarles todavía su decisión de regresar. La conversación se vio interrumpida por la llegada de Ismael. Había logrado cerrar un trato y parecía satisfecho del precio logrado. El comprador lo acompañaba portando un carro para recoger el pescado que los tres cargaron mientras Ismael y el comprador, tras comprobar la mercancía, terminaban de cerrar la compra.

Ismael los invitó a cenar en la posada del puerto. La tarde caía y debían buscar un lugar para pasar la noche. La posada era un edificio destartalado que les hizo torcer el gesto. En su interior, su impresión no mejoró. Olía a sudor rancio y lo mejor que se podía decir es que la escasa iluminación evitaba percibir claramente el resto.

El posadero los recibió sin entusiasmo y les sirvió una comida que solamente el hambre ayudó a tragar: mendrugos duros de pan de cebada, gachas de sémola mezclada con habas y lentejas y pan de higo pasado. El lugar se encontraba atestado de marineros, pescadores y comerciantes que gritaban y reían sin parar, mientras bebían vino y cerveza.

Cuando estaban terminando la cena, vieron entrar a dos hombres que echaron un vistazo a los presentes, como si buscaran a alguien. Santiago y Atanasio se miraron inquietos. Los recién llegados se acercaron al posadero en la barra, el cual dirigió una mirada nerviosa hacia la mesa de Santiago. Finalmente, los extraños volvieron sobre sus pasos y desaparecieron por la puerta tal como habían llegado. Tras asegurarse de que no volvían, Atanasio se levantó y fue hacia el posadero. Después de discutir con él durante unos instantes, volvió a la mesa.

—Quizá ya va siendo hora de que nos retiremos —sugirió—. Mañana debemos madrugar.

Santiago estaba intranquilo, pero ni Teodosio ni Ismael parecían haberse percatado de lo que acababa de suceder. Los cuatro se dirigieron a las habitaciones que les había preparado el posadero. Ismael disponía de un pequeño cuarto para él solo, mientras que los otros tres compartían un habitáculo junto a la cuadra de la posada. Una vez solos, pusieron a Teodosio al corriente de la situación y discutieron las opciones que se les presentaban.

—Nos buscan a nosotros —dijo Atanasio con ojos asustados—. A menos que otros tres hombres acusados de robar varios objetos de valor y provenientes de Jerusalén hayan llegado a Tiro desde el sur a bordo de un barco de pesca.

—Jamás habría podido imaginar que la sombra de Pedro fuese tan alargada —meditó Santiago en voz alta—. Parece que por más que intentamos alejarnos, no logramos que se pierdan nuestras huellas. ¿Debemos huir ahora, en medio de la noche?

Un silencio incómodo sobrevoló la habitación dejando un halo de abatimiento en el aire.

—Fueran quienes fuesen —tanteó Atanasio, que parecía pensar en voz alta—, no parecen tener prisa. Quizá aún no sepan que somos su presa. Por lo que me ha parecido, no son los mismos que nos asaltaron en casa de mis primos. Propongo que pasemos aquí la noche, turnándonos para vigilar, y que nos alejemos de Tiro antes del alba, quizá hacia el norte.

—No —contestó Santiago entre enfadado y cansado—. Se acabó la huida. Mañana iniciamos nuestro regreso a Jerusalén.

Atanasio y Teodosio protestaron al unísono y comenzó una larga disputa sobre los riesgos de volver a la ciudad.

—No puedo pediros que me acompañéis —dijo Santiago zanjando la cuestión—, ya que el riesgo es evidente. Mañana volveré y buscaré a Pedro y preferiría hacerlo solo.

Atanasio lo miró dolido y pareció meditar con cuidado su respuesta.

—Puedes pedirnos que te acompañemos donde creas más conveniente, pero no puedes pedirnos que te abandonemos. Iremos contigo.

El viejo lo miraba con el entrecejo fruncido, en un gesto que demostraba una resolución que Santiago no se veía capaz de vencer. Teodosio, a su lado, asintió con convencimiento.

Santiago miró a ambos hombres y entendió por qué Jesús le había confiado su única y muy preciada pertenencia. En un mundo cruel e incierto, por encima de la inteligencia o de la habilidad, la fidelidad era un bien escaso y valioso.

—De acuerdo —dijo Santiago con una sonrisa de cariño—. Iremos juntos, pase lo que pase.

36

Año 1199

El amanecer nos sorprendió profundamente dormidos. Se notaba que los canteros acumulaban el cansancio de los largos periodos de marcha y de los muchos sucesos en nuestro camino hacia el este tras los pasos del maestro Fruchel.

Los monjes llevaban tiempo levantados y celebraban laudes antes de la salida del sol. Nos habían preparado un desayuno frugal y un pequeño hatillo con comida para el camino. Momentos antes de nuestra partida, el prior se acercó al grupo. Fue aquella la primera y última vez que uno de los monjes de aquel monasterio nos dirigió la palabra.

—Os agradecemos vuestra visita —dijo con una mirada de paz y sosiego—. Aceptad nuestras disculpas por ser yo únicamente quien acude a despediros, pero los demás monjes están ocupados con sus labores diarias, que sirven para nuestro sustento y para honrar a Dios.

—*Ora et labora* —respondió Tomás asintiendo comprensivo.

—*Ora et labora et adi* —repliqué yo completando la frase de Tomás.

El prior sonrió en respuesta a mi comentario.

—La ayuda al prójimo es también una manera de honrar a Dios —dijo complacido—. Y ahora, partid. Estaréis en nuestras oraciones.

Y dicho esto volvió a sus quehaceres.

—Esto es honrar a Dios —dijo Tomás mientras comenzábamos una nueva jornada— y no lo que hacen en las Huelgas.

—Quizá haya más de una manera de hacerlo —respondí dubitativo—. Los reyes, como los mendigos y los peregrinos, también necesitan un lugar para orar. Y tal vez esté escrito que ambos deben estar separados.

—Sueño con un mundo en el que a los hombres se los reconozca por sus méritos y no por su sangre o por la riqueza de sus ropajes.

Me quedé fascinado por la reflexión de Tomás. Yo siempre había pensado que había un orden natural de las cosas.

—Un sueño bonito —repliqué tras meditarlo—, aunque me temo que es y será siempre eso, un sueño.

Dos días más tarde llegamos a Fromista, un destino muy esperado por el grupo, que había escuchado maravillas acerca de la obra que en aquel lugar se había levantado. Sin buscar refugio ni comida, nos dirigimos a la iglesia de San Martín.

Las exclamaciones de los canteros cuando vieron aparecer la iglesia no me parecieron exageradas. Sin duda, era una construcción magnífica. Robusta en sus formas, parecía pensada para durar eternamente y, sin embargo, a pesar de la densidad que transmitía, los infinitos detalles que la adornaban nos sobrecogieron. Las cornisas ajedrezadas, los innumerables canecillos bajo aleros y tejados con figuras de animales imposibles e incluso de seres humanos le daban un aspecto vivo, como si alguna de aquellas formas fuera a cobrar vida y a saltar sobre nosotros.

La estancia en Fromista fue corta, pues Tomás fue informado de que el maestro Fruchel se hallaba en la cercana población de Villalcázar trabajando en una obra para la que necesitaba canteros. Aun así, visitamos la iglesia dos veces más: al atardecer de aquel mismo día y por la mañana temprano, antes de partir de nuevo. Me sorprendió cómo la luz cambiaba el aspecto de la iglesia según la hora del día. Por la tarde, la piedra parecía brillar con tonalidades doradas mezcladas con el rojo del sol que incendiaba la piedra protegiéndola de la fría noche. Al amanecer, por el contrario, la piedra tenía un fulgor frío, casi metálico, como si la armadura de la iglesia hubiera resistido el ataque de la noche para ver una nueva mañana.

Mientras desayunábamos, me dirigí a Tomás. Había tenido toda la noche para reflexionar al respecto de lo que había vivido en las últimas semanas, las diferentes visiones de la vida espiritual, la pobreza y el cuidado de los demás, la riqueza y sus debilidades. Y también había meditado sobre mi pasado, aún en sombras, y sobre mi futuro.

—Tomás —empecé dubitativo—, anoche no podía dormir y estuve reflexionando y en el momento en que el amanecer me mostraba su cara, decidí qué quería hacer el resto de mi vida. Si me aceptas, me convertiré en un cantero más. Viajaré con vosotros y aprenderé el oficio.

Tomás sonrió. Su rostro pasó de la sorpresa inicial a la dicha, lo que me hizo apreciarlo aún más.

—Nada puede hacerme más feliz —dijo al fin—. Eres bienvenido y yo mismo te enseñaré el oficio para que puedas unirte a nosotros.

Nos abrazamos y el resto de los canteros se acercó para felicitarme y sellar su compromiso conmigo. Todo aquello me hizo sentir que había acertado en mi decisión y que el objeto, que conservaría conmigo, pasaría a ser solo un recuerdo en mi nueva vida.

No podía imaginar que aquel deseo, casi infantil, iba a verse frustrado y que, mientras yo creía haber resuelto mi futuro, mi robo y huida habían desencadenado otras fuerzas. En el sur, el caballero negro y en el norte, el abad Guy Paré pensaban en mí y cabalgaban a mi encuentro.

Tampoco podía intuir en aquel feliz momento que mi memoria, esquiva hasta entonces, regresaría y me devolvería a un mundo de intriga, poder y muerte.

37

Año 2019

—Son solo ruinas —dijo Iñigo desilusionado.

—Y modernas —respondió Marta compartiendo la frustración.

Iñigo la miró sin comprender. Estaban ante los restos del convento de San Antón en Castrojeriz.

—Quiero decir modernas para Jean —aclaró Marta con una sonrisa—. El convento románico ya no existe y casi todo lo que ves aquí es posterior. No encontraremos nada de lo que vio Jean cuando pasó por aquí. Quizá solo esta hornacina —Marta señaló una oquedad en la pared—, donde los monjes dejaban algo de comida y bebida para los peregrinos.

Iñigo hizo un gesto de aceptación, como si las palabras cobrasen sentido. Después pareció pensarlo mejor.

—¿Y qué vio Jean? —preguntó—. No soy capaz de imaginarme nada viendo este montón de escombros.

—No es tanto lo que vio como lo que vivió. Vida monástica en estado puro; una congregación dedicada a trabajar, a rezar y a ayudar a los demás.

El sacerdote se quedó meditabundo. En esta ocasión, a Marta no le pareció tan taciturno y serio como otras veces, sino únicamente reflexivo, como si trabajar, rezar y ayudar a los demás también hubiera sido su deseo, pero la realidad hubiese tenido otro rostro.

—¿En qué piensas? —le preguntó ella.

—En que a veces me gustaría vivir esa vida sencilla y llena de paz —contestó con un deje de tristeza.

—¿Y qué te lo impide?

Marta no estaba segura de querer saber la respuesta. Iñigo la miró incómodo, sin tener claro si podía sincerarse.

—Yo mismo —dijo al fin—. A veces, lo que uno desea y lo que necesita, o simplemente para lo que ha nacido, no son la misma cosa.

—¿Puedo hacerte una pregunta personal, Iñigo?

Al verlo tan comunicativo, Marta decidió dar un paso más. Él asintió.

—El día en que nos conocimos, cuando entré en la sacristía, te estabas mirando en un pequeño espejo de mano. ¿Qué mirabas?

La expresión de su rostro cambió por completo y sonrió travieso, como un niño descubierto en una falta.

—No se te escapa nada —contestó—. Una vez, hace mucho tiempo, escuché a alguien decir que puedes mentirle a todo el mundo, incluso puedes intentar mentirte a ti mismo, pero pocos hombres pueden hacerlo mirándose a la cara. Esa persona decía que cuando tienes una duda, una duda importante sobre la decisión a la que te enfrentas, debes mirarte en un espejo y hacerte la pregunta. Eso es lo que hacía yo aquel día.

Iñigo se había sincerado, pero Marta no se atrevió a preguntarle cuál era esa duda que lo atenazaba. Ya llegaría el momento en el que él, si así lo deseaba, se lo contara.

—Aquí no hay nada más que ver —dijo Marta rompiendo el tenso silencio que se había instalado entre ellos—. Vayamos a Fromista, fue el siguiente paso de Jean y esta vez tendremos un merecido premio a nuestro esfuerzo: allí está la iglesia más bella jamás construida y aún está en pie.

En el trayecto a Fromista, apenas a media hora de Castrojeriz, Iñigo le pidió a Marta que le hablara de la iglesia que iban a visitar, la de San Martín.

—No me gusta describirla —confesó—, porque hay personas que no comparten mi entusiamo por las iglesias y se decepcionan al verla.

—A mí no me va a pasar —respondió él seguro de sí mismo—. Me gusta cómo las describes y pones tanto entusiasmo que es difícil no contagiarse.

Durante la siguiente media hora Iñigo no paró de hacer preguntas. Marta no sabía si lo hacía por verdadero interés en conocer más sobre la iglesia o simplemente por mantener su mente entretenida y no darle vueltas a la conversación que acababan de tener.

Cuando llegaron, la luz del sol realzaba los tonos de la piedra, inventando un color carmesí que no se veía a plena luz del día.

—Ahora entiendo lo que dices —dijo Iñigo, que no parecía en absoluto decepcionado—. He visto unas cuantas iglesias, pero esta tiene algo... no sé, especial. Está claro que quien la construyó quiso hacer algo completamente diferente.

Dada la hora, la iglesia estaba ya cerrada y no pudieron entrar. Acordaron hacerlo por la mañana temprano y buscaron un lugar donde cenar y dormir. Marta miró a Iñigo, sentado a su lado en el coche, y se dio cuenta de que buscar donde dormir ya no le preocupaba. Iñigo no parecía mostrar ningún interés en ella y el miedo a que se colara en su habitación, aunque no le hubiese desagradado, le parecía ahora una bobada.

Encontraron un hostal de peregrinos. Por suerte, quedaban un par de habitaciones y además tenía restaurante. Dieron cuenta de una cena sencilla pero abundante. El menú incluía vino y acabaron bebiendo más de la cuenta y confraternizando con el resto de los ruidosos huéspedes y con los dueños del establecimiento. Marta disfrutó de un Iñigo que se mostró espontáneo y encantador que hacía que todos se sintieran cómodos y relajados; el mismo efecto que tenía sobre ella.

Después, uno tras otro, los clientes, en su mayoría peregrinos del Camino de Santiago que debían madrugar, se fueron retirando hasta dejarlos solos. Cuando les trajeron los cafés, Iñigo le preguntó a Marta:

—Cuéntame algo más de Jean. ¿Por qué hacía el Camino? —dijo apoyando la barbilla sobre la mano en un gesto de atención que a Marta le pareció encantador.

La pregunta pilló por sorpresa a Marta que, animada por el vino, se encontró contando más de lo que hubiese sido aconsejable. Le habló de cómo Jean había perdido la memoria y de su encuentro con los canteros, aunque su buen juicio le hizo omitir todo lo relacionado con los abades y el caballero negro.

—No era habitual en aquella época saber leer y escribir —reflexionó Iñigo—. Debía de ser alguien de buena familia. Un caballero o quizá un monje.

Marta no había pensado en ello, sabía más sobre piedras que sobre la sociedad de la Edad Media, pero Iñigo estaba en lo cierto. En aquella época, la mayor parte de la población era analfabeta.

—Hay algo en la historia de Jean que no me acaba de encajar —apuntó Iñigo con un gesto que por un momento a Marta se le antojó desconfiado—. ¿Sabes si en algún momento de la historia recupera la memoria?

Marta se removió inquieta en la silla. No sabía adónde quería llegar con sus preguntas, pero empezaba a sentirse incómoda.

—Aún no he leído el libro completo —respondió cuidadosa haciendo una mueca para sí misma—. Voy leyéndolo según avanzamos. Así me parece que estoy viviendo la aventura a su lado —concluyó a modo de excusa.

—Tal vez si me dejas echarle un vistazo, podría ayudarte.

Una señal de alarma invadió a Marta. No podía dejarle el libro sin que descubriera que le había mentido, aunque fuera por omisión. De repente, el ambiente distendido de la cena se había evaporado, como si la niebla hubiese velado sus ojos. Ahora se deslizaban fuera del mundo sencillo y despreocupado hasta fundirse en los peligros que rodeaban a Jean.

Por un instante, Marta tuvo la sensación de que ambos mundos, el de Jean y el suyo, eran el mismo, un mundo peligroso. Desechó la idea con un movimiento de cabeza. Las cosas hoy en día eran mucho más sencillas, no había objetos mágicos; Iñigo era solo un cura de pueblo y ella, una restauradora de iglesias.

—Claro —respondió Marta tratando de disimular—. Pero en otro momento, ahora estoy cansada y quiero ir a dormir. Mañana nos espera un largo día.

La Sombra estaba sentada en una silla colocada en el centro de la habitación de una modesta pensión de carretera. Miraba al frente sin ver nada en particular. Solo esperaba. Delante de él, el teléfono parecía observarlo, paciente. Su cerebro trabajaba en silencio, evaluando situaciones, sopesando alternativas, como un jugador de ajedrez que espera el movimiento de su contrario.

Sonó el teléfono. Era Iñigo. Dejó que sonara cinco veces antes de contestar.

—Iñigo —dijo por toda respuesta. Ni exclamación ni interrogación. Para él solo era una pieza que se movía.

—Federico —la voz de Iñigo sonó igualmente átona.

Federico levantó una ceja. O sea que aquel joven quería jugar. No sabía a quién se enfrentaba. Decidió subir la apuesta.

—¿Tienes el libro? —preguntó, sin dar muestras de haber entendido el desafío.

—No, pero tengo algo de información

—¿Relevante?

Iñigo guardó silencio. La Sombra tuvo la sensación de que el sacerdote medía sus palabras. No confiaba en él.

—Júzguelo usted mismo —dijo con voz tranquila tras la pausa—. Parece que Jean perdió la memoria, no sabía quién era, pero era capaz de leer y escribir en varios idiomas, algo poco habitual en aquella época. Un caballero o quizá un monje. Me inclino por lo segundo, ya que no parecía muy diestro en el arte de la guerra.

—¿Eso es todo? —preguntó la Sombra.

—Sí.

Con el monosílabo Iñigo parecía indicar que no tenía nada más que transmitir, o quizá no quería hacerlo. La Sombra decidió que el juego debía terminar.

—Consigue el libro —dijo tajante—. Entero. Quiero saberlo todo, no solo retazos.

Colgó sin darle al sacerdote la oportunidad de responder.

Iñigo se quedó pensativo, sentado al borde de la cama. Sentía que estaba traicionando a Marta, pero que, si no lo hacía, traicionaría su obediencia a la Iglesia que tan bien lo había acogido. En ambos casos perdía.

Aquella noche le costaría dormir.

38

Año 1199

Al día siguiente, en nuestro camino hacia Villalcázar a través de campos resecos por el sol del verano que ya avanzaba, Tomás y yo compartimos una larga charla en la que comenzó a explicarme las artes de la talla de la piedra. En uno de nuestros descansos, se hizo con una rama y en la tierra dibujó unos trazos: una línea horizontal que comenzaba en el punto medio de otra vertical. Por debajo de la primera y a su derecha dibujó un punto aislado.

—El punto es el hombre —empezó a decir con la voz más seria que le había escuchado hasta el momento—. Cualquiera que necesite guarecerse del mundo puede hacerlo bajo el techo de nuestra obra, representada aquí por la línea horizontal, ya que con nuestro trabajo convertimos la piedra en morada. Pero el fin de esa morada no es únicamente protegernos, sino elevarse, como la línea vertical, hacia el cielo y llevarnos hasta Dios. Esta es mi marca; allá donde la vieras sabrás que fue mi mano la que la ejecutó. Así es como las piedras nos hablan. Escoge la tuya. Si trabajas con nosotros, deberás tener una propia.

Me quedé pensativo el resto del día. No quería precipitarme; mi marca de cantero debía tener un significado, pero ¿qué significado le puede dar a su vida un hombre sin pasado? Decidí dejar de pensar y esperar a que la marca se mostrase cuando llegara el momento, aunque no estaba muy seguro de que eso llegase a suceder.

—Conocí al maestro Fruchel en la construcción de la catedral de Ávila —me contó Tomás—. Trabajamos juntos dos años. Siempre está necesitado de buenos canteros —añadió sonriendo.

Lo miré esbozando una leve sonrisa ante su optimismo innato.

Ya había transcurrido parte de la tarde cuando llegamos a Villalcázar. Guiados por las indicaciones de los lugareños, nos dirigimos a la iglesia de Santa María, en la que se trabajaba desde hacía varios meses. Mientras el resto descansábamos contemplando el pórtico y la fachada, Tomás fue a hablar con el maestro Fruchel y regresó, al cabo de unos minutos, con buenas noticias.

—Mañana comenzaremos a trabajar en la iglesia —dijo satisfecho ante el alborozo del grupo de canteros—. Incluido tú —añadió señalándome—. Te he convertido en un joven aprendiz de cantero bajo mi tutela.

Yo estaba feliz. Casi me había olvidado del objeto. No había rastro de mis perseguidores; quizá habían abandonado la búsqueda o tal vez habían dirigido sus pasos hacia el este, siguiendo las huellas del caballero negro. Tampoco de este último había tenido noticias. Por todo ello, pensé que el futuro me regalaría una mayor libertad.

Cuando amaneció al día siguiente y nos pusimos a trabajar, no podía ni imaginar que en las próximas semanas, entre piedra y argamasa, niveles y escuadras, iba a ser completamente feliz.

Encinas, quejigos y alcornoques se agrupaban densamente en aquel bosque impenetrable que se extendía durante leguas hasta encontrarse con el mar. El caballero negro condujo su caballo lentamente por un sendero apenas visible, único vestigio de que las indicaciones del abad de Leyre eran correctas. Habían pasado doce días desde que había dejado el monasterio para afrontar los peligros de cruzar un territorio donde los árabes aún campaban a sus anchas.

La maleza se había ido haciendo más densa, sembrando dudas en la mente del caballero negro acerca de lo acertado de su camino, cuando súbitamente un claro se abrió ante él. A primera vista, no era sino un simple espacio abierto entre los árboles, pero algunos detalles captaron su atención. Varias sendas parecían surgir en distintas direcciones, pero ninguna de ellas estaba más claramente marcada que el resto. En el centro, el lugar aparecía libre de maleza y había una piedra lisa en la que fácilmente cabía un hombre tumbado y que daba la sensación de haber sido colocada allí por alguna mano humana.

El caballero negro se subió a la piedra dejando que su montura pastara tranquilamente junto al claro. Trató de imaginarse cuál sería el camino correcto. Miró una a una las posibles sendas que se le ofrecían y entonces se percató de que junto a cada una había una pequeña piedra, no más grande que su mano abierta, que marcaba el inicio de cada sendero.

Se acercó a la primera piedra, justo a la derecha de la entrada del camino y pasó la mano por su superficie. El polvo y el musgo se habían acumulado con el paso de los años y temió que no quedase rastro alguno de indicaciones que le sirvieran para tomar una decisión. Sin embargo, allí estaba, una línea vertical aún bien definida. Se movió hacia la segunda y repitió el proceso. El símbolo era diferente: dos líneas de igual longitud que se cruzaban en el medio. Meditó sobre si sería una cruz, aunque en realidad el dibujo recordaba más a unas aspas. Además, le parecía un signo demasiado obvio y el caballero negro no solía precipitarse en sus conclusiones; de todas formas, aún quedaban cuatro piedras más. En la tercera descubrió un círculo con una raya horizontal en su interior. Los restantes símbolos mostraban dos líneas curvas que se entrecruzaban formando lo que parecía un pez, una Y y, finalmente, la letra sigma.

Pensó durante unos instantes y dedujo que se trataba, sin duda, de un mensaje escrito en griego, aunque había una letra que no conocía. En cuclillas y con una ramita, escribió en la tierra del suelo los símbolos uno a uno: $\sum Y\alpha\Theta XI$.

El caballero negro sonrió, el mensaje estaba claro para quien supiese interpretarlo. Cambió el orden de los dibujos, que debían leerse de izquierda a derecha y no tal como lo había hecho él y compuso el nuevo mensaje: $IX\Theta\alpha Y\sum$. *Ichtus.* Para leerlo había que retirar el símbolo en forma de pez, cuyo significado coincidía precisamente con la palabra. Era la representación secreta de los primeros cristianos y traducida al lenguaje vulgar significaba «Jesucristo, hijo de Dios, Salvador».

Recogió sus cosas, tomó las riendas del caballo y lo encauzó por el camino correcto, aquel marcado con el símbolo del pez. Luego volvió sobre sus pasos y procedió a eliminar minuciosamente sus huellas del claro del bosque.

El abad Guy Paré miraba al abad Bertrand con el ceño fruncido. Disfrutaba viendo sudar al abad de Moissac, que retorcía las manos nerviosamente, tratando de entender la razón que había traído al abad Guy Paré, solo e inesperadamente, a su tranquilo monasterio tan alejado de Citeaux. Guy Paré extendió la tortura de Bertrand pidiendo agua para refrescarse y algo de comida antes de ofrecerle la más mínima explicación. Cuando estuvo preparado, miró con gesto serio a Bertrand:

—Necesito enviar un mensaje a Citeaux esta misma noche. Traedme pergamino y pluma de oca.

Hizo una pausa, más por teatralizar que porque necesitase ordenar sus ideas. Bertrand lo miró expectante con gesto ansioso, pero claramente acobardado.

—Deberán partir varios emisarios —continuó con los ojos fijos en el abad— para asegurar que llega a su destino. Mientras, esperaré aquí su regreso —anunció echando una mirada de desdén a su entorno—. Espero que dispongáis mi aposento con la mayor celeridad, ya que necesito reposar de mi viaje. No os preocupéis —añadió con una sonrisa cruel—, tan pronto como regresen los mensajeros, partiré nuevamente.

El abad Bertrand pensó que aquellos días serían más largos de lo que él desearía, pero se abstuvo de verbalizar sus pensamientos y se limitó a asentir sumiso.

—Todo se hará como ordenéis y a la mayor brevedad.

La tarde comenzaba a caer y el caballero negro avanzaba trabajosamente por la espesura. Cada vez que un nuevo claro se abría ante él, le carcomía la duda de si había tomado las decisiones que debía, pero creía que se había mantenido en el camino correcto. En cada posible intersección, un detalle insignificante, ahora una pequeña cruz, después otro *ichtus*, se ofrecía al ojo que sabía dónde buscar.

Tras un recodo, apareció una zona rocosa en la que los árboles crecían rodeando y aplastando con sus enormes raíces grandes piedras que parecían brotar de un mar verde. En ese punto, las señales eran tan claras que tuvo la sensación de haber llegado a su destino. Disimulados entre la vegetación había dos tramos de escalones que rodeaban una roca de gran tamaño, casi tan alta como un hombre. Ambos parecían acabar en el mismo lugar, detrás de la inmensa piedra. En efecto, subió por los escalones de la derecha y observó cómo estos confluían con los de la izquierda mostrando al viajero que todos los caminos conducen al mismo sitio. El caballero negro pensó que alguien había decidido utilizar la naturaleza para emular la escalinata de un palacio. Y allí estaba la entrada, con una cruz tallada y recubierta de musgo, lo que indicaba que llevaba allí desde tiempos inmemoriales.

Dejó atrás la cruz y atravesó un corto pasillo de árboles, junto a los que discurría un fino cauce de agua que manaba de una fuente. Miró al frente y, empotrado entre rocas y árboles, encontró el lugar que buscaba. No parecía una construcción hecha por el hombre, sino que se había aprovechado una amplia hendidura entre las rocas para rellenar, con piedras y adobe, un espacio de reducidas dimensiones. Los constructores habían utilizado cada palmo de piedra como pared, techo o suelo, añadiendo únicamente lo imprescindible para convertir aquel paraje en una vivienda. El musgo y las plantas habían hecho el resto, recubriendo el adobe, y los elevados robles, castaños y alcornoques de alrededor disimulaban aún más la mano del hombre.

Pequeñas ventanas se abrían en algunas zonas, ojos diminutos que bien podían tener como función dejar entrar algo de luz. La puerta principal era tan baja que había que agacharse para cruzarla. Delante de ella, lo esperaba un silencioso monje que lo observaba con las manos entrelazadas y la mirada tranquila, casi distraída. Era de baja estatura y extremadamente delgado, con los ojos hundidos en una tez blanquecina que le daba el aspecto de una calavera. Sin embargo, en su cara asomaba una sonrisa extrañamente amistosa.

—Te esperábamos —dijo sin el más mínimo amago de sorpresa—. Puedes pasar y compartir nuestra humilde cena. La encontrarás escasa, pero es tuya.

—¿Eres tú fray Honorio? —preguntó el caballero negro.

El monje lo miró un rato antes de responder, como si lo estuviera valorando. El caballero se movió inquieto ante una situación que no podía explicar.

—Todas tus preguntas serán contestadas —dijo el monje al fin—, pero después de reposar y de comer algo.

Siguió al monje al interior, rumiando lo que le diría al abad de Leyre cuando volviera a verlo. Dentro descubrió una construcción recogida y humilde. Según pudo ver mientras el monje lo conducía a través de un estrecho pasillo, las celdas eran de unas dimensiones tan reducidas que un hombre apenas cabía en ellas extendido sobre el jergón, único elemento que contenían. Pero lo que le maravilló fue el corcho. Todas las paredes, los techos, las ventanas y puertas estaban recubiertas de corcho, generando la sensación de que vivían dentro de un árbol. El caballero negro pasó la mano por la rugosa superficie de una de las paredes.

—Es nuestra manera de decorar esta morada —dijo el monje con una tímida sonrisa—, aunque en realidad responde a un fin mucho más práctico. Tomamos de la naturaleza lo que nos da. El corcho nos aísla del frío en invierno y del calor en verano y tenemos a mano todo el que podríamos necesitar.

Llegaron a una pequeña sala, donde una docena de monjes se arracimaba mordisqueando unos mendrugos y algunos frutos secos. El parecido de todos ellos con fray Honorio era extraordinario, semejaba que un grupo de esqueletos había salido de sus tumbas para volver a la vida en un mundo de pesadilla.

—Ha llegado el emisario anunciado —dijo fray Honorio con la misma parsimonia que si hubiera anunciado la llegada de la primavera—. El abad de Leyre nos llama y acudiremos.

El resto de los monjes recibió las palabras en silencio. El caballero negro se preguntó cuál sería la intención del abad Arnaldo al enviarlo a aquel lugar tan peculiar. Lo que estaba claro era que no podría contar con aquellos hombres en caso de una confrontación armada. Parecían un grupo reducido de huesos andantes cuya única fuente de alimentación eran las castañas y las bellotas. Dudó que fuesen capaces de soportar un viaje como el que él había realizado y menos si tenían que hacerlo andando. La voz de fray Honorio lo devolvió a la realidad.

—Aunque algunos de vosotros dudabais de que este día llegaría —anunció con un brillo inesperado en la mirada—, al fin ha ocurrido. Nos escondimos aquí con un propósito y ahora debemos responder a la llamada. Preparaos para partir al amanecer.

Los monjes escucharon las palabras de su abad y sin decir nada se levantaron y abandonaron la sala.

—Ven —dijo el abad satisfecho volviendo su mirada al caballero negro—. Descansa ahora porque yo soy, en efecto, fray Honorio y este es el sitio al que tenías que llegar, como una piedra que cae por la pendiente arrastrando a otras. Partiremos temprano, el viaje será duro para ti y la necesidad es grande.

—Pero... —balbuceé—. ¿Cómo sabíais de mi llegada? Nadie ha podido llegar más rápido que yo.

—Que nadie avisara de tu llegada no quiere decir que no la esperásemos. Y aunque no estábamos seguros de que algún día fueras a venir, estábamos preparados para ello. Te vimos en el bosque, descubriendo las pistas que solo alguien entrenado podría encontrar. Así supimos que eras el enviado. Partiremos antes de que amanezca y, si no reposas bien, quizá no puedas seguirnos en el viaje que nos espera.

En Villalcázar, la vida se había convertido para mí en una confortable rutina. El maestro Fruchel había encargado a Tomás la realización de la Puerta del Ángel, la cual, cuando la iglesia estuviese terminada, sería la puerta de salida hacia la cercana población de Carrión.

Pasé los días trabajando con cada uno de los canteros aprendiendo los fundamentos del oficio. La primera semana la dediqué a instruirme en las tareas de los picapedreros, lo que hizo que acabara con las manos en carne viva y con la espalda molida por el esfuerzo. La segunda, trabajé junto a los entalladores troceando los bloques de piedra hasta obtener los tamaños indicados por los maestros; tragué tanto polvo que pensé que jamás lograría sacarlo de mi cuerpo. La tercera, sin embargo, la pasé con los canteros diseñando los bocetos de los diferentes muros y arcadas y regulando las formas finales. Y, por último, la cuarta estuve con los tallistas dando el acabado final a las piedras una vez que estas ocupaban su posición. Al cabo de las cuatro semanas me encontraba exhausto y feliz.

Había trabajado desde el amanecer hasta caer rendido en mi jergón cada atardecer. Tenía la sensación de que

Tomás les había pedido a los canteros que me trataran sin misericordia, endureciéndome, para probar mi resistencia y mis ganas de aprender. Trabajé con ahínco, sin emitir la más mínima queja, seguro de que tras la dura prueba sería aceptado por el resto y habría aprendido lo más importante del oficio.

Entonces Tomás me acogió bajo su protección. Comencé a ayudarlo con los diseños y, en algunos momentos, con el tallado de piezas delicadas, labor para la que había demostrado una especial habilidad. El trabajo bien hecho, la camaradería y la sensación de pertenencia al grupo me producían una gran paz interior y, aunque al principio me había inquietado la presencia de monjes soldados, pues la iglesia de Santa María también era una fortaleza templaria, poco a poco me acostumbré e incluso empecé a hablar con algunos de ellos. El objeto ya solo ocupaba una pequeña parte de mis pensamientos e intentaba apartarlo de mi mente en las escasas ocasiones en que me acordaba de él.

No les pasaba lo mismo a los jinetes que, tanto desde Suntria como desde Moissac, avanzaban como el viento y vivían, cabalgaban y respiraban con un único pensamiento: darme caza.

39

Año 33

Los gritos de Atanasio despertaron a Santiago de un profundo sueño que lo había alejado de la realidad. Cuando reaccionó, vio que este y Teodosio se apoyaban contra la puerta de la habitación, resistiendo los embates de alguien que intentaba derribarla. Sacudiéndose los últimos restos de sueño, Santiago corrió a ayudarlos y comprendió que la decisión de esperar al alba había sido un error.

—¡Santiago! —gritó Teodosio con los ojos abiertos por la sorpresa y un tono de voz agudo—. Busca algo con lo que bloquear la puerta o, mejor aún, busca una salida. Atanasio y yo resistiremos.

Santiago escudriñó en la casi absoluta oscuridad, tratando de encontrar una escapatoria. La desesperación lo atenazaba, pero logró calmarse y comenzó a apartar los aperos de labranza que se acumulaban en una de las paredes. Notó que la angustia se adueñaba de nuevo de él cuando vio una pequeña ventana en la parte superior de una de las paredes. Apartó los objetos que la ocultaban mientras trataba de buscar la manera de bloquear la puerta y que los tres pudieran escapar. Temía que Atanasio y Teodosio lo obligaran a huir para enfrentarse

ellos solos a los asaltantes. Encontró una azada y se abalanzó con ella hacia sus amigos. La atravesaron en la
puerta y comprobaron que aguantaba, al menos de momento, el empuje de los atacantes. Santiago señaló a sus
amigos la ventana y ayudó a ambos a escalar para salir.
Echó un último vistazo a la puerta, que parecía a punto
de ceder ante los brutales golpes que soportaba. Saltó y
trató de impulsarse para alcanzar el hueco, pero no fue
capaz de sujetarse el tiempo suficiente.

A pesar del calor asfixiante que había en la cuadra, un
sudor frío comenzó a recorrer su espalda. Por un momento sintió que no lo conseguiría; mientras, desde fuera, escuchaba los gritos de Atanasio y Teodosio llamán-
dolo. La puerta iba a abrirse y Santiago trató de esforzarse
una vez más, sin éxito. De repente, algo asomó por la pequeña ventana. Era un trozo de cuerda que Atanasio llevaba siempre consigo. Lo asió con tanta fuerza que estuvo a punto de arrancárselo de las manos. Con la ayuda de
la cuerda, trepó con facilidad hasta la ventana y se deslizó
por ella. Justo cuando sacaba las piernas, escuchó cómo
se quebraba la azada y alguien entraba en tromba en la
cuadra. Se dejó caer pesadamente en los brazos de Atanasio e instantes después los tres se sumergían en una noche
en la que la luz del día era aún una promesa en el este, sobre las lejanas colinas.

Sin embargo, la actividad en el puerto ya había comenzado y las tripulaciones se afanaban en preparar las
mercancías para zarpar, aprovechando así la marea favorable. Los marineros parecían llevar horas levantados,
ajustando las embarcaciones y colocando en las bodegas
las provisiones y el agua para la travesía que se avecinaba.

Santiago, Atanasio y Teodosio trataron de despistar
a sus perseguidores entre las numerosas naves y las pilas
de mercancías que se acumulaban por doquier. Por un

momento, sus voces parecieron difuminarse, pero enseguida se escucharon más cercanas.

—No lograremos escapar —dijo Atanasio bajando la voz al mínimo mientras se escondían tras unos fardos—. Solo tienen que esperarnos junto al muelle principal; en algún momento nos veremos obligados a pasar por allí. Seremos una presa fácil —sentenció.

—No desesperes, Atanasio —contestó Santiago tratando de animarlo con una sonrisa—, seguro que Teodosio nos propone alguna idea genial para sacarnos de este atolladero.

—Quizá sí —respondió Teodosio para asombro de Santiago—. Esperadme aquí unos segundos.

El joven desapareció dejando su última frase en el aire. Mientras, los otros dos se mantuvieron ocultos en la oscuridad meditando sobre lo que podían esperar de su amigo.

Instantes después, Teodosio reapareció acompañado de un desconocido, lo que les supuso un nuevo sobresalto. A Santiago, el recién llegado le produjo una sensación de rechazo inmediata. Sus ojos saltones e inquietos le recordaban a los de una lechuza en plena noche; parecían vigilar constantemente, sopesando lo que cada persona podía valer con un cierto aire de condescendencia y su sonrisa torcida se perdía en unos labios gruesos, sonrosados como sus mejillas. Para su sorpresa, Atanasio también conocía a aquel hombre, al que presentó como el capitán Hyrum.

Los tres conversaron en voz baja durante unos instantes como si Santiago no se encontrara presente y únicamente le dirigieron la palabra para urgirlo a seguir sus pasos. Santiago se encogió de hombros, resignado a ser una especie de marioneta en manos de sus amigos, y persiguió sus sombras en la oscuridad. Su camino terminó ante la pasarela de un desvencijado barco mercante al que todos, excepto Santiago, subieron. Durante unos segundos, este contempló sus pies al borde de la plataforma, recordando su decisión de regresar a Jerusalén y enfrentarse a Pedro y a su destino. Levantó la cabeza y vio a sus amigos haciéndole gestos para que cruzara. En cualquier momento, la pasarela podía quedar expuesta a la vista de sus perseguidores. Santiago volvió la cabeza hacia el muelle; ya no parecía tan amenazador con la primera luz del alba disipando las tinieblas de la noche.

Todo transcurrió como en un sueño, el cruce de la pasarela, la suelta de amarras, la salida del puerto y las tenues luces de Tiro desapareciendo en la niebla matinal. Una vez más, los acontecimientos escogían por Santiago.

40

Año 1199

El verano avanzaba plácidamente para el grupo de canteros. Los días habían comenzado a acortarse, pero la temperatura aún era elevada y las labores en la fachada oeste de la iglesia progresaban.

Me sentía a gusto, disfrutaba del trabajo de cantero y notaba que mejoraba en mi nueva profesión y que me había ganado ya el respeto de mis compañeros y amigos. Todos habían alabado algunos de los detalles del pórtico que Tomás me había encargado. En concreto, en uno de los dinteles, había tallado la figura de Santiago sentado, vestido con un largo manto y con un libro en las manos. Tomás había quedado tan impresionado con la talla que me había pedido que la firmara. Pronto quedaría instalada en su sitio definitivo y entonces ya no tendría la posibilidad de incluir mi marca. Me encontré así con la necesidad de improvisar mi firma sin mucho tiempo para pensar en ello.

Me retiré al interior de la iglesia para meditar acerca del símbolo que utilizaría. Aunque parecía algo de importancia menor, tenía la sensación de que no era un asunto irrelevante. Diferentes posibilidades se me abrían, pero ninguna de ellas me transmitía nada. De repente, una imagen del pasado me vino a la mente, un símbolo tallado sobre una antigua piedra que, de algún modo, me era conocido. Aunque me esforcé en recordar, no pude más que contemplar en el desván de mi memoria una doble cruz, la primera, de mayor tamaño y la segunda, mucho más reducida, integrada en el cuadrante inferior derecho de la primera. Al día siguiente, la tallé en una esquina de mi obra. Cuando terminé, Tomás se me acercó.

—¿Esa será tu marca? —preguntó mirándome con curiosidad.

—Así es —contesté aún inseguro.

La noche no me había aclarado desde dónde había llegado aquel dibujo hasta mi memoria. Tomás la contempló en silencio durante un rato prolongado antes de hablar.

—¿Y cuál es su significado? —dijo al fin.

—Aún no lo sé —reconocí encogiéndome de hombros—. Es una imagen de mi pasado que, por alguna razón que no comprendo, me parece importante. Espero descubrirlo algún día.

—No me resulta del todo desconocida —contestó Tomás con el ceño fruncido—, pero no puedo recordar dónde la he visto. He visto ya demasiadas marcas de canteros y mi memoria comienza a fallar.

Me incorporé contemplando el resultado final. Me sentía orgulloso de la talla. Volví a mirarla y me prometí a mí mismo que, tarde o temprano, recordaría qué significaba aquel símbolo. Pronto descubriría que la luz de la memoria llegaría más rápidamente de lo que imaginaba y que, con ella, se acabaría la paz de la que había disfrutado en las últimas semanas.

El caballero negro bajó del caballo. Tenía los músculos doloridos y las articulaciones le recordaban que hacía varios días que el descanso era una breve pausa en un cabalgar sin fin. Su único horizonte eran las monturas de sus taciturnos compañeros, que parecían esculpidos en piedra y avanzaban como el viento, inalcanzables por el cansancio y el hambre. Jinetes pálidos y demacrados que a las pocas personas que se cruzaban en su camino bien les podían parecer espectros surgidos del averno.

El caballero negro no podía entender cómo aquellos cuerpos podían soportar con tanto estoicismo el esfuerzo al que estaban siendo sometidos. Los monjes miraban hacia el norte, como si desde allí pudieran ver a su presa. Hacía ya días que había abandonado toda esperanza de conversar con ellos.

Había tenido mucho tiempo para pensar. Quería regresar a Leyre, pero había algo aún más importante: sentía que era esencial buscar a Jean, no solo para asegurarse de que estaba a salvo, sino porque creía que era la pieza clave de aquel misterio que no acababa de entender. Aunque Arnaldo no le había dado mucha importancia, concluyendo que era un hombre equivocado en un lugar equivocado, el caballero negro recordaba la mirada de los abades. No era una búsqueda cualquiera; sus ojos reflejaban la codicia, la rabia y la necesidad.

Se retiró a una zona apartada del improvisado campamento que habían instalado y dio cuenta de algunos trozos de pan y queso que aún le quedaban. Cuando hubo terminado, preparó su lecho junto a un árbol y se envolvió en el manto. Necesitaba descansar o, a pesar de su entrenamiento y juventud, no podría soportar aquel esfuerzo.

En unos instantes estaba dormido.

Muy lejos de allí, el abad Guy Paré también paraba para descansar. Su ritmo de avance era lento en comparación con el del grupo del caballero negro, pero hacía días que había entrado en el reino de Navarra. Aunque sabía que su presa aún estaba lejos, había aprovechado para reunir información sobre Jean y había descubierto que se había unido a un grupo de peregrinos canteros que se dirigían hacia el oeste. También supo que el caballero negro, quien le había impedido hacerse con el objeto y que atendía al nombre de Roger de Mirepoix, no viajaba ya con él; habría llamado demasiado la atención. Unas cuantas monedas habían bastado para saber que aquel misterioso jinete estaba bajo la protección de Leyre y que simpatizaba con los cátaros del otro lado de los Pirineos.

Bien conocía el abad Guy Paré a aquellos herejes, ya que veinte años antes había participado, al servicio del anterior abad de Citeaux, en el Concilio de Letrán, que había sentado infructuosamente las bases para una cruzada contra la herejía. Esperaba que con la llegada de Inocencio III, de quien se decía que lucharía contra los albigenses, se tomaran medidas más duras para acabar con aquella lacra que retorcía el camino de los creyentes. El fuego y la espada purificarían las almas, como siempre habían hecho.

Mientras el abad contemplaba el sol descendiendo al final del camino que les conducía a Jean, sus monjes soldados buscaban un sitio donde dormir y preparaban el campamento y la cena. Guy Paré era un abad, pero también un hombre de acción, aunque esto último no estaba reñido con disfrutar de algo de comodidad incluso en medio de aquel territorio.

Si sus informaciones eran correctas, en unos días recuperarían el objeto. Solo recordar su enfrentamiento con el caballero negro lo inquietaba; sin duda, era un soldado entrenado para la batalla. No obstante, esta vez Guy Paré estaba prevenido y contaba con diez de sus mejores monjes recién llegados de la abadía de Citeaux. Si volvían a encontrarse, el desenlace sería diferente.

41

Año 1199

Las primeras hojas de los árboles habían comenzado a caer en los bosques cercanos a Villalcázar. Aún no hacía frío, pero pronto llegaría el otoño y la temperatura comenzaría a descender. Ajeno al resto de los acontecimientos, me encontraba tallando una nueva pieza del pórtico que Tomás me había encomendado, cuando vi que este se acercaba acompañado del maestro Fruchel. Supuse que estarían conversando acerca del avance de los trabajos, así que me sorprendió que se dirigiesen directamente hacia mí. Apenas sin tiempo para levantarme y limpiándome las manos en el mandil, escuché las palabras de Tomás:

—Este es Jean, el cantero del que te he hablado, maestro Fruchel —dijo señalándome.

—He oído hablar maravillas de tu trabajo, Jean —dijo el maestro con tono amable—, y quería acercarme a contemplarlo por mí mismo. Es un placer ver una labor bien hecha.

Tragué saliva sin saber muy bien qué decir ni cómo dirigirme al maestro. Tomás me contemplaba entre divertido y orgulloso.

—Gracias, maestro —logré tartamudear.

Tomás intervino ante mi incomodidad, señalando otra de mis obras.

—Aquí tenéis otra talla de Jean que representa a Santiago sedente.

El maestro Fruchel se aproximó y la contempló en silencio durante unos segundos con la mirada perdida, como si pudiese ver más allá de la piedra, hasta su alma. Aproximó la mano; no llegó a tocarla, pero siguió las líneas del manto de Santiago con el dedo. Al ver mi marca, se detuvo un instante, se dio la vuelta y me miró con expresión interrogante.

—Interesante marca la tuya. ¿Cómo la escogiste? —preguntó el maestro.

—Yo... no lo sé —repliqué dudando si explicar al maestro mi situación—. Trataba de encontrar una que significara algo y esta imagen me vino a la cabeza. Creo haberla visto anteriormente en algún sitio, pero no recuerdo dónde. En cierto modo, sé que es importante, aunque no sé por qué.

El maestro Fruchel asintió como si entendiera mis dudas y su expresión mostró el esfuerzo por recordar algo.

—Me recuerda a la firma de un cantero que conocí en mi juventud —dijo tras un instante de silencio—. Cuando aún era un aprendiz, trabajé bajo la orden del maestro Hezelon de Liege. Él utilizaba este signo. Adquieres mucha responsabilidad llevando su marca; espero que estés a la altura.

El maestro Fruchel se volvió y regresó sobre sus pasos a la iglesia. Sentí de pronto que aquel comentario era importante; esa marca podía ser la clave de mi pasado. Antes de que desapareciera, me incorporé y me armé de valor.

—¿Dónde habéis visto la marca? —pregunté tratando de que la ansiedad no se evidenciara en mi voz.

Me miró como recordando con nostalgia su pasado.

—Su mayor obra en vida es una bella iglesia de Francia. Monasterio entre monasterios, es el más grande jamás construido. Algunos dicen que nunca se construirá un templo de mayor majestuosidad, aunque eso es mucho tiempo para los hombres. Cluny es su nombre.

El nombre me atravesó como un rayo y un trueno retumbó en mi cabeza, aislándome de cuanto ocurría a mi alrededor. De pronto, se iluminó hasta el último recodo de mi mente, devolviéndome mi pasado y ofreciéndome una nueva perspectiva, tan aclaratoria como aterradora, de todo cuanto había sucedido en las últimas semanas.

42

Año 33

Durante varias jornadas, los vientos fueron favorables para el capitán Hyrum y su tripulación. Navegaban hacia el norte sin perder de vista la costa e intercambiaban mercancías en cada uno de los puertos que visitaban. Trabajaban desde antes de que el sol apareciese sobre el horizonte y hasta que la noche cubría el puerto en el que acababan de atracar. Ya fuese por el cansancio de las interminables jornadas o por la insistencia de sus compañeros, Santiago no se decidía a abandonar la nave y regresar. Al quinto día, algo cambió.

—Pronto cambiaremos nuestro rumbo —anunció el capitán—. Nos alejaremos de la costa y permaneceremos varios días en alta mar.

Habían oído hablar de la navegación en alta mar de grandes navíos fenicios, pero nunca de barcos de pequeño tamaño como el cascarón a bordo del cual viajaban.

—¿No es arriesgado? —preguntó Santiago al capitán con una sensación de inquietud—. Jamás he oído de un barco de este tamaño que se aventure a alejarse de la costa.

El capitán estalló en una sonora carcajada como si hubiera estado esperando la pregunta y dirigió una mirada divertida a su tripulación, que, sin embargo, no pareció compartir la broma.

—Veo que sois marineros de agua dulce —respondió con aire de suficiencia—. No os preocupéis, pues la sangre de Cartago corre por mis venas. No en vano, como todo el mundo sabe, soy descendiente de Aníbal, general invicto en el Mare Nostrum.

El carraspeo de uno de sus marineros, conocido como Adonai, hizo que el capitán volviera la cabeza tratando de descubrir quién osaba dudar de su glorioso linaje.

A pesar de los malos augurios con los que Atanasio los obsequió durante los siguientes días, nada extraño sucedió y el capitán fue capaz de guiar su nave hasta el puerto de Limasol. Una vez que hubieron atracado, dejaron la mayor parte de la carga en el puerto y se abastecieron para continuar el itinerario. Durante un rato, se dedicaron a cargar pesados fardos que fueron depositando en cubierta.

—¿Os habéis dado cuenta de que nos aprovisionamos para un largo viaje? —dijo Atanasio señalando la cantidad de comida que los marineros estaban guardando en la bodega.

—Algo ha cambiado —contestó Teodosio con un rostro serio al que no estábamos acostumbrados.

—¿Qué quieres decir? —preguntó Santiago sin entender qué tenía Teodosio en la cabeza.

—Desde hace unos días, los marineros nos miran con otros ojos —aclaró—. Los escucho murmurar y cuando me ven, cambian de conversación.

Santiago no era consciente de aquello, aunque era cierto que él intentaba concentrarse en sus tareas y el resto del tiempo lo dedicaba a tratar de decidir qué haría, sin llegar a ninguna conclusión.

—No todos los marineros —respondió Atanasio—. Adonai ha sido amable con nosotros —dijo refiriéndose a un marinero con el que había congeniado especialmente.

—Es el único —insistió Teodosio con terquedad—. Y subió al barco con nosotros; no era parte de la tripulación hasta ese momento.

Aunque Santiago dudaba de las sospechas de su compañero, a partir de aquella noche las cosas empeoraron. La tripulación parecía haber recibido órdenes de no confraternizar con ellos. Las miradas furtivas y los silencios incómodos se habían extendido, aunque Santiago prefería achacarlos a la expectativa del largo viaje que iban a afrontar y a la extrañeza que su presencia les causaba. Santiago decidió que en el siguiente puerto cambiarían de barco.

Al tercer día de hacerse a la mar, el capitán reunió a toda la tripulación para explicarles cuál era su destino.

—Nos dirigiremos al oeste alejándonos de la costa hasta alcanzar la lejana isla de Creta y el puerto de Pasitos, en el sur —informó ante la sorpresa de los marineros.

—Eso significa una travesía de varias semanas en mar abierto —replicó Adonai con los brazos cruzados, en un gesto inequívoco de que no estaba satisfecho con la noticia.

Muchos asintieron ante sus palabras y hasta los más avezados parecían nerviosos ante tal viaje. Santiago se arrepintió de no haber abandonado antes el barco, pero ya era tarde para tomar esa decisión.

—No os preocupéis —terminó el capitán mirando a sus hombres con suficiencia—. El premio a tan larga y peligrosa travesía será una sobrada recompensa.

Aquello pareció calmar a los marineros, algunos de los cuales dieron por buenas las palabras del capitán. Santiago miró a Atanasio, que le devolvió una mirada de alarma. El capitán no había dicho cuál era el premio, pero Santiago había tenido la sensación, por un breve instante, de que no había podido evitar desviar la vista hacia él e intuía que estaba tramando algo. ¿Eran el cambio de actitud de la tripulación y la mirada de soslayo del capitán indicios de que algo se avecinaba o solo fantasmas que su mente creaba para confundirlo?

Un viento favorable los acompañó a lo largo de los días siguientes, dejando sus temores atrás. Avanzaban hacia el oeste a gran velocidad y el sol calentaba sus cuerpos en cubierta, haciendo incluso agradable el viaje.

Aquel día, Teodosio dio la voz de alarma. La noche anterior, Atanasio y Santiago habían decidido retirarse pronto, apenas hubieron terminado de cenar. El resto de la tripulación se quedó charlando y contando viejas historias marineras, como solían hacer. Teodosio no podía dormir y aprovechó para sentarse en solitario en la popa del barco. Dos marineros aparecieron repentinamente; parecían bebidos y no se percataron de su presencia, así que se ocultó tras unos barriles cercanos.

—¿Tú crees que es tan valioso como dice el capitán? —preguntó a su compañero uno de los marineros con un brillo de avaricia en los ojos.

—Pronto lo descubriremos —contestó el otro encogiéndose de hombros—. No veo por qué iba a mentirnos. Parece que en Limasol, mientras bebían en la posada del puerto, escucharon una conversación: buscan a tres hombres que huyen tras haber robado una pieza valiosa.

El primer marinero frunció el ceño, desconfiando de la información.

—Si todo se basa en una charla de posada, su valor no es superior a un trago de agua de mar —dijo con gesto despectivo mientras escupía por la borda—. Esos tres no tienen aspecto de poseer nada de valor. ¿Por qué tres hombres que parecen mendigos iban a guardar un objeto valioso mientras pasan privaciones?

—¿Y por qué huyen por mar de esta manera? Están aterrorizados por la navegación en alta mar, pero siguen a bordo del barco, sin duda, buscando un lugar donde ponerse a salvo de sus perseguidores.

Aquello no pareció convencer al marinero, que negó con la cabeza.

—No lo sé, todo este asunto es muy extraño.

Ambos se levantaron y se alejaron discutiendo aún sobre el tema. Teodosio se apresuró a contar a Santiago y Atanasio lo que había escuchado.

La situación era desesperada. Se encontraban a merced de sus captores, en medio del océano, y ya se habían hecho una idea de cuál era el propósito del capitán. Después de discutirlo, decidieron esperar acontecimientos y estar atentos a las situaciones que pudiesen presentarse, tratando de no evidenciar a la tripulación que conocían sus intenciones. Una vez más, la huida los conducía por derroteros inesperados.

43

Año 1199

Satisfecho, el abad Guy Paré sonrió al agricultor. La información que le había proporcionado valía su peso en oro, aunque el abad no tenía intención alguna de pagar por ella. En realidad, se sonreía a sí mismo. El agricultor había señalado hacia el este, indicando que hacía dos meses que un grupo de canteros había cruzado sus tierras en dirección a la cercana Villalcázar. Por lo que él sabía, aún seguían allí, trabajando en la construcción de la iglesia templaria que estaba siendo levantada.

Apenas unas horas lo separaban de la preciada reliquia. La recuperaría y regresaría a Roma de inmediato. La incomodidad de vivir unos días más a lomos de un caballo sería, de nuevo, soportable.

No muy lejos de allí, y a pesar de no tener noticia alguna de la llegada del abad Guy Paré, una sensación de urgencia se había apoderado de mí. Aún no sabía qué hacer. Las implicaciones de mi recuperada memoria eran demasiado grandes para captar por completo su significado, pero ahora comprendía la importancia del objeto que se hallaba en mi poder. Ponía en peligro mi vida y la de todos aquellos que me acompañasen.

Mi nombre, por fin recuperado, era Jean de la Croix, pero eso era solo un dato. Yo era Jean, sochantre mayor de Cluny, es decir, gran maestro de ceremonias de la liturgia, erudito escogido entre los *nutriti* de Cluny, al cuidado de la biblioteca y del *scriptorium*. Había sido enviado por el abad Odilón a la Sauve-Majeure como espía ante los rumores de que algo importante iba a suceder allí. Ahora no solo sabía lo que había pasado, sino que entendía perfectamente que lo que allí había sido escondido, la reliquia que yo poseía, era el objeto más importante de toda la cristiandad. Debía esconderlo o, mejor aún, huir, y debía hacerlo de inmediato.

Decidí esperar a la caída de la noche. A pesar de mi recobrada memoria, en nada cambiaba mi afecto por Tomás y me dolía abandonarlo, aunque alejarme de allí fuera la decisión más sensata.

El resto de los canteros se había reunido en torno al fuego a contar las historias que ya había escuchado, una y otra vez, a lo largo de los últimos meses. Me levanté fingiendo que iba a hacer mis necesidades y fui a por mis pertenencias, que recogí en unos instantes. Dejé allí las herramientas que me habían acompañado las últimas semanas, sabiendo que las echaría de menos, pero que en manos de los canteros serían más útiles.

Cuando ya estaba casi listo, escuché unos pasos acercándose y un escalofrío me recorrió la espalda. Quizá mis perseguidores me habían dado alcance; no debía haber esperado a la noche. Luego, entendí quién era antes de escuchar su voz.

—¿Así es como nos dejas, en medio de la noche, como un ladrón?

—Lo siento mucho, Tomás —respondí dándome la

vuelta y mirando con gesto de súplica al cantero—, pero es mejor así.

Tomás me sonrió con tristeza y asintió como si aquello no fuera una sorpresa para él y lo hubiera estado esperando.

—Lo comprendí en el momento en que el maestro Fruchel mencionó Cluny —dijo bajando la mirada al suelo—. Tu rostro se volvió blanco de repente, como si hubiese mentado al mismísimo diablo.

—No quieras saber más de lo que necesitas —respondí angustiado por lo acertado de la interpretación—, estarías poniéndote en peligro. Solo créeme, debo partir y nadie debe saber adónde me dirijo. Os echaré de menos. Dile a los demás... bueno, ya se te ocurrirá algo.

Tomás me ayudó a recoger el hatillo en silencio, sin atrevernos a mirarnos, y volvió a meter las herramientas entre el resto de mis pertenencias.

—Nunca sabes cuándo puedes necesitarlas —dijo con una sonrisa de ánimo—. Tal vez allí adonde vayas haya piedras que tallar.

Terminé de preparar mis cosas y nos abrazamos en silencio, sin saber muy bien qué añadir. Solo entonces me di cuenta de lo difícil que me resultaba separarme de aquel hombre. Me había tratado como un padre, sin tener obligación alguna de hacerlo. En tan solo unos meses, me había enseñado más de lo que había aprendido a lo largo de toda mi vida entre los muros del monasterio. Había descubierto el valor de la amistad verdadera, de la tolerancia, de unos principios inalterables, que en él eran innatos y que lo llevaban a tomar sus propias decisiones sin importar lo que los demás hicieran. Y ahora yo lo abandonaba como el ladrón en el que me había convertido, en medio de la noche, sin estar seguro de volver a verlo.

Lo miré por última vez y, sin atreverme a decir nada más que pudiese hacer flaquear mi resolución, me sumergí en la más absoluta oscuridad, preguntándome si alguna vez volveríamos a encontrarnos y qué le depararía el futuro.

Las oscuras formas de las rocas y los árboles me rodearon amenazantes. No sabía a qué distancia se encontraba el siguiente pueblo, no sabía qué había más allá de la siguiente curva del camino, solo sabía que debía alejarme para ganar distancia antes de que mis perseguidores me dieran alcance. Decidí caminar hasta que el sueño me venciese y luego buscar algún lugar alejado del sendero para pasar la noche.

Unas horas más tarde, frente a la iglesia de Villalcázar, la neblina se elevaba perezosa, acosada por los aún tímidos rayos del sol de la mañana. El silencio se extendía alrededor de la iglesia y los canteros se desperezaban ante un nuevo día de trabajo.

Tomás fue el primero en salir, tras una larga noche en la que apenas había cabeceado a ratos, pensando en Jean, en lo que le depararía el destino y en si algún día volvería a verlo. Ensimismado en ese recuerdo no se percató, hasta el último momento, de la presencia de una decena de hombres a caballo que esperaban inmóviles como estatuas. Únicamente el vaho de los ollares de las monturas y el movimiento esporádico de algún animal más nervioso que el resto delataban que no se trataba de una aparición.

—Dicen, mi buen cantero —dijo el abad Guy Paré rompiendo el silencio con una voz suave, fingidamente tranquilizadora—, que nuestro Señor ayuda a quien temprano inicia el día. Mas de ti depende que así sea. O, mejor dicho, de que las respuestas a nuestras preguntas sean las adecuadas.

Tomás captó perfectamente la no muy velada amenaza que las palabras y los ojos de aquel monje transmitían.

—¿Y cuáles son esas preguntas tan importantes que un humilde cantero puede responder? —respondió tratando de aparentar una confianza que no sentía—. Un largo día de trabajo comienza y, aunque vuestra compañía me es grata, el maestro Fruchel se enfadará si en vez de trabajar, me dedico a charlar con cada caballero que por aquí transita, por muy ilustre que sea.

Tomás esperaba que su voz sonase tranquila. Para ello apuntaló en el suelo sus pies separados y puso los brazos en jarras, intentando no parecer intimidado. La expresión del abad cambió y una sonrisa lobuna decoró su boca sin atreverse a llegar a sus ojos.

—No dudo de que eres un hombre ocupado —respondió con tono agrio—. Cuando no construyes iglesias, aún tienes tiempo de cobijar a ladrones y asesinos como al que ahora perseguimos.

—Muchos hombres son los que encuentra un peregrino a lo largo de su vida —respondió Tomás encogiéndose de hombros sin mirar al abad a la cara—. Unos pocos merecen la pena; otros, no —continuó levantando la vista—; pero la mayoría desaparece como las hojas de los árboles con el paso del tiempo. También se conoce a muchos hombres mezquinos, rastreros o pagados de sí mismos.

A pesar del frío de la mañana, el sudor recorría las palmas de las manos de Tomás. Un movimiento a su espalda hizo que se volviera y vio que todos los canteros se habían reunido tras él, observando a los caballeros con miradas hoscas y feroces y portando martillos, palancas y otras herramientas que habían podido encontrar. Era lo bueno de tener una familia.

El abad esperó en silencio unos instantes y luego se volvió hacia Tomás, evaluando la resistencia que podía suponer aquel hombre. Vio en sus ojos la resolución del que solo teme no ser fiel a sí mismo y decidió cambiar de táctica. Se incorporó sobre su montura y la dirigió hacia el cantero, deteniéndola a escasos centímetros de él. El caballo resopló mientras volutas de sudor se desprendían de su cuerpo, tenso por el esfuerzo al que había sido sometido.

—¡Escuchadme, honrados canteros! —dijo el abad transformado ahora en un hombre del que parecía emanar serenidad, respeto y sabiduría—. Habéis sido engañados por un ladrón que se hizo pasar por uno de vosotros para huir de la justicia. Soy Guy Paré, abad de Citeaux y enviado de Roma, con salvoconducto del que se sienta en el trono de San Pedro. Ayudadme y recibiréis la gracia divina. Mentidme y la cólera de Dios caerá sobre vosotros. —El abad se irguió aún más sobre la montura y levantó la voz para que todos los canteros pudieran escucharlo con claridad—. Si alguien aporta información acerca del ladrón al que persigo, recibirá un maravedí de oro en pago.

Los canteros se movieron inquietos, murmurando palabras de duda. Ninguno había pasado por alto la amenaza del abad; además, un maravedí de oro equivalía al salario de varios meses. Sin embargo, el ceño fruncido de Tomás era suficiente para intimidarlos a todos. Algunos de ellos miraron, imperceptible e involuntariamente, hacia el oeste antes de que Tomás pudiera intervenir. El abad captó al instante la tácita confesión y haciendo un gesto a su caballo lo orientó en aquella dirección, no sin antes dirigir unas palabras a Tomás.

—No olvidaré tu cara —dijo con un gesto fiero escupiendo las palabras—. La prisa me hace aplazar tu castigo. Los sótanos de mi abadía son profundos y a ellos nunca llega la luz del sol.

Sin esperar la respuesta de Tomás, el abad salió al trote seguido por los monjes guerreros que lo acompañaban. Pensativo, el maestro cantero los vio partir sin decir una sola palabra. Deseó con toda su alma que los tormentos que aquella mirada prometían no llegaran a buen fin.

44

Año 1199

Una apelmazada niebla me impedía ver más allá de mis pies mientras caminaba sin rumbo, perdido en los densos bosques de los alrededores de Villalcázar. Temía que, en cualquier momento, una de las sombras se materializara y me hallase frente al abad Guy Paré. Había huido sin destino y sin plan.

De pronto, una forma de tonalidad blanquecina apareció frente a mí. Me acerqué temeroso y vi que estaba acompañada por otras que, poco a poco, se volvieron corpóreas. Seis sepulcros de piedra blanca me miraban en silencio. Por un instante, creí que se trataba de una pesadilla. Parpadeé, pero allí seguían, tercos, como avisando a quien osara acercarse. Detrás se concretó el pórtico de una iglesia. Varias columnas de mármol sostenían los capiteles bellamente trabajados que, tras mi etapa con los canteros, me resultaron familiares.

Mi ansiedad se redujo. No era una aparición, sino las tumbas de algunos señores importantes que habían logrado ser enterrados junto a la iglesia para que esta cuidase de sus almas durante la eternidad. Se trataba de un monasterio.

Necesitaba descansar y aquel podía ser un buen lugar, pero, quizá impresionado por los sepulcros blancos, decidí esperar. Me oculté en la oscuridad, pero nada se movía en los alrededores. Alcé mi mano y tomé la reliquia del colgante de mi cuello, esperando que me diera fuerzas. Tenía que ser desconfiado si quería sobrevivir.

Por fin resolví acercarme y llamar. El sonido de mis golpes se amplificó hasta perderse amortiguado en la niebla. La puerta de madera permaneció inmóvil; cuando ya parecía que nadie iba a atender mi llamada, se abrió con un leve crujido. Un monje de baja estatura, rictus serio y movimientos pausados me dio la bienvenida y, con la costumbre de quien ha repetido un ritual innumerables veces, me enseñó un confortable jergón en una sala de amplias dimensiones que se encontraba vacía. Me ofreció una comida sencilla pero abundante y una jarra de cerveza de sabor amargo. No me dirigió la palabra y tampoco me miró directamente, lo que me resultó extraño.

No sé si fue el cansancio acumulado tras una noche en vela caminando por el bosque, la tensión soportada o el efecto de la cerveza, pero una intensa somnolencia se apoderó de mí, dándome el tiempo justo para regresar al jergón antes de entrar en un profundo y extraño sueño.

Desperté presa de un intenso frío, con las articulaciones doloridas por la dura superficie sobre la que descansaba. Abrí los ojos. La cabeza me daba vueltas, la oscuridad me rodeaba y la humedad era casi palpable. Intenté alzar la mano, pero algo me la había inmovilizado. Permanecí quieto unos instantes, intentando entender qué había sucedido. Recordaba mi llegada al monasterio, al monje silencioso, la abundante cena y la cerveza de extraño sabor. Pero no estaba en el jergón en el que me había acostado.

De repente, empecé a comprender y el miedo se apoderó de mí. Una puerta se abrió a mi derecha con un quejido prolongado y la luz de una antorcha alumbró a dos figuras acercándose. Una de ellas permaneció inmóvil en el medio de la estancia que ahora, con algo de luz, se adivinaba amplia. La otra encendió varias antorchas colocadas en los muros.

—Volvemos a encontrarnos —dijo el hombre situado en el centro—, aunque las circunstancias son ahora muy distintas.

La voz me resultaba inquietantemente conocida. El hombre dejó caer la capucha que lo cubría y pude ver el rostro del abad Guy Paré, que me contemplaba con una sonrisa expectante y la ferocidad brillando en su mirada. La idea de un gato que finalmente ha atrapado al ratón y que se relame antes de jugar con su presa me vino a la cabeza; no era hambre, era diversión.

—Por tu cara —continuó—, veo que te acuerdas de mí. Nuestra última conversación se vio inaceptablemente interrumpida por un incómodo invitado. Ahora no hay nadie para protegerte, tengo todo el tiempo del mundo y dispongo aquí de algunos de mis tesoros.

Pronto comprendí a qué llamaba el abad *sus tesoros*. El cuarto no estaba vacío. Además de la cama sobre la que me encontraba, entre las sombras danzantes pude apreciar varios objetos que reconocí de inmediato por aparecer en las peores pesadillas y en los cuentos de terror que se contaban alrededor de una hoguera al anochecer. Un aplastacráneos, un cepo y una jaula se mezclaban con otros objetos que no pude identificar. Mi cuerpo se bañó en sudor frío y me pregunté si sería capaz de resistir la tortura. Me armé de valor; sabía que no podía entregar la reliquia a aquel hombre ni permitir que fuera llevada a Roma.

El abad pareció comprender mi resolución, porque negó con la cabeza lentamente.

—Tienes dos opciones —dijo—. Puedes decirme dónde has escondido la reliquia y nada de esto será necesario. Te dejaré marchar. Cedric, mi ayudante, a quien aún no conoces —dijo señalando al portador de la antorcha—, se sentirá decepcionado, pero pronto encontrará a otro pobre diablo al que atormentar. —Hizo una pausa esperando que el terror que causaban sus palabras invadiera hasta el último rincón de mi mente—. O, por el contrario, puedes resistirte, en cuyo caso Cedric disfrutará contigo —dijo con una sonrisa cruel—. Quiere probar un artilugio nuevo creado por los monjes de este monasterio. ¿Qué eliges?

Un silencio sepulcral solamente roto por la respiración entrecortada de Cedric se instaló en la sala de torturas. El abad esperó pacientemente, pero al ver que no respondía a su pregunta, se encogió de hombros y, dirigiéndose a Cedric, le ordenó:

—Empieza por la silla. De momento lo dejaremos meditar unas horas —añadió haciendo un vago gesto con la mano—. Seguro que luego se mostrará más comunicativo

Cedric puso cara de decepción, ya que sin duda esperaba poder utilizar otros instrumentos que consideraba más satisfactorios. Asintió con un gruñido y se preparó para cumplir las órdenes.

El recuerdo del cruel abad no había abandonado a Tomás. No lograba concentrarse. «Nadie puede esconderse cuando es buscado con tanto ahínco», pensó aún asustado por la mirada cargada de promesas de sufrimiento de aquel hombre. Había aprendido a confiar o a no hacerlo tras la primera impresión que le causaban las personas y casi nunca se equivocaba. Jean no era ni un ladrón ni un asesino. Era cierto que escondía algún secreto y que, a pesar del tiempo que habían pasado juntos, no le había revelado nada sobre su pasado, pero la mirada del abad le había helado la sangre. Tomás trabajaba todo el día al sol de finales del cálido verano, pero el frío interior no lo abandonaba.

Estaba inmerso en aquellos pensamientos cuando escuchó cascos de caballos. Temió volverse y enfrentarse de nuevo al abad, aunque el ruido llegaba desde el camino del sur y él había desaparecido, horas antes, por el oeste. Cuando el sonido se materializó, Tomás descubrió a un extraño grupo de jinetes. Todos, salvo uno, vestían de blanco y estaban demacrados, como si la luz del sol les fuese tan ajena como los alimentos. Su mirada, sin embargo, desmentía el resto. Era tranquila, sosegada, la mirada de unos hombres determinados, pero en paz consigo mismos. Al mando parecía estar el único de ellos que no compartía su aspecto, sino que era más bien su antítesis. Iba vestido de negro, tenía la piel tostada por el sol y su rostro mostraba rastros visibles de cansancio. El caballero negro lo miró durante un instante interminable mientras los jinetes blancos parecían esperar órdenes.

—Dios os guarde —dijo tras acercar la montura—. Mis compañeros y yo recorremos el camino buscando a un peregrino al que quizá hayáis visto. Se trata de un joven, de nombre Jean, que peregrina hacia el oeste, tal vez solo o puede que en compañía.

A Tomás se le erizó el vello y la mirada glacial del abad regresó a su memoria.

—No conocemos a nadie con ese nombre —respondió sabiendo que su única opción era resistir—. Muchos son los peregrinos que por aquí pasan camino del fin del mundo. Mas no todos revelan su nombre o sus intenciones.

—A este lo dejé a principios de verano en Garex y le prometí que volvería para ayudarlo —insistió el caballero negro.

La mención a Garex llamó la atención de Tomás, ya que había sido allí donde había conocido a Jean. Sin embargo, la conversación con el abad había dejado en él un poso de desconfianza.

—Mucho tiempo ha pasado y grande es la distancia desde Garex hasta aquí —respondió tras una pausa intentando no comprometerse.

—¿Puedo hablaros a solas, cantero? —preguntó el caballero bajando la voz.

El caballero negro descendió de su caballo y ambos se dirigieron hacia un lateral de la iglesia bajo las miradas del resto de los canteros. Mientras, los monjes blancos esperaban aparentemente desinteresados. Tomás sintió que aquel caballero no era como el abad, pero también sabía que el terror podía adoptar muchas formas.

—Os he reconocido nada más llegar, cantero —dijo poniendo una mano sobre el hombro de Tomás—. Sois del grupo con el que dejé a Jean cuando me separé de él. Yo le aconsejé unirse a vosotros para pasar desapercibido ante los peligros que lo acechaban.

—¿Qué sabéis de esos peligros? —preguntó Tomás receloso tratando de saber algo más a la vez que ganaba tiempo.

—Sé que lo persiguen hombres poderosos —dijo perdiendo la mirada en el horizonte, recordando— y que terminarán por encontrarlo, salvo que lo haga yo antes.

—¿Y por qué debería fiarme de vos? Extraña es la

compañía en la que cabalgáis y oscuras vuestras vestimentas.

—Y aun así debéis confiar en mí —replicó el caballero negro con una mirada de súplica—. Debo lograr que lo hagáis, ya que el tiempo apremia. No sé dónde están mis enemigos, pero quizá aún llegue a tiempo.

Aunque una voz interna le decía a Tomás que no podía confiar en nadie, la mirada del caballero negro era limpia y su anhelo parecía auténtico.

—Quizá no —dijo Tomás decidiendo fiarse de aquel desconocido—. Aquellos a los que sin duda llamáis vuestros enemigos pasaron por aquí al alba, os llevan varias horas de ventaja. Hace menos de un día que Jean huyó hacia el oeste, solo y a pie.

El caballero negro meditó con semblante preocupado. Tal vez ya era demasiado tarde, pero lo intentaría mientras quedaran esperanzas.

—Gracias, cantero —dijo asintiendo a la vez que veía renacer su confianza—. Espero dar con él antes que los monjes que lo acechan. Quizá le hayáis salvado la vida.

—Espero que así sea —respondió Tomás con una mirada desafiante— y que no traicionéis mi confianza. No me perdonaría que por mi culpa le sucediese una desventura.

El caballero negro regresó a su montura, pero antes de espolear al caballo, se volvió hacia Tomás.

—No temáis por eso —dijo solemne.

El extraño grupo desapareció por el camino y los canteros volvieron a su tarea incluso antes de que el polvo se hubiera asentado de nuevo en el suelo. Tomás seguía mirando hacia el oeste, pensando en Jean, sin sospechar que yacía en manos de sus captores y que su espalda y sus piernas comenzaban a sangrar a través de las llagas abiertas.

Intentaba refugiarme en mi pasado. Lo que se me había negado durante meses era ahora lo único que me daba fuerzas. Recordar mi vida me hacía conocedor de la naturaleza del legado que había caído en mis manos y de la transcendencia de mi silencio. Sin embargo, tras varias horas de sufrimiento, me había dado cuenta de que, más temprano que tarde, terminaría cediendo y confesando.

—¿Dónde está la reliquia? —preguntaba una y otra vez el abad con mirada cruel y sonrisa cínica.

No había dormido en toda la noche y tampoco sabía si ya había salido el sol. El dolor lacerante de la espalda aún era soportable, pero la atención constante de Cedric era más difícil de sobrellevar. Se relamía, haciendo asomar la lengua sonrosada a través de unos dientes negros que surgían de su boca acompañados de una pestilencia que jamás lograría olvidar. Sus ojos, muy juntos, me observaban como si fuese un insecto y de vez en cuando dejaba escapar algún sonido gutural. A cada momento, se alejaba de mí para acercarse al instrumento que anhelaba utilizar y ajustar sus engranajes, acariciándolo en éxtasis como a una amante. No podía imaginar qué tortura ejecutaría a continuación ni el placer que le proporcionaría. Aquel hombre era un monstruo deforme, de brazos interminables que culminaban en unas manos enormes de anchos dedos coronados por uñas ennegrecidas que, a cada poco, se llevaba a la boca para mordisquearlas, calmando así su ansiedad.

A diferentes intervalos, imprecisos en mi mente, la puerta se abría; el abad entraba y Cedric vaciaba un cubo de agua sobre mi cabeza para despertarme. Entonces el primero repetía aquella única pregunta y en cada ocasión solo recibía mi obstinado silencio por respuesta. En un momento dado, lo miré apretando los dientes, tratando de mostrar determinación, aunque me daba cuenta de que, poco a poco, mi resistencia se agotaba.

—Está bien —dijo finalmente el abad dirigiéndose a Cedric con un suspiro de fastidio—, colócalo en la cigüeña. Lo dejaremos hasta mañana y si para entonces no ha hablado, te dejaré que pruebes tu nuevo juguete.

Una sonrisa asomó en el semblante de Cedric, que se movió con pasos apresurados y con el rostro excitado hacia el fondo de la oscura habitación. El artilugio al que el abad había denominado la cigüeña, sin púas, ganchos ni clavos, no parecía demasiado impresionante. Pero pronto descubriría su naturaleza.

Tras liberarme de la silla, Cedric pasó un aro de hierro alrededor de mi cuerpo. Intenté levantarme, pero fue imposible. Tenía el cuerpo entumecido por el dolor y estaba agotado por la pérdida de tanta sangre. Ayudado por Cedric, pude por fin ponerme en pie para contemplar horrorizado que la silla se encontraba completamente cubierta de sangre, mi propia sangre, que se había ido deslizando desde mis heridas en las piernas y en la espalda a los centenares de clavos que la componían.

Sentí que las fuerzas me abandonaban y que una náusea me ascendía por la garganta. Aún aturdido, Cedric me sentó en el suelo y luego pasó un cepo alrededor de mis tobillos, obligándome a adoptar una postura encogida. Los músculos y articulaciones de mis piernas, brazos, espalda y cuello se vieron forzados a permanecer en una postura antinatural. Cuando Cedric terminó, me di cuenta de que apenas podía moverme. Levanté la mirada hacia el abad y vi que se pasaba la lengua por los labios, regocijándose mientras imaginaba la nueva tortura.

—No parece muy impresionante, ¿verdad? —preguntó con un gesto despectivo—. Solo debes esperar un rato para comprobar cómo los calambres se extienden por tu cuerpo y de qué manera la incomodidad se transforma en un dolor atroz. En algunos casos, las articulaciones se salen del sitio. En los más graves, la persona no puede volver a caminar. —Cedric emitió una risa nerviosa que me heló la sangre, aún más que el tono cruel de la voz del abad—. Pero siempre —continuó—, sin excepción, los aullidos de dolor y los gritos pidiendo ayuda pueden oírse desde el otro lado del monasterio. Estarás así toda la noche —concluyó— y si mañana, tras un sueño reparador para mí y un desayuno vigorizante, no me dices lo que quiero oír, dejaré que Cedric haga lo que quiera contigo. Solo le pediré que te mantenga con vida para que nos lleves hasta la reliquia y para eso no son necesarios ni los dedos de las manos ni la lengua, ni siquiera los ojos.

45

Año 33

El segundo día en alta mar, el tiempo cambió de manera brusca y las nubes aparecieron en el horizonte. Cuando el sol alcanzó su cenit, ya era evidente que se enfrentaban a una situación incómoda, con vientos fuertes y el mar embravecido. Los marineros comenzaron a murmurar, pidiendo al capitán un cambio de rumbo hacia el norte para guarecerse en alguna cala abrigada, aún lejana. El capitán Hyrum mantuvo el rumbo, haciendo caso omiso a la tripulación. Según sus cálculos, Pasitos no estaba a más de dos días de distancia; no era consciente de que había errado el rumbo, la isla de Creta había quedado atrás y navegaban, en mar abierto, hacia la aún lejana isla de Malta.

Por la noche, parecía un milagro que aún no hubiesen sido arrastrados al fondo del mar. Atanasio, Teodosio y Santiago se miraban sin saber qué hacer. Jamás habían vivido una situación semejante. De madrugada, en medio de la tempestad, el barco descendió bruscamente varios metros al desaparecer la inmensa masa de agua sobre la que flotaba. Santiago escuchó un grito de advertencia a su espalda y se volvió para enfrentarse, asombrado, a la ola más grande que jamás había visto. La ola golpeó el barco con fuerza, lanzando a Santiago a través de la cubierta. La buena fortuna le sonrió y, aunque no tuvo tiempo de asirse a nada, un pie se le trabó en una amarra, evitando que saliera despedido por la borda. Vieron a dos marineros con menos suerte desaparecer en la negrura del océano sin que nadie pudiese hacer nada para remediarlo. Apenas podían hacer algo por salvar sus propias vidas.

—¡Vosotros! —escucharon bramar al capitán Hyrum en medio del estruendo—. ¡Llevad a esos tres a la bodega! ¡Son demasiado valiosos para dejar que se los trague el mar! —Santiago miró horrorizado al capitán, que le devolvió una mirada despectiva y cruel, y trató de protestar sin éxito—. ¡Y atadlos! —sentenció—. ¡No quiero que se paseen por mi barco!

Entre empujones e insultos, los tres fueron llevados a la bodega y atados mientras el barco parecía a punto de ser tragado por la tormenta. La oscuridad en la bodega era casi total; la luz mortecina del exterior solo se filtraba a través de algunas rendijas de la cubierta, pero el ruido era atronador.

Sin embargo, no fue el sordo estruendo del mar embravecido, ni el golpe seco de las enormes olas en la quilla, ni siquiera el silbido amenazador del viento lo que les heló la sangre, sino el inequívoco sonido del agua entrando a chorro a través de alguna grieta del casco. El nivel comenzó a ascender con rapidez y pronto alcanzó un palmo de altura. Los tres se debatían, tratando de liberarse de las ataduras, pero los marineros habían hecho un buen trabajo. El agua continuó subiendo y el pánico se apoderó de ellos.

De repente, cuando empezaban a desfallecer, la puerta de la bodega se abrió y apareció el capitán, que los miró con el brillo de la codicia en los ojos: venía a buscar la reliquia. Dio el primer paso hacia ellos, pero al ver la altura que había alcanzado el agua, sus ojos se abrieron de par en par. Pareció dudar y, finalmente, apretó los puños con desesperación, se volvió sobre sus talones y desapareció por donde había entrado.

Tras su huida, Santiago se percató de que ya no se oían las voces de los marineros. Miró a Atanasio, que le devolvió una mirada de comprensión: todos habían salido huyendo ante el inminente hundimiento del barco. De pronto, en la tenue luz de la bodega, Santiago observó a pocos metros el brillo fugaz de un cuchillo seguido del sonido cercano de una respiración entrecortada.

—Nos hundimos —dijo una voz frente a Santiago.

Reconoció la voz de Adonai; sonaba extrañamente tranquila.

—¡Desátanos! ¡Te daremos lo que nos pidas! —gritó Atanasio malinterpretando a Adonai.

—Nada quiero de vosotros —contestó este mirando con expresión seria a Atanasio—. Nadie merece morir así, por muy grande que sea su crimen; no sin una oportunidad de luchar por su vida.

Los desató y los guio fuera de la bodega hasta la cubierta, ahora vacía. Les explicó que los pocos que se habían salvado habían huido al saber que el barco se hundía.

—Ni el capitán —dijo con una sonrisa torcida—, ese bravo cartaginés, ha tenido el temple suficiente para ir a buscar aquello que codiciaba.

La tripulación había utilizado una barcaza que utilizaban para llegar a tierra cuando el barco debía vararse en una ensenada o lugar poco profundo. Adonai los llevó hasta otra de menor tamaño que no parecía capaz de afrontar la tormenta que los rodeaba. El marinero supo lo que estaban pensando.

—No os preocupéis —los tranquilizó—. Lo peor de

la tormenta ya ha pasado. Hemos sido empujados muchas millas hacia el sur; la barca aguantará. Aún disponemos de unos minutos antes de que el barco se vaya a pique; deberíamos aprovecharlos para aprovisionarnos. Coged comida para unos días, yo me ocupo del agua.

Reunieron lo que Adonai les había pedido, lo metieron en la barca y la echaron al agua. El viento soplaba ya con menos insistencia y hacia el oeste el cielo comenzaba a clarear. Aunque aún no podían verla, hacia el sur se hallaba, cercana, la línea de costa. Una vez acomodados en la barca, se alejaron rezando para que aguantase los fuertes embates de las olas.

46

Año 2019

Marta bajó las escaleras de la pensión con la mente aún sumergida en las terroríficas escenas descritas por Jean. Se había quedado leyendo hasta tarde y todavía estaba impresionada. Que Jean hubiese recuperado la memoria no despejaba muchas de las dudas que ella tenía. ¿Dónde había ocultado Jean el objeto? ¿Cuáles eran sus intenciones? No entendía cómo alguien podía llegar al extremo de torturar a una persona por un simple objeto, y menos en el supuesto nombre de Dios; tampoco entendía por qué Jean se resistía a confesar. Aquellos eran otros tiempos, ya olvidados. Luego recordó los ojos de Federico y dudó.

Tras desayunar, fueron andando hasta la iglesia. Habían decidido tomarse el día con tranquilidad y visitar sin prisas Fromista y Villalcázar, su siguiente destino. En el camino a la iglesia, Marta bostezó.

—¿Sueño o aburrimiento? —preguntó Iñigo frunciendo el ceño—. Espero que sea lo primero y no mi compañía —añadió sonriente.

—No es sueño —contestó Marta provocadora—. Es que la compañía de un sacerdote me resulta aburrida, con sus rezos y sus normas.

Iñigo pareció encajar bien el comentario.

—*Ego te absolvo* —dijo haciendo el gesto de la cruz con semblante concentrado.

—Padre —respondió Marta con un simulado tono compungido—, ¿la absolución no implica primero arrepentimiento?

Iñigo entrelazó las manos en su regazo y puso su mejor cara seria. A Marta le resultó difícil no echarse a reír.

—Así es, hija mía —dijo alargando las palabras como solían hacer los sacerdotes en misa.

—Entonces no merezco la absolución.

—Seguro que hay algo de lo que te arrepientes.

Iñigo seguía con la broma, pero esta vez Marta tuvo la sensación de que la pregunta tenía trampa.

—¿Y quién no? ¿Tú no? —preguntó tratando de devolver la pelota a su tejado.

—Me temo que mi sino es arrepentirme casi siempre.

Iñigo adoptó un tono reflexivo y a Marta le sorprendió que no hubiera eludido la pregunta.

—Yo casi nunca me arrepiento de lo que hago; únicamente de lo que no me he atrevido a hacer —sentenció Marta.

—¿Y qué te arrepientes de no haber hecho?

La conversación en broma se había vuelto repentinamente seria. Marta no sabía si hablaban de sus vidas, del libro de Jean o de su extraña aventura. De pronto, se encontró contándole a Iñigo su relación con Diego y cómo el chico práctico, divertido y con confianza en sí mismo se había convertido en alguien egoísta, rutinario y rudo hasta hacer de su vida juntos una pesadilla. Todo había ocurrido sin que Marta tuviera una idea precisa del motivo del cambio o quizá no quería reconocer que la semilla de aquel Diego siempre había estado allí y que ella había preferido ignorarla. Sin saber muy bien cómo, se había desnudado emocionalmente ante aquel joven casi desconocido.

—Te entiendo —dijo Iñigo con una mirada intensa—. A mí me ha pasado algo similar.

—¿A ti? —preguntó atónita.

Marta no creía que los problemas emocionales de Iñigo pudieran ser similares a los suyos y pensó que aquel hombre era más complejo de lo que se podía ver en la superficie.

—Sí —asintió como si estuviera recordando su pasado—. Cuando tomé los hábitos, la Iglesia me atrajo porque las reglas eran claras, daban sentido a mi vida y me permitían serle útil a la sociedad. Ahora me encuentro apresado por normas que no acabo de entender y obediencias que no consigo aceptar e incapaz de ayudar a los que lo necesitan.

—¿Y por qué no haces algo al respecto?

—No soy tan valiente como tú —dijo con un gesto de resignación—. No sé lo que quiero. O quizá sí, pero no me atrevo.

Aquella confesión sorprendió a Marta. No se consideraba alguien valiente e Iñigo no le parecía un cobarde.

—Nadie sabe lo que quiere —respondió Marta después de meditarlo un poco—. En eso consiste la vida, en descubrirlo antes de que sea demasiado tarde.

Se habían sentado en un muro a escasos metros de la iglesia, pero la visita había perdido importancia. Continuaron hablando un buen rato sobre sueños y deseos, anhelos y esperanzas. Cuando semanas después, Marta echó la vista atrás, supo que aquel fue el momento en que se enamoró de Iñigo.

Luego entraron en la iglesia y caminaron por el pasillo central hasta el altar. La visita se prolongó toda la mañana y cuando salieron se dieron cuenta de que sus estómagos volvían a estar vacíos. Comieron algo rápido en una pequeña tasca del pueblo y salieron hacía Villalcázar de Sirga con la expectación de ver la iglesia en la que había trabajado Jean durante varias semanas.

La pequeña población de Villalcázar de Sirga había perdido gran parte del esplendor que, sin duda, había tenido en la Edad Media. Punto de paso del Camino de Santiago, encomienda templaria, con una iglesia protogótica que nunca fue completada, languidecía ahora solo visitada por los tenaces peregrinos que ochocientos años después seguían acudiendo allí en busca de respuestas a su propio viaje interior. Marta llevó a Iñigo hasta la portada meridional y, tras buscar un rato, señaló una de las figuras.

—¿Ves aquel apóstol en el pantocrátor? —preguntó sin llegar a creerse que por fin estuviera viendo algo creado por Jean—. Fue él quien lo talló.

—¿Quieres decir nuestro Jean? —preguntó Iñigo atónito.

—Sí —asintió Marta entusiasmada—. Lo cuenta en el libro. Vivió aquí durante más de un mes, trabajando de cantero. Parecía feliz y estaba especialmente dotado para la talla; esta en particular fue alabada por el maestro Fruchel, responsable de la construcción de esta iglesia.

—Dices que estuvo aquí un mes. ¿No es poco tiempo para construir una iglesia? ¿Por qué se fue tan rápido?

La pregunta de Iñigo había pillado desprevenida a Marta, que a punto estuvo de mencionar su huida. Para ganar tiempo mientras preparaba una respuesta, volvió a mirar la escultura, buscando sin éxito la marca de cantería de Jean.

—No lo dice —respondió encogiéndose de hombros cuando fue capaz de organizar sus ideas—, pero supongo que tenía la intención de llegar a Santiago y regresar después.

Se sintió culpable por mentirle a Iñigo y no fue capaz de mirarlo a la cara, pero algo le seguía impidiendo confiar en él.

—¿Y lo hizo?

—No lo sé —dijo Marta mirándolo ahora directamente a los ojos sin necesidad de mentir—. Aún no he llegado a esa parte. Vamos, veamos el interior.

Al salir, se dirigieron caminando hasta el bar del pueblo a tomar un café rodeados de lugareños que echaban la partida de media tarde. Iñigo continuó haciendo preguntas sobre Jean y la incomodidad de Marta fue en aumento. Sus respuestas se volvieron más lacónicas, por miedo a decir algo que no debiera y, finalmente, el silencio se interpuso entre ellos hasta que Iñigo habló de nuevo:

—Y bien, ¿cuál es nuestro próximo paso? —preguntó como si hubiera entendido que debía cambiar de tema.

—No estoy segura —respondió Marta—. Jean menciona un cercano monasterio de San Juan, pero no he logrado encontrarlo. Quizá ya no exista. Cerca de aquí solo hay uno, el monasterio de San Zoilo, en Carrión de los Condes.

—Disculpen —dijo una voz a sus espaldas. Marta dio un respingo—. No he podido evitar escucharlos. Los monasterios de los que hablan son, en realidad, el mismo. En su primera época, estaba dedicado a San Juan Bautista, pero su advocación cambió cuando recibió los restos de San Zoilo, que ha sido siempre un santo muy venerado.

—¿Y cómo sabe usted tanto de historia antigua? —preguntó Marta impresionada.

Lo miró con detenimiento. Era un sencillo hombre de pueblo, vestido con un práctico mono azul, con las manos encallecidas por el trabajo manual y cuyo rostro reflejaba en sus arrugas el castigo del trabajo diario a la intemperie.

—Puedo ser un modesto agricultor —respondió—, pero en esta reseca Tierra de Campos, la historia está viva y camina entre nosotros. Se respira en el aire y se siente en la piel y, aunque hoy en día no sepamos adónde vamos, al menos estamos seguros de dónde venimos.

Dieron las gracias a aquel hombre que en un instante les había mostrado que no solo a través de los libros antiguos sobrevive la historia. Cogieron el coche y unos minutos después se detenían frente al monasterio de San Zoilo dispuestos a continuar la aventura.

En aquel momento no sospechaban que, como la de Jean, su historia iba a dar un vuelco y que las verdades y mentiras que ambos eran culpables de ocultar iban a salir a la luz.

47

Año 1199

Grité. Grité como si me fueran a estallar los pulmones, grité como si me vaciara por dentro y después seguí gritando. Cada vez que dejaba de hacerlo, Cedric volvía para echarme un cubo de agua por la cabeza, ya que significaba que me había desmayado. También recuerdo que lloré y que supliqué, aunque no estoy seguro porque por momentos me sentí al borde de la locura. Tras varias horas deseando morir, una única idea ocupó mi mente: confesar. Le diría al abad lo que quería saber y todo terminaría para mí. Incluso la muerte era mejor que aquello.

Una eternidad después, la puerta se abrió y el abad entró en el sótano. Se acercó pausadamente, con una sonrisa tranquila en el rostro. Parecía satisfecho, como si el destino que había predicho se estuviera cumpliendo. A pesar de que su mirada me producía terror, verlo fue como abrir una ventana a un día soleado en una habitación que hubiera permanecido años cerrada al mundo. Mi tortura iba a concluir.

—Confesaré —dije con un hilo de voz.

—No te he oído —respondió el abad saboreando el triunfo.

Disfrutaba del momento; la crueldad no se borraba de su cara.

—He dicho que le diré dónde está la reliquia —dije mirándolo fijamente con las últimas fuerzas que me quedaban.

—No dudaba de que lo harías —dijo con los ojos entornados, inclinado sobre mí—. Pero debo reconocer que no esperaba tanta resistencia por tu parte —continuó—. Ya me aclararás más tarde por qué has puesto en riesgo tu vida por un objeto sin ningún valor material. Pero antes de eso, responde a mi pregunta. ¿Dónde está la reliquia?

—Os la entregaré, pero ¿por qué es tan importante si no tiene ningún valor?

Los ojos de Guy Paré reflejaron su victoria. Meditó sobre si contestarme y finalmente lo hizo, sin duda, pensando que podía permitirse darme esa información antes de matarme.

—Porque perteneció a Jesucristo. Fue su último legado, la demostración de su poder, pero cayó en las manos equivocadas. Lo preguntaré por última vez. ¿Dónde está la reliquia?

—Se encuentra detrás de una roca —contesté derrotado—, cerca de Villalcázar.

El abad se incorporó satisfecho, dándome un pequeño cachete en la mejilla.

—Muy bien. Cedric —dijo volviéndose a mi torturador—, prepara a nuestro huésped para el traslado. Partiremos en un par de horas. Yo tengo algunos asuntos importantes que resolver con el prior de este monasterio.

Cuando el abad abandonó el sótano, pude percibir en Cedric una duda. Dos horas era mucho tiempo y temí que estuviera sopesando divertirse conmigo un poco más. Lo vi mirar los objetos a su alrededor y desechar con pena su último juguete, así como el aplastacráneos; no podía arriesgarse a infligir un daño irreparable. Parecía que iba a darse por vencido cuando uno de los objetos atrajo su atención. Gimió. Un terror gélido se apoderó de mí y el dolor fue sustituido por un sudor frío que me recorrió el cuerpo. No reconocí el instrumento hasta que vi cómo colocaba mi mano izquierda en él y sujetaba cada dedo en una posición fija. Mientras yo intentaba protestar con las pocas fuerzas que conseguí reunir, noté cómo un dolor me recorría la mano y el resto del brazo y escuché el sonido de los huesos de mi dedo meñique al partirse en mil pedazos. Hasta me pareció oír el ruido de la carne del dedo desgarrándose.

Sentí que volvía a desmayarme cuando escuché a Cedric soltar un gruñido gutural que terminó en un extraño gorjeo. Me recuperé lo suficiente antes de desvanecerme, lo justo para ver su cara de sorpresa, su boca llena de sangre, el filo de una espada sobresaliendo de su pecho y, al fondo, el rostro de quien la empuñaba: el caballero negro.

48

Año 33

La proa del barco se elevó por encima del agua, como un ave emprendiendo el vuelo. Fue solo un instante, un último esfuerzo baldío por sobrevivir a la tormenta, tras el cual la popa, ya sumergida, arrastró la nave hasta las profundidades marinas. A bordo de la pequeña barcaza, los cuatro observaron impresionados la escena, a una distancia segura, sabiendo que podían haber acompañado a aquel trozo de madera en su último viaje.

Como Adonai, su salvador, había pronosticado, la barca aguantó las embestidas del mar hasta que, poco a poco, este se fue tranquilizando.

—Eres buen marinero —dijo Santiago al cabo de unas horas, cuando la situación finalmente les proporcionó un respiro—, además de un buen hombre. Supiste que el barco aguantaría el tiempo suficiente para ayudarnos antes de hundirse y viste que la tormenta se alejaba. ¿Dónde aprendiste tanto del mar?

Adonai miró a Santiago entre orgulloso y agradecido.

—Yo, y no ese embustero del capitán, sí soy un verdadero descendiente de Aníbal. Fue el abuelo del padre de mi abuelo y, aunque el esplendor de Cartago es hoy algo olvidado en el tiempo y cubierto por el paso de los años y las arenas del desierto, la sangre de sus descendientes sigue llevando la navegación hasta mi corazón.

—Bellas palabras —terció Atanasio, siempre práctico—. No quiero parecer descortés, si no hubiera sido por tu intervención, ahora yaceríamos en el fondo del océano, pero ¿qué haremos ahora? Os recuerdo que no sabemos dónde nos encontramos ni a qué distancia nos hallamos de la costa.

—¿Acaso no has escuchado mis palabras? —Adonai se mostró ofendido—. ¿No os he dicho qué sangre corre por mis venas? Sé perfectamente dónde estamos y hacia dónde nos dirigen las mareas y los vientos. Mañana, a estas horas, si el viento no cambia y las mareas nos son propicias, arribaremos a la costa cirenaica, en algún punto cercano a Bengazhi.

—¡África! —exclamó Santiago asombrado sin poder contenerse.

Adonai asintió satisfecho, con la mirada perdida en el pasado.

—Así es, amigos míos —contestó al fin—. Pronto, al sur, veremos aparecer la línea de la costa y con ella nuestra salvación. ¡Mi tierra!

—¡África! —repitió Teodosio más para sí mismo que para los demás. Los ojos le brillaban con la luz de lo desconocido.

—¿Y qué haremos ahora? —preguntó un angustiado Atanasio. Su semblante mostraba una mezcla de pesar y decepción.

Adonai no se percató de que la pregunta era más retórica que real.

—Nos dirigiremos a Bengazhi —contestó—. Yo nací en esa región y la conozco bien. Hacia el oeste, siguiendo la línea de la costa, deberíamos alcanzar el pueblo en unos días. Allí tengo familia, mi hermano Amiel, que nos acogerá con placer. Luego deberéis decidir adónde dirigiros, aunque yo os recomendaría Siracusa o Mdina; están relativamente cerca y encontraréis pasaje con facilidad. Sin embargo, no soy yo quién para aconsejaros, pues no conozco el motivo de vuestro viaje lo suficiente como para guiaros.

Santiago miró detenidamente a Adonai, tratando de escrutar en sus ojos y descubrir si debía o no confiar en él. Les había salvado la vida y, aunque sabía de la existencia de la reliquia, no había intentado robarla, a pesar de que le hubiese sido fácil lograrlo. Sin embargo, Santiago no olvidaba la cara del capitán y la sensación de que los habría vendido sin dudarlo un instante. En todo caso, necesitaban otro barco para continuar y les sería más fácil encontrarlo con su ayuda. Santiago optó por hablar sin contarle toda la verdad.

—Seguiremos tu consejo, Adonai. Te debemos la vida y Siracusa o Mdina son tan buenos destinos para nosotros como cualquier otro, pues son solo aventuras lo que buscamos y allí podremos encontrarlas igualmente.

—Veo que sois juiciosos —respondió. Luego, entrecerrando los ojos, añadió—: ¿O debería decir desconfiados? Pero no os preocupéis por mí, no intentaré tomar aquello que no es mío.

Un silencio incómodo se instaló en la pequeña embarcación, que se balanceaba al compás de las olas, cada vez más suaves. Adonai cogió un remo, le entregó otro a Teodosio y ambos se pusieron a remar con la mirada puesta en las estrellas que habían aparecido en el horizonte, allí donde comenzaban a retirarse las nubes de tormenta.

49

Año 1199

Me despertó otra vez el agua. Esta vez no se derramaba sobre mi cabeza, sino que se deslizaba, con cuidado, por mi garganta. Mi mente tardó unos instantes en comprender que alguien me estaba dando de beber.

—No hables —dijo el caballero negro con expresión preocupada—. Descansa un poco y recupérate. Debemos movernos deprisa.

—¡No te lo daré! —respondí aún sin regresar del todo de la pesadilla que acababa de vivir.

El caballero negro me miró sorprendido, pero luego interpretó mi respuesta como confusión por mi lastimoso estado.

—No soy Guy Paré —replicó con tranquilidad.

—Ya lo sé —respondí desconfiado.

—Nunca te he pedido ni intentado quitarte nada. Y esta vez tampoco lo haré. Ven, apóyate en mí.

Deslizó un brazo por debajo de mi costado y noté cómo un dolor muy fuerte me recorría la espalda.

—No creo que pueda caminar en días —dije sintiendo que las fuerzas me abandonaban por completo.

El caballero negro me miró con una mezcla de compasión y urgencia, indeciso ante la situación.

—Sí podrás —sonrió tratando de animarme—. O ambos terminaremos nuestros días en esta cripta.

Poco a poco, logré estirar las piernas, sintiendo un dolor intenso en las rodillas. El caballero negro me había vendado la mano y la sangre manchaba el trapo que cubría el meñique de mi mano izquierda. Noté la circulación regresar a mis piernas y, tras unos minutos eternos, logré dar unos cuantos pasos. Recorrí el sótano inspeccionando los artilugios de tortura y luego volví la mirada hacia Cedric, que yacía sobre un gran charco de sangre. Apreté la mandíbula.

—Podemos irnos cuando quieras —dije tratando de mostrar más entereza de la que sentía.

Una sonrisa dulce asomó en la cara del caballero negro, que atravesó la puerta con rapidez. Intenté seguirlo, aunque mis pasos eran vacilantes. Regresó para ayudarme.

—Si aparece algún monje, apártate —me aconsejó en voz baja—. Tendré que luchar y solo serías un estorbo.

Ante nosotros se extendía un largo pasillo apenas iluminado. Una rata lo cruzó apresurada. Giramos hacia la derecha y subimos unos estrechos escalones hasta una puerta entreabierta. El caballero negro se detuvo un instante a escuchar y luego atravesó la puerta por la rendija abierta para evitar el ruido de los goznes. Yo lo imité, aunque mis movimientos eran torpes. Otras escaleras nos condujeron a una pequeña sala que se abría a varios pasillos.

De pronto, aparecieron tres monjes que, al vernos, desenvainaron sus espadas. El caballero negro hizo lo mismo, al tiempo que me dejaba en una esquina. Los tres atacaron simultáneamente al caballero, que pronto se vio en serios apuros. Apenas era capaz de contener las acometidas, pero hirió levemente a uno de ellos. Se encontraba ya cerca de la pared, tratando de prolongar su vida y la mía todo lo posible, cuando dos monjes más entraron en la sala y la última esperanza me abandonó. Su aspecto era totalmente diferente a los que nos atacaban y me provocaron un profundo horror no solo por lo demacrado de sus facciones, ya que parecían calaveras andantes, sino por la fría mirada de sus ojos. Aquello fue suficiente para hacerme perder toda expectativa de huir.

Sin embargo, al verlos, el caballero negro dio un grito de alegría y renovó sus esfuerzos. Los que lo atacaban dudaron y esos instantes de indecisión fueron su perdición. Los monjes calavera saltaron sobre ellos y los derribaron mientras los otros miraban aterrados cómo la mismísima muerte parecía haber venido a llevárselos. Cuando los tres hombres yacieron a nuestros pies, aquellos monjes aterradores se retiraron tal como habían llegado.

Miré atónito al caballero negro, que se encogió de hombros y sonrió al ver mi expresión.

—Luego te explicaré, ahora no hay tiempo, pero no estamos solos. Extrañas han sido mis compañías y largos mis caminos.

Continuamos por los pasillos, recorriendo salas, cruzando puertas, pero los únicos enemigos que encontrábamos eran cadáveres caídos sobre su propia sangre. Finalmente, conseguimos salir y cruzar los muros del monasterio por una pequeña puerta lateral.

—Debemos alejarnos con rapidez. Tenemos los caballos detrás de aquellos árboles. ¿En qué dirección iremos? —preguntó el caballero negro.

—No sé por qué me lo preguntas —respondí.

El caballero negro ladeó la cabeza y me miró con un gesto extraño.

—Si el abad aún no había terminado contigo, es porque aún no le habías entregado lo que buscaba. Eso significa que no lo llevabas contigo cuando te capturaron. Solo tú sabes dónde está. Tú eliges el camino.

La sencillez del argumento me desarmó. Había pagado con sangre la defensa de la reliquia, pero en realidad no la quería para mí. Habría preferido no verme envuelto en todo aquello.

—¿Y no sería mejor que permaneciese oculta y así no sería para nadie? —respondí con pocas esperanzas de convencer al caballero negro.

—¿Podrías acaso vivir pensando que tal vez, por desventura, alguien la encuentre? ¿Es tan bueno el escondite como para pensar que eso no sucederá?

El caballero negro me miró de nuevo a los ojos esbozando una sonrisa irónica.

—Espera aquí —dije asintiendo resignado—. Volveré en unos segundos.

Me deslicé rápidamente a lo largo del muro del monasterio y doblé la esquina, viendo la puerta de la entrada al fondo del muro. No se oía a nadie y una extraña quietud, que contrastaba con lo ocurrido las últimas horas, se había apropiado del monasterio. En unos instantes, recorrí los metros que me faltaban, busqué el objeto en la oquedad de la piedra y respiré al sentir su tacto. Me lo colgué del cuello y regresé adonde estaba el caballero negro, que esperaba nervioso mientras los monjes blancos, silenciosos, parecían ajenos a lo que sucedía.

Atravesamos un corto bosque de encinas al final del cual nos esperaban los caballos. El caballero negro me cedió las riendas de un corcel joven y me ayudó a montar, lo que conseguí no sin sufrimiento.

—Tranquilo —dijo consolándome—, el dolor físico pasará.

—Pero quizá el dolor espiritual no lo haga nunca —respondí dándome cuenta de que me había convertido en otra persona.

Me sentía más maduro, más consciente, pero también más envejecido. Había perdido la inocencia que la falta de memoria me había concedido.

—¿Adónde nos dirigiremos ahora? —pregunté.

El caballero negro me miró preocupado. Se había dado cuenta de que yo no estaba en condiciones de afrontar un largo viaje. Meditó unos instantes antes de hablar.

—Iremos a un sitio amigo, donde podrás recuperarte antes de decidir qué hacer.

Nos alejamos del monasterio de San Juan al trote. Imaginé al abad Guy Paré siendo informado de nuestra huida y de la muerte de varios de sus monjes. No tardaría en perseguirnos. Jamás se daría por vencido, de eso estaba convencido. Aceleramos nuestra marcha mientras yo meditaba sobre mi futuro próximo y sobre el siguiente paso que dar. Me sentía acosado por los monjes del Císter y por los poderosos caballeros templarios, pero protegido por sus enemigos, los monjes benedictinos, que, sin embargo, tampoco dudarían en darme muerte si descubrían quién era yo en realidad. Solo el secreto me cubría con su tenue manto.

50

Año 2019

—Lo siento —dijo el recepcionista con tono profesional y sonrisa ensayada—, el acceso solo está permitido a los clientes.

—Pero ella es una conocida historiadora que está haciendo una importante investigación sobre el edificio —mintió Iñigo poniendo especial énfasis en la palabra «conocida».

—No lo dudo —respondió el otro con una expresión que demostraba lo contrario—. Si envían la correspondiente solicitud a Dirección, seguro que la tomarán en consideración.

Iñigo decidió cambiar de táctica. Se apoyó en el mostrador y bajó la voz, adoptando un tono de confidencialidad.

—¿Y no podríamos resolver esta situación entre los tres, sin involucrar a nadie más?

—No —respondió sin cambiar lo más mínimo su actitud.

Marta apartó a Iñigo y ocupó su lugar, sosteniendo la mirada del recepcionista durante unos instantes.

—¿Tienen habitaciones libres? —preguntó con tono glacial.

—¿Para qué fechas?

—Para esta noche —respondió Marta tratando de mantenerse tranquila, pero tentada de saltar por encima del mostrador y hacerle comer la etiqueta con su nombre que llevaba en la solapa.

Con aire profesional, el recepcionista consultó brevemente el ordenador.

—Nos queda una habitación libre, pero me temo que es una de las *suites Executive* —dijo como insinuando que no eran el tipo de huéspedes que se alojaban en dichas habitaciones.

—Nos la quedamos —respondió Marta decidida a no dar la mínima satisfacción a aquel impertinente.

—Son doscientos euros —dijo el recepcionista esbozando una leve sonrisa irónica—. Marta le hizo un gesto para que se acercase y le habló al oído. El hombre palideció y la sonrisa desapareció de su cara—. Hoy —rectificó tragando saliva— tenemos una oferta especial por la *suite* 227, con un precio de cien euros.

—Nos la quedamos —respondió satisfecha.

Una vez en el ascensor, Iñigo lanzó a Marta una mirada de desconcierto. Ella sonrió con aire infantil, divertida ante su evidente confusión.

—¿Se puede saber qué ha pasado ahí abajo?

—Decidí jugármela —respondió Marta—. Le insinué que su responsable estaría muy interesado en saber el uso que hace del ordenador del hotel.

—Ah... entiendo —Iñigo pareció tardar un segundo en comprender—. ¿Y cómo lo sabías?

—No lo sabía, pero ¿qué podía perder? Y parece que no me equivocaba —dijo Marta con una sonrisa triunfal.

—¿Te das cuenta de que tendremos que compartir la habitación, no? —preguntó Iñigo con expresión también aniñada.

Marta se detuvo en medio del pasillo como si se hubiera golpeado contra un muro. No había caído en eso. Iñigo la miraba sonriente.

—No te preocupes —dijo de pronto poniéndose serio—, no atentaré contra tu honra, recuerda que soy sacerdote.

Cruzaron un amplio pasillo con ventanas abiertas al claustro y decorado con cuadros de escenas de la última cena. Se detuvieron frente a la puerta de la habitación y se quedaron mirando el pequeño letrero con la imagen de un monje y el apropiado título de «Suite del abad». Marta sintió un escalofrío al pensar que, en aquel mismo edificio, otro abad, ochocientos años antes, había torturado a Jean.

Abrieron la puerta y se encontraron en una enorme estancia, tan grande como el apartamento de Marta, decorada con ladrillo caravista y vigas de madera en el techo, un mobiliario con aire clásico y una gran cama doble con dosel. Marta miró a Iñigo mientras trataba de que el rubor no alcanzase sus mejillas. Un sofá de tres plazas presidía un pequeño salón junto a la habitación. Al verlo, respiró tranquila.

—¿Qué prefieres, cama o sofá? —preguntó muy serio él antes de echarse a reír.

Marta pensó que no tendrían que compartir la cama, pero que aun así habría momentos embarazosos, como el uso del baño o verse con la ropa de dormir. Ella no acostumbraba usar pijama, así que repasó mentalmente la ropa interior que guardaba en la maleta. Nada demasiado viejo ni demasiado sexy. Entró en el baño y suspiró aliviada al ver que había dos albornoces.

Dejaron sus cosas y decidieron visitar el edificio. Las habitaciones rodeaban el claustro del antiguo monasterio, pero su fábrica era gótico-renacentista en su mayoría. Marta se sintió desilusionada al darse cuenta de que los únicos trazos románicos se mostraban en la zona baja de los muros. Buscaron un camino que los condujese a la cripta, pero no consiguieron encontrarlo y Marta se sintió incapaz de relacionar aquel edifico con los sótanos en los que Jean había sido torturado.

Un tanto decepcionados, decidieron cenar en el restaurante del hotel para resarcirse. Compartieron un plato de cecina y un revuelto de patata y huevo con morcilla; de plato principal, Marta tomó una deliciosa presa de ibérico con queso de cabra, mientras Iñigo daba cuenta de unas chuletillas de cordero lechal. Marta hizo unas fotos para subirlas a Facebook, pero se contuvo en el último momento al recordar anteriores llamadas indeseadas.

Cuando terminaron la cena, dieron un corto paseo por el pueblo, retrasando el momento de volver a la habitación. Marta estaba nerviosa. No acababa de decidir si era por compartir habitación con Iñigo o por descubrir que realmente perseguían una reliquia que dos mil años antes había pertenecido a Jesucristo. Por el contrario, Iñigo parecía relajado, disfrutando del paseo.

De regreso a la habitación, Iñigo cedió a Marta la prioridad para ir a la ducha y esta se metió en el cuarto de baño con su neceser y todo aquello que, pensó, podía necesitar. Se desnudó y abrió el agua caliente hasta notar que le quemaba la piel. Se lavó el pelo y se envolvió en el albornoz. Recogió sus cosas y abrió la puerta dispuesta a cederle el paso a Iñigo. Este estaba sentado en el sofá y parecía estar leyendo algo. No la había oído salir. Ella se acercó por detrás y cuando estuvo a su altura, bajó la mirada a la vez que Iñigo levantaba la suya. En sus manos tenía el libro de Jean.

51

Año 1199

Me desperté bajo sábanas limpias en un jergón mullido. Una tenue luz que anunciaba el amanecer entraba por un ventanuco que había en el otro extremo de la habitación. Además del jergón, solo había una mesa y, sobre ella, un cuenco, una jarra y un plato vacío. Recordé la pesadilla que me había hecho despertar, sudoroso, un día más y, poco a poco, noté cómo se esfumaba mientras las dos semanas que llevaba en la abadía de Santa María de Carbajal se tornaban densas y consistentes como los muros que me protegían.

Me levanté y me aseé en la pila de agua. Tenía la sensación de que jamás podría volver a lavarme la cabeza sin recordar a mi torturador. Fui hasta la cocina, donde José, el hermano cocinero, ya me había preparado un desayuno del que di buena cuenta con deleite. Algo había cambiado en mí, disfrutaba más de los pequeños placeres, era más consciente de lo que me rodeaba. Di las gracias a José y me dirigí a la biblioteca, una sala inmensa con varias mesas decoradas con ejemplares a medio terminar.

Había empezado a escribir este libro, aunque no sé con qué fin, quizá únicamente para matar el tiempo durante mi encierro; hasta cierto punto, seguía preso. Podía moverme a mi antojo, siempre que no me acercase a una de las salidas en las que, sin excepción, aparecía uno de los monjes blancos para impedirme pasar.

El caballero negro había partido una semana atrás para recibir consejo. Yo sospechaba que había ido a Leyre, pues aún tardó una semana más en regresar. Mientras, nosotros esperábamos a tan solo dos jornadas del monasterio donde había sido torturado.

Tenía mucho tiempo para meditar. Me admiraba cómo, a pesar de que todos los monjes dependían aparentemente de Roma, los de este monasterio, los monjes blancos, los de Leyre, nos ocultaban de los enviados del sumo pontífice. Aquí continuaban con sus vidas, como si no estuviéramos. La Iglesia estaba compuesta por facciones y yo pertenecía a una de ellas, era perseguido por otra y defendido por una tercera.

La única sorpresa la había provocado al pedirles papel, pues hasta aquí también había llegado el nuevo invento, y pluma. Su natural discreción había sido puesta a prueba ante la curiosidad que despertaba mi trabajo. Solamente Domingo, el prior, se había atrevido a preguntarme por el lugar donde había aprendido el arte de escribir. Me excusé en mi pérdida de memoria para no contestar. Lamentaba mentir a quien tan bien me había acogido, pero no podía confiar en nadie. Echaba de menos a Tomás.

Unos días más tarde, mientras el atardecer languidecía, yo paseaba por el claustro de la abadía de Santa María del Carbajal. Me sentía cómodo entre los anchos muros y la profunda quietud que de ellos emanaba, pero sabía que mi reposo no duraría mucho. El caballero negro había regresado y se había encerrado con los monjes blancos. Por eso yo había decidido ir al claustro, para sentirme un poco más libre mientras tuviera una oportunidad. Temía que estuviesen urdiendo un plan para ponerme a salvo o quizá solo para poner a salvo la reliquia. No sabía por qué me permitían conservarla, tal vez no entendían aún mi papel. Llegado el momento, uno de los monjes blancos se acercó y con un gesto me indicó que lo siguiera. La decisión estaba tomada.

La puerta de madera del salón de la abadía se abrió sin apenas ruido, el monje blanco se apartó para dejarme entrar y cerró la puerta detrás de mí. Dentro, el resto de los monjes blancos esperaban silenciosos y el caballero negro, encorvado sobre la mesa, estudiaba unos documentos que parecían ser mapas. Al oír mis pasos, se volvió hacia mí con una sonrisa en los labios.

—Mi buen Jean —dijo poniendo las manos sobre mis hombros y mirándome con un afecto que parecía sincero—, veo que te has recuperado de tus heridas.

—En realidad, tengo mejor aspecto que tú —contesté—. Por no hablar de tu olor —añadí con una sonrisa.

Su expresión cambió. Todavía sonreía, pero no podía ocultar un destello en sus ojos, que parecían haber percibido un cambio en mi actitud. No había dejado de sentir afecto por aquel hombre que me había salvado la vida dos veces, pero había decidido que necesitaba estar alerta, ya que no conocía sus intenciones. Aunque nunca había dicho nada que me hiciera temer, también era un soldado en esa guerra.

—Tendré tiempo para un baño en cuanto nuestra partida esté organizada —dijo sacándome de mis pensamientos.

—¿Y hacia dónde iremos? —pregunté incómodo ante una decisión que no me había sido consultada.

—Te propongo partir hacia Leyre con la mayor presteza —contestó quizá tratando de mitigar mi evidente recelo—. Allí el abad Arnaldo te dará consejo sobre cómo actuar después.

De nuevo, el caballero negro leyó la desconfianza en mi mirada.

—No te preocupes, Jean, confía en mí. Nunca te he fallado. Una vez allí, podrás decidir en libertad qué hacer. Te lo prometo.

Decidí aceptar, aunque el atisbo de un plan empezó a formarse en mi mente. Mi destino parecía estar al este y eso serviría a mis propósitos. Por el momento, colaboraría con el caballero negro, me dejaría guiar y proteger por él y los suyos y buscaría el momento propicio para actuar. Sonreí para mis adentros.

—Está bien —dije finalmente—, te acompañaré a Leyre y luego veremos. No puede hacerme ningún mal recibir consejo de un hombre sabio y conocedor de mi situación. Estoy listo para partir.

—Bien, escucha entonces mi plan.

52

Año 2019

—¿Se puede saber qué estás haciendo? —preguntó Marta entre atónita y enfadada.

—¿Se puede saber por qué me has ocultado todo esto? —respondió Iñigo señalando el libro tan enfadado como ella.

Marta notó que el desconsuelo le trepaba por la garganta mientras un rubor de indignación se apoderaba de sus mejillas.

—No me lo puedo creer —dijo negando con la cabeza—. Te dejo unos minutos a solas con mis cosas y aprovechas para leer mi libro. ¿Has estado esperando hasta tener una oportunidad?

—¿Y tú? Te ayudo en tu búsqueda y me mientes como si fuera tu enemigo. Me he creído todo lo que me has contado de Jean, me has tratado como a un idiota. ¿Qué es ese objeto que buscas? ¿Por qué me lo has ocultado?

—Porque no te conozco de nada. Apareces sin más en el momento oportuno. Ahora me queda claro por qué no debía confiar en ti.

La magia entre ambos se había roto. De pronto, aquellas mentiras y el hecho de que Iñigo leyera el libro a sus espaldas se convirtieron en un muro insalvable para Marta. Todo había sido solo una ilusión. Más que enfadada, estaba decepcionada, pero tampoco podía culpar a Iñigo de ser curioso. Ella le había ocultado todo aquello, cuando él solo había querido ayudarla. Ella había sido la desconfiada. Era ella la que le había fallado. La ira se fue tan pronto como había llegado. Se sentó en el sofá y miró a Iñigo, que la contemplaba indeciso y con expresión hosca.

—Perdona —dijo dejando escapar el aire de sus pulmones acompañado de los últimos rastros de enfado—. Tienes razón. Creo que ha llegado el momento de sincerarme.

Marta se sentó junto a él en el sofá y le contó cómo había encontrado y robado el libro. Le explicó cómo había ocultado el robo con una mentira y cómo esta le había llevado a otra mayor. Luego le contó la historia completa, cómo Jean se había hecho con aquel extraño objeto y luego había huido. Iñigo la escuchaba sin interrumpir ni hacer ninguna pregunta. Cuando terminó, la miró durante un largo rato antes de hablar.

—Ahora me toca a mí —dijo con un gesto de tristeza en la mirada.

Marta no entendió a qué se refería, pero la expresión de su rostro indicaba que aún le quedaba un capítulo de aquella historia por descubrir.

—Yo también te he mentido —reconoció con la mirada perdida—. Nuestro encuentro en el monasterio de Irache no fue por casualidad. Te estaba buscando porque tenía una misión que cumplir.

—¿Una misión? ¿Qué eres, un espía o algo así?

Una sensación de temor se apoderó de Marta, no estaba segura de querer saber nada más. Entonces una sonrisa asomó en la cara de Iñigo. Marta trató de disimular, pero le gustaba que en aquella situación aún conservase algo de sentido del humor.

—Aficionado, en todo caso —dijo encogiéndose de hombros—. Y solo desde hace tres días. ¿Te acuerdas de Federico, aquel hombrecillo tan peculiar que nos encontramos en San Millán?

Marta no lograba entender adónde quería ir a parar Iñigo.

—Sí. ¿Qué tiene que ver él con todo esto?

—Es una extraña historia. Necesitaré un rato para contártela. ¿Por qué no te vistes mientras yo me ducho y luego continuamos con esta conversación?

Quince minutos después se sentaban en el salón, frente a frente, con el libro entre ellos. Iñigo le contó su llamada al Vaticano tras su primer encuentro. Se disculpó varias veces, no pensó que podría provocar los acontecimientos que siguieron a aquella llamada. Parecía sincero, pero Marta aún dudaba. Luego le contó sus conversaciones por teléfono con Federico, cómo este lo había presionado para obtener más información y cómo, para su vergüenza, él había accedido.

—Cuando he empezado a leer el libro, he pensado que eras la persona que había sido predicha. Pero luego, cuando te has sincerado conmigo, he entendido que tú y yo solo somos dos peones en esta partida. Y no quiero seguir jugando.

Iñigo terminó la frase mirando al suelo entre arrepentido y avergonzado mientras la voz se le apagaba en un murmullo.

—¿Y entonces qué hacemos? —preguntó Marta aún perpleja ante la historia que le acababa de contar.

—Seguir hasta el final —respondió Iñigo con una súbita resolución. Sus ojos la miraban con una intensidad renovada—. Pero solos tú y yo. Trataremos de descubrir qué le sucedió a Jean y encontraremos la reliquia. Luego, juntos, decidiremos qué hacer.

Marta meditó un instante su respuesta. Tenía mucho en que pensar, pero Iñigo parecía sincero. La historia del sacerdote, más increíble aún que la suya, era tan retorcida que tenía que ser verdad. ¿Qué era aquel objeto? ¿De verdad era tan importante como para que la Iglesia siguiera buscándolo mil años después? Las respuestas solo podían estar en aquel libro.

Marta miró a Iñigo, que esperaba expectante su reacción, y asintió con la cabeza.

Cuando se disponían a planear los pasos a dar al día siguiente, el teléfono de Iñigo sonó.

—Federico —dijo sin contestar, frunciendo el ceño.

—¿Qué vas a hacer? —le preguntó Marta.

—Ya te lo he dicho —dijo rechazando la llamada—. A partir de ahora, tú y yo solos.

Continuaron con los preparativos, pero el eco del timbre del teléfono continuó en el aire durante un rato, recordándoles a ambos que en esta historia eran tres y que aquel inquietante hombre que les seguía no cejaría en su empeño.

53

Año 33

Dos días después del naufragio, la chalupa en la que viajaban Santiago y sus compañeros alcanzó una cala de
arena blanca en algún punto de la costa africana al este de
Bengazhi.

Adonai negoció largo rato con un pescador y regresó
satisfecho de la venta que había realizado. Habían cambiado la barca por un poco de comida y agua; aunque el
precio pagado era irrisorio, la barca ya no les era útil,
pues la distancia a Bengazhi era excesiva para hacerla a
remo. Además, Adonai había acordado una recompra
futura para su hermano, al que la barca le vendría bien
para su negocio. Aunque no les explicó cómo sabía que
aquel pescador iba a cumplir lo prometido, sus palabras
fueron suficientes para creerle.

Continuaron a pie bajo el insoportable sol del mediodía que parecía fundir la arena y que provocaba extrañas visiones si uno se olvidaba de beber a menudo.
Trataron de aprovechar las primeras y las últimas horas
del día, evitando los momentos en que el sol estaba demasiado alto.

—Tardaremos dos días en alcanzar el poblado de mi
hermano —dijo Adonai mientras caminaban—. Veréis

un lugar que antaño fue próspero, al abrigo y protección de Cartago, que siempre lo consideró comercial y militarmente estratégico.

—¿Y qué sucedió? —preguntó Teodosio con curiosidad.

—Cuando la guerra con Roma se torció, se produjo un éxodo de la población, preocupada no solo por los ataques romanos, sino por lo saqueos continuos de los reyes númidas, envalentonados por la caída de Cartago.

Adonai miró hacia el horizonte como si estuviese recordando, más que relatando, algo que había sucedido varias generaciones atrás.

—Los restos de las murallas de lo que fue una orgullosa ciudad se emplearon en la reconstrucción de las viviendas de pastores y pescadores —continuó con una mirada de tristeza—, única forma de vida de los habitantes de tan desafortunado lugar.

El hermano de Adonai era pescador. Por su reacción, se alegró tanto de verlo como él les había asegurado, aunque Santiago percibió que una sombra de pesimismo y cansancio ensombrecía su semblante. Adonai y Amiel hablaron en púnico mientras Santiago y sus compañeros esperaban a que el primero les fuera traduciendo la amable invitación a compartir con ellos su humilde casa, situada en un pequeño barrio de pescadores. Santiago tuvo la sensación de que el hermano los calibraba con la mirada, como si quisiera asegurarse de que tenía comida suficiente para atenderlos o quizá tratando de adivinar cuánto tiempo se convertirían en sus molestos huéspedes.

Cerca de la casa de Amiel se fijaron en un enorme barco, varado en el pequeño puerto de pescadores, que contrastaba con las diminutas barcas de pesca en deplorable estado de conservación que había a su lado.

—Se trata del Alcahaba —informó Adonai traduciendo las palabras de su hermano—, un mercante que comercia con cerámica, joyas y marfil y que pronto partirá hacia el norte.

La casa del hermano de Adonai los sorprendió gratamente, ya que estaba limpia y era espaciosa. Su esposa, Abderat, los atendió como si el mismísimo Aníbal resucitado hubiese atravesado la puerta. Amiel miraba asombrado a su mujer mientras explicaba a su hermano los acontecimientos acaecidos en los últimos años, tras su marcha.

—Las cosas no han mejorado, Adonai —los ojos de Amiel reflejaban tristeza, pero también resignación—, más bien al contrario. La mayor parte de la población ha abandonado el pueblo. Por eso vivimos en esta casa, donde el espacio nos sobra. Incluso mis hijos, ya casados, han abandonado el lugar para dirigirse a Thubaqt. Apenas quedamos unos pocos; en unos años, Bengazhi no será más que un montón de piedras cubiertas por la arena del desierto.

Mientras Adonai traducía sus palabras, Amiel se golpeó la pierna e hizo un esfuerzo visible por cambiar su expresión de tristeza e impedir que aflorasen a sus ojos las lágrimas que ya se anunciaban.

—Pero basta de recordar cosas tristes, hermano —dijo con voz forzada—. Dime qué os trae a ti y a tus amigos a mi casa. Llegué a pensar que jamás volvería a verte.

—Es la casualidad la que me ha traído hasta aquí —respondió con expresión cariñosa—. El barco en el que navegábamos naufragó hace tres días frente a la costa y a duras penas logramos ponernos a salvo. Siempre había pensado que algún día regresaría, pero en esta ocasión ha sido el mar y no mi deseo el que nos ha traído. Bendita la marea que devuelve a un hombre a su casa.

El hermano de Adonai lo miraba con ojos preocupados y cara sombría desde que oyó nombrar el naufragio y Santiago intuyó que aquella información no era nueva para él.

—Debéis marcharos mañana, antes de que el sol asome en el horizonte —sentenció Amiel.

El rostro de Adonai se contrajo como si le hubiesen golpeado.

—Esperaba de ti una mayor hospitalidad, hermano. ¿Tan duros han sido estos años que te han hecho olvidar las enseñanzas de nuestro padre?

—No interpretes mi urgencia como un deseo de deshacerme de vosotros. Pocas veces un hombre se encuentra con su hermano de una manera tan casual como afortunada. Si os urjo a abandonar mi casa, es porque las que traéis vosotros no son las primeras noticias del naufragio que llegan a mis oídos.

Cuando Adonai les informó de las novedades, Atanasio y Santiago se miraron tensos por las implicaciones de aquellas palabras.

—Ayer, un grupo de hombres arribó al puerto en una barca de grandes dimensiones —continuó Amiel—. Aseguraban haber naufragado en alta mar y ser los supervivientes de la tripulación. Preguntaron por tres hombres que, según ellos, habían podido sobrevivir también a la tormenta.

—¿Crees que corremos un riesgo inmediato? —preguntó Adonai.

—Fueron muy insistentes en sus averiguaciones, no me extrañaría que en breve la noticia de vuestra visita llegue a sus oídos. Aquí las paredes oyen y hay muchos dispuestos a obtener algunas monedas a cambio de ofrecer tal información.

—No tenemos manera alguna de huir —intervino

Atanasio cuando Adonai les explicó la situación—, más que a través del inhóspito desierto.

—No os preocupéis por eso ahora, tengo la solución a ese problema. ¡Abderat! —gritó Amiel—. Voy a salir un rato —dijo cuando la mujer, sobresaltada, apareció por la puerta—. Debes matar nuestro mejor cordero, hay que celebrar que mi hermano ha vuelto a casa.

Después de cenar, bebieron té mientras ambos hermanos, con los ojos brillantes, contaban historias de su niñez y hablaban de viejos conocidos que la memoria traía al presente de manera inacabable. Agasajados por aquella gente humilde pero generosa, endurecida por la vida pero alegre, aquella noche permanecería en sus recuerdos largo tiempo.

54

Año 2019

—¿Qué crees que ocultaba Jean? —preguntó Iñigo mordisqueando la punta de su cruasán.

La noche anterior habían leído juntos el libro, especialmente el pasaje en el que Jean recuperaba la memoria, sabía quién era y esbozaba su plan, pero no habían llegado a ninguna conclusión acerca de cuáles eran sus verdaderas intenciones.

—No lo sé. Solo sé que Jean se asustó mucho al descubrir quién era, tanto como para decidir romper con todo y huir en medio de la noche.

—La duda que me queda es si huyó de Villalcázar para ponerse a salvo él mismo, para salvaguardar el objeto o para quedarse con él.

—No sé si algún día terminaremos sabiendo eso —dijo Marta encogiéndose de hombros—. Lo que está claro es que empieza a ser un jugador activo en la partida que se jugó hace ochocientos años.

Se dirigieron a la recepción para pagar la habitación y, para su sorpresa, se encontraron con otro recepcionista, el del turno de la mañana, que les atendió con amabilidad.

—¿Han tenido una agradable estancia con nosotros?

—Sí, excelente —respondió Marta—. Aunque nos ha dado pena no poder visitar los restos románicos que pudieran quedar del antiguo monasterio.

—Si quieren, puedo ayudarles. Las obras de la iglesia anexa avanzan a buen ritmo y he oído que han aparecido restos románicos en su interior. Si esperan unos instantes...

Marta e Iñigo se miraron ilusionados. A los cinco minutos, apareció en la recepción un joven que, curiosamente, se presentó como Zoilo.

—Me llamo así porque mi abuelo fue el bedel del monasterio y decidió ponerme ese nombre —dijo con timidez.

Zoilo los llevó a ver la iglesia y los tres se detuvieron frente al pórtico románico. Marta lo observó asombrada, ya que se hallaba en un excelente estado de conservación. Zoilo miró orgulloso a Marta.

—Lo descubrimos hace cinco años, cuando comenzamos los trabajos; estaba oculto tras un enlucido. Por eso los capiteles están tan bien conservados.

Marta recordó la descripción del pórtico que había hecho Jean y, sin duda, correspondía a lo que estaban viendo. Sin embargo, no había rastro de las tumbas que se hallaban frente al templo en el siglo XII. Entonces entraron en la iglesia, donde se encontraron con más de una docena de sepulcros blancos.

—Los sepulcros —contó Zoilo—, son de entre los siglos X y XIII; aquí están todos los miembros de la familia que gobernaba Carrión en aquella época. Sus restos aún están en su interior.

—Increíble —dijo Marta para sí misma. Zoilo interpretó sus palabras como admiración por lo que estaban descubriendo.

—¿Qué hay de la cripta? —preguntó Iñigo.

Zoilo se volvió hacía Iñigo sorprendido.

—¿Cómo saben que hay una cripta? El mayor experto en San Zoilo publicó hace unos años un artículo en el que postulaba la existencia de una, pero nunca la hemos encontrado.

—Créame. Existe.

Salieron del hotel, se montaron en el coche y, aún impresionados por lo que acababan de ver, introdujeron la dirección de su siguiente destino en el GPS.

Mientras tanto, a apenas unos metros de donde se encontraban y sin que se dieran cuenta, un coche nada llamativo vigilaba con el motor encendido. En su interior, Federico suspiró.

—Ahí están —dijo con voz de fastidio por la espera.

A Federico no le gustaban las sorpresas y aquel sacerdote rebelde no paraba de darle una tras otra. El día anterior no había contestado a su primera llamada y luego había apagado el móvil. Federico no era tan inocente como para creer que se le había agotado la batería. Algo había sucedido la pasada noche y él necesitaba saberlo. No tenía acceso a la habitación, pero un coche aparcado de noche en la calle no era un objetivo difícil para él. Al pequeño dispositivo de seguimiento que había instalado el primer día en el vehículo de Marta, le había añadido un sofisticado sistema de escucha que le permitiría ponerse al día. En su maletín llevaba pocas cosas, pero todas necesarias para hacer bien su trabajo.

Una hora después, Federico estaba al tanto del siguiente paso de la pareja, de todo lo que había sucedido la noche anterior y de lo que ambos se proponían hacer. Reflexionó sobre lo que acababa de escuchar; incluso a alguien tan poco proclive a exteriorizar sus emociones, el corazón se le aceleró y lo asaltó una mezcla de excitación y entusiasmo. Había dedicado su vida a ocuparse de causas menores, siempre al servicio de las más altas esferas, pero esto era, sin duda, algo diferente. El premio gordo. La reliquia tanto tiempo perdida.

Dos mil años y miles de vidas no habían sido suficientes para que los seguidores de Pedro recuperasen el objeto perdido, aquel cuya sombra había inspirado muchas de las leyendas de la cristiandad. Un objeto de cuya verdadera existencia solo sabían un puñado de personas, entre los que él no habría estado si no llega a ser por su don de escuchar conversaciones y pasar desapercibido.

Oculto durante los dos últimos milenios, muchos hombres lo habían perseguido sin saber de qué se trataba, cuál era su forma o su poder. Algunos lo habían llamado santo grial y pensaban que podía ser un cáliz, otros lo llamaban arca de la nueva alianza. Todo ellos habían dedicado su tiempo y muchos habían muerto siguiendo estas quimeras. Todos equivocados. Otros habían tratado de organizar ejércitos para buscarlo en Tierra Santa, desperdiciando la vida de miles de hombres que se habían dejado arrastrar por la promesa de la vida eterna. Algunos habían creado órdenes militares, como los caballeros templarios, y las habían lanzado hasta los confines de la cristiandad siguiendo las borrosas huellas del apóstol Santiago para fracasar con estrépito. Incluso miles habían sido quemados en las hogueras, como los cátaros, ante la sospecha de que podían poseerlo y llegar a descubrir cómo utilizarlo.

Y ahora allí, a su alcance, estaba aquel objeto que lo convertiría en una persona respetada o, mejor aún, temida, que le daría riqueza y poder y que haría arrastrarse a sus pies a todos aquellos que lo habían despreciado, ignorado o atacado. Solo un sacerdote rebelde y una restauradora entrometida lo separaban de él. Pero ¿dónde se hallaba la reliquia?

La Sombra sabía que Marta había encontrado el libro en las obras de una iglesia, junto a un cadáver. Evaluó sus opciones: la primera, seguir a la pareja y recuperar el objeto, si es que lo tenían en su poder. La segunda, llegar hasta Donostia y hurgar en el cadáver. No podía hacer ambas y no pediría ayuda para acabar compartiendo el hallazgo. Por ahora, el libro era su pista más fiable y siempre podía ir a Donostia más tarde.

Tomó una decisión: seguiría a Marta e Iñigo, recuperaría el libro y encontraría el objeto, aunque para ello fuera preciso matarlos. Ahora lo haría gustoso. Un brillo de excitación iluminó sus ojos.

55

Año 1199

Aún era noche profunda cuando uno de los monjes blancos me despertó. Se limitó a poner una mano sobre mi hombro y a hacerme un gesto para que lo siguiera. Me dejó sobre la mesa una réplica exacta de la vestimenta que ellos llevaban. Me la puse en el más absoluto de los silencios. Fuera de los muros de la abadía, la ciudad aún descansaba. Me reuní con el resto en la cocina, donde tomamos un desayuno ligero.

El caballero negro vestía igual que yo y ambos contrastábamos con las prendas que llevaban dos de los monjes blancos. Empezaba a entender parte del plan. Recibimos dos hatillos con nuestras ropas para poder recuperar nuestro aspecto una vez que nos hubiésemos alejado. Nadie sabía a ciencia cierta si nuestros perseguidores nos habían encontrado, pero en cada esquina habría ojos y oídos y queríamos despistar a nuestros enemigos. Metí en el hatillo mi libro, dos plumas que el abad me había regalado la noche anterior y suficiente provisión de tinta para escribir mi vida entera.

—Jean —comenzó el caballero negro con el rostro tenso—. El plan consiste en que nuestros dobles y el resto de los monjes blancos salgan por un lateral de la abadía antes del amanecer y se dirijan al oeste, camino de Santiago.

—Ya entiendo —respondí—, esperamos que los monjes de Guy Paré los sigan.

El caballero negro asintió en silencio, quizá sorprendido por mi conclusión. Tenía la sensación de que no esperaba mucho de mí.

—Más adelante se dividirán en dos grupos —continuó— y uno de ellos regresará tras nuestros pasos para protegernos desde la retaguardia. Nosotros iremos hacia el este, confiando en que los posibles espías habrán abandonado la vigilancia.

Me moví incómodo al escuchar que nos dirigiríamos hacia el lugar de mi tortura.

—No te preocupes —dijo el caballero negro viendo mi nerviosismo—, evitaremos el monasterio de San Juan.

Enseguida se dio cuenta de que aquello no era suficiente para tranquilizarme. Me miró a los ojos y puso sus manos sobre mis hombros, tratando de transmitirme seguridad.

—Conozco muy bien el terreno —dijo con expresión seria—. Sé en qué lugares podemos ser bien acogidos y en cuáles no debemos solicitar refugio. He acordado dejar instrucciones precisas para los monjes blancos en cada iglesia o monasterio.

Me esforcé por asentir, para mostrar al caballero que confiaba en él, pero tenía la sensación de que avanzaríamos en una carrera apresurada sin saber si nuestros perseguidores estaban delante, detrás o, quizá, a ambos lados.

Cuando el plan estuvo trazado y yo resignado a entregarme al destino, salimos por una puerta lateral y nos acercamos a un pequeño establo, donde nos habían preparado dos monturas. Esperamos tensos a que la primera parte del plan se desarrollase. Yo me sentía aterrado por mi falta de dominio en el arte de la lucha; solo me tranquilizaba la destreza del caballero negro. Aun así, no estaba seguro de que la treta fuera a funcionar. En caso de no hacerlo, sabía que no soportaría de nuevo la tortura del abad Guy Paré. Incluso si todo salía bien, me encontraría en manos del caballero negro, corriendo el riesgo de ser conducido hasta Leyre, donde quién sabe lo que me esperaba. Mandar un mensaje a Cluny no era una opción por el momento.

Todo se ejecutó tal como estaba previsto y el silencio de la noche me hizo pensar que nuestras preocupaciones habían sido excesivas. No podía imaginarme lo equivocado que estaba. Dos figuras encapuchadas espiaban la abadía y, mientras una salía en persecución de los monjes blancos, la otra observaba con atención cómo el caballero negro y yo, dos supuestos monjes blancos, abandonábamos la abadía instantes después.

Como una pequeña palanca que acciona una maquinaria, aquel hombre informó a dos monjes templarios en el palacio episcopal de la ciudad. Varios emisarios a caballo fueron enviados con presteza en diversas direcciones. La tela de araña de la Orden, al servicio del abad Guy Paré, comenzaba a tejerse.

Nuestra ventaja era el sigilo, viajar de noche y descansar de día, evitar los sitios poblados y las cercanías de los numerosos monasterios e iglesias de nuestros enemigos.

56

Año 33

Un gallo al que Pedro ya había negado escuchar tres veces cantó en el pequeño pueblo de Bengazhi cuando Amiel los despertó.

—Rápido —los instó—, aún no ha salido el sol, pero la marea es propicia. Debéis embarcar ahora; después quizá sea demasiado tarde.

Amiel los guio por un intrincado laberinto de callejuelas, evitando las calles principales, hasta el embarcadero. El navío mercante que habían visto el día anterior había desplegado parte del velamen y se aprestaba a abandonar el puerto. El capitán los esperaba en cubierta. Santiago dudó, recordando la mala experiencia de su último embarque. Miró a Atanasio, a Teodosio y a Adonai, pero en ellos solo encontró resolución.

Amiel abrazó a Adonai y, mirándolo a los ojos, se despidió, tratando de contener la emoción. Todos desviaron la mirada, dejando solos a dos hermanos que quizá nunca más volvieran a encontrarse.

—Me niego a decirte adiós esta vez. Es un hasta pronto; Baal volverá a traerte a mí algún día, como ha hecho hoy. Solo espero que en esa ocasión pueda tratarte como te mereces.

Con lágrimas en los ojos, Adonai besó a Amiel en ambas mejillas.

—Jamás un hermano hubiese podido esperar mayor ayuda y hospitalidad que la que tú nos has proporcionado a mí y a mis amigos, Amiel. Deseo tener la oportunidad de agradecértelo algún día.

Santiago se quedó pensativo, reflexionando sobre la situación de Adonai y Amiel. Ambos sabían que no volverían a verse y, sin embargo, se separaban sin perder la esperanza. Él había retrasado la despedida de Teodosio y Atanasio por no poder soportar la idea de no verlos más. Debía aprender de la templanza de aquellos dos hermanos.

El capitán les hizo un gesto para que se diesen prisa en subir a bordo. Momentos después, el golpeteo del agua contra las embarcaciones varadas fue quedando atrás y las luces del puerto, ya amortajadas por la incipiente luz del día, titilaron hasta desaparecer. No volvieron a ver a Amiel y a su mujer y muchas veces Santiago se preguntó si Adonai y su hermano pudieron reencontrarse años después, deseando en su corazón que así fuera.

Una vez más, el destino los alejaba del punto de partida. Como si su decisión de regresar a Jerusalén no fuese la acertada, se dirigían hacia el oeste empujados por las circunstancias en las que se veían inmersos.

Sicilia. ¿Qué les depararía el futuro después? ¿Continuar aún más hacia el oeste? Santiago había oído hablar de la lejana tierra de Hispania, donde el mundo terminaba y gente de costumbres exóticas hablaba extraños idiomas. «¡Pero no!», se dijo tozudamente; desde Sicilia, los tres regresarían a Jerusalén y se enfrentarían a su destino como debían haber hecho hacía tiempo.

El viaje a bordo del Alcahaba fue muy diferente a su anterior travesía. Colaboraban con la tripulación en las tareas de limpieza y mantenimiento y los marineros los trataban como a tres más del grupo. En alta estima debía de tener el capitán al hermano de Adonai, pues se dirigía a él con elevada consideración.

Bordearon la costa africana durante un mes, durante el cual Santiago olvidó su pasado y se entregó a una revitalizadora rutina. Se detenían a menudo en los puertos que encontraban, intercambiando mercancías con los habitantes. En varias ocasiones, Santiago y sus compañeros trataron de obtener información sobre sus perseguidores, pero nadie había oído hablar de ellos. Al cabo de unas semanas, su recuerdo se fue borrando.

Finalmente, el barco viró al norte, alejándose de la costa, para dirigirse a la ya cercana isla de Sicilia. Allí se separarían de sus compañeros de travesía y de Adonai, que había decidido continuar en el barco hasta la aún lejana ciudad de Cartago Nova, donde buscaría a un antiguo amigo suyo que allí había acudido en busca de fortuna. Iría a la tierra que los romanos llamaban Hispania.

57

Año 1199

Campos de cultivo y algunos bosquecillos se sucedían mientras avanzábamos lentamente, alejados de los caminos principales, por un mundo ajeno a miradas indiscretas, monjes templarios y extrañas reliquias perdidas. Los pocos agricultores que nos encontrábamos nos miraban con desconfianza cuando no con abierta hostilidad. Llevábamos los caballos al paso, disfrutando de la conversación y del cada vez más tenue sol de comienzos de otoño.

En aquellas charlas aprendí muchas cosas sobre el caballero negro. Había sido capitán de los ejércitos de Raimundo de Tolosa, que lo había enviado en su nombre ante Alfonso II de Aragón para concertar su matrimonio con Leonor, la hija del rey. Sin embargo, Leonor y el caballero negro habían caído perdidamente enamorados nada más conocerse. Alfonso II lo había descubierto y, con el fin de salvaguardar aquel matrimonio concertado que le permitiría extender su dominio al otro lado de los Pirineos, había enviado al caballero negro a diversas misiones arriesgadas, manteniéndolo así alejado de Tolosa y de Zaragoza.

Cuando lo encontré cerca de Saint-Émilion, se dirigía a la Sauve-Majeure enviado por el abad de Leyre.

—¿Cuál era tu cometido cuando nos encontramos? —pregunté con mal disimulada curiosidad.

Aquella coincidencia me llamaba poderosamente la atención y me había dado cuenta de que el caballero negro había obviado cualquier explicación sobre el motivo que lo llevaba a la Sauve-Majeure. Él se tensó para luego relajarse con esfuerzo y responder con una frivolidad impostada que no me pasó desapercibida.

—Nada importante —dijo sonriendo—. El abad de Leyre siempre me tiene recogiendo información de lo que pasa a ambos lados de los Pirineos.

No pude evitar pensar que, de alguna manera, aquella misión tenía algo que ver con la reliquia que yo portaba y que yo no era el único que escondía información.

Al amanecer del segundo día, alcanzamos el pequeño monasterio de San Miguel de Escalada. Los monjes parecían esperar nuestra llegada, ya que se reunieron con el caballero negro de inmediato. Las noticias eran tranquilizadoras, nadie se había presentado buscándonos. Mientras el abad hablaba con el caballero negro, me dejaron en compañía de un joven monje de nombre Gervasio que, con actitud ausente, me enseñó distraídamente los decorados frisos y capiteles de la iglesia del monasterio. La construcción me pareció de una rara belleza; mezclaba elementos antiguos de variados orígenes, visigodos y mozárabes, con elementos nuevos. Gervasio no parecía tener mucho interés por la cantería y respondía a mis preguntas con encogimientos de hombros y miradas vacías. Finalmente, se ofreció a traerme algo de comer; sin duda, una excusa para poner tierra de por medio.

Aproveché para pasear entre las columnas del pórtico y me detuve a contemplar la hermosa decoración. Me entretuve observando un extraño pájaro tallado en la piedra. Pasé la mano por la superficie rugosa, siguiendo las curvas delicadamente esculpidas.

—¡Jean! —me sobresaltó la voz del caballero negro a mi espalda—. Últimamente estás más preocupado por las piedras que por el mundo de los hombres. Acaso creerán los monjes que pretendes robarles un trozo de capitel.

Retiré la mano de la piedra con la sensación de haber sido sorprendido en falta.

—Nada más lejos de mi intención —respondí mirando por unos instantes una marca de cantería en la columna del pórtico, un símbolo omega que parecía hablarme. Me volví hacia el caballero negro—. Vamos —dije sonriendo—, quiero que me pongas al día de los asuntos terrenales y así pronto iremos a descansar. Mi espalda me lo agradecerá.

58

Año 2019

La monja del convento de Santa María del Carbajal en León hizo una leve reverencia. Con las manos recogidas en el regazo, sonrió amable y les indicó el camino hacia la zona de habitaciones. Todo el proceso se realizó con una silenciosa cordialidad. Cuando se reunieron de nuevo en la entrada de la hospedería, Marta se lo hizo notar a Iñigo.

—Taciturnidad —respondió Iñigo quizá contagiado por las hermanas.

Marta frunció el ceño sin comprender. Iñigo hizo un gesto de desesperación mirando al cielo.

—Las hermanas siguen la regla de San Benito —añadió como si aquello fuera explicación suficiente. Luego, viendo que la cara de desconcierto de Marta no había desaparecido, sonrió y añadió—: «Vigilaré mi proceder para no pecar con la lengua. Pondré una mordaza a mi boca. Enmudeceré, me humillaré y me abstendré de hablar aun de las cosas buenas».

Marta estuvo tentada de soltar un bufido, pero se lo pensó dos veces y, finalmente, solo suspiró.

—Reglas, normas y leyes —dijo negando con la cabeza—. Es como si no confiarais en la bondad innata del ser humano.

—¿Tú sí, acaso? —preguntó Iñigo sorprendido.

—Creo que tanto la bondad como la maldad pueden ser innatas. Pero si alguien necesita reglas estrictas para hacer el bien, debería dedicarse a otro oficio.

—La tentación puede ser fuerte —replicó Iñigo.

Marta se movió inquieta, sin saber si aquellas palabras tenían un doble sentido.

—¿Quieres saber cuál es el plan para hoy? —preguntó tratando de cambiar de tema.

Iñigo sonrió contenido, como si la incomodidad de Marta hubiese sido demasiado obvia.

—Visitaremos primero el monasterio —continuó ella sin darse por aludida—, a ver si nos permiten acceder al *scriptorium*. Quizá Jean dejó allí alguna pista. Por la tarde, haremos turismo, nos acercaremos a ver la catedral. Y si nos queda tiempo, podríamos ir al monasterio de San Miguel de Escalada.

La visita a Santa María del Carbajal fue una decepción a pesar de la amabilidad de las monjas. No quedaba ni rastro del antiguo *scriptorium*, del que ni siquiera habían oído hablar. Se tuvieron que conformar con ver el claustro y tratar de imaginar cómo habían transcurrido las semanas que Jean había descansado allí. Aquel era el lugar donde el monje había comenzado a escribir el libro que ahora reposaba en la mochila de Marta, una ventana al pasado que ella había abierto sin sopesar las consecuencias.

Como aún era temprano, decidieron acercarse a San Miguel de Escalada, que estaba a escasos minutos de León, y dejar la catedral para más tarde. Allí, en aquel lugar en el que Jean había permanecido poco tiempo, encontraron algo inesperado.

Lo primero que les sorprendió fue la belleza de la iglesia de reducidas dimensiones que conjugaba diferentes estilos en un monumento singular, con rastros romanos, visigodos, mozárabes y románicos. Lo que más atrajo la atención de Marta fueron las lápidas. De origen visigodo algunas de ellas, habían sido usadas en las sucesivas reconstrucciones del templo, integrándose en el mismo de manera natural. Parecían páginas de un libro que contase la historia del edificio y de sus moradores. No solo letras y símbolos visigodos adornaban la piedra, también marcas con formas de animales, como aves, se escondían entre ellas para quien supiera encontrarlas.

—Parece como si sus constructores nos hablaran, como si quisieran transmitirnos un mensaje —comentó Iñigo mientras acariciaba una de las lápidas.

Una idea cruzó la mente de Marta. Se detuvo de repente y su pensamiento se materializó.

—¿Y si...? —se preguntó en voz alta. Iñigo la miró sin comprender—. ¿Y si Jean quisiera dejar un mensaje en el libro? —continuó dubitativa.

—¿Qué mensaje? —pregunto Iñigo escéptico.

—Un mensaje acerca de dónde pudo esconder la reliquia. ¿No sería lógico que una vez dispuesto a huir decidiese primero ponerla a salvo? Y en ese caso, ¿qué mejor que usar el libro para decirnos dónde?

Iñigo pareció valorar seriamente la idea, pero terminó por encogerse de hombros.

—Y por qué no decirlo abiertamente, algo así como «por cierto, la he ocultado en un árbol del camino, a cincuenta pasos al sur y quince al este del muro de esta iglesia».

—No bromees —respondió Marta un tanto irritada—. Esto es importante, al menos para mí. Y también para alguien que decide enviar desde Roma a un personaje siniestro a seguirnos el rastro.

—Pensaba que era yo el que creía en cosas que no se pueden demostrar y tú, la científica rigurosa —respondió Iñigo no dejándose asustar por la reacción de Marta.

—Así es —respondió ella aceptando la corrección de Iñigo—. Es solo una hipótesis de trabajo. Sin pruebas, no podemos formular una teoría al respecto.

Iñigo la miró confuso.

—Si tuvieras pruebas, ya no sería una teoría, ¿no es cierto?

—Pero ¿qué os enseñan en el seminario? —respondió Marta poniendo los brazos en jarras—. Un poco menos sobre seres inventados y un poco más sobre método científico os ayudaría a tener espíritu crítico. Confundes hipótesis con teoría. Una hipótesis no está sustentada sobre pruebas concluyentes, una teoría sí y, por lo tanto, es considerada como una explicación válida de la realidad, excepto si aparecen nuevas pruebas que la contradigan. Claro, ahora entiendo vuestro problema con la teoría de la evolución.

—Bueno, bueno —dijo Iñigo sonriente con los brazos abiertos y las palmas hacia Marta en señal de rendición—. Ya discutiremos eso en otro momento, pero no has contestado a mi pregunta: ¿Por qué no decirlo de manera directa?

Marta meditó sobre lo que Iñigo planteaba y tuvo que reconocer que podía estar en lo cierto. Trató de verlo desde su punto de vista.

—Supongo que Jean temía que el libro cayera en malas manos —contestó dubitativa.

—Eso implicaría que pudo haber dejado pistas para que alguien con la suficiente información pudiese seguirlas.

Ahora era Iñigo el que seguía su razonamiento, lo que hizo sonreír a Marta al pensar que se habían adaptado el uno al otro con bastante facilidad.

—¿Y si es algo aún menos evidente? —respondió recuperando la seriedad—. Jean nombra todos los *scriptorium* por los que pasó. Sería posible dejar un mensaje para que, revisando los libros que leyó, se pudiera encontrar la clave.

—¿Cuál es el siguiente *scriptorium* que visitó Jean? —preguntó Iñigo.

—El del monasterio de Sanctus Facundus —respondió haciendo memoria—. Está en Sahagún, no muy lejos de aquí. La idea era visitarlo mañana, pero podríamos cambiar de planes y...

—Te recuerdo que hemos dejado nuestras cosas en León —interrumpió Iñigo con una sonrisa ante el entusiasmo de Marta por perseguir la pista que acababan de descubrir—. Si la clave está en los *scriptorium* —continuó—, podrá esperar un día más después de ochocientos años acumulando polvo.

Marta no pudo por menos que estar de acuerdo con Iñigo, por lo que regresaron al coche, aparcado en el casi vacío aparcamiento junto a la iglesia. Cuando abrió la portezuela, Iñigo frunció el ceño.

—¿Qué sucede? —preguntó Marta mientras se alejaban de vuelta a León.

—Nada importante —respondió dubitativo—. Es solo que he visto ese coche antes.

—¿A cuál te refieres?

—Al Ford Fiesta azul que estaba en el aparcamiento. Lo recuerdo porque mi padre tenía uno igual y porque la matrícula acaba en 94, también como la de mi padre.

—Quizá por eso has tenido esa sensación —especuló Marta.

—No, seguro que no —negó Iñigo tozudo—. ¡Ya recuerdo! Esta mañana estaba aparcado no lejos de la hospedería. No tengo ninguna duda.

Marta comprendió enseguida las implicaciones de lo que Iñigo acababa de decir.

—¿Insinúas que nos están siguiendo? ¿Crees que se trata de Federico?

Marta miró por el retrovisor, pero nadie parecía ir detrás de ellos. Continuaron hacia León silenciosos e inquietos. Visitaron la catedral, pero, a pesar de estar contemplando las vidrieras más bellas jamás construidas, hablaron poco, sumido cada uno en sus pensamientos. Ambos tenían en la mente dos cosas: la visita del día siguiente a Sahagún y el temor a estar siendo perseguidos y las consecuencias que de ello podían derivarse.

Una sombra se había instalado sobre ellos.

Unos kilómetros más atrás, Federico arrancó el Ford Fiesta azul con un gesto de contrariedad. La suerte había jugado en su contra y ahora tendría que cambiar de coche. Meditó sobre su siguiente paso. No le gustaba precipitarse, pero aquella situación no podía prolongarse más.

Dudó entre mantener su estrategia de seguir a Marta e Iñigo y esperar a que hiciesen el trabajo u optar por una táctica más agresiva. Pensó en la pistola Glock de 9 mm que llevaba en el maletín. Le desagradaba la sangre; no por asco, de hecho, le gustaba su olor y la sensación de poder que transmitía, sino porque significaba que el trabajo no había sido limpio. La sangre y los cadáveres atraían a la policía y eso siempre suponía problemas.

De repente se le ocurrió una idea. Marta e Iñigo iban de regreso a León, donde visitarían la catedral y pasarían la noche para, al día siguiente, continuar camino hacia el oeste, hasta Sahagún. Federico calculó mentalmente cuánto le llevaría ir hasta Donostia, registrar los restos de Jean donde quiera que estuviesen y volver a Sahagún.

La Sombra se detuvo en el arcén, sacó el teléfono y marcó un número. Pidió lo que necesitaba y colgó. En media hora tendría un informe completo acerca del cadáver hallado por Marta, con todo lo publicado al respecto y una buena parte de lo no publicado. Él y su informante llevaban años trabajando juntos, pero en realidad no se conocían. Era mejor así, eficiencia y discreción. Arrancó el coche, giró ciento ochenta grados y puso rumbo a Donostia. Llegaría en poco más de tres horas.

La última luz se apagó y el edificio quedó sumergido en la tranquila oscuridad. La Sombra decidió esperar treinta minutos más y comprobar que ningún coche ni ninguna persona transitaban por allí.

Bajo la tenue luz de una aislada farola, revisó una vez más la información que había recibido. El cadáver encontrado por Marta había sido levantado por el juez y enviado al Departamento de Patología Forense de la ciudad. Según habían publicado los periódicos locales, pronto había quedado claro que eran restos antiguos y que no había crimen, reciente al menos, que investigar. El juez había decidido enviar el esqueleto a las instalaciones de Aranzadi, un instituto local con una sección de antropología física dedicada, entre otras cosas, a exhumar fosas comunes.

La Sombra había aparcado frente a su sede, situada en una zona alejada del centro de la ciudad, en lo alto de una loma. Salió del coche y se quedó inmóvil, alerta, escuchando. Había escogido como punto de entrada un tramo de la verja que rodeaba el edificio. A pesar de su engañosa apariencia física, no le costó saltarla. Cruzó el jardín hasta una de las puertas laterales y observó la caja de la alarma del edificio. No sería un problema para él.

Utilizó un inhibidor de frecuencia para anularla y dos minutos después recorría los pasillos del instituto hasta la puerta del Departamento de Antropología. El cadáver ocupaba una de las amplias mesas del laboratorio. Junto a él había un pequeño cuaderno y una grabadora. La Sombra sonrió. Había que reconocer que los científicos eran tan cuidadosos como previsibles.

Dedicó la siguiente hora a leer el dosier y a escuchar la grabación. El informe incluía una lista detallada de los objetos que acompañaban al cuerpo. Ni rastro de lo que buscaba. La grabación no detallaba la posible causa de la muerte, pero indicaba que se trataba de un varón de unos veinticinco años.

Suspiró. El viaje solo había servido para descartar aquella línea de investigación. Debía volver sobre la pista de Marta y el libro.

Volvió a colocar el cuaderno y la grabadora tal como los había encontrado. Inspeccionó sin mucha esperanza los restos de huesos y telas en los que se había convertido aquel hombre. La persona a cargo de la investigación había hecho su trabajo con limpieza y profesionalidad. Echó un último vistazo y cerró la puerta al salir.

No podía sospechar que apenas a unos metros de allí, en el despacho del director, un pequeño sobre contenía una información, llegada el día anterior, que habría cambiado por completo el rumbo de su misión.

59

Año 1199

La noche en el monasterio de San Miguel de Escalada se me hizo corta. Me levanté deprimido, pensando en las largas jornadas a caballo que nos esperaban. Tras un breve desayuno apenas iluminado por el alba, volvimos a montar y nos dirigimos al sureste, hacia nuestro nuevo destino, Sanctus Facundus. Era una población importante a la que llegaríamos al atardecer del segundo día si no sufríamos ningún contratiempo.

Una pertinaz llovizna nos acompañó durante toda la jornada, por lo que cabalgamos envueltos en nuestras capas, aislados en nuestros propios pensamientos. Aquello me permitió meditar sobre los días por venir, sobre mis planes y sobre los riesgos que afrontaba. La lluvia tornaba grises mis ideas y el caballero negro pareció darse cuenta y se mantuvo a una respetuosa distancia.

Parecía un hombre de honor. Varias veces dudé si contárselo todo, pero cada vez que la tentación me asaltaba, lo recordaba blandiendo la espada y matando al abad Clement o a Cedric. Era cierto que había lamentado esas muertes, pero también que era un hombre con una misión. Decidí continuar con mi plan.

Al atardecer del segundo día, tal como estaba previsto, llegamos al puente sobre el río Valderaduey con la muralla de Sanctus Facundus vigilando nuestra presencia. El caballero negro azuzó al caballo, animándome a imitarlo, para llegar a las puertas antes de que fueran cerradas.

—Sanctus Facundus es villa de renombre —relató el caballero negro—. Merced al fuero que le fue otorgado por el rey Alfonso y al monasterio que le da nombre, son numerosos los artesanos que atestan la villa, algunos gascones, normandos, tolosanos e incluso lombardos.

—¿Adónde iremos cuando lleguemos allí?

Yo seguía preocupado por nuestros perseguidores y empezaba a sentir que era necesario involucrarme en la huida y no dejarme arrastrar por el caballero negro. Me miró con detenimiento, sorprendido por mi repentino interés.

—Nos dirigiremos al monasterio que da nombre al pueblo, donde el abad Guillermo nos dará cobijo, comida y, lo más importante, información. Nadie camina a la sombra de sus murallas sin que él lo sepa. Allí tendrás tiempo de visitar más piedras si logras esta vez que algún monje bondadoso te dedique su tiempo y ánimo —terminó con una sonrisa traviesa.

Tardamos en cruzar la muralla debido al abundante número de comerciantes que abandonaban la villa de vuelta a sus poblados. Los soldados, aburridos, esperaban el cambio de guardia y no nos prestaron atención alguna: solo éramos dos monjes más de regreso al monasterio. Una vez traspasada, ascendimos por las callejuelas aún atestadas de lugareños que, aprovechando la larga tarde, se trasladaban de las tiendas a las tabernas y de las casas a las plazas para disfrutar de las horas previas a la noche.

Cuando llegamos al monasterio, el caballero negro fue conducido ante el abad mientras que un monje me traía algo de comer y una jofaina. Hablamos brevemente de mi interés por conocer el monasterio y acordamos que me daría tiempo para asearme y que luego me acompañaría a verlo. Se mostró orgulloso del *scriptorium*, al que me arrastró para enseñarme una de las obras en las que el escriba estaba trabajando en ese momento. Se trataba de un beato de reducidas dimensiones escrito en letra carolina de trazos regulares en marrón y negro. El escriba trabajaba sobre una miniatura que representaba al séptimo ángel derramando su copa.

—¿Conocéis y utilizáis el invento denominado papel? —le pregunté.

—El pergamino es eterno —respondió horrorizado— y garantiza que las palabras en él escritas perduren para siempre. Sus ventajas sobre ese invento demoníaco son tales que no dudo de que el pergamino pervivirá.

En aquel momento, justo cuando se abrió la puerta del *scriptorium* y un monje me indicó que lo siguiera, una idea comenzó a formarse en mi mente. El abad nos esperaba para compartir la cena. La idea se desvaneció tal como había venido.

Seguí al monje hasta una puerta que se abrió con un leve crujido, dando paso a una amplia estancia apenas adornada por dos mesas. Una de ellas, la más alejada de la puerta, se hallaba repleta de pergaminos enrollados o desplegados bajo el peso de redondos cantos de río. En un extremo había un misal ennegrecido por el uso. Completaba la decoración un tintero y varias plumas. Era la mesa de trabajo de un hombre religioso que, sin duda, debía dedicar más tiempo a los deberes de su cargo que a honrar a Dios.

En la otra mesa se hallaban sentados el caballero negro y el abad Guillermo. Un silencio incómodo ocupó la estancia, como si les hubiese sorprendido hablando de mí o de algún asunto que no debiera llegar a mis oídos. El abad fue el primero en reaccionar, levantándose y acercándose a mí con los brazos extendidos.

—Tú debes de ser Jean —afirmó tomando mis manos entre las suyas—. Espero que mis monjes te hayan tratado con la hospitalidad que mereces —continuó sin esperar mi respuesta—. Cualquier amigo de Roger —dijo señalando al caballero negro— es mi amigo.

Se detuvo un instante. Un destello de reconocimiento brilló en sus ojos y por un momento pareció dudar, pero se rehízo. Yo, sin embargo, sí lo reconocí. El abad Guillermo había visitado Cluny unos años antes e incluso habíamos tenido la oportunidad de conversar sobre el cuidado de los libros. Me quedé paralizado pensando que si me reconocía todo mi plan se vendría abajo. Si el abad o el caballero negro descubrían quién era, estaría perdido: me verían como a un enemigo y me quitarían la reliquia sin dudarlo un instante. Me matarían.

El abad hizo un gesto, como tratando de apartar un pensamiento que no acababa de venir a su mente.

—Acércate a la mesa, te esperábamos —dijo con sonrisa amable—. Perdona mi momento de duda, pero no puedo evitar pensar que nos conocemos, que te he visto antes, quizá mucho tiempo atrás.

Me dirigió una mirada penetrante, en la que aún se vislumbraba el esfuerzo por recordar.

—Me temo que no puedo ayudarte —respondí tratando de que no se percataran del perceptible temblor de mis manos—. Mi memoria vaga perdida en el mar del tiempo.

El abad asintió pensativo. No parecía un hombre dispuesto a dejar correr el asunto. Nos sentamos alrededor de la mesa y el caballero negro me sonrió.

—Hablábamos de hacia dónde dirigirnos —dijo—.

Guillermo propone que pasemos por Carrión antes de ir a Fromista, pero yo creo que ese es camino vigilado.

Un escalofrío recorrió mi cuerpo, recordando las torturas sufridas en el cercano monasterio de San Juan.

—Yo propongo desviarnos al sur —continuó el caballero negro— hasta Ciniseros y, más allá, cruzar el río Carrión y retomar hacia el norte hasta alcanzar Fromista. ¿Tú qué opinas?

Me extrañó que el caballero negro me consultara y, aunque en silencio lo agradecí, su cambio de actitud me hizo reflexionar. ¿Qué razón le llevaba ahora a involucrarme?

—Desconozco ambos caminos, o al menos uno de ellos —respondí tras meditarlo—. Del otro no tengo mucho recuerdo. Me gustaría pasar por Villalcázar y ver de nuevo a Tomás —añadí con una sonrisa de afecto en el rostro—, pero no creo que sea buena idea, no quiero causarle más problemas.

—Entonces iremos por el sur y, una vez en Fromista, recuperaremos el camino del este —sentenció el caballero negro.

—Recordad evitar los monasterios templarios —intervino el abad— y los de la Orden del Císter. Aquí, aquí y aquí —añadió señalando en el mapa—. En especial el monasterio de San Antón, en Castrojeriz, y el de Irache, en Estella.

—Gracias por tus consejos, Guillermo —dijo el caballero negro levantándose—. Nos serán de gran ayuda.

—Enviaré a algunos monjes a preparar el terreno. Os dejarán señales a lo largo del camino para que sepáis si estáis en zona segura. Fromista queda bajo el amparo de nuestra Orden. Os estarán esperando.

60

Año 33

Sicilia aparecía bulliciosa y abarrotada de mercaderes y soldados. La cercanía de Roma convertía la ciudad en un eminente puerto comercial y en un punto estratégico de defensa. Varios trirremes y cuatrirremes parecían prestos a partir en cuanto sus comandantes lo considerasen necesario.

El Alcahaba parecía un cascarón al lado de los impresionantes barcos de guerra romanos y quedó amarrado en el muelle destinado a los mercantes. Pasaría dos días en el puerto de Sicilia y continuaría después hasta Cartago Nova, donde las sedas y las especias que habían traído desde la lejana Asia a través del Mediterráneo serían sustituidas por cobre y plata de las inmensas minas hispanas.

Santiago y sus compañeros se hallaban un poco cohibidos por la costumbre de los lugareños de gesticular en demasía al hablar, lo que les provocaba confusión y los divertía. Teodosio se afanaba en imitarlos con gran éxito.

La noche anterior a la despedida de Adonai había sido triste.

—Estáis taciturnos —dijo Santiago dirigiéndose a los tres después de que terminaran de cenar.

En varias ocasiones había descubierto a sus compañeros cuchicheando a sus espaldas, aunque había decidido no darle importancia. Ya había aprendido a convivir con sus rarezas y entre ellos habían creado unos lazos mutuos de cercanía que no compartían con él. Era como si la reliquia, o el poder que de ella emanaba, fuese un muro infranqueable.

—La culpa es mía —respondió Adonai con un tono serio, pero extrañamente apático—. Os echaré de menos, habéis sido fieles compañeros de viaje.

Atanasio y Teodosio permanecieron callados, incluso cuando se separaron para ir a acostarse. La despedida fue emotiva por parte de Santiago, pero notó un cierto grado de frialdad en Adonai. Santiago se acostó pensando en que había llegado el momento de regresar y afrontar la realidad, sin huir como había estado haciendo los últimos meses.

Nuevamente la mañana le deparaba sorpresas. Aún no había amanecido cuando Santiago notó que una mano le tapaba la boca. Intentó luchar hasta que descubrió que era Atanasio quien trataba de despertarlo sin hacer ruido. Santiago lo miró intentando hacerle entender que le había comprendido.

—¿Qué sucede, Atanasio? —preguntó cuando tuvo la oportunidad de hablar.

—Problemas, Santiago —le dijo en un susurro—. El capitán Hyrum y sus secuaces han vuelto a darnos alcance. Saben que nos hospedamos aquí y esperan a la mañana para intentar robarnos la reliquia. Nuestra única oportunidad, una vez más, es huir ahora que aún podemos.

Santiago notó algo extraño en Atanasio, pero no supo determinar qué era. Atanasio bajó la cabeza como si le costara mirarlo directamente a los ojos. Santiago pensó que quizá eran el miedo y la tensión o tal vez solo imaginaciones suyas.

—Pero... —balbuceó— ¿no podríamos...?

—No hay tiempo que perder —les interrumpió Teodosio, que apareció detrás muy nervioso—. Hemos recogido todo lo que necesitamos y debemos partir de inmediato.

Cabizbajo y sin entender nada, Santiago se levantó y siguió a sus compañeros. «Una vez más huyendo como ladrones en la oscuridad», pensó desvalido. Se sentía desanimado ante la incapacidad que habían demostrado para regresar a Jerusalén y para escapar de sus enemigos. Se dejó guiar fuera de la posada y a través del puerto.

El Alcahaba era su mejor oportunidad; buscar otra embarcación que les sacase de la isla podía llevarles un tiempo del que no disponían. ¿Cómo era posible que sus perseguidores hubiesen recuperado la pista y dado con ellos tan rápidamente? Santiago esperaba que no hubieran obtenido la información causándole daño a Amiel. Supuso que mientras ellos habían perdido el tiempo deteniéndose en todos los puertos del norte africano, aquellos que los perseguían habían encontrado una embarcación que los había traído de manera más directa.

Santiago pensó en lo que supondría ir a Cartago Nova y acompañar a Adonai. Era demasiado fácil huir de sus problemas y alejarse de aquella responsabilidad no deseada. Alcanzaron rápidamente el Alcahaba, donde el capitán y Adonai los esperaban. Con gran diligencia, como si aquello estuviera previamente orquestado, abandonaron el puerto de Sicilia y se hicieron a la mar poco antes de que el sol apareciese en el horizonte. Aquella misma tarde los cuatro se reunieron en la popa antes de la cena.

—Hay algo que no entiendo —meditó Santiago en voz alta—. ¿Cómo nos han alcanzado tan pronto si no disponían de medio alguno para salir de Bengazhi? No creo que pasen muchos barcos de gran tamaño por ese puerto y la ciudad más cercana está a mucha distancia.

Atanasio y Teodosio se miraron incómodos. Atanasio asintió ante la mirada inquisitiva de Teodosio, dándole así permiso para hablar.

—Debemos confesarte algo, Santiago —comenzó Teodosio. Santiago miró a Atanasio, que había bajado la cabeza, avergonzado—. No había tales perseguidores —continuó Teodosio confirmando la sospecha que empezaba a crecer en la mente de Santiago—. Los tres lo hemos preparado todo para impedir que regreses a Jerusalén.

—¡Pero...! —exclamó Santiago—. ¡Con qué derecho...!

—Déjanos hablar, Santiago —intervino Atanasio—. Creemos que no es el momento de volver. Debemos esperar a que las cosas se calmen y dejen de buscarnos. Hispania es un buen lugar, Pedro no nos buscará tan lejos; y es posible que le lleguen noticias de nuestro naufragio.

—Incluso aunque así fuera —contestó Santiago mirando duramente a ambos—, no teníais derecho a tomar esa decisión sin consultarme. Si Jesús me confió la reliquia, en mi mano debería estar la posibilidad de elegir su futuro y el mío propio.

Santiago no daba crédito a lo que Atanasio y Teodosio habían hecho. Habían confabulado a sus espaldas para engañarlo y lo habían arrastrado contra su voluntad. Ambos guardaron silencio y bajaron la vista ruborizados al suelo de la embarcación. Solo Adonai mantenía una expresión serena.

—No es culpa suya —dijo al fin—. Yo los convencí de que te engañaran para acompañarme a Cartago Nova. No estás listo aún para regresar.

—Bien —dijo Santiago cuando se hubo calmado—. A partir de ahora, solo yo decidiré mi futuro. Podéis aconsejarme según vuestro discernimiento y decidir si me acompañáis o no. Yo no os obligué a aceptar esta carga, aunque agradezco profundamente que lo hicierais, pero se acabaron las confabulaciones, los secretos y las confidencias. Si no es así, este es el momento de separarnos, vosotros tomaréis un camino y yo, otro.

Santiago se levantó y, sin esperar respuesta, se dirigió a estribor. Se sumergió en sus pensamientos, reconociendo que sus amigos eran buenos hombres y se preocupaban por él. Los apartó de su mente y trató de concentrarse en el futuro. Hispania era la próxima parada en su viaje y debía pensar qué haría cuando llegara. Aunque el corazón todavía lo animaba a ir a Jerusalén, unas noches atrás había vuelto a recordar el sueño del ave perseguida por el halcón, aquel que soñara en las desiertas tierras de Beth Shemesh hacía solamente unas semanas. Se le antojaba que aquella pequeña ave era él mismo huyendo de sus enemigos y quería, no, debía descubrir qué o quién era aquel árbol solitario que le había dado refugio al final del mundo.

Hispania.

Decidió que encontraría el lugar donde terminaba la tierra y buscaría aquel árbol. Sentía que era necesario hacerlo antes de regresar y enfrentarse a su destino. Le sorprendió su resolución. Había tomado una decisión, quizá la primera de muchas. Sin duda, iba a sorprender a sus amigos.

Resuelto a mantener en secreto la decisión, y después de la discusión que habían tenido, la situación volvió a la normalidad y, junto a Adonai, se entregaron de nuevo a las confidencias siempre que el trabajo en el barco lo permitía.

La navegación fue tranquila y avanzaron con rapidez. La expectativa de llegada a Cartago Nova parecía aún lejana, pero el misterioso nombre de Hispania exacerbaba la imaginación de todos y, por encima de la de los demás, la de Teodosio.

—Me han dicho —contó— que en Hispania los hombres son tan fieros y aguerridos que matan con sus propias manos a toros de más de mil seiscientas libras.

El resto sonreía ante tales historias, pensando que los marineros habían tomado a Teodosio como centro de sus chanzas. Ninguno de ellos había hollado aquella tierra y no podía discutir aquellos desvaríos que Teodosio, sin embargo, daba por verídicos.

Al atardecer del cuadragésimo octavo día de navegación, después de una fugaz parada en Portus Magonis, el vigía señaló lo que todos esperaban desde hacía semanas. La ciudad de Cartago Nova se mostraba ante ellos como una tenue línea de costa, a un día de viaje. La noche anterior al desembarco, fue Adonai quien verbalizó lo que todos pensaban desde hacía unos días.

—¿Qué haréis a continuación? —preguntó con aire meditabundo.

Santiago decidió que aquel era un buen momento para confesar sus planes.

—Nos dirigiremos al oeste, amigo Adonai. Iremos hasta el fin de la tierra y allí miraremos el mar y esperaremos.

Dicho esto, Santiago fue a la proa de la embarcación y se sentó a pensar en los siguientes pasos mientras sentía que, a sus espaldas, sus compañeros lo miraban sorprendidos. Se sentía tranquilo; por primera vez desde que habían salido de Jerusalén tomaba sus propias decisiones. Podía no ser Jesús, pero por fin entendía la responsabilidad que este había depositado en él, la de seguir su instinto.

El capitán gritaba las órdenes desde cubierta al tiempo que el barco se deslizaba con suavidad hacia su amarre en el puerto.

Santiago jamás había visitado una ciudad tan atestada de soldados romanos. Hispania había sido uno de los últimos enclaves mediterráneos en ser conquistado por Roma tras la caída de Cartago. Había resistido durante casi dos siglos. Las tribus del norte de la península se habían enfrentado a las legiones romanas en una guerra prolongada. La posesión del territorio dependía en gran medida del impresionante despliegue militar romano, así como de sus alianzas con las decenas de reyezuelos íberos que gobernaban cada región.

—¿Qué te preocupa, Adonai? —preguntó Santiago.

Se había fijado en que el joven miraba pensativo el puerto mientras atracaban y no había participado en las labores de amarre y se había acercado a él interrumpiendo sus reflexiones.

—Me preocupáis vosotros —contestó clavando en Santiago una intensa mirada—. Partiréis en breve hacia el oeste y yo quedaré atrás. Habéis sido unos buenos compañeros de viaje y os extrañaré.

—Adonai, amigo mío —contestó Santiago poniendo una mano sobre su hombro—, tú has sido el mejor compañero que hubiésemos podido desear. Pero no quiero hablar en pasado, me sería muy grato que nos acompañases en nuestro viaje.

Los ojos de Adonai se iluminaron al escuchar aquellas palabras. Posó su mano sobre la de Santiago y respondió:

—Soy un vagabundo que no ha encontrado nada que dé sentido a su existencia. Sin embargo, tú tienes una misión. Si me aceptáis con vosotros, quizá tenga la oportunidad de darle un significado a mi vida. Os acompañaré.

Atanasio y Teodosio, que contemplaban la escena con discreción, prorrumpieron en vítores para sorpresa del resto de la tripulación y de algunos marineros que caminaban por el ya cercano muelle. Así fue como los cuatro se despidieron del capitán del barco y del resto de la tripulación que tan bien los había acogido.

Esa misma mañana, atravesaron la ciudad maravillados por la visión de una realidad diferente en la que elementos comunes a lo romano y lo fenicio convivían en armonía con la idiosincrasia de los orgullosos íberos, habitantes de aquella zona de Hispania. Cartago Nova era una ciudad privilegiada; la situación estratégica de su puerto mercante, junto con su cercanía con las minas argentíferas, hacían de aquella zona un área rica, ahora que la estabilidad había llegado de manos del Imperio.

Decidieron caminar aprovechando la luz del sol y alejarse de la ciudad, en cuyos alrededores buscarían alguna posada que quisiera acogerlos. El capitán del Alcahaba había insistido en pagarles por el trabajo realizado, por lo que, por primera vez en su alocada huida, disponían de una pequeña suma de dinero. Eso les permitiría alcanzar su destino, siempre que no hubiera contratiempos y se libraran de los asaltantes de caminos, que, según les habían dicho, infestaban aquel inmenso país.

61

Año 2019

La puerta se abrió en silencio y el olor a madera antigua y libros viejos impregnó el pasillo. Marta aspiró un aroma que la trasladó a las bibliotecas que tantas veces había pisado. Un sacerdote vestido con sotana los esperaba del otro lado con expresión desconfiada, casi hosca. Esta vez estaban preparados.

—Hermano Gonzalo —comenzó Iñigo con un aire de seriedad que casi hizo sonreír a Marta—. Soy el hermano Iñigo, párroco de Puente la Reina. Ayer hablamos por teléfono.

—Tu petición es muy inusual —le espetó el hermano Gonzalo sin invitarlos a pasar.

—Lo sé, hermano —respondió Iñigo con una mansedumbre que Marta jamás habría imaginado en él—. Y solo puedo agradecerte tu amable disponibilidad teniendo en cuenta la poca antelación con la que solicitamos tu inestimable ayuda.

Las lisonjas de Iñigo parecieron derretir la escarcha del hermano Gonzalo. Su porte se relajó y su voz adquirió un tono paternal, como si hablara con un hermano joven e inexperto al que había que aleccionar con paciencia.

—No es solo la precipitación, hijo. Existen trámites para estas cosas.

Marta observaba atónita la escena. Cada mundo tenía sus reglas e Iñigo parecía dominar aquellas.

—Cumplimentaré cuanto consideres conveniente —respondió sumiso—. Mientras, dejemos que Marta, buena amiga de mi familia, localice y estudie la obra en cuestión.

—Localizar la obra no es complicado —respondió el hermano Gonzalo, que ahora parecía dispuesto a ayudar—. Son pocas las del siglo XII que aquí fueron copiadas, apenas media docena.

—Esta en concreto es un beato escrito en pergamino de pequeñas dimensiones —Marta se atrevió a intervenir.

El hermano Gonzalo la miró como a un niño que ha interrumpido una conversación entre adultos.

—Sé de qué beato hablas —dijo con voz molesta—. Se llama *Beato Corsini* y es uno de los nueve ejemplares que aún se conservan.

—¿Y sería posible estudiarlo? —preguntó ilusionada obviando la mirada de advertencia de Iñigo para que se mantuviera al margen.

—Sin duda —respondió el hermano Gonzalo—. El original se halla accesible para investigadores acreditados en el Palacio Corsini, en Roma.

—¡Oh! —exclamó Marta decepcionada.

—Pero —continuó el monje con porte orgulloso— disponemos de un facsímil en nuestra biblioteca. Si me seguís, os lo enseñaré.

Dedicaron la mayor parte del día a estudiar la copia del escrito. Pronto pudieron comprobar que se trataba del ejemplar mencionado por Jean. Sentados en la biblioteca del monasterio, recorrieron cada página, interpretaron cada palabra, buscaron algún detalle que atrajese su atención, registraron cualquier marca que les pudiera servir de pista, prestando especial dedicación a la miniatura del séptimo ángel derramando su copa. Cuando la tarde caía, abandonaron agotados el monasterio, con el ánimo abatido y los ojos enrojecidos por el esfuerzo.

—Quizá nos equivocamos —señaló Iñigo—. El paso de Jean por aquí fue muy breve, insuficiente como para que pudiese tener acceso al beato y menos aún dejar un mensaje en él.

—Supongo que tienes razón, pero no me resisto a visitar el *scriptorium* de Silos. Quizá allí tengamos más suerte.

Iñigo asintió sin mostrar mucho entusiasmo.

—Pero tendremos que dejarlo para mañana —dijo con un gesto de disgusto—. Silos está a casi dos horas de aquí. Además, supongo que de camino habrá bastante que visitar.

—En realidad, no mucho —negó Marta tratando de recordar—. Jean volvió a pasar por Fromista y las Huelgas, en los que ya hemos estado. Mañana podríamos saltárnoslos y dar un paseo rápido por los otros lugares por los que pasó.

Iñigo sonrió ante su ingenuo entusiasmo.

—¡A sus órdenes! —dijo simulando el saludo militar.

—¡Cállate! —contestó Marta dándole un leve puñetazo en el hombro—. Menos protestar y más buscar algún sitio donde cenar y dormir.

Cenaron en un pequeño restaurante de Sahagún intercambiando pocas palabras, quizá por el cansancio acumulado en la biblioteca. Cuando disfrutaban del café, Iñigo rompió el silencio.

—¿Puedo hacerte una pregunta?

A Marta le sorprendió el tono serio que había adoptado de manera repentina.

—Sí, claro —respondió cautelosa—, aunque cuando alguien comienza así una conversación, suele ser porque la pregunta no tiene una respuesta sencilla.

Iñigo le regaló una sonrisa tranquilizadora, pero volvió a ponerse serio antes de continuar.

—Cuando una persona como tú —se calló un instante para escoger la palabra—, atea, quiero decir, busca respuestas, ¿dónde lo hace si no tiene un Dios al que recurrir?

Marta no estaba preparada para la pregunta, por lo que reflexionó un momento, tratando de ordenar sus ideas.

—En mi caso, suelo acudir a un amigo o a una persona cercana. Y otras veces, a mí misma.

—¿A ti misma? —preguntó Iñigo sorprendido.

—Cuando tú recurres a tu espejo, ese que guardas en el bolsillo —añadió Marta con una sonrisa pícara—, en realidad estás preguntándote a ti mismo cómo proceder. Cuando hablas con Dios, usas como excusa lo que supuestamente dice otro para eludir la responsabilidad de tus decisiones.

—Pero si todos basáramos nuestras decisiones en el deseo personal, el mundo sería un caos.

—Los seres humanos deberíamos poder basar nuestras decisiones en acuerdos tomados en libertad sin que ningún Dios inventado intervenga.

Iñigo miró a Marta con escepticismo, como si su comentario estuviera basado en una ingenuidad infantil.

—¿Y cuándo lo hemos hecho así? —preguntó incisivo—. Yo creo que cuando no hay un Dios que impone unas reglas, el mundo se vuelve cruel y despiadado. Por eso Dios nos dio la Biblia.

—¿En serio? —respondió Marta boquiabierta—. ¿Crees que la Biblia es un ejemplo de enseñanza ética?

—¿Acaso tú no? Es lo más ético jamás escrito.

Iñigo hablaba con convicción; para él, aquello no era discutible.

—Por supuesto que no —replicó ante un Iñigo escandalizado—. Tú mismo me has reconocido que tu propio criterio ético es mejor. Y me alegro por ello, porque tu libro tolera la esclavitud, condena la homosexualidad con la muerte y la no creencia en Dios con la tortura por toda la eternidad. Ni siquiera a los mestizos se les permite alcanzar el reino de Dios.

Iñigo negó con la cabeza tozudamente.

—Pero todo eso hay que entenderlo dentro del contexto histórico en que fue escrito e interpretarlo.

—Me encantaría que me explicaras en qué contexto se puede interpretar que debe torturarse a alguien hasta la muerte. ¿Tú crees que algo así deba hacerse?

—Por supuesto que no —respondió sin dudar.

—Porque tu criterio ético personal es mejor. No necesitas la Biblia para saber cómo comportarte. Si buscas un libro con unos criterios éticos intachables, no lo busques entre los de religión. Tendrás que leer la Declaración Universal de los Derechos Humanos, un acuerdo tomado en libertad.

—Vosotros los ateos sois siempre tan incisivos...

A Marta le pareció que el comentario dejaba traslucir cierta condescendencia. Respondió como un resorte.

—No siempre lo hemos podido ser. Hubo un tiempo en que nos quemaban en la hoguera.

—También millones de creyentes han muerto a manos de no creyentes —argumentó Iñigo.

—Cierto —le dio la razón Marta—. Siempre que alguien trata de imponer sus ideas o de castigar a los demás por no compartirlas acaban muriendo inocentes.

—Menos mal que nosotros dos no somos así —dijo Iñigo sonriendo de nuevo.

El cambio de humor de Iñigo hizo sonreír a Marta. Se dio cuenta de que tenía ese efecto en ella: provocarle la sonrisa cuando se ponía seria.

—Así es —respondió Marta más relajada—. Pero creo que va siendo hora de regresar al hotel. Mañana nos espera otro largo día.

62

Año 1199

Un relieve alomado, jalonado de encinas y quejigos, hinojo y gordolobo, asfódelo y draba, nos condujo hacia el sureste a través de pequeñas villas dedicadas a la agricultura. Pequeños carros tirados por mulos, o directamente por agricultores menos pudientes, acercaban verduras, hortalizas y trigo al mercado de Sahagún.

El caballero negro se detuvo al margen del camino en varias ocasiones para recoger algunas plantas medicinales que luego guardaba celosamente en su faltriquera. A cada poco, saltaba de su caballo y me mostraba sus hallazgos para después extenderse en explicaciones sobre cada una de ellas. Aquella fue una de las pocas veces que lo vi disfrutar.

—¡Mira, Jean! Esta planta es muy útil para purificar la sangre y calmar el dolor de las picaduras de avispas y abejas. Por estos lares es conocida como acedera, mientras que más al este —dijo señalando con el brazo— se conoce como agrella, al noroeste como *vinagreira* y en la tierra de los vascones como *leka-belar*. Deliciosa para una buena sopa. Aquella de allí es llamada bolsa de pastor, muy útil contra las hemorragias y pérdidas cuantiosas de sangre, pero también para combatir el mal de tripas —añadió sonriendo.

Durante aquellas disertaciones, el caballero negro perdía su aura de misterio y se mostraba como un joven normal que disfrutaba de una vida libre e incluso reía ante pequeñas cosas que encontrábamos por el camino, como el rubor de las jóvenes agricultoras que, sin duda, lo consideraban atractivo, o el gorjeo de chorlitejos y zarzales escondidos a ambos lados del camino.

Cruzamos varias villas como Grajal, Cinisarios o Paredes de Nava, donde nos detuvimos en la iglesia bajo la advocación de Santa Eulalia, que nos impresionó por sus dimensiones. Poco después, alcanzamos el monasterio de Santa Cruz de la Zarza, ocupado por monjes de la Orden Premonstratense, bajo la protección del rey Alfonso VIII.

Mientras el caballero negro se ocupaba de obtener información, yo me dirigí a la sala capitular, que se encontraba cubierta con bovedillas de crucería simple sostenidas por cuatro columnas centrales, cilíndricas y de fuste liso. Aprecié el delicado trabajo de cantería realizado apenas unos años antes de nuestra llegada, lo cual era evidente porque la piedra se encontraba aún limpia, como recién salida de la cantera. Los temas vegetales y zoológicos predominaban en los capiteles. Me sorprendió uno en concreto que representaba a dos caballeros, con yelmos y lanzas, luchando en singular torneo; me llamó la atención el parecido de uno de ellos con el caballero negro y me pregunté si quizá este había sido el modelo utilizado. La pericia del cantero había logrado que las figuras pareciesen vivas. Como ya era costumbre, recorrí cada curva de la piedra con las manos. Un monje se acercó y cuando fui a hablarle se adelantó:

—Me han enviado a buscarte para ofrecerte comer con nosotros —dijo con una sonrisa amistosa—. Parece que hoy seréis nuestros huéspedes.

—Muchas gracias por el ofrecimiento, pero tengo entendido que partiremos en breve —contesté encogiéndome de hombros.

—¡Ah! Deben de haberme informado mal. —El monje hizo el amago de alejarse, pero luego se detuvo—. Sin embargo, partiréis tarde y difícilmente podréis encontrar refugio antes del anochecer.

Parecía preocupado y su interés me despertó simpatía.

—Nos dirigimos a Fromista —respondí—, donde nos esperan aunque lleguemos tarde.

Una sonrisa se dibujó en el rostro del monje y de repente me asaltó la sensación de que ocultaba algo no tan bienintencionado como quería transmitir.

—Buen camino entonces —añadió—. Quiera nuestro Señor que regreséis algún día con más tiempo de contemplar nuestro humilde monasterio.

En ese preciso momento, el caballero negro apareció por la otra esquina del claustro buscándome con la mirada. Estaba serio y me apremió a acercarme a él.

—Jean, debemos partir de inmediato. —Al verme acompañado del monje, cambió su tono urgente por uno más ligero—. Iremos hacia el sur —continuó.

Cuando el monje se retiró, miré al caballero, interrogándolo.

—¿Por qué has dicho que iríamos hacia el sur cuando Fromista está al norte? —pregunté extrañado.

—Porque no debemos dar información a nadie, por muy amistoso que parezca. Este es un mundo peligroso. No demos por hecho que alguien es nuestro amigo, aunque así quiera hacérnoslo ver. El abad me ha acosado con preguntas sobre nuestro destino más allá de lo que la buena educación hubiera considerado razonable. No sabemos a quién podría o querría revelarle nuestro objetivo.

Tragué saliva comprendiendo el error que acababa de cometer. Miré al caballero negro con un gesto de disculpa.

—Mucho me temo que esa información ya habrá llegado a sus oídos. Sin duda fui poco discreto con el monje que tan amablemente me atendió —dije con sentimiento de culpabilidad.

—¿Crees acaso que viajamos a visitar a tu anciana madre? ¿Puedes entender que nos pones en peligro con tus indiscreciones? —dijo con el rostro enrojecido de ira.

Nunca había visto al caballero negro tan enfadado e inconscientemente retrocedí ante su furia. El hombre se refrenó al ver el miedo en mis ojos.

—Bien, quizá no sea tan importante —sentenció—. Tal vez el abad solo estaba mostrando exceso de curiosidad y tu imprudencia no nos traiga ninguna funesta consecuencia —dijo calmándose a medida que hablaba.

Emprendimos la marcha en silencio. Me había molestado el enfado del caballero negro, aunque bien sabía que estaba justificado. No podía olvidar la sonrisa del monje al decirle hacia dónde nos dirigíamos. Esa sonrisa me parecía ahora más artera y peligrosa.

Mientras avanzábamos hacia el norte con la mente puesta en Fromista, la información que yo había dado al monje accionó un mecanismo incontrolable. Cuando nosotros desmontábamos del caballo ante las puertas de la bella iglesia de San Martín, varios hombres se subían a sus monturas, a varias horas de camino de allí, y se ponían en marcha sin descanso. A la cabeza, cabalgaba el abad Guy Paré.

63

Año 2019

La Sombra también era humano. El cansancio hacía mella en su cuerpo, así que, después de dormitar durante unas horas en el asiento de su coche, había reemprendido, malhumorado, el viaje de regreso a León.

A primera hora de la mañana se había dirigido a una oficina de alquiler de automóviles, donde había cambiado el Ford Fiesta por un vehículo nuevo que, esperaba, pasara desapercibido. Después, había localizado el coche de Marta en el aparcamiento del monasterio de San Facundo y Primitivo de Sahagún y había aguardado pacientemente todo el día. Había comido mal y tenía el cuerpo entumecido por las horas de vigilancia en el asiento delantero. Olía mal, necesitaba una ducha tanto como una cama donde descansar.

Para colmo, había tenido que soportar que Marta e Iñigo cenasen y disfrutasen de una agradable tertulia, ignorantes de su espera. «Bien —se dijo—, ya obtendré mi revancha.» Había decidido que ya no se demoraría más: si la oportunidad no se presentaba sola, la buscaría. Debía hacerse con aquel libro, única pista para conseguir el objeto que lo haría rico y poderoso.

64

Año 1199

La iglesia de San Martín era, sin duda, la más bella que había contemplado. A pesar de que la había visitado hacía apenas una semana, me produjo nuevamente una sensación de sobrecogimiento. La robusta piedra parecía flotar sujetada desde el cielo y las innumerables máscaras, los capiteles decorados y la belleza del conjunto me arrastraron lejos de mi mundo hasta hacerme olvidar al abad Guy Paré, a los monjes blancos y la persecución de la que era objeto. Vagué acariciando cada detalle y cada marca de cantería que encontraba. Una en especial atrajo mi atención. Se trataba de un círculo pequeño enmarcado en un cuadrado y situado justo bajo un capitel que representaba una figura mitológica de mirada fiera.

Lo tardío de nuestra llegada redujo el tiempo de mi visita. El caballero negro, siempre apresurado, vino a decirme que nos despertaríamos antes del amanecer para partir con las primeras luces del alba. No me atreví a protestar, temiendo otro ataque de furia, y, tras compartir una frugal cena, me recosté en mi jergón y me quedé rápidamente dormido.

El despertar fue mucho menos plácido. La puerta de mi celda se abrió con violencia y una sombra oscura se abalanzó sobre mí. No sabía si había despertado o si una pesadilla se había apoderado de mi sueño. Traté de fijar la vista. El rostro era el de Cedric, mi torturador, pero además vi en el quicio de la puerta otra figura incongruente, un monje blanco, hierático, contemplándome. La imagen de Cedric cambió con rapidez, mi mente se aclaró, alejándose ya de la tenue línea entre el sueño y el despertar, y la cara del caballero negro tomó forma. Me miraba con una expresión mezcla de ansia y de preocupación.

—¡Despierta, Jean! —dijo señalando a un monje blanco—. Nuestros perseguidores caen sobre nosotros cabalgando en numeroso grupo. Solo la presteza de nuestro amigo nos ha salvado del desastre.

Salimos atropelladamente de la celda y nos dirigimos a la cuadra. Nuestros caballos esperaban ensillados, sujetas sus riendas por dos hermanos del monasterio. En su rostro se reflejaba el terror de haber sido despertados por un monje blanco que debía de haberles parecido un enviado del averno.

Montamos con rapidez y salimos al galope. Aún pude contemplar a los monjes retirándose espantados a sus celdas y al monje blanco desenvainando la espada y esperando, impasible y solitario, la llegada de nuestros enemigos.

Tras una noche de pesadilla, recorriendo oscuros caminos, cruzando pequeños poblados cuyas ventanas nos contemplaban como cuencas vacías de ojos, el caballero negro decidió que nos detuviésemos a descansar.

Habían terminado los días alegres al sol, llevando los caballos al paso. Durante las próximas jornadas nos ocultaríamos desde el amanecer hasta la puesta del sol y cabalgaríamos a tientas por la noche alejándonos de los caminos más transitados.

La desconfianza del caballero negro se volvió obsesión.

De vez en cuando, temprano al amanecer o con las últimas luces del día, nos acercábamos a la ruta principal, que se dirigía hacia el este. Mientras yo quedaba oculto entre la maleza, el caballero negro se acercaba al camino a buscar huellas de nuestros perseguidores. Cuando volvía, lo hacía taciturno, ensimismado, contestando con monosílabos a mis preguntas cuando no directamente con gruñidos. Después regresábamos a la espesura del bosque para atravesarlo con dificultad o para buscar un lugar donde dormitar envueltos en nuestras capas mientras el sol iluminaba en lo alto.

Y así, moviéndonos como hormigas por un prado inmenso, nos acercamos a la villa de Burgos. Allí, el caballero negro decidió arriesgarse, quizá haciendo caso de alguna señal dejada por algún monje blanco o puede que fiándose de su intuición.

La noche del cuarto día desde nuestra partida de Frómista llegamos a la puerta del monasterio de las Huelgas, de donde apenas unas semanas antes los canteros habíamos sido desalojados por la abadesa. El recuerdo de aquella infortunada noche se mezcló con el de Tomás, llenando mi corazón de añoranza.

Para mi sorpresa, el recibimiento fue bien distinto al que tuve con los canteros. Fui presentado como un compañero del caballero negro, pero la abadesa no me prestó más atención que la imprescindible para no parecer grosera. Sus labios, apretados en un rictus como las hojas de un libro cerrado, se abrieron como una flor en primavera al dirigirse al caballero negro, que sonreía divertido por la situación. Sin duda, se conocían con anterioridad y la conversación se prolongó, como si la abadesa no quisiera separarse de él. Cuando se apercibió de que la situación se volvía incómoda y de que las hermanas comenzaban a cuchichear y reír, su actitud cambió de manera abrupta. Comenzó a darles órdenes y las monjas huyeron despavoridas a realizar las tareas encomendadas.

Fuimos acompañados a unos aposentos que me parecieron palaciegos en comparación con los de mi última visita al monasterio. Disponíamos cada uno de nuestra propia habitación, en las que las chimeneas fueron encendidas con presteza. La del caballero negro era más lujosa que la mía y aproveché el primer momento de intimidad para decírselo.

—Quizá esta noche también recibas una visita inesperada —lo azucé provocador.

—¿Inesperada? —dijo con una sonrisa irónica y un gesto distraído—. Te contaré la historia. La abadesa es una vieja amiga de la familia. Nuestros padres acordaron nuestro matrimonio cuando aún éramos niños, pero no entraba en mis planes consumirme en manos de esa mujer. Decidí ponerme al servicio del conde de Toulouse. Al principio, ella me esperó, aunque yo fui claro en mis intenciones. Quizá confiaba en que mi padre me haría cambiar de parecer —dijo encogiéndose de hombros—. Hace apenas un año supe que su familia la había enviado aquí. Supongo que es una maniobra para proteger su honor hasta que yo decida regresar.

—¿Y aun así te has atrevido a pasar por aquí? —pregunté con la boca abierta—. ¿No temes meterte en la boca del lobo?

El caballero negro rio de nuevo, pero esta vez me pareció que lo hacía de mi ingenuidad.

—Si fui capaz de soportar durante varios años las presiones de mi padre, los lloriqueos de mi madre, las insinuaciones de mi pretendida suegra y los nada tímidos avances de la ahora abadesa, no dudes de que resistiré una noche.

—No me gustaría estar en tu pellejo —respondí de todas formas.

—¡Ay, mi buen Jean! ¡Cuánto tienes que aprender! ¿Es que acaso has pasado la vida encerrado entre los muros de un monasterio? La abadesa se llevará hoy una sorpresa.

Me quedé callado, preocupado por la referencia del caballero negro a mi vida anterior. Empezaba a creer que aquel hombre sabía más sobre mí de lo que dejaba entrever, que bajo su capa superficial de aventurero se escondía una inteligencia despierta y una profundidad que apenas empezaba a apreciar. Esperaba que mi plan no estuviera en peligro.

Pronto se hizo el silencio en el monasterio. Decidí quitarme de la cabeza al caballero negro y sus problemas con las mujeres y no esperar para llevar a cabo mi tarea; tenía la sensación de que la noche sería más movida de lo que presagiaba la quietud que en ese momento imperaba.

Cogí un candelabro de la habitación y abrí la puerta con un sigilo rápidamente traicionado por el chirrido de sus goznes. Esperé unos segundos, me deslicé fuera y seguí un pasillo que me condujo, tras varios recovecos, a una puerta cerrada. En algún lugar del monasterio se oyó el ruido de una puerta al cerrarse e instintivamente me apreté contra el muro, tapando la vela con mi cuerpo. Transcurridos unos instantes, reanudé la marcha, descendiendo varios tramos de escalera hacia donde intuía que estaba la pequeña iglesia. Después de franquear otra puerta, me encontré en un lateral del templo, apenas a unos pocos metros de los sepulcros del rey Alfonso y de Leonor de Plantagenet.

Cuando me disponía a acercarme a ellos, descubrí a alguien arrodillado junto a uno de los bancos de la iglesia. La suerte quiso que yo me encontrase a sus espaldas y que la luz de mi vela quedase disimulada por las antorchas distribuidas por las paredes. Aun así, por precaución, la apagué y me dispuse a esperar. La figura, cubierta con una capucha, parecía meditar, o quizá rezar. El tiempo se alargó mientras yo espiaba desde las sombras. Cuando ya pensaba en volver a mi habitación, la figura se levantó al tiempo que echaba la cabeza hacia atrás y se quitaba la capucha. Reconocí a la abadesa que, tras un instante de vacilación, se dirigió con paso firme hacia una puerta lateral. Tal vez había acudido a pedir fuerzas para soportar la tentación o a lo mejor a solicitar el perdón por el pecado a punto de cometer.

Aproveché la soledad para acercarme a los sepulcros. Encendí de nuevo mi vela con una de las antorchas para poder contemplar lo bellamente labrados en caliza que estaban y la policromía de vivos colores que los cubría y los alejaba del funesto contenido que algún día albergarían. Habían sido tallados con la perfección que alcanza la experiencia de los años. Recorrí, como siempre, cada curva de la piedra, cada detalle. No sé cuánto tiempo pasé absorto, pero de repente tuve una sensación de peligro inminente.

Me acerqué a la puerta por la que había accedido a la iglesia y escuché voces al otro lado del templo. Justo a tiempo, me deslicé entre las sombras y me alejé. Abrí una puerta que daba al claustro del monasterio en el mismo instante que la abadesa regresaba a la iglesia. Su rostro se mostraba crispado, sus hombros encogidos, como si estuviera conteniendo un arranque de ira o de llanto. No me quedé para averiguarlo, pero sospeché que aquel cambio en su actitud tenía algo que ver con el caballero negro.

Crucé el claustro sin detenerme, hasta que vi una columna bellamente decorada con una máscara demoníaca que parecía vigilar mi paso desde la oquedad de sus ojos. Me detuve a contemplarla y luego seguí el camino hasta mi celda. Nada turbó mi sueño aquella noche.

Por la mañana, el silencio envolvía el monasterio. Las hermanas preparaban el desayuno y nos atendían como si temiesen despertar a una fiera dormida. Y quizá era así.

El caballero negro, sin embargo, llegó con una sonrisa en los labios, guiñó el ojo a una hermana, que huyó como si el diablo le hubiera hecho una proposición indecente, y se sentó a la mesa con estruendo.

—Me rugen las tripas —dijo mirando a su alrededor—. Mi buen Jean, ¿preparado para unas largas jornadas hasta nuestro próximo destino?

—¿Qué sucedió anoche? —pregunté bajando la voz con la vana esperanza de que el caballero negro me imitase.

—Nada que deba contarse en terreno bendecido, Jean —dijo abriendo mucho los ojos—. Si demuestras un poco de paciencia, será una buena historia que sin duda amenizará nuestras largas horas de cabalgata.

No estaba muy seguro de querer conocer la historia. Me recordé que nada de todo aquello importaba de cara a mi plan.

La abadesa no apareció en el desayuno ni se presentó en nuestras habitaciones mientras recogíamos nuestras pertenencias; ni siquiera se acercó a despedirnos cuando regresamos a nuestras monturas. El caballero negro se mostró tranquilo, como si no le afectase en lo más mínimo y supiera que aquello era lo que cabía esperar de la situación.

Cuando nos pusimos en marcha y bordeamos el monasterio hacia el puente, una de las hermanas apareció, cubriendo su rostro bajo una capucha. Era una de las religiosas jóvenes en la que ya me había fijado por la singular belleza de unos ojos de color miel y que había visto seguir sin disimulo a mi compañero el día anterior. Se detuvo junto caballero negro.

—Ahora te vas —dijo con pesadumbre— y yo pronto te seguiré. He sido expulsada de la Orden. ¿Qué haré ahora? —preguntó más para sí misma que esperando una respuesta—. ¿Qué será de mí?

—No es sitio para ti este monasterio —respondió el caballero negro con cariño—. No temas, acude a Leyre y habla con el abad Arnaldo. Dile que vas de mi parte, él sabrá qué hacer.

—¡Llévame contigo! —respondió angustiada la joven.

—No me lo pedirías si conocieras los peligros a los que me enfrento. Si no tienes medios para desplazarte hasta Leyre, visita a Diego de Alcázar, conde de Amaya; es amigo mío. Te llevará hasta Leyre sana y salva.

El caballero negro continuó su camino y dejó a la joven callada, los brazos antes anhelantes ahora caídos y la mirada perdida.

—Ahora entiendo lo sucedido —dije con un gesto de reproche—. Sedujiste a la hermana para que la abadesa os encontrara yaciendo juntos y abandone así sus últimas esperanzas contigo.

—Veo que aprendes con rapidez —contestó el caballero negro con una sonrisa pícara—. Espero haber resuelto este problema de una vez por todas.

—Hiriendo a dos mujeres en el camino. Y al menos una de ellas, inocente de toda culpa —respondí agriamente.

—¿Es eso lo que piensas? ¿Crees acaso que la forcé a acompañarme a la habitación contra su deseo y que allí consumé la violación de una inocente virgen? Fue ella la que se presentó allí; no dejó de insinuarse con sus miradas desde que llegamos. Yo solo aproveché la ocasión —dijo encogiéndose de hombros—; y te aseguro que, aunque joven, demostró ser muy aventajada en las artes amatorias. Este no es su lugar en el mundo. Será más feliz donde la he enviado de lo que jamás hubiese sido aquí.

—Pero habéis desviado a un alma del camino hacia Dios, del que Él le tenía preparado.

—¿Y quién es Dios para decidir por nosotros? ¿Somos acaso títeres de su voluntad? Solo nosotros debemos decidir nuestro futuro.

Miré estupefacto al caballero negro. Para ser un soldado a las órdenes del abad de Leyre, pensaba de una manera que jamás habría imaginado. Aquel hombre era mucho más complejo de lo que su habitual frivolidad dejaba traslucir. ¿Y yo? ¿Estaba decidiendo mi camino? ¿Hacía lo correcto?

65

Año 33

Habían transcurrido tres semanas desde la llegada de Santiago y sus compañeros a Hispania. El día había amanecido con un cielo limpio que le recordaba los largos días de verano de su niñez. Sentía añoranza o quizá es que estaba haciéndose viejo. Avanzaban caminando en silencio, tercamente, como las procesionarias que, unidas en interminables filas, bajaban de los pinos buscando un nuevo hogar que las albergase.

En la posada en la que habían pernoctado los avisaron de que no encontrarían ninguna población acogedora en su ruta y remarcaron que debían apresurarse para llegar a Termantia y no dormir al raso. Una vez aprovisionados de agua y comida para dos días ante la eventualidad de no encontrar acomodo, se arrastraron sobre el lecho serpenteante de piedras y polvo en el que se había convertido el camino. Este ascendía de manera interminable entre campos de tomillo, lavanda e hinojo que impregnaban el ambiente de fragancias que hacían más soportable el esfuerzo. Cada uno caminaba absorto en sus propios pensamientos, envueltos únicamente por el zumbido de los tábanos.

Llegaron a la cima de una loma que los conduciría en ligero descenso hacia un valle que se abría ante ellos. Un desfiladero hendía el camino en el comienzo de la bajada y las paredes se elevaban a ambos lados, proporcionando una sombra que todos ansiaban alcanzar. Allí, bajo la protección de aquel accidente natural, decidieron descansar unos instantes.

El ataque surgió de la nada y no tuvieron tiempo ni de reprocharse su falta de previsión. Aquel era el lugar más propicio para una emboscada y los atacantes los habían sorprendido en una posición en la que resultaba difícil defenderse. Para agravar la situación, los salteadores los superaban claramente en número y, lo que era peor, en capacidad de lucha. A pesar de que trataron de oponer resistencia, solo Adonai era diestro en el cuerpo a cuerpo.

Los asaltantes, poco más de media docena, llevaban la ropa hecha jirones; eran hombres toscos, duros, acostumbrados a aquella tierra agreste, a dormir a la intemperie y a llevar una vida al margen de la ley, si es que esta existía en aquella parte del mundo.

Santiago oyó un grito a su izquierda y se volvió para ver cómo Atanasio era alcanzado en un costado. Gritó su nombre, pero lo vio rehacerse y continuar la lucha. Sin embargo, salvo Adonai, peleaban sin convicción y pronto fueron desarmados. Mientras los registraban buscando alguna cosa de valor, Santiago lamentó perder la reliquia así, tras tantos esfuerzos. Instintivamente, Atanasio y Teodosio se habían colocado de tal manera que él fuese el último en ser desvalijado. Aquello le produjo un pensamiento irónico, ante la futilidad de su sacrificio.

El que parecía el jefe del grupo se situó ante él, apartando a ambos con brusquedad. Era un hombre bajo, pero de brazos y piernas poderosos, de piel curtida bajo el sol y cuyo rostro mostraba profundas arrugas, resultado de una vida dura. Tenía una cicatriz que comenzaba a la altura de su sien y atravesaba su mejilla hasta el mentón y que le daba una expresión de extrema fiereza. Quizá fuera el recuerdo de un asalto fallido, de un marido celoso o de una guerra ya olvidada. Hablaba un lenguaje desconocido para Santiago, que únicamente podía entender algunas palabras sueltas.

Aquel hombre alzó su corta espada y sostuvo con la punta del filo la cadena que colgaba del cuello de Santiago. Sonrió al tomar el objeto en su mano, dejando ver unos dientes ennegrecidos. Todos observaban callados, incluso Adonai, al que sujetaban varios hombres. Hasta los habituales ruidos del monte parecían haber cesado. El lamento de las cigarras y el gorjeo de las desconocidas aves que los acompañaban desde su llegada a Hispania habían desaparecido.

Repentinamente, un silbido surcó el cielo y antes de que nadie pudiese reaccionar, un golpe seco sacudió la espalda del jefe del grupo. Su cara se transformó con una mueca de estupor y emitiendo un gruñido se desplomó como un fardo en el suelo mientras su espada, aún con la reliquia en la punta, caía a sus pies. Sin pensarlo dos veces, Santiago se agachó a recogerla y la guardó de nuevo bajo su capa. Cuando levantó la cabeza, solo ellos cuatro y un cadáver ocupaban el desfiladero.

Aguardaron expectantes. Entonces, un hombre, seguido inmediatamente de muchos más, asomó por las rocas cercanas. Los salvadores descendieron reptando mientras Santiago terminaba de guardar rápidamente la reliquia. Algunos, los menos, iban armados con arcos y espadas; otros llevaban simplemente hoces, horcas y azadas y parecían meros campesinos. Finalmente, el que parecía dirigir aquel extraño ejército, un hombre alto y delgado cuya edad aún no había eliminado las maneras y movimientos de alguien acostumbrado a la guerra, se acercó con paso firme.

—Disculpadnos por haber tenido que presenciar tan desagradable escena —dijo en latín mirándolos con porte arrogante—. Mi nombre es Lucio Viriato, alcalde del cercano pueblo de Cariniana y legionario licenciado de la Tercera Legión Romana.

Adonai, que era el que mejor dominaba el latín debido a sus extensos viajes por mar, contestó al exlegionario.

—Os estamos agradecidos por vuestra ayuda —dijo irguiéndose frente a él.

De pronto, frente a todos los presentes, ocurrió algo que los impresionó. El porte de Adonai cambio por completo. Su rostro amable se endureció, elevó el mentón y la mirada se le afiló. Observando a aquellos dos hombres, un antiguo legionario de los invencibles ejércitos romanos y un marinero descendiente de generales cartagineses, se podía imaginar la bravura de las guerras que habían asolado el Mediterráneo en tiempos pasados y que yacían, casi olvidadas, en muchos rincones del mundo.

El alcalde les ofreció refugio en su poblado, apenas una decena de casas situadas en el valle, al borde de un río que descendía de las cercanas montañas del oeste. En el camino les narró las razones de su ayuda.

—Hace unos meses comenzaron a aparecer asaltantes en esta zona. Son soldados de los derrotados pueblos pelendones que malviven ocultándose en las montañas y atacando a los pocos viajeros que se aventuran por estos parajes, así como a los respetados y honrados vecinos de nuestro humilde pueblo.

—¿Y no recibís ayuda del ejército romano? —preguntó Santiago sorprendido por la inacción de quienes tenían por costumbre instaurar la paz romana en los territorios conquistados.

—De vez en cuando —respondió resignado—, los ejércitos de Roma, atraídos por los relatos de los asaltos, vienen hasta nuestras casas a traer orden, pero desvalijan nuestros graneros y los pequeños corrales que son el sustento de nuestros hijos. Por eso nos vemos obligados a actuar, para alejar a los asaltantes y a aquellos que nos deberían proteger.

Al llegar, los instalaron en humildes pero confortables habitaciones en la vivienda de una viuda que se alegró más de tener compañía que de recibir el razonable pago que se ofrecieron a darle en compensación. El alcalde los convidó a cenar en su casa, invitación que todos menos un reticente Adonai, desconfiando aún de las intenciones del alcalde, aceptaron agradecidos.

—Parecen buena gente, Adonai —intentó convencerlo Teodosio— y nos han salvado la vida. No es bueno guardar antiguas cuentas de una guerra ya olvidada.

La viuda atendió la herida de Atanasio, limpiándola con una infusión y aplicando un ungüento que, según dijo, lo sanaría al cabo de algunos días. Santiago se preocupó al ver el corte, más profundo de lo que habían imaginado y de lo que el propio Atanasio había querido reconocer. Este le quitó importancia diciendo que en unos días estaría completamente curado.

Cenaron en abundancia acompañando la comida con un vino razonable y con multitud de preguntas del anfitrión dirigidas fundamentalmente a Teodosio y Atanasio, a los que el vino y la compañía habían soltado la lengua más de lo aconsejable. Santiago se movía inquieto escuchando los relatos de sus amigos sobre el naufragio en el Mediterráneo. Adonai se mantenía silenciosamente atento y, de vez en cuando, lanzaba miradas de desaprobación a Santiago.

—Entonces el capitán ordenó que fuéramos llevados a la bodega —contaba Teodosio entusiasmado por la atención que Lucio Viriato le estaba prestando—, quería mantenernos a salvo...

—Quizá es el momento de retirarse a descansar —interrumpió Santiago antes de que Teodosio dijese algo irreparable.

Lucio Viriato le dedicó una sonrisa irónica, como si hubiese captado su incomodidad y su intento por evitar que sus compañeros compartieran demasiada información.

—No tenéis prisa alguna —dijo con un gesto amistoso que a Santiago le pareció impostado—. Podéis quedaros con nosotros el tiempo que estiméis oportuno.

El tono de voz de Lucio confirmó a Santiago que la conversación no era tan inocente como intentaba hacerles ver.

—Agradecemos tu hospitalidad —replicó con rapidez—, pero es hora de que nos retiremos. Mañana continuaremos hacia nuestro destino.

—¿Y cuál es ese destino si puede saberse? —preguntó Lucio con un brillo de ambición que no logró ocultar.

Su curiosidad hacía tiempo que había sobrepasado los buenos modales.

—Ese destino es cuestión privada —respondió Santiago tajante— y preferimos no darlo a conocer si te parece bien.

—Así sea —contestó el alcalde encogiéndose de hombros—. No es asunto mío, solo lo preguntaba por conocer más de vuestra apasionante historia.

Una vez en casa de la anciana, esta les mostró una habitación pequeña y limpia apenas iluminada por los destellos de una lámpara de aceite. Una joven de bellos ojos negros a la que la anciana les presentó como su nieta entró portando vasijas de agua para que pudiesen asearse. Sin decir palabra, las depositó en una pequeña mesa; antes de salir, les dedicó una mirada extraña, mezcla de tristeza y de algo que Santiago no pudo identificar.

El ruido de una cancela lo sacó de sus pensamientos. Compasión. Eso era lo que había visto en aquella joven. El cerrojo que ahora los separaba del mundo era una muestra evidente de que estaban presos, como unas semanas antes lo habían estado en la bodega del barco que surcaba el Mediterráneo. Adonai golpeó la puerta y a gritos pidió explicaciones, pero no fue la voz de la joven ni la de la anciana la que escucharon al otro lado, sino la del alcalde.

—Golpeáis y gritáis en vano —dijo con voz pausada—. Colocad junto a la puerta todo lo que de valor portáis y retiraos. Os advierto que estoy acompañado de varios soldados prestos a disparar sus arcos.

Con pocas esperanzas, se despojaron de sus escasas pertenencias. Santiago decidió guardar la reliquia. Tras dejar todo en el suelo y apartarse, la puerta se abrió y un hombre recogió lo que habían depositado. Instantes después el alcalde volvió a hablar.

—Que aquel de vosotros que se llama Santiago abra la puerta y salga. El resto, esperad dentro.

Atanasio y Teodosio alzaron la voz al unísono objetando la orden que llegaba del alcalde, pero una simple mirada de Santiago los convenció de que no tenían alternativa. Sabía lo que buscaba aquel hombre y también que no dudaría en utilizar la fuerza para lograrlo. Solo le quedaba intentar convencerlo.

Abrió la puerta y salió del cuarto. El alcalde, sentado a la mesa, le ofreció otra silla, invitándolo a tomar asiento con una sonrisa cínica. Santiago se sentó en silencio, mirándolo directamente a los ojos, tratando de aparentar tranquilidad y dejando que tomara la iniciativa.

—Me imagino que ya sabes lo que busco —dijo inclinándose hacia delante y entornando los ojos.

—No sé qué crees que puedo darte, no soy un hombre rico. Todo lo que era mío ya es tuyo —contestó dispuesto a no ponerle las cosas fáciles.

Lucio Viriato observó a Santiago largo rato, evaluándolo antes de tomar una decisión.

—Ambos sabemos que no es así. Sé que habéis cruzado el mundo huyendo de algo y también que eres tú quien lleva lo que provoca esa huida. Los demás te protegen en todo momento, como hicieron en el desfiladero.

Santiago se dio cuenta de que el alcalde lo había visto guardarse la reliquia y sabía perfectamente de qué estaba hablando.

—He tenido una vida larga y llena de vicisitudes —continuó mirando por un instante a la joven que les había traído el agua unos minutos antes y que ahora permanecía callada en una esquina de la casa— y tus amigos son un libro abierto para mí. Podemos hacerlo de manera sencilla y que nadie sufra. Os dejaré marchar en paz.

Santiago soltó el cuello de su capa y desprendió el colgante mostrando el objeto que de él pendía.

—¿Es esto lo que quieres? —dijo Santiago con resignación tratando de quitarle importancia—. No tiene ningún valor para ti. Harías bien dejándonos marchar con él, pues solo el mal te traerá, ya que no es otro su sino. Hace un momento querías saber cuál era nuestro destino. No hemos cruzado el mundo para esconder este objeto, sino para tirarlo al mar en el confín de la tierra.

Lucio Viriato abrió mucho los ojos, a los que, por un momento, asomó un temor reverencial. Luego los entrecerró. La duda se debió de dibujar en el rostro de Santiago; el alcalde soltó una ruidosa carcajada y recogió el amuleto de la mesa para observarlo de cerca.

—No parece peligroso a simple vista, aunque agradezco tu advertencia. Deja que sea yo el que decida. Márchate.

Santiago regresó al cuarto y contó a sus amigos la conversación. La desesperación se apoderó de ellos y, sin embargo, él se había liberado. Ya no tendría que preocuparse por la reliquia; tan lejos de Jerusalén, Pedro jamás llegaría a encontrarla. No veía cómo podía causar, allí lejos, un daño importante. Dejó a los demás discutiendo, se acurrucó en una esquina y disfrutó del sueño más placentero que había tenido desde hacía semanas.

Pero el sueño no duró toda la noche. Poco antes del amanecer, la puerta del cuarto se abrió sigilosamente y en la oscuridad, atenuada por la luz casi extinta de la única lámpara del cuarto, una voz y una mano los urgieron a salir. Se miraron unos a otros sin comprender y, tratando de hacer el menor ruido posible, se incorporaron y se deslizaron por la puerta, encontrándose con la joven de ojos tristes.

—¡Rápido! —los apremió entre susurros con la misma mirada perdida de la noche anterior—. Debéis escapar ahora.

—¿Cómo podemos agradecerte lo que estás haciendo por nosotros? —preguntó Santiago.

Aquella joven se estaba arriesgando por ellos, mostrando más valor que muchos hombres que había conocido.

—No hace falta —respondió triste—. Sé que sois hombres buenos, lo puedo leer en vuestros ojos. No os merecéis lo que Lucio os ha hecho, por eso os ayudo. Pero debéis marcharos y no volver jamás; si no, os matará —finalizó como si aquello ya lo hubiese vivido antes.

Atanasio, Teodosio y Adonai salieron apresuradamente de la casa, pero Santiago se detuvo.

—¿Cuál es tu nombre? —preguntó recordando que ni siquiera eso conocía de ella.

—Laura —contestó con una sonrisa tímida. Colocó su mano sobre el brazo de Santiago y lo retuvo un momento—. ¡Ten! —dijo antes de dejarlo ir—. Guárdalo bien. Sin duda se trata de un objeto muy valioso para ti.

Santiago se quedó boquiabierto observando cómo Laura sacaba un pequeño pañuelo y le mostraba la reliquia que unas horas antes había creído perdida para siempre.

—¿Cómo...? —balbuceó.

Laura puso un dedo sobre sus labios y le dedicó de nuevo una sonrisa que le atravesó el corazón por la triste desesperanza que transmitía.

—Hay cosas que para una mujer atractiva son fáciles de lograr, como la oportunidad de estar cerca de un hombre —respondió con una mirada resignada.

—¿Qué sucederá contigo cuando él lo descubra?

—¿Y qué puede hacer que no haya hecho ya? —Laura se encogió de hombros.

—Huye con nosotros entonces. No tienes por qué aceptar esta situación.

Laura negó con la cabeza con el gesto resignado, pero a la vez seguro, de quien sabe cuál es el camino que debe tomar.

—Te lo agradezco de todo corazón, pero mi lugar está aquí, junto a mi abuela. ¿Quién si no la protegería a ella? Ahora vete —dijo animándolo con dulzura a partir—, cumple con tu destino y deséame suerte.

Santiago salió corriendo a la oscuridad de la noche tras sus amigos, que aguardaban inquietos. La primera claridad del día aparecía ya por el este y un gallo cantó en la aldea. Avanzaron deprisa, tratando de alejarse de aquel pueblo maldito antes de que su huida fuese descubierta.

La mirada de Laura no desaparecía del recuerdo de Santiago, que caminaba con los puños apretados y rechinando los dientes. Una vez más, había salido huyendo, como venía haciendo desde hacía ya meses. Una vez más, había escogido el camino más fácil.

En aquellos tristes instantes, mientras corría en la noche con lágrimas en los ojos, se prometió a sí mismo que no volvería a huir, que afrontaría la carga que le había impuesto el maestro aunque fuera en recuerdo de aquella joven valerosa que no solo lo había librado del cautiverio, sino que también, con su ejemplo, le había mostrado el camino a seguir.

66

Año 1199

El monasterio de Silos surgió majestuoso tras un recoveco del camino. Recordé que Tomás me había contado cómo aquellos que contemplaban los relieves del claustro quedaban tan prendados que, años después, aún podían describirlos, como si el tiempo no hubiese transcurrido. También me había hablado del *scriptorium*, donde se iluminaban los más bellos códices que había producido la cristiandad. Mi expectativa era grande cuando cruzamos a caballo los anchos muros del cenobio.

Algunos monjes trabajaban la tierra e interrumpieron su labor para mirarnos, volviendo a su quehacer sin prestarnos más atención. Otro salió a nuestro encuentro.

—¿En qué puedo ayudaros, nobles señores? —dijo con voz calmada, acostumbrado a recibir a todo tipo de visitantes, pero también a tratarlos a todos con deferencia.

—Desearíamos hablar con el abad Juan Gutiérrez —respondió el caballero negro en el mismo tono—. Decidle que Roger de Mirepoix, enviado del abad Arnaldo de Leyre, desea verle.

El monje se retiró con una leve reverencia después de hacernos pasar a un pequeño patio interior, a donde nos trajeron algo de comida y bebida.

—Este es uno de los monasterios en los que podemos confiar, si cabe confiar en alguien o en algo en estos tiempos revueltos —dijo el caballero negro envuelto en una nube de desánimo.

Aún transcurrieron unos minutos hasta que el hermano regresó y nos informó de que tendríamos que esperar a ser recibidos. El abad Juan Gutiérrez no sabía de nuestra visita.

Me senté en un banco y me dediqué a observar al caballero negro paseando arriba y abajo con inquietud creciente, temeroso de que nuestros perseguidores nos dieran alcance. Dos horas después, con la paciencia de aquel hombre puesta al límite, fuimos recibidos por el abad.

Era un hombre de edad avanzada que nos recibió postrado en un sillón y apoyado en un bello báculo que parecía recubierto de oro, coronado por la cabeza de una serpiente. El abad parecía descansar, incluso pensamos que podría haberse quedado dormido, ya que no nos dirigió la palabra durante unos instantes interminables. De pronto, reaccionó con un movimiento de la cabeza y nos miró perplejo. Luego pareció recordar la causa de nuestra presencia.

—Venid, acercaos, caballeros —dijo con voz débil y cansada—. ¿A qué se debe el honor de vuestra visita?

—Mi buen abad Gutiérrez —se adelantó el caballero negro—, somos enviados del abad de Leyre, vuestro buen amigo Arnaldo. Estamos en misión a su servicio. Nos dijo que en Silos seríamos bien atendidos, gracias a vuestra hospitalidad.

—Sí, claro, mi querido amigo el abad de Leyre —aquello pareció insuflarle algo de vitalidad y sus ojos perdieron parte del velo que los oscurecía—. ¿Y cómo se encuentra?

El caballero negro dio un paso adelante, animado por la atención del abad.

—Tan activo como siempre —respondió—. Deseando veros de nuevo, pero sus innumerables obligaciones lo retienen.

El abad pareció valorar en silencio la afirmación del caballero negro, pero su mirada se había vuelto a oscurecer.

—Obligaciones, por supuesto. Las mismas que me atan a mí, sin duda. ¿Y cómo decís que os llamáis?

—Aún no hemos tenido oportunidad de deciros nuestros nombres. Yo soy Roger de Mirepoix, al servicio del abad, y mi compañero —dijo señalándome— es Jean de la Croix y me ayuda en mi misión.

El anciano nos observó como si nos viera por primera vez. Algo extraño estaba sucediendo, pero no acababa de entender qué iba mal.

—¿Y quién decís que os envía? —preguntó el abad—. No os conozco ni me habéis dado vuestros nombres.

Miré al caballero negro, que me devolvió una mirada de perplejidad. Antes de que pudiésemos contestar, una voz surgió de la oscuridad.

—Estimados huéspedes, el abad se encuentra cansado después de un día ajetreado. Permitid que me presente —dijo saliendo de las sombras—, soy el prior Domingo. Sin duda, tendréis oportunidad de volver a hablar con él durante vuestra estancia con nosotros.

El prior nos acompañó en silencio, con rostro serio. Cuando estuvimos fuera de la estancia nos dirigió una mirada triste. Parecía consternado.

—Como habéis podido ver, el abad no está bien. Por favor, transmitid al abad de Leyre nuestro respeto y decidle que el monasterio está en buenas manos.

—Así lo haremos —respondió el caballero negro, que parecía haberse recuperado de la sorpresa—. Vemos que el monasterio está bien conducido por vos. —El prior asintió, reconfortado por las palabras del caballero negro, temeroso probablemente de que la situación del abad afectase al monasterio—. Os solicitamos —continuó el caballero negro— que nos dediquéis unos minutos para conversar sobre lo que aquí nos trae y para trasladaros nuestra extrañeza por que nuestra llegada no os fuese anunciada.

—Si queréis, podemos hablar ahora mismo —respondió el prior—. Acompañadme a mis dependencias, hablaremos con mayor comodidad.

—Os ruego me disculpéis —me apresuré a decir—. Si os parece bien, os dejaré a solas, ya que me gustaría visitar el monasterio, que sin duda hace honor a la fama que atesora.

Miré al caballero negro, que asintió dando su conformidad, aunque me lanzó una mirada de advertencia que interpreté como una demanda de discreción.

—Mi compañero Jean —intervino el caballero negro con una sonrisa— ha sido cantero y además domina el arte de escribir. Prefiere dedicar su tiempo a acariciar piedras y escudriñar por encima del hombro de los escribas.

—Así es —dije encogiéndome de hombros—. Visitaré el claustro y el *scriptorium* si me concedéis vuestro permiso.

—¿Cómo no habría de hacerlo? —contestó el prior—. No hay que privar del conocimiento a quien lo desea. Sobre todo, si este ha sido puesto al servicio de nuestro Señor. ¿Deseáis que llame a algún monje para que os guíe?

—No será necesario —dije para tranquilizar al caballero negro—. Estoy seguro de que todos ellos estarán ocupados en sus quehaceres.

Siguiendo las indicaciones del prior, me dirigí al *scriptorium*. Me impresionó su tamaño, mucho mayor de lo que cabía esperar del monasterio. Los monjes trabajaban en el más absoluto de los silencios, quebrado por el sonido de las plumas, interrumpido por las breves ocasiones en que los escribas cambiaban de renglón o por las aún más raras veces en que pasaban de una hoja a la siguiente deslizando la ya completada, que quedaba apartada a la espera de que la tinta se secase. Uno de los frailes hizo un ademán para invitarme a entrar y prosiguió con su trabajo. Contemplé su labor a una distancia prudente. Luego, viendo que había una mesa despejada y recordando que llevaba mis útiles de escritura, decidí dedicar un tiempo a transcribir mis propias aventuras.

La luz comenzaba a menguar cuando me di cuenta de que me había quedado solo en el *scriptorium*. Una de las antorchas se acababa de apagar y el silencio me envolvía. El caballero negro no tardaría en reclamar mi presencia y quise aprovechar los últimos instantes de luz para visitar el claustro del monasterio. Recogí mis útiles de escritura, apagué las últimas antorchas y, sin saber muy bien por qué, salí evitando hacer ruido.

Bajé las escaleras y llegué a una esquina del claustro. Me sorprendió un relieve que representaba un pasaje bíblico, la duda de Santo Tomás. Las figuras parecían querer saltar de la piedra, mostrando así la pericia del artista que las había cincelado. Pasé la mano por la figura de Santo Tomás. La escasa luz que se derramaba por debajo de los capiteles acentuaba la sensación de profundidad. Avancé hasta encontrar un segundo relieve, muy diferente del anterior. Representaba la Anunciación y me atrajo el gran detalle con el que estaba esculpido. No podía tratarse del mismo maestro, pues este parecía de reciente talla.

Al doblar la siguiente esquina, confirmé mi idea al encontrar al artista trabajando en una de las tallas. Me animó la posibilidad de ver trabajar al cantero al día siguiente y hablar con él. Quizá conocía a Tomás. Si así fuese, podría enviarle un mensaje a través de él, ya que Tomás me había mencionado su intención de visitar Silos a su regreso del oeste.

La última luz del día abandonaba ya el claustro. Al volverme, me encontré con un sepulcro de modesta factura. Por el lugar donde estaba ubicado, no podía ser otro que el del fundador del monasterio, el propio Santo Domingo. Sus seguidores habían decidido darle sepultura en aquel lugar tan bello. Estaba parcialmente enterrado, así que me agaché para contemplarlo. Una pequeña reja cerraba el acceso. La oscuridad terminó de invadirlo todo y el silencio era completo cuando hube terminado. Me levanté y me alejé.

Encontré al caballero negro en una celda que nos habían preparado. Aunque esperaba algún comentario acerca de mi afición a las piedras y los pergaminos, su semblante serio me indicó que la conversación con el prior no había discurrido bien.

—Estamos rodeados —anunció con expresión huraña—. Apenas una hora después de nuestra llegada, varios jinetes al servicio del abad Guy Paré llegaron al monasterio. Algunos partieron inmediatamente, mientras el resto montaba guardia. En total, ocho monjes nos rodean, demasiados para luchar o huir. Me temo que pronto llegarán otros con el mismo abad al mando. Estamos atrapados.

—¿Y qué haremos? —pregunté notando cómo mi estómago se encogía de temor—. Tal vez tengamos más opciones de huir ahora que más tarde.

El caballero negro me miró; era evidente que ya había contemplado y descartado tal posibilidad.

—Esperaremos —dijo con templanza, como si conociese alguna información que no quisiera compartir—. Aquí estamos seguros; ni siquiera el abad Guy Paré se atreverá a atacar el monasterio. Presionará al prior para que nos entregue, aunque este me ha prometido que no lo hará.

—¿Crees que mantendrá su promesa? —pregunté no muy convencido de la capacidad del prior para resistir.

El caballero negro negó con la cabeza.

—No sé cuánto tiempo aguantará. Cuando el abad Guy Paré le muestre la carta firmada por el mismísimo sucesor de Pedro en Roma, aunque no quiera enemistarse con el abad de Leyre, cambiará de opinión.

—¿Entonces?

—Nuestra única opción son los monjes blancos. No cejarán en su empeño mientras les quede un soplo de vida. Son guerreros extraordinarios. Y ahora, Jean —dijo tratando de infundirme ánimo—, como no tenemos mucho más que hacer, aprovechemos para comer algo y dormir.

Las náuseas me subieron desde el estómago hasta la boca. Tenía confianza en los monjes blancos, si es que aún estaban vivos, pero las fuerzas del abad eran demasiado numerosas y el caballero negro era solo un hombre, por muy diestro que fuera con la espada. Los caballeros templarios eran una fuerza poderosa con sed de venganza. ¿Teníamos en realidad alguna oportunidad?

El silencio nos acompañaba cuando llegamos al comedor. Los monjes, ya enterados de lo que sucedía, nos miraron con una mezcla de recelo e interés. El prior, sentado en la cabecera de la modesta mesa, se acercó a nosotros y se disculpó por la ausencia del abad, aunque su rostro reflejaba tensión e incomodidad.

—No se encuentra muy bien hoy y ha preferido cenar en sus aposentos —dijo—. Os pide que lo disculpéis.

—Por supuesto —contestó el caballero negro con un gesto comprensivo—. Cuando lleguemos a Leyre, haré saber al abad su delicado estado de salud. Estoy seguro de que querrá acercarse a visitar a su amigo y —añadió rápidamente para calmar al prior— conocer de primera mano lo bien gestionado que está el monasterio.

En aquel momento, se abrió una puerta y entró un monje de mirada huidiza y manos regordetas. Parecía nervioso y unas gotas de sudor le caían por las sonrosadas mejillas. El hombrecillo se restregó las manos en el hábito mientras recuperaba el aliento.

—Saltaron sobre mí —balbuceó dirigiéndose al prior—. Me sujetaron y me preguntaron, casi sin darme tiempo a responder. Y luego los otros...

—¡Descríbelos! —ordenó el caballero negro.

—Eran cinco, no, seis, todos armados. Me amenazaron y... y los otros...

—¿Qué les dijiste? —interrumpió el caballero negro con mirada acerada y un gesto brusco.

—Yo... yo, nada, mi señor. No sé si vais o si venís ni quiénes sois, si me entendéis lo que quiero decir. No me gustan los problemas, así que no hago preguntas.

—Muy juicioso por tu parte —respondió el caballero negro intentando tranquilizarlo—. ¿Qué te preguntaron entonces?

—Cuántos erais, cuándo habíais llegado y si teníais caballos.

Se abrió la puerta y entró otro monje que, dirigiéndose también al prior, anunció:

—Hay unos monjes en la puerta, uno de ellos dice ser Guy Paré, abad de Citeaux. Solicitan hablar con el abad de inmediato.

El prior salió del comedor mientras el caballero negro volvía a interpelar al fraile, que había hecho amago de retirarse aprovechando la ocasión.

—Hay algo más que debéis contarme, hermano —dijo el caballero negro calmadamente haciendo que el monje diera un respingo como si hubiese sido pillado en falta.

Miré sorprendido al caballero negro, sin saber a qué se estaba refiriendo.

—No, no, mi señor...

—No es una pregunta, es una afirmación. ¿Quiénes son los otros de los que hablabais?

El monje se retorció las manos para después secarse el abundante sudor que le cubría el rostro.

—Es lo que trataba de deciros —dijo con voz aún más aguda—. Los primeros que me atraparon fueron rudos y desagradables, pero cuando me dejaron ir fue aún peor. Me esperaban los otros —añadió abriendo mucho los ojos.

—¿Qué otros? —pregunté atónito sin saber de qué estaban hablando.

—Vestían como monjes, pero sin duda no lo eran; parecían salidos de las profundidades del averno. Vestían de blanco para confundir a los buenos hombres de Dios, aunque no sé cómo podrían lograrlo.

Yo iba a abrir la boca, pero el caballero negro me hizo un gesto para que me callara.

—¿Y qué te dijeron? —preguntó volviendo su atención al interrogado.

—Eso fue lo extraño. —Se rascó la cabeza a la vez que se encogía de hombros—. Apenas unas palabras que no pude comprender: «Solo tres, al alba al oeste, busca el sol».

El caballero negro se quedó pensativo. Agradeció al monje su ayuda y, para alivio de este, le permitió irse.

—Los monjes blancos aún viven —afirmé bajando la voz para que solo me oyera el caballero negro—. Pero ¿qué significa el mensaje?

—Son malas y buenas noticias —respondió aún reflexionando—. Parece que solo quedan tres de nuestros amigos, aunque serán suficientes para crear una buena diversión al alba, en la puerta oeste. Tendremos una oportunidad para escapar buscando el sol por el este, pero sin caballos. ¿Adónde iremos, solos y descabalgados?

La pregunta había sido retórica y ambos nos quedamos en silencio, pensativos. En aquel momento, el prior regresó con gesto serio.

—El abad Guy Paré ha solicitado entrar en el monasterio para prenderos —dijo bajando la voz cuando se acercó—. Dice que habéis robado algo valioso que le pertenece. Cuando me he negado, ha pedido hablar con el abad, pero le he dicho que no lo recibirá hasta mañana, después de laudes. No ha quedado satisfecho y me ha amenazado con elevar una queja a Roma —se lamentó el prior con una sonrisa triste—. Supongo que el Santo Padre tendrá otros problemas más acuciantes que castigar a un simple prior de tierras lejanas. Sin embargo, no puedo hacer mucho más por vosotros.

—Os lo agradecemos, prior Domingo —contestó el caballero negro satisfecho—. Será suficiente. Duerme ahora, mi buen Jean —dijo volviéndose hacia mí—. Déjame solo para evaluar la situación y tomar una difícil decisión. Te despertaré antes del alba.

Tuve un sueño inquieto. Me desvelé un par de veces a lo largo de la noche y pude ver la figura del caballero negro recortada frente a la ventana de la celda, mirando hacia fuera, como si allí se encontrara la solución a nuestros problemas.

Me despertó cuando la noche aún era profunda y me explicó brevemente el plan. Esperaríamos junto a la puerta este del monasterio. Habría vigilancia y tendríamos que luchar. Al alba, oiríamos el ataque de los monjes blancos en la puerta oeste, momento en que huiríamos hacia el este, dejando los caballos atrás. Aprovechando los últimos momentos de oscuridad, lograríamos ventaja sobre nuestros perseguidores. Después, tomaríamos el único camino en el que no nos buscarían, hacia el norte, hacia las montañas.

—Dejaremos parte de nuestras pertenencias —me indicó el caballero negro—. La rapidez será nuestra principal aliada y el exceso de peso que pudiésemos acarrear significaría un problema para cruzar las montañas.

—¿Cómo son las que atravesaremos? —pregunté un poco asustado ante la dificultad de cruzarlas a pie.

—Es un camino que no conozco, solo he oído vagas referencias a un paso que nunca he visto. Trataremos de encontrarlo.

Aunque la confianza del caballero negro no había disminuido un ápice, el movimiento que realizaríamos era desesperado. Íbamos a huir a pie de enemigos a caballo y a cruzar las montañas por un paso desconocido hacia un destino incierto.

Antes del primer atisbo de luz, nos acercamos a la puerta este y esperamos. Miré al caballero negro, que tenía la tensión reflejada en el rostro. De pronto, escuchamos gritos y el ruido del entrechocar de espadas. Como un resorte, el caballero negro abrió la puerta y salió.

Dos monjes esperaban fuera. Ambos habían sucumbido a la tentación de volverse al oír la refriega que tenía lugar al otro lado del monasterio, dudando entre cumplir con sus órdenes o correr a ayudar a sus compañeros. Su falta de atención y la salida apresurada del caballero negro le dieron a este la suficiente ventaja. Su destreza hizo el resto. Sin detenerse a pensar, lanzó una estocada que el primero de los monjes apenas pudo detener. Giró sobre sí mismo a la vez que avanzaba y con la siguiente estocada la espada penetró en la carne causando una herida mortal. La cara del infortunado se transformó en una mueca grotesca, como si no creyese que aquel pudiera ser el desenlace de su vida. El caballero negro extrajo su espada ensangrentada mientras su víctima caía al suelo como un pesado fardo. El caballero negro se volvió hacia el otro monje, que retrocedió, dio media vuelta y salió corriendo.

El caballero negro sacó un puñal y lo lanzó con un movimiento veloz y con suma destreza hacia el fugitivo, alcanzándolo entre los omóplatos. Sin mirarlo y sin decir una sola palabra, recogió su bolsa de mis manos y ambos nos perdimos en la noche, que comenzaba ya a morir.

67

Año 2019

Aquella mañana Marta e Iñigo habían decidido madrugar. Estaban deseando llegar a Silos para visitar su *scriptorium* y encontrar el mensaje que Jean había dejado siglos atrás. Sabían que el monje había pasado mucho tiempo allí y por eso estaban seguros de que había sido el lugar y el momento propicios para hacerlo. Pero antes, y a pesar de la impaciencia, querían visitar la iglesia de Santa Eulalia, en Paredes de Nava, y el monasterio de Santa Cruz de la Zarza.

La iglesia de Paredes de Nava les ofreció una visita breve pero espectacular. La simbiosis de estilos arquitectónicos y su tamaño los impresionó, aunque los restos románicos eran escasos. Marta la anotó mentalmente para volver a visitarla con más tiempo y continuaron su camino.

La sonrisa se borró de su rostro nada más llegar al monasterio de Santa Cruz de la Zarza. Aunque conservaba rastros de su antigua belleza, su estado era miserable; un edificio en ruinas y una decoración inexistente por la indolencia, o quizá por el pillaje, dejaban un conjunto triste, como un venerable anciano que antaño fuera poderoso y que ahora yaciera abandonado a su suerte en un rincón del mundo.

—Esto es inaceptable —dijo Marta con una mezcla de tristeza y enfado—. Iñigo, vayámonos de aquí, no puedo soportar ver una obra de arte tratada con esta desidia.

Se encaminaron a Silos en silencio, recordando las piedras caídas, los muros amenazando derrumbarse y los árboles, matorrales y rastrojos campando a sus anchas entre las sombras del pasado.

Ya avanzada la mañana, llegaron a Santo Domingo de Silos, expectantes ante lo que les depararía la visita a su biblioteca. El día anterior, Iñigo había llamado al monasterio para conseguir que los dejaran entrar y, para su sorpresa, la petición había sido atendida con rapidez y amabilidad. Ricardo, el monje que los recibió, se desvivió por ayudarlos a encontrar lo que deseaban, aunque ellos fueron vagos en explicaciones. Por fortuna, los fondos estaban digitalizados y pronto tuvieron acceso a dos ordenadores. Antes de dejarlos solos, Ricardo les hizo una última pregunta.

—¿Buscan algún documento en concreto? Conozco todos los fondos existentes y quizá les ahorre tiempo.

—En realidad, no —respondió Marta—, aunque... ¿sabe si algún texto antiguo, del siglo XII o anterior, tiene alguna anotación al margen o comentario fuera del contexto de la propia obra?

El rostro de Ricardo mostró una expresión de sorpresa primero y de preocupación después.

—Por supuesto —dijo perplejo. Marta notó que el sudor le empapaba las manos y por un instante se quedó callada, incapaz de reaccionar. ¿Sería lo que buscaban?—. Y no querría ser irrespetuoso —continuó Ricardo frunciendo el ceño—, pero me parece difícil de entender que dos estudiosos no hayan oído hablar de las

Glosas silenses. Es una de las obras más importantes de la historia y...

—Claro, claro —interrumpió Iñigo, que logró reaccionar antes de que Marta se repusiera—. Quizá nos hemos explicado mal. Mi amiga quería además las famosas *Glosas silenses* —dijo poniendo énfasis en la palabra «además».

—Por un momento me habían preocupado —respondió Ricardo aparentemente satisfecho—. No —dijo después de meditarlo un instante—, que yo recuerde ninguna otra obra tiene esa característica tan especial. Siento no ser de más ayuda.

Cuando Ricardo se alejó, Iñigo miró a Marta, que le devolvió una mirada agradecida.

—Vaya, supongo que habías oído hablar de las *Glosas silenses* —preguntó.

—Aunque mi especialidad sea la piedra y no el papel —respondió Marta—, es algo que todo estudiante sabe. Son las primeras palabras escritas en castellano, aunque no recuerdo muy bien qué cuentan. Veamos de qué tratan y si alguna puede ser un mensaje de Jean.

Marta e Iñigo se repartieron el trabajo. Mientras él revisaba todos los documentos anteriores al año 1200, cincuenta en total, buscando notas al margen o cualquier otro tipo de manipulación sospechosa, Marta se sumergió en el estudio de las 368 glosas silenses a través de análisis de expertos como Menéndez Pidal, ya que el original de las glosas se hallaba en el British Museum y no existía ningún facsímil.

La tarea les llevó todo el día y lo único que lograron fue un montón de fotocopias y un dolor de cabeza que trataron de atenuar en una terraza cercana al monasterio. Buscaron una mesa libre entre las atestadas por turistas y lugareños que disfrutaban de la soleada tarde. A su alrededor, los niños correteaban, creando un griterío y un alborozo que contrastaba con la paz de la biblioteca que acababan de abandonar.

—Nada —comentó Iñigo con un suspiro—. Aunque puedo haber obviado algo importante. Mi conocimiento del latín es mejorable —dijo sonriente.

—Yo tampoco. Las glosas no son más que un recetario de posibles pecados y sus penitencias del tipo «el que se hubiere manchado con miradas obscenas, haga veinte días de penitencia» —dijo Marta con la voz más grave que pudo poner.

Iñigo soltó una carcajada ante la imitación, que a Marta le resultó contagiosa.

—Estamos en un callejón sin salida —dijo él cuando ambos dejaron de reír—. ¿Qué haremos ahora?

—Repasemos lo que tenemos. El cadáver de un misterioso peregrino con un libro que cuenta una historia aún más misteriosa. Un objeto al que se le atribuye algún poder. Un abad enviado por Roma para recuperarlo.

—Y ochocientos años más tarde, alguien más con la misma intención, aunque con métodos menos expeditivos... espero.

Marta se sentía frustrada. No solo no había logrado encontrar la reliquia, sino que todas sus ideas habían resultado fallidas.

—Como decía mi director de tesis, cuando sientas que nada funciona, vuelve al principio. Regresemos a Donostia y veamos si Jean llevaba encima el objeto, aunque todo indica que no era así.

—¿Por qué lo crees? —preguntó Iñigo.

—Porque tuvo muchas oportunidades para esconderlo a lo largo del camino. Porque sabía lo que llevaba encima. Porque en algún lugar del libro que descansa en mi mochila está la clave... ¡Mi mochila! ¿Dónde está mi mochila?

La pareja se levantó de un salto. Iñigo comenzó a recorrer la plaza mientras Marta escrudiñaba a su alrededor, enfadada por su poca prevención. No se podía creer lo que acababa de suceder. Recordaba haber dejado la mochila en la silla de al lado y le parecía imposible que alguien la hubiera robado sin que ella se hubiese dado cuenta.

Al cabo de unos minutos, Iñigo reapareció por una esquina de la plaza. A Marta le pareció verlo sonreír. Caminaba hacia ella con un bulto en las manos. La mochila.

—Aquí la tienes —dijo cuando llegó a la altura de Marta—. Estaba junto a un contenedor de basura. Quizá algún niño...

Marta abrió la mochila, aliviada por poder tocar de nuevo el libro.

—¡Vacía! —exclamó antes de que la angustia le cerrara la garganta.

—¿No hay nada dentro?

—Sí. Todo menos el libro —respondió desesperada con un hilillo de voz.

Iñigo miró a Marta entrecerrando los ojos y evidenció lo que ambos estaban pensando.

—No era un ladrón.

—¡Federico! —exclamó Marta asintiendo.

—Me temo que sí. No teníamos que habernos confiado.

—Todo ha terminado, Iñigo —concluyó—. Hemos perdido.

68

Año 1199

Las montañas hacia las que nos dirigíamos el caballero negro y yo parecían alejarse. A primera hora de la mañana, el terreno llano había dado paso a pequeñas lomas y estas a collados cada vez más elevados, hasta que todo vestigio de actividad humana desapareció. Pero seguíamos avanzando con tozudez hacia el norte, siguiendo los cerros que nos permitían guiarnos a través de aquel terreno abrupto, escarpado y rocoso.

Nuestros perseguidores habían quedado atrás, una vez más, gracias a los monjes blancos. Los recordaba silenciosos y envarados, pero a la vez tranquilos y en paz, siempre prestos al sacrificio. Temía que todos ellos hubieran perecido.

El caballero negro había dedicado tiempo a borrar nuestro rastro, insistiendo en que era nuestra única opción para huir a pie de enemigos a caballo. Él abría la marcha y hablábamos poco. Habíamos llenado los odres de agua, pero la comida era difícil de encontrar y nuestra precipitada huida nos había impedido hacer un mínimo acopio. Después de varias semanas cabalgando, volver a caminar en un continuo ascenso castigó nuestros cuerpos. Por si fuera poco, el final del verano había llegado y las noches se habían vuelto frías y el terreno inhóspito. Me preguntaba a menudo cómo cruzaríamos las montañas evitando sus cimas.

Al final del tercer día, durante una parada, me atreví a plantear mis dudas al caballero negro.

—¿Que cómo vamos a evitar las montañas? —respondió huraño—. No lo sé. Jamás me he adentrado tanto en ellas. Sin embargo, debe de haber un paso en algún lugar —dijo mirando los picos—. Nunca dije que conociera el camino, pero, si quieres, puedes regresar y preguntarle al abad Guy Paré por una ruta alternativa.

Recogió sus cosas y reemprendió la marcha mientras yo me apresuraba a seguirlo sin decir nada. Ya había aprendido que era mejor no discutir cuando estaba de mal humor. Además, tenía que reconocer que otra vez tenía razón y que había logrado ponerme a salvo cuando yo solo no habría podido hacerlo.

Aquella noche, al encender el primer fuego tras nuestra huida, me acerqué a él. No podía seguir dejándome llevar como un fardo.

—Dime hacia dónde vamos y cuáles son tus intenciones —dije mirándolo a los ojos.

El caballero negro también me miró, molesto, pero luego pareció comprender.

—Nos dirigimos hacia el norte —dijo dibujando con una rama seca en el polvoriento suelo—. En algún momento, nos desviaremos para dejar a nuestra izquierda las montañas y trataremos de encontrar el paso del que he oído hablar. Al otro lado se encuentra Santo Domingo de la Calzada.

Asentí, tratando de interpretar las palabras del caballero negro. No parecía seguro de poder encontrar el paso.

—Necesitaremos quizá tres días más para llegar a nuestro destino —continuó hablando mientras yo meditaba—. Si todo va bien. Si ese paso existe. Si encontramos comida. Si no, deberemos retroceder y desviarnos más al este. Quizá dos días más de marcha —dijo con pesar—. Solo nos queda comida para la jornada de mañana, salvo que cacemos algún conejo o encontremos bayas. Si perdemos altura, quizá consigamos lo uno o lo otro, pero malgastaremos tiempo y tal vez luego no sepamos regresar —concluyó.

—Sigamos adelante —respondí—. El Señor proveerá.

El caballero negro me contempló un instante con una extraña expresión en la mirada.

—Prefiero no dejar mi vida en manos del Señor —respondió masticando las palabras.

—Cuando no hay otra guía, Él es el camino —respondí tozudo.

—¡Cuántos hombres buenos han muerto pensando que la divina Providencia los ayudaría! Tú reza. Yo seguiré buscando el camino —dijo encogiéndose de hombros—. Continuaremos hacia el norte.

El caballero negro siempre me sorprendía. A pesar de ser un hombre al servicio de un abad, jamás había conocido a nadie que blasfemara y pusiera en duda la palabra de Dios con tanta facilidad. Sin embargo, sus reflexiones solían ser atinadas y por primera vez en mi vida se había abierto una brecha en mi fe por la que comenzaba a abrirse paso una nueva manera de ver el mundo, otra forma de entender la realidad en la que me hallaba sumergido.

Al día siguiente, el collado giró hacia el oeste y el caballero negro detuvo la marcha. Señaló hacia el norte, a las cimas ahora más cercanas.

—Cambiaremos el rumbo —dijo, ahora seguro de sí mismo—. Si seguimos subiendo hacia el oeste, nos adentraremos más en la sierra. Será mejor que descendamos hacia el este, bordeando aquel pico, y que busquemos algún paso a través de ese valle. Pero no lo haremos hoy, ya hemos tenido suficiente. Descansemos, ya empezaremos mañana temprano.

Nos envolvimos en nuestras capas y tratamos de dormir, olvidando los pinchazos del frío y de nuestros estómagos vacíos. A medianoche, una fina lluvia comenzó a caer. Estaba empapado y aterido y me sentía miserable. Muy avanzada la noche, caí en un sueño profundo.

La mañana del quinto día amaneció despejada. Recogimos en silencio, agradeciendo el sol en la piel, y comenzamos el descenso hacia el valle con la esperanza de poder encontrar algo que nos aliviara el hambre.

A intervalos, el caballero negro trataba de orientarse y decidía qué camino tomar. Vimos algunos nogales y un avellano, pero aún era temprano para encontrar frutos maduros. A mediodía, nuestra suerte cambió. Tras un giro en el camino y entre dos grandes rocas, se erguía una pequeña higuera cuyos frutos nos supieron a gloria. Comimos hasta saciarnos y guardamos algunos más para el día siguiente. Con mejor humor, continuamos nuestro camino.

—¿Ves? —dije satisfecho de mí mismo—. El Señor siempre provee.

El caballero negro me miró con una sonrisa irónica asomando a sus ojos y pareció valorar si merecía la pena responder a mis palabras.

—¿Quieres decir que esa higuera no estaba en ese lugar hasta que nosotros llegamos? ¿Que el Señor la puso ahí porque escuchó tus plegarias?

—No —negué con la cabeza—, pero guio nuestros pasos hasta ella.

—En realidad, fui yo quien nos condujo hasta allí. ¿Acaso si me hubiese equivocado y hubiéramos caído en una sima, sería culpa de Dios?

—No, claro —respondí confundido—. Dios protege a quienes tienen fe en él.

Una vez más, el caballero negro me desconcertaba con sus respuestas, pero esta vez me miró con severidad, como si hubiera decidido no guardarse más lo que le rondaba en la cabeza.

—He visto morir a suficientes hombres que creían en Dios con fervor —dijo escupiendo las palabras—, o que renegaban de él, como para saber que rezar no evita la espada, el hambre ni las enfermedades. Y he visto a tantos justificándose en su fe para cometer actos deleznables que hace tiempo que perdí el respeto por tu Dios.

—No piensas lo que dices —respondí asombrado.

El caballero negro se encogió de hombros, como si no le importase lo más mínimo lo que yo pudiera pensar, y suspiró resignado.

—Creo que si eres buena persona, haces el bien, seas cristiano o no. Y que si eres mala persona, haces el mal, seas cristiano o no. No obstante, es necesario invocar a Dios para obligar a una buena persona a hacer el mal.

—¿Por qué entonces ayudas al abad de Leyre? —pregunté atónito.

—Yo soy occitano. Allí hay muchos creyentes, la mayoría jamás levantaría una espada por sus creencias. Muchos no lo hacen ni para defenderse de hombres como el abad Guy Paré. Por eso lo hago yo y lo hacen otros hombres buenos como el abad de Leyre.

—En... entonces... —tartamudeé comprendiendo de pronto quién era el caballero negro—. ¿Tú eres un hereje cátaro? ¿No aceptas la verdadera fe?

—Si la verdadera fe envía a la hoguera a hombres, mujeres y niños por creer en algo diferente, entonces prefiero ser un hereje. Y tú, Jean, ¿qué prefieres?

A punto de contestar, me di cuenta de que no estaba seguro de mi respuesta. Habían pasado muchas cosas en los últimos meses y aún recordaba las muertes y las torturas sufridas. Y todo por un objeto perdido muchos siglos atrás. ¿Merecía la pena? Quizá sí para el yo de mi vida anterior. Entonces habría asegurado que cualquier sacrificio compensaba el intentar salvar la reliquia que era el principal legado de Jesús. Mi maestro en Cluny así lo habría asegurado. Pero ahora no podía obviar que la reliquia daría tanto poder a Cluny como para colocar al abad en el trono de Roma y cambiar el rumbo de la cristiandad. Ahora no estaba seguro de qué era lo mejor.

Recogí mis cosas y empecé a caminar. Tenía mucho en que pensar.

69

Año 33

La vergüenza y la rabia son fuerzas poderosas. Producen un cambio en aquellos que las sienten que puede llevarlos a lograr hazañas increíbles o crímenes irreparables.

Los días siguientes a la huida de Cariniana, los cuatro compañeros caminaban con tozudez en jornadas extenuantes que les impedían pensar en que habían abandonado a Laura a su suerte. Santiago trataba de engañarse diciéndose que era necesario poner a salvo la reliquia, pero la realidad es que había actuado como un cobarde, dejándose arrastrar por el miedo y olvidando el ejemplo que Laura les había dado. Poco a poco, su recuerdo se hizo menos doloroso, más etéreo, hasta que, por fin, se disipó el último resto de conciencia.

La vergüenza y la rabia pueden esconderse, pero sobreviven ocultas hasta que un día toman el mando para no dejarlo jamás.

Aquel día conocieron a Korbis, un nuevo compañero de viaje. Lo encontraron bebiendo agua en un pequeño arroyo que cruzaba el camino y Teodosio, siempre predispuesto, entabló conversación con él a pesar de la reticencia de Adonai.

—¿Adónde vais, caminante? —preguntó Teodosio, que no parecía escarmentado por la reciente cautividad.

Ante la pregunta, Korbis les dirigió una mirada divertida, como si le hiciese gracia que lo confundieran con un caminante extraviado. Se hizo un silencio momentáneo, pues los cuatro miraban atónitos al hombre más apuesto que jamás habían visto. Sus rasgos eran suaves pero bien definidos y sus ojos, verdes y profundos, contrastaban con una tez oscura que los años aún no habían endurecido, pues Korbis era muy joven. Pero lo que sin duda alguna llamaba más la atención era la sonrisa que le iluminaba el rostro y que empujaba a quien la observara a hacer lo que fuese necesario para que se prolongase.

—No soy un caminante —dijo confirmando la primera impresión de Santiago—. Soy Korbis, originario de la región, y mi destino se encuentra en una aldea llamada Autraca, a diez días de camino de donde nos encontramos. ¿Y vosotros? No sois lugareños, si vuestro acento no me engaña.

—Quiénes somos no es de vuestra incumbencia —respondió agrio Adonai, que había decidido mostrarse desconfiado en extremo.

Korbis levantó las manos como disculpándose a la vez que les regalaba de nuevo aquella sonrisa.

—Es cierto —asintió—, pero sois vosotros los que habéis preguntado primero —añadió encogiéndose de hombros.

—Disculpad a nuestro amigo —dijo Santiago lanzando una mirada reprobatoria a Adonai—. Somos caminantes en dirección al oeste, gente de paz, y solo necesitamos un poco de agua y de orientación.

—Si vais hacia el oeste, seguís la misma dirección que yo. No sé hacia dónde se encaminan vuestros pasos, pues este territorio está en gran parte deshabitado. Quizá vayáis hasta Asturica Augusta o aún más lejos, hasta Luco Augusta...

—Veo que conocéis la zona —dijo Santiago sintiendo que podía confiar en aquel hombre—. Tal vez queráis compartir nuestra comida en pago por vuestra ayuda.

Cuando terminaron de comer y de descansar, y a pesar de las reservas de Adonai, invitaron a Korbis a acompañarlos. Pronto el joven los cautivó a todos con su conversación, sus continuas bromas y la pasión con la que contaba las más nimias anécdotas sobre su pueblo; pasión que se convertía en fervor cuando hablaba de su amada, de nombre Nunn, a la que no veía desde hacía dos años, cuando había partido en busca de fortuna dispuesto a lograr la dote necesaria para desposarla.

—Su cabello es como la luz del sol sobre las olas del mar al atardecer —explicó—, cuando miles de destellos se unen mostrando el camino hacia el cielo. Y su sonrisa... ¡Ah!, su sonrisa es como el agua fresca de un arroyo para un sediento.

Sus descripciones, a cada cual más detallada, podían durar horas, pero era un viajero lleno de recursos y conocedor del entorno en el que se hallaban.

El viaje se tornó más agradable. Aquellos con los que se cruzaban y que conocían a Korbis los saludaban con una sonrisa, pero también los que no lo trataban. Avanzaban sin sobresaltos, disfrutando de la última incorporación al grupo, de tal manera que hasta el propio Adonai, siempre desconfiado, se relajó y trabó buena amistad con el nuevo compañero. De los cuatro amigos, el que más disfrutaba con la compañía y con las historias que contaba Korbis era Teodosio, que compartía con él la edad y la fascinación por las mujeres.

Sin embargo, la alegría que Korbis había traído al grupo quedaba empañada por la preocupación que todos tenían por Atanasio. La herida, lejos de sanar, parecía haber empeorado. Aunque la lavaban con infusiones calientes, el corte supuraba y Atanasio tenía el costado tumefacto. Él aguantaba con estoicismo y nunca lo oían quejarse, pero cuando creía que no lo miraban, su rostro se enturbiaba de dolor.

70

Año 2019

La Sombra acarició la solapa del libro. «Ha sido tan fácil...», se dijo mientras se permitía sonreír levemente.

Casi había sido un paseo. Sin sangre, sin violencia, sin exponerse. Ya tenía todo lo que necesitaba y podía retirarse a algún lugar apartado y revisar el libro hasta encontrar lo que buscaba. No le costaría mucho, ahora que era el único jugador sobre el tablero. Aun así, no quería dejar ningún cabo suelto. Decidió recorrer cien kilómetros hacia el oeste antes de desviarse a un pequeño pueblo fuera de la ruta principal. Encontró una pensión que acumulaba historia y mugre a partes iguales, escogió una habitación al final del pasillo y cerca de la salida de emergencia, pagó tres días por anticipado y compró provisiones para no tener que salir.

Insistió a la dueña en que no debía ser molestado bajo ningún concepto y que no era necesario que hicieran la limpieza ni cambiaran las sábanas. La mujer torció el gesto, pero aceptó silenciosa el dinero que se le ofrecía. Sin duda, estaba acostumbrada a huéspedes poco convencionales. Aquel lugar era justo lo que la Sombra estaba buscando.

Cuando se quedó solo en la habitación, hizo el habitual inventario del lugar. A un lado, había un jergón tan antiguo como la pensión, que se hundía en el centro, cubierto por unas sábanas de franela carcomidas por el tiempo y por una manta cuya humedad pudo oler a distancia. Junto a la ventana, una descascarillada mesa y una endeble silla de madera que apenas soportaría su peso. En la otra pared, frente a la cama, había un armario de madera oscurecida por los años y por la dejadez. En el centro del techo, apenas iluminando la estancia, una bombilla de treinta vatios que colgaba de unos cables pelados. Cerró la persiana hasta que solo unas ranuras dejaron pasar la luz del sol y se sentó en la silla, que crujió amenazante.

Sonrió satisfecho. Abrió el libro por la primera página y comenzó a leer.

71

Año 1199

Al día siguiente nuestro tormento en la montaña terminó. Nos habíamos levantado temprano después de haber pasado una buena noche. Acabamos los higos que nos quedaban y por el buen humor del caballero negro comprendí que pronto encontraríamos la salida. No pude evitar sorprenderme del cambio, me costaba reconocer en aquel joven despreocupado al hombre que con tanta hostilidad me había hablado la noche anterior.

—Nuestra suerte está cambiando —dijo dándome una palmada amistosa en la espalda—. Hemos descendido mucho y pronto se abrirá ante nosotros el valle del Evros. Entonces tendremos que tomar nuevas decisiones.

—¿Como adónde dirigirnos? —pregunté aprovechando su recuperada locuacidad.

El caballero negro recogió una rama, se acuclilló en el suelo y me hizo un gesto para que me acercara.

—La primera decisión es sobre cómo evitar que den con nosotros. Al llegar al valle, encontraremos dos monasterios, Santo Domingo de la Calzada y San Millán de la Cogolla —dijo dibujando dos círculos en la tierra—. Hacia el este —señaló trazando una línea—, está el camino hacia Pompaelo y más allá nuestro destino final, Leyre. Esta es la ruta que deberíamos seguir, pero también la más peligrosa.

Lo miré con aprensión, dándole a entender que preferiría evitar el peligro.

—Hacia el norte —continuó esbozando una raya perpendicular a la primera— encontraríamos Gastehiz y, si continuáramos en esa dirección, varias sierras más antes de alcanzar el mar. Podríamos tomar esa ruta hasta llegar a Sanctus Sebastianus. Te gustaría, es una salida natural al mar que el rey Sancho mandó fundar, trayendo gascones y gentes de los alrededores. Tiene un monasterio adscrito a Leyre, por lo que, de llegar hasta allí, seríamos bien tratados. La última vez que visité la villa habían comenzado la construcción de una iglesia al borde del mar. Quizá allí podrías tocar piedras —dijo con una sonrisa—. Desde ese punto —trazó una tercera línea hacia el sureste— podríamos, en tres o cuatro días, alcanzar Pompaelo, rodear la población para evitar miradas indiscretas y llegar a Leyre. Es un camino largo que nos llevaría más de dos semanas.

Me di cuenta de que debíamos elegir entre peligro y retraso y no estaba seguro de qué era mejor.

—Yo —dije decidiéndome—, elijo evitar el peligro.

El caballero negro asintió, valorando mi propuesta. Tuve la sensación de que, por primera vez, mi opinión era importante para él, lo cual agradecí.

—Antes de tomar esa decisión —dijo volviendo a un tono siniestro—, debemos evitar la vigilancia en los monasterios y lograr cruzar el camino que une Burghia con Pompaelo, donde sin duda nos estarán buscando. Y hay una tercera opción, que se encuentra en medio de las dos anteriores. Llegando a Gastehiz —volvió a dibujar en el suelo—, podríamos elegir un estrecho valle entre dos sierras que nos llevará no lejos de Pompaelo. Si tuviera que escoger ahora, elegiría esta, porque concilia seguridad con rapidez.

El caballero negro me miró, esperando mi aquiescencia. ¿Cuál de las tres rutas servía mejor a mis intereses? La primera opción me parecía demasiado peligrosa y la deseché de inmediato. Me atraía la segunda, por ser la menos arriesgada y la más larga, lo que me daría más tiempo para encontrar el momento oportuno para actuar, pero temía que, si me decantaba por esa, el caballero negro sospechara de mí.

—Tú conoces mejor el camino —respondí finalmente—. Si crees que la tercera es la mejor, yo me fío de tu buen juicio.

Al día siguiente llegamos al camino que unía Burghia y Pompaelo. Estábamos a unas decenas de metros del monasterio de Santo Domingo y el atardecer caía. El caballero negro me dejó en la espesura para acercarse en busca de señales que solo él parecía ver. Un rato después reapareció ante mí con el mismo sigilo con el que se había marchado. Traía malas noticias.

—Nuestros perseguidores nos esperan. No solo en el monasterio, también en el camino, y no únicamente los esbirros de Guy Paré. Se les ha unido un gran número de caballeros templarios. La ruta hacia el este es imposible. A tres o cuatro días de marcha está el monasterio de Irache, que pertenece a los templarios. Sería un callejón sin salida.

—Y volver sobre nuestros pasos es imposible —reflexioné preocupado por el semblante pesimista del caballero negro—. Ni podemos esperar ya la ayuda de los caballeros blancos.

—Nos queda el norte —respondió lanzándome una mirada escrutadora—. Cruzaremos el camino esta noche por alguna zona boscosa. Evitaremos los vías principales, los pueblos y sobre todo los monasterios, al menos hasta llegar a Gastehiz.

—Y una vez en Gastehiz, ¿qué haremos? —pregunté—. Incluso si fuéramos capaces de llegar a Leyre, ¿cómo evitaremos que nos busquen allí?

Había expuesto mi mayor preocupación: el destino final que me esperaba. El caballero negro me miró con curiosidad. Había captado que mi pregunta tenía que ver no solo con nuestro siguiente paso, sino con la conveniencia de ir a Leyre.

—No tengo respuesta a esa pregunta —respondió con un gesto que no logré interpretar—. El abad Arnaldo nos guiará. Yo os pondría a ti y al objeto a buen recaudo en algún lugar lejos del control de Roma. Sí —continuó como si se le acabase de ocurrir—, yo iría a Montsegur, la fortaleza que está siendo reconstruida en las montañas. Nadie podrá nunca conquistarla.

La referencia del caballero negro a Montsegur me hizo tragar saliva. Había oído hablar de la inexpugnable fortaleza que, en lo alto de una abrupta montaña, servía de refugio a los herejes cátaros. Si como se decía, era un lugar de difícil acceso, también lo sería para escapar si decidían retenerme. Aquello sería como entregar la reliquia a los cátaros, y eso no era una opción. Tenía que actuar antes de que tal cosa sucediese.

—Nunca es mucho tiempo —objeté sin comprometerme—. Dejemos ahora las especulaciones. De momento, centrémonos en cruzar el camino sin ser descubiertos.

72

Año 2019

Marta abrió los ojos solo para descubrir que lo del día anterior no había sido un mal sueño. Allí, apoyada sobre la butaca de la habitación del hotel, estaba la mochila. Su cremallera abierta la contemplaba acusadora. Aún no entendía cómo había podido ser tan estúpida.

Bajó a desayunar temiendo ver una mirada reprobatoria en Iñigo, pero el sacerdote parecía el de siempre, quizá un poco más reflexivo. Le dirigió una leve sonrisa comprensiva que a Marta le recordó lo atractivo que le resultaba.

—Supongo que nuestra aventura acaba aquí —dijo Iñigo cariacontecido.

—¿Tan pronto te rindes? —preguntó Marta haciendo una fingida mueca de desprecio.

La noche anterior había tenido mucho tiempo para pensar. Habían sido unos ingenuos. Marta había comprendido que aquel era un juego serio, pero también sabía que aún quedaban fichas sobre el tablero. Debían tomar la iniciativa.

—Nuestra situación no es tan mala como parece —continuó misteriosa una vez captada su atención.

—Ah, ¿no? Te recuerdo que no solo no hemos encontrado ninguna pista útil, sino que hemos perdido la única que teníamos, el libro, que, además, ahora está en poder de Federico. ¿Qué idea genial se te ha ocurrido?

La pregunta de Iñigo demostraba un escepticismo razonable. Ensayando su sonrisa más inocente, Marta le tendió el teléfono móvil y con un gesto de las cejas lo animó a mirar la pantalla. Él lo cogió sin comprender. Marta apenas podía reprimirse y no sonreír. Cuando Iñigo entendió lo que estaba viendo, levantó la mirada hacía ella incrédulo.

—¿Hiciste fotos de todo el libro? —preguntó boquiabierto.

—Ayer con el disgusto lo olvidé. Las hice el primer día, cuando pensaba devolver el libro, pero guardar su contenido.

Marta lo miró desafiante. Estaba exultante, disfrutando de la sorpresa.

—¡Eso significa que Federico no nos lleva ventaja, la lucha está equilibrada! —exclamó Iñigo cuando terminó de entender las implicaciones.

—Quizá incluso puede que seamos nosotros los que tengamos una ligera ventaja sobre él —dijo ella maliciosamente.

—Ah, ¿sí? ¿Y cuál es?

Marta hizo una pausa teatral para saborear aquel momento.

—Que él no sabe que tenemos una copia. Escucha, tengo un plan.

—Empiezas a darme un poco de miedo —dijo Iñigo con una sonrisa.

—Pues esto no ha hecho más que empezar.

73

Año 1199

El caballero negro se detuvo de manera abrupta, se llevó los dedos a los labios para pedirme silencio y me habló en susurros. Levantó una mano y me indicó que me acercase lentamente. Habíamos llegado al camino.

—Esperaremos y cuando sea el momento propicio, cruzaré. Espera mi señal para hacerlo tú. Trata de moverte rápido, pero con sigilo. ¿Alguna pregunta?

Negué con la cabeza, notando que se me aceleraba el corazón. Lo seguí hasta el borde del camino y nos paramos a escuchar. El caballero negro cerró los ojos tanto tiempo que llegué a creer que se había dormido. De pronto, los abrió y se puso en marcha. Sin vacilar, cruzó y desapareció al otro lado del bosque. ¿Cómo era capaz de moverse sin hacer ruido? Esperé, pero el único sonido que oí fue el de mis latidos.

Vi su mano aparecer entre el follaje ordenándome cruzar. Recogí mis cosas y, con mucha menos precisión que él, me moví, dejando mi escondite. Todo sucedió con lentitud. Apenas había dado unos pasos cuando vi el rostro del caballero cambiar de expresión. De la impaciencia a la sorpresa, de la urgencia al miedo. En ese mismo instante, o quizá antes, oí el ruido de unos cascos de caballo avanzando hacia mí. Me quedé petrificado en medio del camino, viendo la espada oscilar, trazando un arco mortal. El caballero negro reaccionó tratando de salir de la espesura y desenvainar a su vez. Un solo pensamiento cruzó mi mente: no llegará a tiempo.

Pero sí lo hizo. Cargó contra mí y me empujó hacia los árboles mientras interponía su espada. El golpe fue colosal y él salió despedido hacia atrás varios metros. La hoja se había quebrado y el brazo derecho le colgaba inerte, quizá roto. El caballero templario refrenó su montura. Sus ojos estaban inyectados en sangre y la barba le cubría la parte del rostro que no le tapaba el yelmo. Sonrió al ver el estado del caballero negro, de rodillas, paralizado de dolor, sujetando aún la empuñadura rota. Se acercó despacio, como el gato que ha acorralado al ratón, y levantó la espada para descargar el golpe definitivo. Miré al caballero negro y me sorprendió no leer la derrota en su mirada, solo concentración.

Reaccionó a tiempo y rodó por el suelo en el momento en que la espada erraba el mandoble. Aun antes de que el acero del templario terminara de ejecutar el golpe, ya estaba de pie y aprovechó que su contrincante aún no había recuperado el equilibrio sobre su montura para empujarlo, derribándolo. Sacó un puñal y, en respuesta, el templario desenvainó otro con la mano izquierda. Los dos se miraron a los ojos, reconociéndose como iguales, pero fue el templario el primero en moverse. Atacó lateralmente al caballero negro con la espada, dispuesto a utilizar el puñal en el momento oportuno, pero este retrocedió, intentando ganar tiempo para terminar de recomponerse o quizá esperando que el cansancio hiciera mella en su enemigo.

Una idea loca cruzó por mi mente. Estaba dispuesto a desecharla cuando vi que la situación había empeorado para el caballero negro. Había reculado y su oponente avanzaba empujándolo contra los árboles. Me lancé hacia el caballo, que esperaba pacientemente al borde del camino, sujeté las riendas con fuerza y, sin pensarlo mucho, salté encima. El caballo se resistió y lanzó un relincho que distrajo al templario por un instante, lo que aprovechó el caballero negro para saltar hacia delante y asestarle un golpe que a punto estuvo de alcanzarlo. La lucha se transformó en un cuerpo a cuerpo.

Los perdí de vista mientras intentaba controlar la montura. Cuando lo logré, vi cómo el caballero negro esquivaba el puñal de su rival, que había dejado caer la espada, giraba en el último instante y lanzaba una estocada a la vez que se agachaba. Entonces se hizo el silencio. El caballero templario dio un paso atrás, vaciló durante unos segundos y cayó herido de muerte. El caballero negro me miró y sonrió para después desplomarse también. Desmonté, até las riendas a un árbol y me acerqué. Yacía bocarriba, sujetándose el costado. La sangre manaba de una herida profunda y cuando intenté hablar con él se desmayó.

Miré a ambos lados del camino sin saber qué hacer. Teníamos que huir antes de que apareciesen más soldados. Arrastré al caballero negro hasta el caballo y taponé la herida lo mejor que pude. Sacando fuerzas del pánico que me dominaba hasta hacerme temblar, conseguí subirlo a la montura. Regresé hasta el cadáver del templario con el temor irracional de que despertara y me atacara. Lo arrastré fuera del camino y lo cubrí con helechos. Momentos después recordé que las trazas de la lucha y la abundante sangre en el suelo nos delatarían, pero el miedo era más fuerte y me impidió regresar.

Intenté mantener un ritmo alto, pero el caballero negro comenzó a quejarse en sueños o quizá enfebrecido.

A las dos horas me detuve aterrado, desesperanzado, sin dejar de mirar atrás, y le di un poco de agua. Aún era noche profunda y deseé que la oscuridad que nos rodeaba hubiese también ocultado los restos de la escaramuza y nuestras huellas. Con un poco de suerte, la caza no comenzaría hasta el amanecer.

Traté de recordar el tosco plan que el caballero negro había dibujado en el suelo apenas unas horas antes, que ahora me parecían semanas. Gastehiz quedaba al norte, a tres días de marcha a pie. A caballo, tal vez podíamos llegar allí por la mañana, pero avanzábamos a ciegas por territorio desconocido.

74

Año 33

Transcurridos diez días desde su encuentro con Korbis, Santiago y sus compañeros llegaron a Autraca. El poblado era pequeño, no más de un centenar de vecinos. Las casas eran humildes, de adobe y arcilla, y se apretaban bajo la protección de una pared vertical que amenazaba con sepultar a sus moradores.

Korbis observaba cada detalle, tratando de buscar los casi imperceptibles cambios acaecidos desde su marcha. La calle principal del pueblo se hallaba desierta y, según avanzaban, Santiago observó que las cortinas se cerraban y que detrás de ellas se movían unas sombras silenciosas mientras ojos escrutadores los vigilaban. Algo no marchaba bien.

Tal vez el comportamiento de aquellas gentes fuese normal ante unos extraños; así eran las cosas en aquel mundo peligroso, donde las novedades anunciaban riesgos. Sin embargo, la presencia de Korbis debería haber quebrado el muro de desconfianza que se adueñaba de aquel poblado. Se miraron extrañados, excepto Korbis, que, absorto en cada árbol, cada piedra, cada vallado, no se había percatado de la situación.

Por fin, llegaron a la puerta de una casa humilde. Llamaron y esperaron unos instantes en silencio. Se oyeron pasos arrastrándose hacia la puerta, que se abrió lentamente y solo lo suficiente como para enmarcar un rostro. La anciana mujer que apareció en el umbral no podía ser otra que la madre de Korbis. Compartía sus rasgos agraciados y los intensos ojos verdes de su hijo. En su ya lejana juventud debía de haber sido una mujer muy bella. Al ver a Korbis, un grito salió de su garganta y dejó caer los utensilios de cocina que llevaba en las manos. Temblando de emoción, abrazó a su hijo mientras de su boca, en apenas un murmullo, salía su nombre.

Tras el rencuentro, todos entraron en la pequeña casa que la mujer mantenía con una pulcritud y un orden absolutos. Dorila, tal era su nombre, no paraba de abrazar a Korbis en cuanto tenía ocasión y parecía haber rejuvenecido de pronto. Las arrugas se habían desvanecido de su semblante y las que quedaban eran el reflejo de la sonrisa que ahora lo adornaba. Sin embargo, aquella alegría duró poco.

—Madre —dijo Korbis con un brillo de necesidad en la mirada—. Me disculparéis unos instantes que prometo serán breves. Como podréis imaginar, ansío ver a Nunn. Volveré rápido, pues la noche ya cae y no quiero dejar solos a mis invitados por más tiempo del que sea necesario.

Dorila se sentó en una silla y comenzó a sollozar con la cabeza entre las manos. La reacción de la madre cambió la expresión de Korbis de un modo inmediato.

—¿Qué sucede, madre? —preguntó Korbis agachándose y tomando su mano—. ¿Acaso algo malo le ha sucedido a Nunn? Dímelo sin tardar, mi corazón no puede soportar esta incertidumbre ni un segundo más.

Dorila miró a su hijo con piedad en los ojos, se secó las lágrimas y lo contempló largamente antes de hablar, como si no pudiera escoger las palabras.

—No temas por su vida, ella está bien. Es por ti por quien lloro, hijo mío. Aunque tu regreso colma todos mis deseos, es, sin embargo, tardío. La dote que traes hubiera sido suficiente para contentar los deseos del padre de Nunn, pero jamás podrá igualar la que Lizardo le ha ofrecido por ella. Su padre ha aceptado y dentro de unos días Nunn y Lizardo se desposarán.

Todos se volvieron para mirar a Korbis, pero su expresión no había cambiado en lo más mínimo, como si su rostro estuviese tallado en el más duro de los mármoles, como si los hechos que acababa de relatar su madre le hubiesen acompañado en sus presentimientos más oscuros desde mucho tiempo atrás.

—Esperaré entonces a que la noche sea más profunda e iré a visitarla escondido de miradas ajenas. Pero antes, Santiago, me gustaría hablar contigo a solas.

Teodosio y Atanasio se volvieron hacia Santiago, perplejos. Korbis se dirigió a una estancia de la casa y le pidió que lo acompañase, cosa que hizo azorado, ante el hecho de verse involucrado en un asunto que, hasta ese momento, observaba como un espectador ajeno.

—¿Tú qué harías, Santiago? Desde que partí sabía que sucedería esto. Me alegro de haber regresado antes de que sea demasiado tarde. Lizardo rondaba a Nunn y ha aprovechado la ocasión, pero Nunn desea desposarse conmigo, lo sé. Son dos las opciones que se me plantean: luchar por mi amada o huir con ella en la noche. No contemplo otra posibilidad.

—No sé... —balbuceó Santiago indeciso.

Korbis aguardaba su respuesta con una expresión seria que, hasta ese momento, Santiago no había conocido.

—No sé en qué ni cómo puedo ayudarte a decidir —dijo intentando entender lo que Korbis esperaba de él.

—Conozco vuestra historia porque Teodosio me la ha contado. Pero no temas —aseguró viendo el miedo de sus ojos—, no deseo nada de lo que tienes, excepto tu consejo. Pero si un hombre tan poderoso como tu maestro te eligió para esta misión y te entregó el objeto que custodias, es porque confiaba en ti y te consideraba un hombre de buen juicio que tomaría las decisiones correctas en cada momento.

Santiago nunca lo había contemplado desde ese ángulo. La lógica de Korbis lo dejó estupefacto. Siempre había considerado que la elección de Jesús había sido una muestra de cariño y sobre todo de creencia en su fidelidad. Hasta entonces, nunca había pensado en qué otras razones podían haber guiado su elección. ¿Era el hombre cabal que Korbis aseguraba? ¿Era digno de aquella tarea? ¿Qué había empujado a Jesús a escogerlo?

En ese mismo instante cayó el velo que había nublado su mente y pudo ver su destino con meridiana claridad. Aun así, trató de concentrarse en el problema de Korbis y dejar para más tarde el suyo.

—Si me guiara por mi instinto y mi costumbre —respondió ya más seguro—, te diría que huyerais, que viajarais lejos, donde nadie os conociese, y que comenzarais allí una nueva vida, ya que es lo único que yo he sido capaz de hacer en estos últimos meses. Pero ahora, mientras te escuchaba, me he dado cuenta de mi equivocación. Huir no sirve de nada. Tarde o temprano, cada uno debe afrontar su prueba y te estoy profundamente agradecido por haberme ayudado a entender lo que quizá yo solo jamás hubiese comprendido.

—Entonces, no huiremos —dijo Korbis poniendo la mano sobre el hombro de Santiago y contemplándolo con el brillo de la determinación en los ojos—. Nos en-

frentaremos a nuestros destinos y venceremos o perece-
remos en el intento.

—¿Cómo puedo ayudarte? —respondió sintiendo
que se le había contagiado su entusiasmo.

—Ya lo has hecho —le dijo con una sonrisa de agradecimiento—. Y ahora debo ayudarte yo a ti. Parte mañana sin demora y cumple tu misión, que yo cumpliré la
mía.

Santiago negó con la cabeza recordando cómo había
huido abandonando a Laura. No quería sentirse cobarde
otra vez.

—Pero no deseo dejarte solo en este momento.

—Aún no lo has entendido. Esta es mi prueba, no la
tuya. Ha llegado el momento de dejar a los amigos atrás
y de no pedirles que compartan una carga que no es la
suya, para que su fidelidad no los arrastre hasta donde
irían sin dudarlo. Algún día volveremos a encontrarnos más allá de toda duda y con una copa de vino brin-
daremos por haber sabido enfrentarnos a nuestras pruebas.

Santiago comprendió lo que Korbis quería decir. Él
también tenía que afrontar su destino y liberar a sus
amigos.

—No serán destinos sencillos, ni el tuyo ni el mío,
pero estás en lo cierto; por primera vez, lo escogeré yo,
será mío, como debe ser.

Regresaron a la sala con el resto y les explicaron la
decisión tomada. La resistencia fue grande, ya que todos
se oponían a abandonar a Korbis a su suerte. Teodosio
propuso raptar a Nunn y huir todos juntos. Finalmente,
leyeron la determinación en la mirada del joven y cedie-
ron en sus quejas.

Se fueron a dormir en silencio, cada uno sumido en
sus propios pensamientos, y al amanecer se despidieron

entre abrazos y deseos de bienaventuranza para el futuro. Partían hacia el destino que Santiago había elegido para sí mismo y para sus compañeros sin consultarles, pero seguro, por primera vez en los últimos meses, de que había tomado la decisión correcta.

75

Año 2019

La Sombra estaba agotada. Avanzaba a duras penas con el libro, escrito en una lengua que apenas conocía, tratando de que nada se le pasara por alto. La noche anterior se había acostado tarde y solo había dormido un par de horas antes de levantarse y ponerse de nuevo a trabajar. No había perdido el tiempo en ducharse y podía notar su propio olor acre y los músculos entumecidos.

Una voz en su interior le susurraba que no encontraría lo que buscaba en aquel libro. Él tenía por costumbre hacerle caso, pero esta vez, como un ludópata en mala racha, siguió insistiendo y continuaría haciéndolo hasta encontrar algo o terminar el libro. Abandonar no era una opción.

De pronto, su teléfono sonó y Federico lo observó como si fuese un extraño insecto que le trepara por el brazo. Miró la pantalla y descubrió, para su sorpresa, que se trataba de Iñigo. Levantó una ceja y decidió responder.

—Iñigo —dijo con su habitual atonía.

—Sabemos que tienes el libro. Queremos que nos lo devuelvas.

Se hizo un silencio en la línea que se prolongó incómodamente. La Sombra esperó.

—¿Me has oído, Federico? —preguntó Iñigo.

—Sí, claro —contestó la Sombra con un tono despreocupado.

—Y entonces, ¿qué me respondes?

El tono de Iñigo no mostraba incomodidad y eso inquietó a la Sombra.

—Lo que has dicho no era una pregunta —dijo como si aquello fuera una obviedad—. Y aunque lo hubiera sido, no merecería una respuesta.

—El libro no te pertenece —dijo el sacerdote con un tono diferente, desafiante.

—Tampoco a vosotros —contestó despectivamente—. Y resulta que está en mi poder.

—Podríamos llegar a un acuerdo.

La Sombra se detuvo a pensar unos instantes, no porque estuviese meditando la oferta, sino porque lo desconcertaba la tranquila voz de Iñigo. Una pequeña alarma se encendió en algún rincón de su cerebro. Algo no iba bien, aquel sacerdote no parecía el mismo. Decidió ganar tiempo.

—¿Y qué podríais ofrecerme? —preguntó dispuesto a entrar en el juego.

—Hemos estudiado el libro en profundidad durante mucho más tiempo que tú. Quizá juntos resolveríamos el enigma.

—Solo seríais una carga. Tengo todos los medios de Roma a mi servicio —dijo mostrando desprecio. Iba a poner a aquel joven en su sitio.

—Si así fuera, no habrías respondido a mi llamada. Estás solo porque lo quieres para ti.

La Sombra se sorprendió de lo acertado de la conclusión. No le gustaba lo que estaba oyendo, pero aún se consideraba capaz de encontrar la clave en el libro él solo. Además, si no lo hacía, siempre podía volver a localizarlos. El micrófono aún seguía instalado en el coche y pronto se enteraría de qué tramaban. Dedujo que estaban desesperados y que habían intentado jugar la última baza que les quedaba.

—Adiós —dijo y colgó sin añadir nada más.

Marta e Iñigo se miraron satisfechos. Había sido un movimiento arriesgado, pero había salido bien. Habían confirmado que Federico tenía el libro, que actuaba solo y que estaba concentrado en resolver el enigma sin haberlo logrado por ahora. Además, creían que le habían transmitido desesperación con su disposición a negociar.

—Bien —dijo Marta asintiendo con la cabeza—, ahora pasemos a la segunda fase.

—¿Cuál es? —preguntó Iñigo.

—Anoche me hice una pregunta. Durante estos días, Federico nos ha seguido la pista, estaba donde estábamos y parecía anticiparse a cada una de nuestras acciones. ¿Cómo lo hace? Cuanto más lo pensaba, más tenía la sensación de que iba con nosotros sentado en el coche. Y después está el Ford azul que creíste ver junto al hotel y en el monasterio. Por eso, registré mi equipaje. Quiero que tú hagas lo mismo. Si, como yo, no encuentras nada, entonces quiere decir que ha instalado algo en mi coche.

Iñigo la miraba atentamente, concentrado en sus palabras y en las implicaciones de estas. Marta se dio cuenta de que aquello le gustaba mucho.

—Si es así —dijo el sacerdote ajeno a los pensamientos de Marta—, puede seguirnos allá donde vayamos. Quizá incluso nos escucha.

—Por eso nuestro próximo paso será regresar a Puente la Reina —respondió Marta.

—¿A Puente la Reina? —preguntó Iñigo sin comprender.

—Debemos continuar con nuestra pequeña función de teatro. Si nos está escuchando, le haremos creer que hemos abandonado y que te llevo de vuelta a Puente la Reina. Dejaremos allí mi coche y alquilaremos uno. ¿Conoces a alguien en el pueblo que quiera conducir mi coche durante todo el día sin abrir la boca? Así, Federico creerá que soy yo quien conduce.

Iñigo lo meditó unos instantes y entonces, de repente, soltó una carcajada.

—¿Qué encuentras tan gracioso?

—Conozco a la persona idónea —contestó aun riéndose—. Mi amigo Aitor. Te va a encantar, es buen conductor, me debe un favor... ¡y es mudo!

Cuando ambos lograron controlar la risa, Iñigo revisó su mochila: ni rastro de ningún sistema de escucha o localización. Pagaron la pensión y se dirigieron al coche, ensayando lo que durante la hora y media siguiente sería una función para un solo espectador.

76

Año 1199

Las primeras luces del amanecer se reflejaron en los restos de una espada rota en el barro. El caballero templario detuvo su montura y dio la vuelta para analizar el objeto que lo había deslumbrado. Se había levantado al anochecer, inquieto ante el retraso de su compañero, Roberto de Montebarro. Descendió del caballo y recogió lo que quedaba de una espada que le era desconocida. La estudió con paciencia y al incorporarse vio la sangre reseca a su alrededor. Su experiencia le proporcionó la información necesaria.

Dos hombres habían luchado a muerte hacía pocas horas en aquel lugar. Siguió el rastro de la pelea y de las huellas dejadas al arrastrar el cuerpo del caballero perdedor. Antes de ver el cadáver, ya había intuido de quién se trataba. Rezó un responso por su amigo caído y volvió al camino. La montura de su compañero templario no estaba. Buscó las pisadas de los asesinos y no tardó en encontrarlas; no se habían molestado en intentar borrarlas. Uno de ellos estaba herido.

Aquella era toda la información que necesitaba. Al galope, regresó al monasterio de Santo Domingo de la Calzada. Mientras cabalgaba, sintió la ira crecer en su interior. La caza continuaba, pero ahora la Orden del

Temple ya no acataba a regañadientes las órdenes de aquel asqueroso abad que los trataba como a seres inferiores. El caballero templario notó cómo se le encendía la sangre y cómo el amargo sabor del afán de venganza le subía por la garganta.

Estaba agotado. Había cabalgado toda la noche haciendo solo pequeñas pausas para beber agua y comprobar las vendas del caballero negro, las cuales había lavado en un riachuelo. La herida había dejado de sangrar y Roger parecía no tener fiebre. Aun así, no conocía la gravedad de su estado y me sentía perdido. No sabría qué hacer si la situación empeoraba.

Aún no había rastro del poblado amurallado de Gastehiz del que me había hablado el caballero negro y no contaba con encontrarlo en aquel mundo de sombras. El sol no había aparecido en el este; en su lugar, una densa niebla cubría el paisaje, lo que me producía angustia al sentir que alguien me acechaba en la oscuridad. Miraba constantemente hacia atrás, aterrorizado, esperando que el abad o algún monje templario se materializase entre la bruma. «¿Dónde está Gastehiz?», me preguntaba angustiado. La niebla me protegía, pero a la vez me extraviaba.

Ya avanzada la mañana, el sol se dejó ver y, como por arte de magia, un grupo de chozas apareció en la distancia. Decidí acercarme en busca de ayuda, o al menos de orientación, pero todas las cabañas estaban desiertas o cerradas.

A lo lejos vi unos extraños campos de labor y a varios hombres rastrillando. Al verme, detuvieron su trabajo y me observaron acercarme, tensos, con la experiencia de aquellos a los que las novedades les han traído males. Hice una señal tranquilizadora con el brazo que no pareció surtir efecto alguno. Decidí aproximarme y entonces me di cuenta de que no estaban trabajando la tierra. Aquellos campos no eran otra cosa que salinas y los rastrillos, las herramientas para separar la sal y ponerla a secar.

—Buenos días os dé Dios —dije dirigiéndome al primer hombre mientras esbozaba una sonrisa que pretendía ser conciliadora.

—Buenos días —contestó secamente devolviéndome un gesto desconfiado.

—¿Tendría a bien indicar a este viajero extraviado si este camino conduce a la aldea de Gastehiz? —pregunté esperanzado.

Uno de los hombres más ancianos levantó un brazo y lo extendió hacia el este. El resto de los salineros desvió la vista hacia el cuerpo del caballero negro sobre la montura. De repente, una mujer salió de una de las chozas, se acercó balanceando su voluminoso cuerpo y comenzó a gritar a los hombres.

—¿Es que no tenéis nada mejor que hacer que mirar como pasmarotes? —vociferó haciendo que más de uno le rehuyera la mirada—. ¡Por todos los santos! ¿Qué necesitas, buen hombre? —dijo dirigiéndose a mí mientras se secaba las manos con un gesto enérgico—. De estos —hizo un gesto despectivo hacia los salineros— no sacarás más que gruñidos.

—Buscamos el camino a Gastehiz —respondí agradecido—. Mi compañero está herido y necesito que se ocupen de él con presteza. Temo por su vida.

La mujer echó un vistazo al rostro del caballero negro, pálido y descompuesto, y sacudió la cabeza en señal de desaprobación.

—Habéis venido al lugar adecuado —contestó frunciendo el ceño como si yo fuera el causante de la herida—. Salvo que ya esté muerto, yo lo curaré de cualquier mal o dolencia. A la mitad de estos —añadió señalando a los trabajadores al ver mi reticencia— los he recuperado de heridas más graves y dolorosas que las de tu compañero. Si ha sobrevivido al viaje a caballo, me sobrevivirá a mí —sentenció con una sonora carcajada.

Antes de que pudiera responder, se volvió hacia dos de los hombres y les indicó que me ayudaran a llevar al caballero negro hasta una de las cabañas cercanas. Tras dar órdenes de hervir agua y traer algunas plantas medicinales y amuletos, desnudó al caballero negro de cintura para arriba, me hizo un guiño y miró la herida con ojo crítico.

—¿Nadie te ha enseñado a coser una herida? —preguntó acusadoramente.

Empezaba a entender la desazón que aquella mujer despertaba en los salineros.

—Yo... —balbuceé sin saber muy bien qué responder.

—Entonces este es un buen momento para que yo lo haga. ¡Ven, acércate!

Una hora después, nos limpiamos la abundante sangre que nos cubría las manos y dejamos al caballero negro descansando en el lecho, dormido profundamente gracias al potente brebaje que la curandera le había dado.

—Si sobrevive, dentro de dos días habrá pasado el peligro y enseguida podrá levantarse. Antes de una semana podréis retomar vuestro camino. Gastehiz se encuentra a un día a pie. A caballo llegaréis en pocas horas.

Contemplé al caballero negro con preocupación. No estaba seguro de qué hacer. No podía abandonarlo allí, pero me aterraba la idea de ser encontrado por Guy Paré en aquel paraje abandonado. La mujer percibió mi duda y la interpretó de manera errónea.

—¿Acaso aún no confías en mis artes curativas? —preguntó ceñuda.

—No, no es eso —respondí levantando las manos a modo de disculpa. Luego vacilé un instante—. Nuestra misión...

—Ya veo, partirás de inmediato y yo tendré que ocuparme del cuidado de tu bello acompañante. —La mujer verbalizó lo que yo no me había atrevido a decir—. En fin, siempre me toca a mí sacrificarme —dijo guiñándome un ojo de nuevo—. No sé si podré cuidar de él, atender mis quehaceres y alejar a las pocas pero osadas mujeres que se acercarán por aquí cuando tu compañero se despierte.

—No temas —dije riéndome aliviado ante su reacción—. Él sabrá cuidarse solo. Serán ellas las que deberán protegerse.

—¿Qué quieres que le diga? —preguntó repentinamente seria—. ¿Regresarás a por él?

Medité un momento mi respuesta. No estaba seguro de si volvería. Había decidido que mi destino estaba en el norte, pero tampoco quería confesar mi intención de no regresar.

—Dile que estaré junto a la orilla, tocando piedras —dije recordando lo que el caballero negro me había contado del monasterio que, bajo el abadiato de Leyre, se encontraba junto al océano.

Aquel sería el camino más seguro y me permitiría dirigirme a Cluny. Esperaba que el caballero negro se recuperase, pudiese escapar de los perseguidores y llegar a Leyre.

—Él entenderá lo que quiero decir —continué—. Partiré temprano dentro de dos días, para asegurarme de que saldrá de esta vivo. No podría irme si no.

Cuando la mujer salió de la choza, me quedé junto al caballero negro, velando su descanso. «Si no nos encuentran antes...», pensé soltando un suspiro de angustia.

77

Año 33

Santiago y sus compañeros avanzaban con determinación, como si necesitaran poner distancia entre ellos y Autraca, ahora que habían decidido abandonar a Korbis. A pesar de eso, Santiago estaba en paz, ahora todo tenía sentido. Por el contrario, Teodosio se mostraba visiblemente enfadado y así estuvo un buen puñado de días, durante los cuales el paisaje fue cambiando.

Caminaban hacia el noroeste y la tierra reseca dio paso a bosques frondosos. A su derecha, lejanos montes de cimas nevadas los veían pasar y acompañaban su silencio. Se acercaban a los confines del mundo.

Los escasos pobladores que se encontraban y los aún más raros caminantes con los que se cruzaban les decían que el camino se terminaría pronto si seguían hacia el oeste. Después, solo el mar infinito y los monstruos que lo habitaban saldrían a su paso. Sin embargo, nadie era capaz de explicarles cómo eran tales monstruos, nadie había llegado a verlos y únicamente los conocían por las historias que de ellos contaban los navegantes con los que habían hablado.

El monstruo particular de Santiago era el estado de Atanasio, que no hacía más que empeorar y ya no disimulaba el dolor que le producía la herida. Teodosio, aunque enojado, no se separaba de él y lo ayudaba cuando lo necesitaba, le proporcionaba agua y comida y le limpiaba la herida, soportando sus quejas con un estoicismo desconocido en él. Varias veces trataron de convencerlo de instalarse en algún lugar hasta que se restableciese, pero este les decía que lo harían cuando llegasen a su destino.

Transcurrida casi una luna completa desde la separación de Korbis, alcanzaron la cima de una colina y vieron el océano a lo lejos. Aquella inacabable extensión de agua tuvo un efecto inmediato en sus estados de ánimo. De los silencios, las preocupaciones y los enfados de los días anteriores pasaron a la actividad y a la conversación constante, sumergiendo en palabras los pensamientos que los asaltaban, a todos menos a Santiago, sobre la incertidumbre de su destino. Incluso el estado de Atanasio pareció mejorar y a veces sonreía, aunque con una cierta tristeza.

El océano, situado al principio hacia el oeste, se fue extendiendo gradualmente hacia el norte, indicándoles que se acercaban al límite de la tierra, al punto más lejano de Hispania. Caminaban todo lo deprisa que Atanasio podía, deseosos de alcanzar su destino. Santiago aprovechaba las últimas horas para meditar sobre la mejor manera de explicar a sus compañeros la decisión que había tomado.

Aquella noche, ya muy cerca del mar, Atanasio empeoró gravemente. Santiago ya había pensado lo que iba a decirles al día siguiente, cuando se despidiera, y había preparado las respuestas a todas sus posibles objeciones. Fue Teodosio quien lo despertó en mitad de la noche. Su rostro reflejaba tensión, cansancio y una profunda tristeza y parecía que hubiera envejecido diez años en unos pocos días.

—Atanasio arde —fueron sus únicas palabras.

Una vez más, la decisión de Santiago quedaba postergada. No podía abandonarlos en aquellas condiciones. Desde ese momento, se turnaron para cuidarlo al tiempo que construían un pequeño refugio, esperando que se recuperase. Pero Atanasio no mejoraba. Teodosio no se movía de su lado y le ponía paños húmedos sobre la frente en un inútil esfuerzo para bajarle la fiebre. Al día siguiente, perdió la consciencia y lo oyeron quejarse en sueños. Sus amigos estaban desolados, impotentes para hacer algo más que esperar a que su cuerpo resistiese. Por la noche, mientras cenaban en silencio, Santiago escuchó su nombre.

—Santiago —lo llamó Atanasio con una voz apenas audible.

Los tres se acercaron y le dieron algo de beber, lo que pareció revivirlo. Su voz cobró fuerza y les llegó entonces más nítida y sus ojos se aclararon y consiguieron enfocar la vista. Se miraron esperanzados.

—Santiago —repitió con una voz momentáneamente fortalecida—. Hemos huido juntos desde hace meses, casi pareciese una vida. Hemos atravesado el mundo y hemos llegado hasta aquí, donde no podemos seguir huyendo. Al menos tú no.

Hizo una pausa para respirar, tratando de recuperarse del esfuerzo que estaba haciendo.

—Sé qué hace tiempo que has decidido regresar —continuó—. Mañana mismo emprenderás camino de regreso a Jerusalén, te enfrentarás a Pedro y el resultado será el que tenga que ser.

—Vendrás conmigo —propuso Santiago dedicándole una sonrisa triste mientras le cogía la mano—. Si hemos llegado hasta aquí, bien podemos hacer juntos el viaje de regreso.

A Santiago sus propias palabras le sonaron ingenuas o simplemente voluntariosas.

—No lo has entendido —negó Atanasio con la cabeza, apretándole débilmente la mano—. Debes hacer lo que es necesario. Y de la misma manera, vosotros —dijo mirando a Teodosio y Adonai— debéis llevar adelante una tarea aún más importante. Os quedaréis aquí y seréis los custodios de la reliquia. La esconderéis y la protegeréis de todo aquel que la busque y solo cuando Jesús, o alguien que pueda mostrar que merece su lugar, regrese, se la daréis para que continúe su obra.

Los tres se quedaron callados sopesando las palabras de Atanasio y su significado.

—¿Y qué vamos a hacer hasta ese momento? —preguntó Teodosio con lágrimas en los ojos—. ¿Sentarnos a esperar?

—¡No! —contestó Atanasio con fuerzas renovadas—. Tendréis más trabajo del que podáis desear. Deberéis construir un templo sobre esta misma colina y esconder en él la reliquia, donde nadie pueda encontrarla. Crearéis una congregación para que la custodie el día que ya no estéis, pues nadie sabe cuándo regresará el maestro. Únicamente a algunos de ellos les hablaréis de la verdadera misión. Además, ayudaréis a todos los peregrinos que por aquí transiten. ¿Os parece poco trabajo?

Un acceso de tos sacudió el cuerpo de Atanasio y Teodosio le acercó agua para que bebiese de nuevo. Cuando se calmó, Atanasio le dirigió una sonrisa afectuosa.

—Cada uno de nosotros debe cumplir con su misión —continuó al recuperar fuerzas—. La tuya, Santiago, es acudir a Jerusalén y enfrentarte a Pedro. La vuestra, mantener la llama viva para que el día que sea necesaria, brille alta y poderosa y el maestro sepa que fuimos dignos depositarios de su confianza.

Adonai miró a Atanasio a los ojos. Su mirada era franca y limpia, la de un hombre dispuesto a cumplir una promesa hecha a un moribundo en su lecho de muerte.

—Sea —dijo—, haremos lo que nos pides. Este no parece un mal sitio para vivir y nuestra misión tiene más sentido que las vidas completas de muchos de los hombres que han vivido o vivirán.

—¿Y la tuya, Atanasio? ¿Cuál será tu misión? —preguntó Santiago sin soltarle la mano, como si aquello fuera suficiente para devolverle la salud.

Atanasio sonrió. Era la sonrisa apenada pero serena de una persona que está en paz consigo misma. Miró a Teodosio, que lloraba sin consuelo, y luego se volvió hacia Santiago.

—Mi misión era acompañarte hasta aquí y ayudarte a tomar la decisión final. Ya la he cumplido, ahora debo partir.

—No, Atanasio —protestó Santiago con las lágrimas acudiendo a sus ojos sin remedio—. No nos dejes aún, tenemos mucho que hacer juntos.

Atanasio negó con la cabeza y levantó la mano hasta la mejilla de Santiago, acariciándola delicadamente. Con voz débil continuó:

—Adiós, Santiago. Me voy a reunir con el maestro —dijo con una sonrisa plena—. Suelta ya mi mano, estaré bien.

La luz de los ojos de Atanasio se apagó y su pecho dejó de subir y bajar. En silencio, los tres lloraron sobre su cuerpo hasta quedar sin lágrimas, cada uno perdido en sus recuerdos.

A la mañana siguiente, comenzó a caer una fina llovizna. Enterraron a Atanasio en la cima de la colina, bajo una persistente lluvia que se mezclaba con sus lágrimas. Cuando terminaron, Santiago preparó sus cosas y los tres se reunieron entorno a los rescoldos de la hoguera de la noche anterior. Se habían dicho todo lo que era necesario decirse y ahora sobraban las palabras. Santiago desató el objeto del cordel que lo sujetaba y lo puso en la mano de Teodosio. Se miraron sin saber qué decir y se abrazaron sin reprimir el llanto.

Esta vez no eran lágrimas de tristeza, sino de nostalgia por los tiempos que ya no regresarían. Santiago sentía en su interior que jamás volverían a verse, pero sabía que los dos jóvenes llevarían adelante su misión con el mismo fervor que los había empujado a seguirlo por el mundo. Su propia misión, sin embargo, le hacía albergar pocas esperanzas. Se dio la vuelta y, venciendo la tentación de mirar hacia atrás, comenzó su camino de regreso hacia el este.

78

Año 1199

Dos días después de mi llegada a Agnana, el macilento rostro del caballero negro había recuperado en parte su color y la fiebre había remitido. Aún no había recobrado la consciencia, pero Lotaria, la curandera, estaba segura de que sanaría, por lo que me decidí a partir por la mañana.

Me dirigiría hacia el norte, de regreso a Francia. El monasterio de Leyre no era la solución a mis problemas, ahora lo veía claro, por mucho que el caballero negro me hubiese ayudado. Me producía tristeza dejarlo atrás por las veces que se había jugado la vida por mí, sin embargo, aquella era la ocasión que había estado esperando y debía aprovecharla. Resolver aquel asunto era mi responsabilidad y, aunque tenía miedo, había llegado la hora de tomar mis propias decisiones. Acaricié el libro en el que había dejado por escrito cuanto era necesario y que ahora debía poner a salvo.

Había resuelto pasar por Gastehiz; tenía curiosidad por ver la villa amurallada y su iglesia. Corría un riesgo que no quería prolongar, por lo que acto seguido continuaría hacia el norte, hasta Sanctus Sebastianus. De las tres alternativas expuestas por el caballero negro, esta era la más alejada del peligro inminente y la única que serviría a mi propósito.

Me despedí de Lotaria, que me prometió cuidar del caballero negro tanto tiempo como fuese necesario.

A media mañana alcancé mi primer destino. La muralla de Gastehiz se veía desde la distancia dominando el valle sobre una pequeña loma. Apoyado sobre el muro sur se adivinaba el campanario de la iglesia, por la que me sentí atraído de forma inmediata, aunque una voz en mi cabeza me exhortaba a alejarme. Era en los cruces de los caminos y en las poblaciones donde corría más riesgo de ser localizado. Sin embargo, no pude resistirme. «Solo unos minutos para contemplar la iglesia —me dije—, para ver la majestuosidad del edificio y quizá acariciar las piedras del pórtico.» Después seguiría mi camino.

Dejé el corcel a buen recaudo en las caballerizas con la única orden al mozo de darle de comer. No quería a nadie husmeando en mi montura. A pesar de que había tratado de eliminar cualquier rastro del Temple, un corcel así acabaría llamando la atención.

Crucé la puerta de la muralla ante la mirada aburrida de los soldados. Aun así, me sentía observado y temí haberme equivocado. Cada rostro se había vuelto amenazador, cada capucha parecía ocultar a un templario. Me detuve ante el pórtico y me deleité con la bella decoración y los detalles perfectamente elaborados. Busqué las marcas de cantería en lugares ocultos a la vista, pero no me atreví a acercarme a tocar la piedra para no atraer miradas. La sensación de premura me acuciaba.

Retrocedí frustrado y me alejé de la iglesia reprimiendo la tentación de echar a correr. De vuelta a las caballerizas, encontré al mozo junto a mi montura conversando con un extraño; ambos interrumpieron su charla al verme. El mozo, con cara culpable, regresó a sus queha-

ceres y sacó el caballo del establo mientras el desconocido se dirigía hacia mí. Me miró con una amplia sonrisa
que sus ojos desmentían.

—Bonito animal el que cabalgáis —dijo con un tono
meloso que me produjo repulsión—. Digno de un señor
o de un guerrero. ¿Qué os trae a Gastehiz si se me permite preguntar?

El caballero negro me había aleccionado bien. Des-
confié y decidí que la cautela sería lo más sensato.

—Mis asuntos no son de vuestra incumbencia —respondí tratando de aparentar seguridad.

El desconocido entornó los ojos con un brillo de malicia mientras su sonrisa permanecía allí, petrificada. Se
apartó con una reverencia que se me antojó despectiva y
me dejó pasar. Acaricié al caballo, intentando transmi-
tirle tranquilidad, pero este relinchó inquieto, como si
hubiera captado mi incomodidad. Monté tomando las
riendas de manos del mozo y cuando me volví, el hombre había desaparecido sin dejar rastro. Un escalofrío y
un mal presentimiento me asaltaron y sin entretenerme
ni mirar atrás salí de las caballerizas, enfilé el camino y
me fui. En mi mente vi el rostro del caballero negro negando con la cabeza ante mi irresponsabilidad.

El desconocido vio partir a Jean apoyado en el exterior
de la muralla. Reconocería a un caballo del Temple hasta
con los ojos cerrados y la mirada de miedo del joven le
había confirmado sus sospechas. Meditó acerca del valor
de aquella información y con una sonrisa, esta vez de satisfacción, escupió al suelo con aire despectivo y se aden-
tró en el poblado con paso acelerado mientras pensaba
en la recompensa que obtendría.

El abad Guy Paré tenía el rostro contraído de ira. Gritó a sus hombres, tratando de descargar la furia que asolaba su mente y le impedía concentrarse. No entendía cómo aquellos ladrones inmundos habían logrado escapar. Todo le parecía tan fácil hace unas semanas... El objeto estaba a su alcance y desde entonces parecía esfumarse cada vez que iba a caer en sus manos.

Habían llegado a Gastehiz, pero nadie les había podido dar información valiosa. La niebla que reptaba por aquel desolado paraje los confundía a la vez que protegía a aquellos dos hombres del inframundo, borrando sus huellas. Al menos sabía que uno iba herido, aunque era un magro consuelo ante la frustración de quedarse allí, sentado, esperando las noticias que sus hombres y los caballeros templarios no parecían capaces de traerle. Estos últimos eran hombres duros, pero no lo suficiente como para vencer a aquel endemoniado hereje, que parecía haber sido entrenado por el mismísimo Lucifer.

—¡Más vino! —gritó el abad exaltado por la rabia, la frustración y el excelente vino de la zona.

Se llevaría un barril para regalárselo al sumo pontífice cuando regresara a Roma. Saldría triunfante y no volvería jamás a aquel repugnante rincón del mundo.

79

Año 2019

Marta e Iñigo comenzaron su pequeña obra de teatro. Primero aparcaron el coche junto a la gasolinera de la entrada del pueblo. Iñigo prefería no arriesgarse a encontrarse con vecinos que pudieran interrumpirlos. Luego llamó a la madre de Aitor, que le dijo que su amigo estaba en casa y que en unos minutos se acercaría a verlos. Esperaron en la cafetería de la gasolinera para hacer creer a Federico que estaban tomando un café antes de despedirse. Aitor tardó diez minutos en llegar.

A Marta le cayó bien nada más conocerlo. Era un joven risueño que compensaba su falta de voz con una divertida expresividad corporal. Observó perpleja cómo los dos jóvenes conversaban en lenguaje de signos sin entender nada de lo que decían. Por lo que pudo interpretar, se estaban divirtiendo, ya que de vez en cuando Aitor se detenía, le guiñaba un ojo y regresaba a una conversación con Iñigo en la que, sin duda, ella era la protagonista. Cuando terminó el intercambio, ambos se volvieron hacia Marta.

—Dice Aitor que puedes estar tranquila, cuidará de tu coche con mimo.

Ya que ambos se habían reído a su costa, Marta quiso provocar un poco a Iñigo.

—¡Qué poco me cuentas de una conversación tan larga! —respondió con un gesto inocente—. ¿Hay algo más que debería saber?

Iñigo mostró una expresión de culpabilidad.

—Eh... no, nada más —dijo sonrojándose ligeramente—. Le he explicado el plan y que tiene que visitar mañana el monasterio de Leyre.

Se habían decidido por ese monasterio porque Jean lo mencionaba en el libro y, para alguien que siguiese una búsqueda desesperada, parecía lógico visitarlo. La idea era mantener alejado a Federico, si este regresaba sobre sus pasos, mientras ellos tomaban un autobús a Pamplona para alquilar allí el coche que los llevaría de vuelta a Donostia.

Estaban orgullosos de su pequeña treta. En aquel momento, de broma con Aitor, entre gestos y risas, no podían imaginar que lo estaban poniendo en peligro mortal.

La ira crecía en su interior y era un sentimiento al que la Sombra no estaba acostumbrado.

Había transcurrido otro día más sin que aquel maldito libro le desvelase la clave que escondía. Ni siquiera le había producido el más mínimo consuelo enterarse, a través de los micrófonos, de la frustración de Marta e Iñigo, de su regreso a Puente la Reina y de la vuelta de ambos a sus quehaceres; Iñigo a su parroquia y Marta, al monasterio de Leyre.

Aunque Marta le había dicho a Iñigo que aquella era una visita profesional, a la Sombra no se le escapaba que ella seguía aún dentro del juego. El monasterio de Leyre aparecía en el libro de Jean y él no creía en las casualidades. Le parecía un disparo al aire de alguien desesperado.

Trató de calmar la rabia, lo que logró poco a poco, con la experiencia de su entrenamiento. Sabía que aquel sentimiento lo empujaría hasta el borde de la locura y de la pérdida de control y que esto lo llevaría a cometer errores, dañándose a sí mismo, pero también a los demás. Aunque esto último era irrelevante, no podía repetir las faltas del pasado.

El sistema de escucha del coche de Marta no emitía sonido alguno; el de posicionamiento indicaba que seguía en Puente la Reina. La Sombra sonrió despectivamente. Estarían disfrutando de su última noche juntos.

Decidió darse unas horas de sueño. Por la mañana, terminaría de leer, revisaría sus notas y, si no encontraba nada relevante, se acercaría a Leyre. Quizá Marta estuviera siguiendo alguna pista. Le sacaría la información que tuviera, el dolor podía ser un gran estimulante.

Y había cosas aún mucho peores.

80

Año 33

El recuerdo del camino de regreso desde Finisterre sería para Santiago mucho menos vívido que su huida hasta el confín del mundo. Los días pasaron en soledad, apenas alterada por alguna compañía esporádica. Contrariamente a todos los encuentros anteriores, ahora eran tan solo fantasmas los que se cruzaban en su camino y pronto olvidaba sus caras y aún antes sus nombres. Los rehuía y solo se dirigía a ellos cuando no le quedaba más remedio.

Había encontrado consuelo en aquella soledad y en la meditación acerca de los sucesos que habían cambiado su vida, en cómo había conocido al maestro y había abandonado sus quehaceres, su vida entera, para seguir a aquel hombre extraño, a veces cercano y a veces inalcanzable. De nuevo, pensó en cómo había aceptado ser depositario de aquel objeto tan extraño como el maestro y en cómo había cruzado el mundo sin meditar en las consecuencias de sus actos, siguiendo el instinto primario de huir.

Santiago recordó a Korbis y a Nunn y la felicidad en sus rostros ante su próxima boda. Se había alojado con ellos una noche y, aunque le contó a Korbis sus intenciones de regresar a Jerusalén, este no se ofreció a acompañarlo, ya que había decidido no separarse nunca más de Nunn, algo que Santiago no dudó en celebrar.

Aquella noche, junto al fuego, el joven le había contado la historia de cómo había conseguido rescatar a Nunn antes de sus esponsales y cómo la determinación y las súplicas de esta a su padre habían logrado convencerlo de romper su compromiso. La ruptura había dejado al padre de Nunn en una posición delicada, pues Lizardo había amenazado con tomar represalias por haber roto el pacto. Se trataba de un hombre poderoso que no olvidaría la humillación que acababa de sufrir.

La situación había tenido un desenlace brusco. Una noche en la que Korbis regresaba a casa de su madre después de haber visitado a Nunn, Lizardo, acompañado de tres secuaces, lo había atacado aprovechando la oscuridad.

—Por un momento, pensé que mi hora había llegado —relató Korbis con la tranquilidad de quien mira al pasado con una sonrisa—. Iban armados con espadas cortas y conocían bien su trabajo. Enseguida me rodearon. Aunque traté de defenderme, uno de ellos logró hacerme un profundo corte en el pecho. Era cuestión de tiempo que alguno me infligiese una herida grave, pero yo estaba dispuesto a defenderme y a intentar matar a Lizardo.

Mientras Korbis contaba su historia, Nunn lo miraba con devoción sin soltarle la mano ni un instante.

—Cuando estaba a punto de desesperar —continuó—, oí un griterío y vi que la salida de la calle estaba atestada de vecinos armados con hoces, estacas y otros utensilios. ¡Deberías haber estado allí para ver la cara de Lizardo! Sus secuaces no supieron qué hacer y fueron desarmados con rapidez, pero Lizardo insultó a los que le gritaban.

—Durante los años en que Korbis estuvo fuera —aclaró Nunn—, Lizardo se había convertido en el dueño del pueblo. Poseía el único molino y cobraba un precio imposible por moler el grano; además, compró las tierras de muchos campesinos para alquilárselas después exigiéndoles pagos desmedidos. Actuaba como si el pueblo fuera suyo.

—La situación se fue de las manos —continuó Korbis asintiendo mientras un velo de amargura teñía su mirada—. Lizardo atacó a Touto, el herrero, y la respuesta de la muchedumbre fue incontrolable. Allí mismo, ante mis ojos, apalearon a Lizardo hasta la muerte.

Al día siguiente, Santiago se despidió de Nunn y Korbis lo acompañó hasta las afueras del poblado. Cuando la última casa quedó atrás, Korbis se detuvo.

—Aquí nos separamos, amigo Santiago —dijo con su eterna sonrisa, que ahora era aún más atractiva.

—Aunque no vengas conmigo, siempre me acompañarás, amigo Korbis —respondió Santiago poniéndose una mano en el pecho.

—Me encantaría poder hacer algo más por ti.

Santiago había meditado mucho sobre aquello. Quería pedirle a Korbis un favor, pero al verlo tan alegre junto a Nunn le dolía que tuviera que asumir una responsabilidad que lo alejara de ella.

—Puedes hacerlo —replicó decidiéndose por fin—. Si alguna vez llegan hasta tu pueblo unos desconocidos preguntando por lo que ambos sabemos, prométeme que enviarás a alguien hacia el fin de la tierra a buscar a Teodosio y a Adonai o a quienes los sucedan para prevenirlos de su llegada y que puedan protegerse y continuar con su misión.

Korbis lo miró durante un largo rato y asintió.

—Así sea —dijo finalmente—. Puedes confiar en que seré el vigía que proteja a nuestros amigos de visitas indeseables. También, de vez en cuando, me acercaré para ver cómo están. Quizá incluso algún día pida a mis hijos que tomen esa responsabilidad.

Aquello era más de lo que Santiago podía desear y se lo agradeció emocionado. Ahora podría partir con la tranquilidad de que alguien velaría por Teodosio y Adonai.

Se abrazaron con sentimiento porque ambos sabían que nunca más volverían a verse. Se miraron a los ojos y se dijeron adiós. Santiago giró sobre sus talones y comenzó a andar. Dio unos pasos, miró atrás y saludó con la mano a Korbis, que lo contemplaba inmóvil.

Luego continuó su camino con la mirada al frente.

81

Año 1199

El caballero negro despertó, pero aún tardó un poco en librarse del mareo que lo invadía. Tenía la boca seca y se hallaba en medio de una total oscuridad. Pasaron unos minutos más antes de que recordara lo sucedido: la huida de Santo Domingo, el frío en las montañas, el hambre, el caballero templario, la herida... Un escalofrío le recorrió el cuerpo, miró a su alrededor y vio una choza humilde. Tocó el lecho de paja sobre el que descansaba. El olor a guiso que invadía la estancia le despertó el apetito. Intentó incorporarse, pero el dolor del costado le hizo desistir.

De pronto, al fondo de la choza, una forma pareció materializarse. El caballero negro tanteó a ambos lados en busca de la espada, sin encontrarla.

—Tranquilo —dijo una voz de mujer—. Si hubiera querido matarte, no habría tenido más que esperar sin hacer mi trabajo. Toma este caldo, te sentirás mejor.

—¿Dónde estoy? ¿Dónde está Jean?

La mujer puso sus inmensos brazos en jarras y negó con la cabeza.

—¡Preguntas, preguntas! ¿Y el agradecimiento? Me he pasado horas velando tu sueño, poniéndote paños húmedos en todo el cuerpo para bajar la fiebre que te hacía arder —dijo mientras se dibujaba una sonrisa pícara en sus labios y añadió—: ¿Y me lo agradeces así?

—¡Perdona! —contestó el caballero negro sin poder evitar devolverle la sonrisa—. Sin duda, te debo la vida y no sé cómo podré agradecértelo. —La mujer pareció darse por satisfecha, aunque siguió con el ceño fruncido—. Si no encuentro a Jean —continuó—, habré fracasado en mi misión y de nada habrán valido entonces tus desvelos.

—Se fue —respondió la mujer haciendo un vago gesto con la mano—. Esta mañana se subió a su montura y me dejó a vuestro cuidado. Es mi destino, los hombres siempre me abandonan —añadió sin parecer muy preocupada.

Al caballero negro le gustó aquella mujer y su sentido del humor, pero no tenía tiempo para eso.

—¿Qué dirección tomó? ¿Te dejó algún mensaje para mí? ¿Estaba bien?

—¡Más preguntas! —respondió mostrando de nuevo un rictus de enfado—. Cuando se fue estaba bien y se dirigía al mar a tocar piedras o al menos eso me dijo. Eso me hace pensar que igual no estaba tan bien —dijo llevándose un dedo a la sien y girándolo en círculos—, aunque me dijo que tú lo comprenderías. —Lotaria se encogió de hombros dando a entender que también dudaba del estado mental del caballero negro.

El caballero retiró la manta que lo cubría y observó la herida con ojo crítico. Miró a la mujer, que le guiñó un ojo, e intentó levantarse.

—Ni se te ocurra —se apresuró a aconsejarlo la curandera—. Aún no estás bien y la costura podría abrirse y la herida, hincharse y ennegrecerse.

El caballero negro hizo caso omiso de las advertencias y se incorporó, pero al querer ponerse de pie lo invadió una náusea. Esperó a que desapareciera mientras la mujer lo miraba con preocupación. Trastabilló hasta la puerta y se volvió. Sudaba copiosamente y el esfuerzo lo había dejado extenuado. Volvió al lecho y se tumbó, para alivio de Lotaria, que lo contemplaba ahora con preocupación.

—Has hecho un buen trabajo, mujer. No sé cuándo ni cómo podré pagártelo. Te lo agradezco profundamente. Ahora dormiré hasta el amanecer y cuando el sol asome, partiré.

Con un gesto, reprimió la protesta de la curandera y cerró los ojos. Necesitaba dormir, pero su mente no paraba de pensar y trazar planes. Estaba solo, herido, sin caballo y desarmado. Llevaba un día de desventaja y quizá tenía perseguidores detrás y delante. Necesitaba una montura.

82

Año 2019

Al girar la llave de la puerta de su casa, Marta se sintió extraña. Entraba en terreno conocido, pero no lo hacía sola, sino con Iñigo. El sacerdote iba a conocer una parte de ella muy personal y se sentía incómoda siendo juzgada. Diego era el único hombre al que había llevado allí desde que se compró la casa.

Cuando entraron en el salón, Iñigo miró a su alrededor con curiosidad.

—Tienes un piso muy bonito —dijo con su eterna sonrisa.

—Gracias —respondió Marta un poco azorada—. Te enseñaré tu habitación y el resto de la casa —añadió con rapidez reprochándose mentalmente su incapacidad para aceptar los cumplidos.

Creía haber dejado todo bastante recogido antes de salir, pero al entrar en su habitación recordó que al hacer la mochila le habían quedado varias prendas sobre la cama, entre ellas, ropa interior. Mientras se apresuraba a recogerlas, notó que el rubor le subía a las mejillas. Iñigo disimuló haciendo como que no se había dado cuenta y Marta agradeció su discreción; luego comprendió que quizá no era eso, sino que él también se había sentido turbado.

Cenaron algo rápido y se fueron a dormir. Al día siguiente, irían temprano a la iglesia de San Vicente, donde había encontrado el cadáver; quizá allí dieran con alguna pista. Era un intento a la desesperada, pero podían continuar la lectura de la copia del libro que tenía en el móvil a la vez que seguían la pista en San Vicente.

Marta imprimió la parte del texto que les quedaba por leer y, arrebujada entre las familiares sábanas de su cama, pensó en todo lo que le acababa de suceder, en el libro, en el objeto misterioso, en su viaje, pero sobre todo en Iñigo, que dormía a pocos metros de ella. Estaba claro que se sentía atraída por él. Era muy diferente de Diego; era atento y divertido, pero a la vez ingenuo, con una sonrisa encantadora y una manera muy peculiar de inclinar la cabeza hacia un lado cuando prestaba atención a una explicación. Ese gesto le gustaba, la hacía sentir que lo que estaba contando era lo más importante del mundo. Varias veces estuvo tentada de levantarse e ir a su cuarto, pero le venía a la mente el día en que lo había conocido, vestido con sotana y alzacuellos.

O quizá era que temía ser rechazada.

83

Año 1199

Estaba perdido.

Aquellas malditas montañas y la persistente lluvia me habían desorientado. Al principio, mientras avanzaba hacia el norte dejando a ambos lados sierras montañosas que me flanqueaban el camino, me había parecido sencillo. De repente, todo se había esfumado, sumergido en el barro, la lluvia y la niebla y yo había tenido que caminar, desmontado, por un terreno traicionero y resbaladizo entre densos bosques y profundos valles. El otoño avanzaba y la luz solar, si así se podía llamar a aquella claridad mortecina que los negros nubarrones apenas dejaban entrever, menguaba con rapidez.

Me encontraba perdido en aquel infierno gris y verde y ni siquiera la presencia de un viejo pastor me había sido de ayuda. Este se había expresado en una lengua extraña y gutural y, tras varios intentos de entablar una conversación con él, había desistido en mi empeño. Decidido a continuar hacia el norte, al tercer día atisbé en la lejanía un mar gris, embravecido y hostil. A pesar de ello, respiré aliviado. Si me orientaba bien, algún camino aún desconocido me llevaría hasta Sanctus Sebastianus primero y hacia el norte después.

El abad Guy Paré gritó con rudeza a su ayudante que, enseñado por la experiencia, soportó el mal humor con estoicismo; quizá las noticias que traía aquel andrajoso comerciante calmasen a su amo; o tal vez no y entonces volvería a ser el centro de sus bramidos e insultos. Había aleccionado al comerciante sobre cómo dirigirse al abad, pero tenía poca fe en que pudiera seguir sus instrucciones.

—Uno estaba herido de gravedad —comenzó a decir el comerciante en un estado de nerviosismo cercano al pánico.

Había sido arrastrado contra su voluntad ante aquel hombre de expresión cruel que lo miraba como si fuese un apestado. Había hablado más de la cuenta en la posada y varios soldados del Temple lo habían escuchado. Se reprochó a sí mismo haberse pavoneado ante los presentes aprovechando la historia que le había contado un salinero. Su esposa siempre le decía que el vino le abría la boca y lo metía en líos; odiaba tener que darle la razón.

—¿Dónde? ¿Dónde fue eso? Habla ya, que se me agota la paciencia —gritó el abad señalándolo con el dedo mientras disfrutaba del terror que infundía en aquella sabandija.

—Al oeste —respondió tragando saliva—, en las cercanas salinas de Agnana.

—¿Cuándo?

El comerciante solo deseaba que aquello terminara y regresar a casa.

—Hace dos días, tres, quiero decir, que llegaron. Aún estarán allí; el que estaba malherido fue llevado a la chabola de la curandera y, por su estado, necesitará mucho tiempo para empezar a caminar, si con suerte vuelve a hacerlo.

El abad se volvió hacia su ayudante, pero este ya salía a preparar su partida.

«Una de las ratas está herida de gravedad», pensó con satisfacción. Lástima que Cedric estuviese muerto, él mismo tendría que hacer el trabajo. El recuerdo de los alaridos de un hombre cuando le hurgaban en sus heridas lo hizo sonreír. La boca se le humedeció y notó una ligera erección; tendría que apretarse el cilicio. Pronto disfrutaría de una satisfacción similar a la que había sentido al matar al último de aquellos desquiciantes monjes blancos. Despidió al comerciante como quien se quita un molesto insecto de encima.

84

Año 2019

El pulso de Marta se aceleró, aunque intentó disimular delante de Iñigo.

Cruzaron la verja que delimitaba la antigua iglesia de San Vicente y a su mente volvió la imagen del cadáver que la contemplaba desde el oscuro hueco emparedado. El cuerpo, sin duda, habría sido retirado, pero aun así le asaltaba un miedo infantil a encontrárselo. Trataba de quitarse de la cabeza aquella sensación pueril cuando se encontró con el encargado de obra, que se acercó a saludarla.

—Marta, ¡qué alegría verte! —le dijo con cariño—. ¿Qué tal te encuentras?

—Muy bien, Simón, agradezco tu preocupación. Aún de vacaciones —dijo encogiéndose de hombros.

Marta quería parecer tranquila no solo para disimular el efecto que le producía la situación, sino también para esconder los acontecimientos en los que se había visto inmersa.

—¿Y se puede saber qué haces aquí entonces? —preguntó el hombre con el ceño fruncido.

—Necesito volver a verlo. Me refiero al lugar —aclaró ella viendo la expresión de extrañeza de Simón—. Necesito saber que podré afrontarlo.

Simón asintió preocupado. Siempre se había portado como un padre con Marta, protegiéndola con ese cuidado atento de los hombres educados a la antigua.

Marta le presentó a Iñigo diciéndole que era un viejo amigo y Simón los acompañó hasta el falso muro, explicándoles los avances en la restauración. Cuando estuvieron frente al hueco, ahora ampliado, Simón se retiró no sin antes recordar que estaría por allí si necesitaban su ayuda. Marta e Iñigo se quedaron mirando el agujero en la pared.

—¿Por qué razón lo construyeron? —preguntó Iñigo

Marta se había hecho aquella pregunta muchas veces.

—Solo se me ocurren dos explicaciones. La primera es que, a veces, algunas iglesias construían pequeños cuartos como este para esconder tallas de santos, reliquias u otros tesoros ante eventuales ataques.

—¿Y la segunda?

—Algunos religiosos —respondió Marta con una sonrisa maliciosa— construían pasillos que les permitieran pasar con discreción de la iglesia a la sacristía cuando deseaban tener encuentros con mujeres.

Iñigo miró a Marta abriendo mucho los ojos.

—¿Dónde están las puertas que permitirían cruzar este pasillo? —objetó Iñigo cuando se recuperó de la sorpresa.

—Cuando Jean visitó esta iglesia, se hallaba en construcción. Quizá las puertas existieron, pero la llegada de un nuevo abad, poseedor de una moral algo más estricta, cambió los planes del *magister muri*. Nunca lo sabremos.

—¿Prefieres que entre yo? —preguntó Iñigo.

—¿Crees que tengo miedo? —preguntó a su vez Marta negando con la cabeza—. Solo me excusaba delante de Simón, no me supone ningún problema entrar ahí —dijo señalando el hueco.

No era verdad.

Marta estaba asustada, pero no estaba dispuesta a que Iñigo se diese cuenta. Sin pensarlo dos veces y antes de arrepentirse, se deslizó por la abertura. La estancia era pequeña, más de lo que recordaba, apenas cuatro metros de largo por uno de ancho. Estaba vacía; solo algunos cascotes, mucho polvo acumulado y algunas telarañas completaban el cuadro. Sacó la linterna y empezó a buscar.

—¿Qué buscas? —preguntó la cabeza de Iñigo a través del agujero.

—No lo sé. Alguna marca, alguna señal. Quizá la marca de cantero de Jean.

Quince minutos después, Marta salía frustrada y con varias telarañas enmarañadas en el pelo.

—¿Has encontrado algo? —preguntó Iñigo con el rostro serio, aún preocupado por ella.

—Nada —respondió Marta con un gesto de desilusión—. Otro callejón sin salida.

Iñigo levantó una mano hasta su pelo, retiró los restos de una telaraña y los dejó caer al suelo. Luego, cuando parecía que iba a repetir el gesto, tomó un mechón suelto y se lo colocó detrás de la oreja, como ella solía hacer. Se miraron a los ojos y se hizo un silencio. Marta pensó que Iñigo iba a besarla y que si no lo hacía, lo haría ella, pero Simón rompió la magia.

—¿Cómo os ha ido? —preguntó acercándose sin darse cuenta de que los había interrumpido.

—Bien —respondió Marta después de dar un respingo—. Todo en orden —dijo sacudiéndose el pelo mientras se tragaba su frustración.

—¿Cuándo volverás?

—Pronto —respondió—, aquí hay mucho trabajo y veo que vamos retrasados.

—Sí —asintió Simón—. Con todo el jaleo del hallazgo no hemos podido trabajar. Primero vino el juez a levantar el cadáver y luego esos científicos de Aranzadi, que tomaron muestras y se llevaron aquella hoja.

Marta e Iñigo dieron un salto sincronizados.

—¿Una hoja? —preguntó Marta tratando de aparentar indiferencia.

—Sí —respondió Simón un poco sorprendido por su reacción. Luego se encogió de hombros—. Parece que tenía garabateadas algunas palabras, quizá la última voluntad de aquel pobre hombre.

—¿Y quién dices que se la llevó? —preguntó Iñigo, que disimulaba su interés peor que Marta.

—Los de Aranzadi —respondió Marta colocando su mano sobre el antebrazo de Iñigo para pedirle calma.

Iñigo la miró interrogante y Marta asintió, dándole a entender que sabía dónde encontrarlos. Se despidieron de Simón y salieron de la iglesia. Pronto iban a conocer el último mensaje escrito por Jean antes de morir.

La Sombra conducía su coche y pensaba. La clave no estaba en aquel libro o al menos él no había sido capaz de hallarla. Tendría que cambiar la táctica. Era el momento de un encuentro privado con Marta, así que se dirigió a Leyre, sabiendo que ella había conducido hasta allí sola, pues durante todo el camino lo único que había podido escuchar por los micrófonos era la música del coche.

Con la mañana avanzando, llegó a Leyre y buscó el coche de su objetivo en el aparcamiento. El plan era sencillo: localizaría a Marta en el monasterio, a la salida la abordaría, le aplicaría un somnífero leve y buscaría un lugar tranquilo donde despertarla. Era asombroso lo que unas cuerdas y un bisturí podían hacer.

La Sombra fue consciente de que el ser oscuro y fuera de control que habitaba en su interior empezaba a tomar el mando. Hacía diez años desde la última vez. Algunas imágenes volvieron a su cabeza: sangre y cuerpos mutilados. Las apartó de un manotazo; normalmente solo conseguían atemorizarlo en sueños. Después del incidente había sido acogido por la Iglesia y había aprendido a controlarse, a mostrarse ante los demás como un hombre nuevo. ¡Qué gran cosa el arrepentimiento y el perdón de los pecados! Debía reconocer que esa era una de las ventajas de la Iglesia católica: no importaba lo grave que hubiese sido el pecado, mostrando arrepentimiento todo desaparecía como si nunca hubiera existido. Siempre que fueses uno de los suyos...

Pero él sabía que el ser oscuro seguía allí, agazapado, ávido de sangre, esperando el momento oportuno para retomar el control. Se alimentaba de frustración y ahora la Sombra estaba frustrada.

Bajó del coche y entró en el monasterio. Recorrió la iglesia, el claustro, la cripta y los patios sin éxito. Preguntó en la entrada si disponían de biblioteca, pero la respuesta fue negativa. Decidió volver al aparcamiento y esperar; quizá Marta se hospedase en el hotel y estuviera descansando en su habitación. No tenía prisa.

Aitor se aburría. Aunque por la mañana todo aquello le había parecido excitante, varias veces había estado a punto de enviarle un mensaje a Iñigo diciendo que regresaba. No lo había hecho por la promesa de pasar un día entero en Leyre.

Había visitado el monasterio, pero la historia antigua le parecía aburrida y allí no había nada más que hacer. Comió en el restaurante, descansó en la habitación del hotel y jugó con el móvil hasta aburrirse. Cuando vio que el reloj marcaba las siete y que aún quedaban casi dos horas para la cena, decidió bajar al coche a por unos cedés de música que había dejado en la guantera.

El aparcamiento estaba casi vacío, las últimas visitas al monasterio estaban concluyendo. Abrió la puerta del copiloto y hurgó en el compartimento. De pronto, oyó una respiración a su espalda y al instante sintió un pinchazo en el cuello; trató de volverse, pero unos brazos lo sujetaron. Todo se volvió negro.

Cuando recuperó la consciencia, notó la boca seca y un leve dolor de cabeza. Aún no acababa de comprender qué había pasado cuando se dio cuenta de que estaba atado. Tenía las manos en la espalda y estaba sentado en el suelo con la espalda apoyada contra una pared.

El lugar parecía un edificio abandonado; era de noche y todo lo que podía ver a su alrededor eran suelos, techos y paredes desmoronándose. El olor a humedad y orines viejos completaban la escena. Todo aquello le producía una inequívoca sensación de pesadilla y un escalofrío de miedo recorrió su espalda. Forcejeó sin éxito para soltarse de las ataduras y cuando su vista se acostumbró a la oscuridad, vio la figura de un hombre sentado en un rincón. A pesar de que estaba quieto, con la espalda recta, algo en su porte y su expresión le provocó un estremecimiento.

—Por fin te despiertas —dijo la Sombra con fastidio.

Se acercó a Aitor y lo miró como un coleccionista a un insecto al que está a punto de ensartar con un alfiler. Aitor abrió mucho los ojos, aterrado por la tranquilidad con la que aquel hombre se dirigía a él.

—¿Quién eres tú? —le preguntó la Sombra mostrándole la punta de un bisturí.

Aitor emitió varios sonidos guturales, rezando para que aquel hombre entendiera que no podía hablar antes de hacerle daño.

—¡Eres mudo! —exclamó la Sombra enarcando una ceja.

La Sombra había conocido a varios como él en su vida y aquellos sonidos le resultaban familiares. Su mente analítica encajó las piezas con facilidad y de pronto lo comprendió todo: Marta e Iñigo lo habían enviado a perseguir a un fantasma mientras ellos seguían alguna pista que le habían ocultado. La sorpresa dio paso al enfado y este a la frustración y a la ira. La Sombra sintió cómo el ser oscuro emergía de su interior y se hacía con el control. Con los ojos inyectados en sangre, se volvió hacia Aitor.

A Aitor lo invadió el más puro de los terrores. Notó cómo su corazón se desbocaba y cómo el sudor inundaba su cuerpo. Cuando aquel extraño hombre se le acercó con el bisturí, su vejiga se aflojó.

85

Año 1199

El caballero negro no se sentía muy orgulloso.

Su visita a Gastehiz había sido breve, pero con un objetivo claro: lograr una montura. Se había dirigido a las caballerizas, donde no le había sido difícil congeniar con uno de los mozos. Su talento natural no era efectivo solo con las mujeres, también tenía un sexto sentido para determinar qué hombres se sentían atraídos por otros hombres. Se había percatado de la mirada entre tímida e interesada del mozo, cuya juventud no lo había dotado aún de la experiencia necesaria para ocultar sus inclinaciones. Debía aprender rápido si quería sobrevivir en un mundo que se mostraba hostil con ciertos defectos del alma. El caballero negro no tenía nada en contra de aquellas desviaciones contra natura y creía que el amor era siempre una fiesta, viniera de donde viniera. Su tolerancia chocaba, sin embargo, con una sociedad que no permitía a sus habitantes alejarse de los caminos permitidos.

Había convencido al mozo para deslizarse hasta uno de los establos vacíos y por el camino había podido ver algunos caballos adecuados para él. Le había llamado la atención un alazán, resistente pero bello, potente pero tranquilo. Serviría perfectamente a su propósito.

No le fue difícil deshacerse del mozo, que se despertaría horas más tarde con la cabeza y el orgullo doloridos y un poco más sabio. Tras dejarlo descansando sobre un montón de paja, ensilló el caballo, salió del establo y se dirigió al norte al trote.

Conocía aquella zona lo suficiente para saber que el camino hacia el este era más rápido pero más peligroso. Encontrar a Jean en la ruta hacia el norte, perdido entre las montañas, sería difícil; además, al ver los oscuros nubarrones que asomaban en aquella dirección, dedujo que el camino se volvería intransitable. Ganaría el tiempo perdido atravesando la Sakana y dejando la sierra de Aralar a la izquierda y la de Urbasa a la derecha. Era un camino que conocía bien. Continuaría por el valle hasta acercarse a los imponentes Pirineos y allí se desviaría.

El corte sangraba de nuevo y el dolor había regresado para quedarse. Apretó los dientes y se agarró a su montura. La herida tendría que esperar.

86

Año 34

Muchos meses fueron necesarios para que Santiago llegara a Jerusalén. Numerosos hechos acaecieron, pero nada
que sea necesario mencionar. Regresó a pie desde el oeste, haciendo el camino inverso al que había recorrido con
sus compañeros. Esta vez, en lugar de girar hacia el sureste, había continuado por la vega del río Elaios, u Oleum
Flumen como lo denominaban los romanos, hasta llegar
a la ciudad de Caesar Augusta, a la que los autóctonos
seguían llamando Salduie. Allí, necesitado de dinero y
habiendo terminado las pocas provisiones que llevaba, se
procuró un trabajo ayudando en las caballerizas de una
decuria romana. Desde allí, había partido hacia el este,
buscando un puerto donde embarcarse rumbo a Judea.

Su paso por tierras de ilergetes, belos o suesetanos
fue pacífico. Una vez en Tarraco, la tarea de buscar
transporte fue sencilla, ya que su experiencia como ma-
rino y su dominio de diversas lenguas eran artes bien
apreciadas en cualquier embarcación. Dijo llamarse Da-
niel, pero nadie parecía prestar atención a su pasado ni a
su presente.

Aprovechó el tiempo para escribir. Necesitaba contar
su historia. Decidió no desvelar dónde había dejado la re-

liquia, pero sí su versión de todo cuanto había ocurrido, de cómo había conocido a Jesús, de su muerte y de la traición de Pedro. Quizá algún día la verdad saldría a la luz.

La travesía duró muchos meses, tantos que por momentos creyó que jamás volvería a hollar la tierra que lo vio crecer. Tenía la sensación de que en su viaje hacia el oeste, cuando no tenía un objetivo definido, todo había transcurrido como si el destino quisiera apresurarlo a llegar, mientras que ahora que un propósito guiaba sus pasos, el destino parecía jugar con él, riéndose de su tenacidad y obligándolo a redoblar el esfuerzo.

Massilia, Sardinia, Siracusa, Leptis Magna, Cyrene y Alexandria fueron los principales puertos por los que pasó, pero muchos otros, borrados de su memoria, jalonaron el camino. Varias veces tuvo que cambiar de compañía, ya que las rutas de las embarcaciones en las que se enrolaba no se dirigían hacia el este. Por fin, ya en Alexandria, un pequeño pesquero, cuyo capitán era un egipcio que lo escrutó con detenimiento antes de aceptarlo en su tripulación, le ofreció la posibilidad de dirigirse a Jerusalén, ya que costearía Judea en su recorrido hacia Tiro.

Y así fue cómo, más de un año después de su precipitada salida de la localidad costera de Beth Shemesh, Santiago volvió a pisar, esta vez en solitario, la playa en la que tanto tiempo antes se había bañado con Atanasio y Teodosio. Ahora nadie lo perseguía y había dejado atrás el recuerdo de aquellas noches oscuras y esos días eternos en los que vivía continuamente mirando por encima del hombro. Sintió una punzada de culpabilidad por haber olvidado esa sensación que, sin duda, seguiría acompañando a sus amigos, perdidos en los confines del mundo, durante el resto de sus vidas.

Allí, mientras pisaba la arena y recordaba a Atanasio, un pensamiento fugaz atravesó su mente. Todavía podía escoger otro camino, solo tenía que dirigirse a cualquier otro lugar, esconderse para siempre en el anonimato del inmenso mundo y desaparecer. Teodosio y Adonai vivirían hasta el fin de sus días una apacible existencia en aquella lejana pero tranquila tierra de Hispania. Parecía tan fácil...

Escuchó a lo lejos los graznidos de las gaviotas por encima del murmullo de las olas y entonces recordó algo que había enterrado en lo más profundo de su mente; el color de los ojos de Jesús. Aquella negrura insondable lo contemplaba desde el pasado y supo que no podía cambiar su destino, que la decisión había sido tomada mucho tiempo atrás. Comprendió que sus dudas eran solo pasajeras, una debilidad humana que lo pondría a prueba en los próximos días. Recogió sus escasas pertenencias, contempló una vez más aquella playa, despidiéndose de ella, y encaminó sus pasos hacia Jerusalén.

87

Año 1199

Guy Paré no tenía tiempo, al menos no tanto como el que le hubiera gustado. Habría querido disponer de más para desterrar el desafío de los ojos de aquella zorra que no mostraba ni respeto ni miedo. Sin duda era una bruja, como demostraban los frascos de ungüentos y pócimas que atesoraba en la inmunda choza en la que habitaba. Tenía testigos de que había dado cobijo y atendido a los ladrones que él perseguía, pero aun así lo negaba. El abad tenía la sensación de que obligarla a cambiar de parecer le produciría tanto placer como tiempo necesitaría. La miró a los ojos con desprecio, dándole a entender que había adivinado sus tratos con Satanás y que volvería, o mejor, enviaría a alguien para castigarla. Salió de la choza, ordenó montar y cabalgó de regreso a Gastehiz.

Cuando llegaron, el poblado bullía de rumores. Un hombre pequeño y mezquino se acercó a él, dispuesto a darle la información que necesitaba por un módico precio. Las piezas empezaron a encajar. Un día antes, temprano por la mañana, uno de los dos fugitivos había pasado por allí sobre una montura de combate que inmediatamente identificaron como la del templario caído. Aquella misma mañana, un caballero vestido de negro había robado un caballo a metros de la guardia de la muralla.

Sin embargo, aquellas explicaciones traían otros interrogantes. ¿Por qué los dos hombres se habían separado? ¿Acaso habían discutido como sin duda hacían a menudo los rateros de su calaña? ¿Había el primero abandonado al segundo pensando que moriría o era una estrategia para eludir la vigilancia y encontrarse más adelante? Muchas preguntas sin respuesta.

No obstante, sabían las direcciones que ambos habían tomado: al norte el primero y al este el segundo. ¿Adónde dirigirse? Los templarios le recomendaron el camino del este; el del norte era complicado y las huellas ya se habrían borrado. Guy Paré tomó una decisión: enviaría a algunos hombres hacia el norte y él se dirigiría al este con un grupo numeroso de caballeros templarios, más fiables en la lucha. Si era cierto que aquel molesto caballero negro estaba herido, lo alcanzarían pronto.

El abad dio las órdenes precisas y dejó bien claro que quería a Jean con vida. Quería, no, necesitaba terminar el trabajo que había comenzado Cedric, vengando así su muerte y descargando la frustración que le había producido. En cuanto al caballero negro, no le interesaba con vida y los templarios estarían encantados de ejecutar su propia revancha por la muerte de su compañero. Se lo dejaría a ellos.

88

Año 2019

La sede central de Aranzadi se encontraba en un pequeño alto, en el interior de un antiguo edificio de piedra arenisca. Nacida como Sociedad de Ciencias, se había especializado en temas diversos como la micología, el estudio de la naturaleza, la astronomía o la arqueología. El juez que había procedido al levantamiento del cadáver, viendo que no había ningún crimen reciente que esclarecer, había enviado allí los restos para que los especialistas arrojasen algo de luz sobre la aparición de aquel misterioso cuerpo.

—Soy la restauradora de la iglesia de San Vicente —dijo Marta presentándose a la recepcionista— y me acompaña el padre Iñigo, enviado del obispado. —Notó en la nuca la mirada reprobatoria de Iñigo, pero se mantuvo firme—. Queremos hablar con la persona encargada de estudiar los restos allí encontrados —continuó con una sonrisa que, esperaba, transmitiese inocencia.

Dos minutos después se encontraban sentados con Fermín Maiztegi, quien, sin más preguntas, les hizo un esbozo de sus descubrimientos hasta la fecha.

—Se trata de un cadáver bastante antiguo —dijo recolocándose las gafas—. Sin duda, lleva allí varios siglos.

El lugar era seco y oscuro, así que su estado de conservación es bastante bueno, así como el de sus ropas y demás objetos.

—Nos han dicho —dijo Marta mientras tamborileaba impaciente con los dedos sobre la mesa— que junto al cadáver se encontró una hoja manuscrita.

El antropólogo asintió sin que el súbito cambio de tema le hiciese sospechar.

—Así es, la trajeron al día siguiente. Está escrita con trazos irregulares, como si hubiese sido redactada con prisa. Encontramos también los restos de una vela de sebo, lo que indica que quizá se escribió en la penumbra.

—¿Podríamos ver el manuscrito? —preguntó Marta tratando de no traslucir su ansiedad por leer aquel pedazo de papel.

—Es muy delicado. No sé si será conveniente —contestó Fermín Maiztegi con gesto contrariado.

Marta no se sorprendió por la negativa, pero estaba preparada.

—Verá, es que me gusta documentarlo todo. Como responsable de la restauración de la iglesia, debo registrar todo cuanto haya sido encontrado. Seguro que lo comprende —añadió intentando componer un gesto profesional.

—Lo entiendo —respondió él después de dudar un instante que a Marta se le antojó eterno—. ¿Le bastaría con una fotocopia?

—Será más que suficiente —contestó la restauradora reprimiendo su alegría—. ¿Había algo inusual en el manuscrito? —preguntó por si acaso.

—Nada que yo recuerde, pero no es mi especialidad —dijo Fermín encogiéndose de hombros.

Una hora más tarde, Marta e Iñigo estaban en casa, excitados ante la idea de descubrir lo que Jean había escrito en aquella última hoja. Prepararon café y se sentaron en el sofá con el sobre que contenía la nota entre ambos. Iñigo miró a Marta y le hizo un gesto, animándola a abrirlo y leer su contenido:

Estoy solo. Él huyó y yo deseo que encuentre lo que busca. No sé dónde está el objeto, pero sospecho que habrá que buscar la respuesta a la luz de las velas hasta encontrar la marca del cantero entre las piedras antiguas. Pronto moriré.

Marta e Iñigo se miraron perplejos sin comprender. Parecían los desatinos de un enajenado. Esperaban la pista definitiva y lo único que tenían parecía enturbiar aún más el asunto. Después de un rato intentando entender aquellas líneas, decidieron salir a cenar.

Marta le propuso a Iñigo ir a uno de sus lugares favoritos. Era un pequeño local en una esquina de la plaza de su barrio. Ofrecían raciones y platos deliciosos y, como era habitual, le dispensaron un trato especial. Kike, el camarero, les buscó un rincón tranquilo al fondo. De camino a la mesa, Iñigo se quedó observando la enorme foto de un lobo que presidía el local. Pidieron varios platos para compartir y una botella del vino favorito de Marta, Habla del silencio. Mientras disfrutaban de la cena, discutieron sobre el extraño significado de las palabras de Jean sin llegar a ninguna conclusión.

Cuando salieron del restaurante, caminando por la concurrida plaza, se encontraron de frente con Diego. Su rostro se contrajo al ver a Marta acompañada y fue hacia ellos mientras sus amigos se dirigían a un bar cercano.

—¿No vas a presentarme? —preguntó a bocajarro con una mueca de desagrado.

Instintivamente, Marta entrelazó su mano con la de Iñigo, que le respondió con un apretón de ánimo.

—Por supuesto —dijo Marta con voz aparentemente calmada—. Iñigo, este es Diego. Diego, este es Iñigo, un...

—Amigo especial —completó Iñigo mostrando su encantadora sonrisa.

Diego lo miró y luego miró a Marta y ambos vieron cómo el primero enrojecía de ira ante la descarada provocación del sacerdote y dudaba, sin saber muy bien qué decir.

—Tu madre está muy preocupada —espetó—. No sabe nada de ti desde hace días. Al menos ten la delicadeza de llamarla.

Se fue antes de que pudieran responder. La pareja se miró y se echó a reír.

—Me viene al recuerdo la letra de una de mis canciones favoritas de Spandau Ballet —dijo finalmente Marta—. Dice: «... y escucho el eco de fantasmas de amor que dejamos atrás».

Continuaron el camino de vuelta a casa cogidos de la mano. Subieron en silencio en el ascensor, mirándose a los ojos, y entraron sin decir nada, como si sobrasen las palabras. Entonces acercaron sus cuerpos y se besaron, despacio. Luego Marta empujó a Iñigo hasta su habitación.

89

Año 1199

Los pies, mojados y cubiertos de barro, me pesaban y ralentizaban mi avance. Me encontraba cerca de Sanctus Sebastianus, pero ahora iba a pie. Aún me sorprendía haber cruzado vivo aquel territorio, en el que solo el musgo parecía encontrarse a gusto, pero había pagado un alto precio. Un error de cálculo, una cuesta empinada y el barro me habían hecho perder el control de la montura. Yo había sobrevivido a la caída sin un rasguño, pero no así el caballo, al que una pata rota me había obligado a sacrificar. No me resultó fácil hundir mi espada en el cuello de aquel noble animal. Su mirada de terror y dolor, de confusión, me había resultado más humana que la de muchos hombres que había visto morir.

Acabé de subir aquella loma interminable justo en el momento en que el sol se abría paso entre las nubes y una preciosa vista apareció ante mí. Distinguí colinas verdes a orilla del mar y, al fondo, aún entre nubes negras, intuí las siluetas de grandes montañas que se convertían en montes bajos, pequeñas elevaciones y abundantes riscos. Al borde del mar, había una pequeña población junto a una amplia bahía cerrada por dos islotes. El más lejano, sin duda, un tómbolo, pues la marea baja dejaba entrever un camino y varias casas y hasta una iglesia en construcción confirmaban que era posible, y hasta habitual, el trasiego de personas y enseres entre aquel monte que se alzaba frente al mar y la tierra interior. Un muelle de pescadores y algunos terrenos de cultivo al lado de un pequeño monasterio completaban la escena.

Más animado ante aquella visión, reemprendí el camino.

Unas horas más hacia el sur, el caballero negro escuchó el inconfundible sonido de caballos al galope. Apenas tuvo tiempo de ocultarse tras unos árboles. El dolor del costado había aumentado y la fiebre había reaparecido; estaba torpe y lento. Un enfrentamiento a espada, incluso contra un único contrincante, no era una opción. Además, si su oído no le engañaba, el que se acercaba era un grupo numeroso.

Sus peores presagios se vieron confirmados. Una docena de caballeros templarios acompañaban al abad Guy Paré, un pequeño ejército que pasó como una exhalación y se perdió detrás de una curva del camino. Llegaba tarde y sin posibilidad de luchar contra enemigos numerosos e implacables. El caballero negro suspiró. El sigilo sería su mejor arma. Con evidente dolor, regresó a su montura y retomó la marcha. Esa noche llegaría a su destino.

El caballero negro creía saber lo que Jean intentaba. Huía hacia el norte para escapar, pero ya no tenía la reliquia en su poder. La habría escondido en algún lugar del camino, aunque desconocía dónde. Sin embargo, sospechaba que el libro que escribía contenía la clave para encontrar el objeto. Tenía que dar con Jean antes de que sus perseguidores lo alcanzaran y le diesen muerte, haciéndose además con el libro. Quizá podía convencerlo de que le dijera dónde lo había ocultado. Solo esperaba que no fuese demasiado tarde.

El abad Guy Paré sacudió su capa, empapada por la lluvia de dos días. Entró en el monasterio de Sanctus Sebastianus, un modesto edificio al borde del mar sobre una loma que dominaba aquella extraña bahía. El prior acudió con presteza ante el anuncio de los ilustres huéspedes que llamaban a la puerta y los recibió azorado.

—Nos llena de gozo su ilustre visita a este humilde monasterio, abad Guy Paré —comenzó a decir con un leve temblor en la voz—. No recibimos muchas en este apartado rincón del mundo, aunque desde la fundación de la villa por nuestro ilustre rey Sancho de Navarra, la población no cesa de aumentar. ¿En qué puedo serviros, muy reverendo padre?

Ante su actitud servil, Guy Paré miró al prior con evidente desprecio.

—Un baño caliente, comida e información —dijo secamente.

La actitud del prior de Sanctus Sebastianus cambió y este adoptó un modo más formal en respuesta a la hostilidad de su visitante.

—Sin duda —respondió entornando los ojos, que mostraron una astucia que sorprendió a Guy Paré—, son todos deseos fáciles de cumplir. ¿Y puedo preguntar en qué orden preferiríais verlos cumplidos?

Guy Paré contempló atónito la arrogancia del prior de aquel piojoso establo al que mal llamaban monasterio. Sabía que se encontraba bajo la protección de Leyre y que su poder allí quedaba limitado por la pertenencia a otra Orden. Había incluso sospechas de que Leyre servía a los intereses de los herejes cátaros del otro lado de los Pirineos y de que aquel insoportable caballero que había salvado a Jean servía al abad Arnaldo. Decidió cambiar de estrategia.

—Mi buen prior —respondió dulcificando el tono y asintiendo con suaves movimientos de cabeza—. Somos humildes siervos de nuestro Señor y aceptaremos todo aquello que nos ofrezcáis como un regalo para nuestros cuerpos cansados.

El rostro del prior de Sanctus Sebastianus reflejó sorpresa primero y desconfianza después.

«Bien —pensó Guy Paré—, sigamos la comedia. Ya ajustaremos cuentas cuando esté en condiciones de aplastar a este insecto con mi largo brazo papal.»

90

Año 2019

La Sombra sonrió satisfecha. Obtener información de aquel joven estaba siendo menos costoso de lo que había esperado. Había tenido que desatar su mano derecha y traerle papel y bolígrafo, pero, a partir de ese momento, la Sombra preguntaba y Aitor respondía colaborador. El proceso, lento, había tenido el efecto de apaciguar al ser oscuro y la Sombra había recuperado el control.

Aquel chico le daba lástima. Se había meado encima cuando el bisturí le había hecho el primer corte profundo en el brazo derecho. No le produciría ningún placer matarlo cuando consiguiese la información, así que se prometió que le daría una muerte rápida y profesional.

La Sombra supo del regreso de Marta e Iñigo a Donostia y a partir de ese dato dedujo todo lo demás. Aquella putilla había tramado toda la farsa. Reconoció que pocas personas vivas podían presumir de haberlo engañado de ese modo, pero eso tenía solución. Decidió que, a diferencia de la de Aitor, la de Marta sería una muerte lenta y desagradable. Se la imaginó tendida sobre una mesa, desnuda, él con un bisturí en la mano y todo el tiempo del mundo.

Cuando hubo obtenido toda la información posible, recogió sus cosas y las guardó en el maletero del coche. Antes inyectó a su prisionero un poco más de anestesia, no quería gritos que atrajesen a curiosos. Se disponía a entrar de nuevo para terminar su trabajo cuando vio un todoterreno avanzar por el camino. La Sombra maldijo en silencio la inoportuna interrupción. Ahora serían dos los cadáveres. Esperó sin moverse a que el coche se acercara, pero este se detuvo a más de diez metros y un hombre se bajó, sin acercarse. Era precavido e iba armado con una escopeta de caza.

—No puede estar aquí —dijo con voz tranquila, tras lo cual escupió al suelo con desidia.

—¿Podría...? —comenzó la Sombra tratando de ganar tiempo.

—No, no podría —lo interrumpió secamente el recién llegado mientras negaba con la cabeza—. Súbase al coche y lárguese. Ahora.

La Sombra tuvo un presentimiento. Aquel hombre no era un granjero echando de sus tierras a un intruso. Tenía un tranquilo porte militar. Se dio cuenta de que había elegido el lugar equivocado, tal vez un punto de entrega de drogas. Federico sabía cuándo era mejor no luchar y, aunque aquel hombre recordaría su cara y la matrícula de su coche, no tendría ningún interés en llamar a la policía; quizá hasta hiciese el trabajo sucio por él. De todas maneras, si aquel hombre no lo mataba, Aitor estaría fuera de combate aún varias horas. Tiempo suficiente.

Retrocedió despacio y se montó en el coche sin darle la espalda al recién llegado en ningún momento. Miró por el retrovisor y vio que el desconocido lo vigilaba sin hacer amago de relajar la mano que empuñaba la escopeta. La Sombra arrancó y recorrió el camino marcado por el todoterreno hasta la carretera principal. Una vez allí, pudo ver por el espejo cómo el hombre salía del vehículo, encendía un cigarrillo y esperaba. La Sombra lo apartó de su mente y puso rumbo a Donostia.

91

Año 34

Al atardecer del segundo día desde su llegada a Beth She-mesh, Santiago alcanzó las puertas de Jerusalén, justo unos instantes antes de que estas se cerrasen. Los recuerdos se agolpaban en su mente y una emoción contenida se apoderó de él.

Había decidido ir a la antigua casa en la que vivía la mayoría de los apóstoles antes del apresamiento de Jesús para intentar recabar alguna información sobre el paradero de los discípulos. Cuando las últimas luces del día abandonaban aquel lado del mundo, se acercó hasta la casa. Recordó que hacía muchos meses y de la misma manera furtiva había acudido a aquel encuentro con Jesús, no muy lejos de allí. Tuvo que esperar un buen rato antes de ver aparecer una sombra embozada desde el fondo de la calle. Era una figura pequeña, sin duda una mujer. Se acercó a él como si hubiese adivinado quién era y se detuvo a un par de metros.

—Santiago —dijo con voz pausada; parecía haber estado aguardando aquel momento—, por fin has regresado, te he esperado largo tiempo. Sabía que habías huido y que Pedro no había conseguido detenerte. Sigue buscándote y también buscando aquello que te llevaste.

¿Dónde están Atanasio y Teodosio? ¿Se encuentran bien?

—¡María! —respondió notando el calor regresar a su corazón—. ¡Qué alegría siento al verte de nuevo después de tanto tiempo! No nos veíamos desde...

—Puedes decirlo, Santiago, desde que mi hijo regresó junto a su padre. No siento tristeza, Santiago, y tú tampoco deberías sentirla, pues él ha cumplido con su misión; ahora somos nosotros los que debemos cumplir con la nuestra. Por eso estás aquí, ¿no es así?

Jesús era digno hijo de aquella mujer, cuya serena mirada era un bálsamo que sanaba las preocupaciones y los corazones. A la vez era inteligente y tenía un extraño sentido para ahondar en lo más profundo del alma humana.

—Me gustaría decir que tengo tu entereza y tu templanza. He vivido grandes peligros, pero la necesidad me ha vuelto a traer a Jerusalén.

—¿Necesidad? Entiendo lo que quieres decir, Santiago, aunque yo no lo llamaría así. Siempre fuiste el más honesto de todos los hermanos de mi hijo.

Santiago sopesó las palabras de María. Se sentía transparente ante la mirada de aquella mujer.

—Quiero hablar con Pedro. Necesito que me ayudes a encontrarlo —le dijo mirándola directamente a los ojos y poniendo las manos en sus antebrazos para que sintiese su necesidad.

María lo miró con una sombra de pesar, como si viese cumplidos sus temores.

—Lo haré, Santiago —dijo al fin—, mas cuídate de él, pues ha cambiado. Desde que te fuiste, ha tomado el mando y se siente ungido como el sucesor de Jesús. Ha hecho mucho bien manteniendo viva la llama de mi hijo, pero para él parece un fin lo que para Jesús era una herramienta y está dispuesto a sacrificarlo todo y a todos.

Quizá Jesús tenía razón y Pedro sea el único capaz de lograr que su mensaje perdure en el tiempo. Pero no hablemos aquí en la calle, ante miradas indiscretas. Hoy dormirás en mi casa y mañana iré a ver a Pedro y le diré que lo buscas. Vivo con María Magdalena, ambas nos hacemos mutua compañía en este mundo sin Jesús.

El rencuentro con María Magdalena fue muy emotivo. No se habían visto desde la noche del sepulcro de Jesús. Los tres cenaron frugalmente mientras se ponían al tanto de los hechos que habían acontecido desde la marcha de Santiago.

—Judas desapareció aquella noche, Santiago —dijo María Magdalena—. No hemos vuelto a verlo y no creo que podamos ya contar con su ayuda.

María Magdalena no quiso o no pudo aclarar qué le había sucedido, pero la tristeza en su mirada hizo presagiar a Santiago que solo contaba con aquellos que estaban en el otro lado del mundo.

Se acostó tratando de no pensar en lo que sucedería al día siguiente y tuvo un profundo y tranquilo sueño del que regresó bien avanzada la mañana.

—Santiago —dijo María al verlo—, ya tienes lo que querías. He hablado con Pedro como me pediste. Te esperará a la puesta de sol en la falda del monte Getsemaní.

—Gracias, María —contestó esbozando una sonrisa que deseó tranquilizadora.

Había percibido tristeza en sus palabras y dudó si preguntar si obedecía al destino de su hijo o a su situación. Tal vez era mejor no saberlo.

Durante la tarde, esperando la hora del encuentro con Pedro, Santiago, María y María Magdalena hablaron largo rato, recordando anécdotas de la vida de Jesús y el misterio que lo rodeaba. María reconoció que ni siquiera ella había logrado desvelar el secreto que había detrás del aquel hombre. María Magdalena permaneció silenciosa, envuelta en un halo de desconsuelo que ambos respetaron; también ella había perdido mucho.

—Tomad —dijo Santiago sacando de su bolsa lo que había escrito acerca de su vida con Jesús—, guardadlo por mí, para que quede constancia de todo cuanto sucedió.

La conversación se centró entonces en el viaje de Santiago a través del Mediterráneo. Este les habló de Hispania, de Adonai y de Amiel, de Korbis y Nunn, de las extrañas costumbres de las tierras lejanas. No hizo falta mencionar la causa del viaje ni sus circunstancias, ambas parecían saberlo todo. Les habló de la muerte de Atanasio y de su ejemplo y lloraron juntos.

Poco antes del atardecer, Santiago se preparó para enfrentarse a Pedro. Cuando se disponía a salir de la casa tras despedirse de ambas mujeres, María Magdalena lo detuvo en el umbral de la puerta.

—Eres un buen hombre, Santiago, el mejor que Jesús pudo tener a su lado. Siempre hablaba de ti con cariño. Ten cuidado con Pedro, ha cambiado, lo siento en mi corazón.

Santiago se alejó sin saber pero sospechando que aquella sería la última vez que se verían.

92

Año 1199

Un profundo desánimo me invadió. Me senté sobre una piedra tras unos arbustos, sintiendo que la angustia me atenazaba la boca del estómago. Había pensado que aquel monasterio pequeño apartado de los caminos principales me proporcionaría unas horas de descanso antes de cruzar los Pirineos y adentrarme en territorio en eterna disputa y, por lo tanto, atestado de soldados y espías.

Sin embargo, al acercarme, vi al que debía de ser el prior recibiendo al mismísimo abad Guy Paré y a su pequeño ejército. Me encogí entre la maleza, sintiéndome pequeño, y medité mi siguiente paso. Al final, me levanté con el esbozo de un nuevo plan en la cabeza. Dando un amplio rodeo, me acercaría a la iglesia que había al otro lado de la bahía, junto a la desembocadura del río. Tardé cerca de dos horas, pero al atardecer avisté los muros del templo, aún en construcción. La iglesia se erguía ya magnífica sobre robustos contrafuertes y se empezaban a vislumbrar los planes del maestro constructor.

Me deslicé en silencio pegado al muro sur hasta el hueco que en el futuro ocuparía la puerta lateral del templo. La iglesia estaba vacía y por ello sería un buen lugar para pasar la noche, recuperar fuerzas y continuar paralelo a la costa al amanecer. Primero tendría que descubrir la manera de vadear aquel río cuya desembocadura parecía extenderse a una amplia zona pantanosa en su otra ribera.

El conocimiento que había adquirido trabajando con Tomás me ayudó a orientarme en el interior del edificio y a encontrar un lugar donde dormir sin riesgos. No fui consciente de que una figura oculta había vigilado mi llegada y había visto cómo me colaba en el templo.

Aquel hombre meditó unos instantes y tomó una decisión. Se acercaría al monasterio de Sanctus Sebastianus para hablar con el prior. Ya le había advertido de la necesidad de poner vigilancia, pero no le había hecho caso. Si se corría la voz, aquella iglesia se convertiría en un nido de vagabundos, leprosos y quién sabe qué más.

La figura embozada apresuró el paso.

Me desperté en medio de una oscuridad opresiva y angustiosa, con la mente aún confusa, tratando de recordar dónde estaba. El sonido de voces y pasos me trajo de vuelta a la realidad, a la pequeña iglesia en construcción al borde del mar, en Sanctus Sebastianus. Agucé el oído para confirmar que, en efecto, mis perseguidores habían descubierto que me ocultaba allí.

Decidí moverme y huir antes de que la trampa se cerrase sobre mí. De pronto, un brazo me sujetó por detrás mientras una mano me tapaba la boca para impedirme gritar. Forcejeé para intentar liberarme y escuché el gruñido de mi atacante cuando mi codo golpeó su costado, pero el abrazo no aflojó.

—¡Silencio! —dijo una voz que inmediatamente reconocí como la del caballero negro.

La alegría de verlo junto a mí, recuperado, duró solo el tiempo que tardé en ver su rostro demacrado, más delgado e incluso envejecido, que parecía reflejar las secuelas de su profunda herida.

—Estarán encima de nosotros en unos instantes. He preparado una vía de escape. Bajaremos por aquella escalera y saltaremos desde la fachada este, aún inacabada.

—Pero es un salto de varios metros y en tu estado... —repliqué.

—No te preocupes por mí. Llegado el momento, haré lo que tenga que hacer.

Las voces se oían más cercanas, así que corrimos hacia la escalera y alcanzamos el muro en un tenso silencio.

Me asomé al vacío. La oscuridad de la noche no me permitía distinguir el suelo, pero por la imagen que tenía del edificio, debía de haber una altura de unos tres metros. El caballero negro me empujó a ser el primero; cogió mi bolsa para aligerarme el peso y mirándome a los ojos me hizo un gesto de entre ánimo y cariño.

Había acabado apreciando a aquel hombre, no solo porque me había salvado la vida, sino porque siempre había demostrado ser una persona íntegra, justa, buena con los oprimidos y solo arrogante con los poderosos. Era difícil no quererlo.

Me puse de espaldas al muro y me descolgué hasta quedar sujeto al borde con las manos. Miré hacia abajo y por un momento la angustia se apoderó de mí. Si caía mal y me hacía daño, nada impediría que el abad me apresase. Aquel pensamiento me ayudó a decidirme y, reuniendo fuerzas, miré de nuevo al caballero negro y salté. Caí sobre un suelo duro y el impacto se extendió por las piernas hasta la columna. Me levanté y, aunque algo dolorido, comprobé que no había sufrido ningún daño. Miré hacia arriba y vi el rostro del caballero negro. Le hice un gesto afirmativo con la cabeza, indicándole que estaba bien y pidiéndole que me lanzara la bolsa.

—Adiós, Jean. Cuídate —dijo inclinando la cabeza hacia un lado con un gesto de disculpa.

Y desapareció.

Me quedé unos instantes tratando de entender qué acababa de suceder. El caballero negro me había traicionado. Lo había preparado todo para dejarme solo y quedarse mi bolsa. Sin embargo, estaba seguro de que él sospechaba que ya no tenía el objeto en mi poder.

¡El libro! Sin duda el caballero sabía que allí estaba la clave para encontrar el objeto. Me sentí frustrado por haber sido engañado, pero a la vez una intensa sensación de alivio se apoderó de mí; ya no tendría que preocuparme más. Miré de nuevo hacia arriba, meditando qué hacer, cuando, de pronto, al borde de la repisa apareció un rostro. Pensé que se trataba del caballero negro, quizá arrepentido o tal vez acorralado por los soldados, pero descubrí horrorizado que no era él.

—¡Aquí está! —gritó un soldado templario cuando me vio—. ¡Ya es nuestro!

Salí corriendo al ver asomarse varios rostros más y al primer soldado tratando de descolgarse. En ese momento, la pérdida del libro me pareció irrelevante y salvar mi vida era lo único que me importaba. Eché a correr y me di cuenta de que al este la oscuridad comenzaba a ceder. Tenía poco tiempo para perderme o pronto me darían caza.

Dejé atrás algunas cabañas y me deslicé por un huerto. Detrás de mí oí el ruido de las espadas golpeando el suelo tras el salto; después, pisadas mezcladas con órdenes dadas con voces cortantes. El huerto terminaba en un murete y detrás se extendía un velo de oscuridad. Pasé por encima del muro y me encontré al borde de un mar negro, agreste y furioso, de profundidad desconocida. A mi derecha, se abría una zona pantanosa que recibía las aguas de un río que ahora retrocedía, asustado ante el ímpetu de la marea alta. Escuché las voces más cerca, miré hacia atrás y vi al primero de los caballeros templarios aparecer al otro lado del huerto. Al verme, soltó un grito gutural. Volví a mirar hacia el mar que, gélido, parecía llamarme desde allí abajo. Cerré los ojos mientras la única opción me venía a la mente.

Salté.

El caballero negro se ocultó entre las sombras envuelto en su capa mientras notaba cómo el dolor del costado se extendía por todo su cuerpo. Los monjes y los caballeros templarios pasaron por su lado sin verlo. Tenía poco tiempo para regresar al escondite que había encontrado por casualidad, un muro a punto de ser acabado que cerraba una pequeña estancia que pronto quedaría sellada.

Se introdujo por el pequeño hueco que quedaba abierto y ya desde el otro lado levantó la piedra que lo aislaría del exterior. El esfuerzo de cargar aquel peso se transformó en un lacerante dolor y un ligero mareo lo invadió. Le quedaba poco tiempo. Sentía que las fuerzas lo abandonaban, la náusea conquistaba la boca de su estómago y una neblina se adueñaba de su mente.

Se aseguró de que ninguna rendija en el muro llamara la atención de sus perseguidores. Cuando estuvo satisfecho, encendió un cabo de vela que apenas duraría unos minutos. Sería suficiente. Abrió la bolsa de Jean y buscó el libro, la pluma y la tinta.

Comenzó a escribir.

93

Año 2019

El timbre del teléfono despertó a Marta de un profundo sueño cuyo resbaladizo recuerdo se le antojó placentero. Tardó unos segundos en ubicarse. Estaba en su casa y la luz entraba por la persiana; a su lado, Iñigo se desperezaba. Recordó la noche anterior y las imágenes empezaron a llegar a su mente. Las apartó, decidiendo que ya habría tiempo, y se levantó a coger el teléfono, que sonaba insistente. Estaba desnuda, pero nada de eso importaba ya.

Encontró el móvil en el bolsillo trasero de su pantalón vaquero, contestó y se volvió, quedando de frente a la cama. Allí estaba Iñigo ya despierto, disfrutando de las vistas con una sonrisa. Estaba guapísimo, también desnudo, con el pelo alborotado y barba de dos días. La voz de su madre al otro lado de la línea devolvió a Marta a la realidad.

—Hija, ¿estás bien?

—Sí, mamá, perfectamente.

Pensó que su madre no podía ni imaginar la verdad tras aquella afirmación.

—Como no me llamas ni nada —continuó como si no hubiese respondido a su pregunta—. Diego me ha dicho que ayer te vio con otro hombre. Tú sabrás lo que haces, pero si quieres recuperarlo...

—Es que no quiero, mamá. Para mí Diego ya es historia pasada.

Tuvo que aguantar la risa porque desde la cama Iñigo asentía serio, con una mueca de desagrado en el rostro.

—Y luego está todo lo demás —dijo su madre cambiando de tema, como hacía siempre que no podía ganar una discusión—. Lo del muerto ese que encontraste, todos esos huesos y esas ropas negras y quién sabe qué más cosas no me has contado.

Marta dio un respingo, como si la hubiesen golpeado en la frente. Su pulso se aceleró por la sorpresa de las implicaciones de las palabras de su madre.

—¿Qué has dicho, mamá? —preguntó tratando de que la ansiedad no la delatase.

—¿Ves? Si es que no me escuchas cuando hablo... —dijo quejosa.

—Sí te escucho —contestó reprimiendo un bufido—, pero ¿quieres repetir lo que acabas de decir?

—¿Lo de los huesos y el muerto? —contestó la madre, confundida.

Marta empezaba a desesperarse, pero necesitaba oír de nuevo lo que había creído entender. Iñigo la miraba con cara de comprender que algo importante estaba sucediendo.

—No —insistió Marta—. Lo de después.

—¿Lo de las ropas negras? Eso dice el periódico. Por lo visto, el cadáver iba vestido de negro de arriba abajo.

Allí estaba la confirmación. Marta notó que el nerviosismo y la excitación se adueñaban de ella.

—Gracias, mamá, ahora tengo que dejarte. Te prometo que mañana me paso a verte.

Colgó sin esperar su respuesta y se volvió hacia Iñigo, que la miraba interrogante.

—¡Eso es! Ahora lo entiendo todo.

Marta rebuscó nerviosa entre sus cosas hasta encontrar la copia de la hoja manuscrita.

—¿Qué es lo que entiendes? —preguntó Iñigo.

—¡No era Jean! ¡Era el caballero negro! Todo el tiempo dimos por supuesto que el cadáver que encontré era el de Jean, pero todas sus ropas eran negras. Ahora estas líneas escritas cobran sentido: «Estoy solo. Él huyó y yo deseo que encuentre lo que busca. No sé dónde está el objeto, pero sospecho que habrá que buscar la respuesta a la luz de las velas, hasta encontrar la marca del cantero entre las piedras antiguas. Pronto moriré».

Había contagiado su excitación a Iñigo y ambos se miraron con el brillo en los ojos del que ha descubierto algo esencial.

—Tenemos que ponernos a trabajar —dijo Iñigo—. Nos duchamos, nos vestimos y...

—No tan deprisa —corrigió Marta—. Ahora ya estamos sobre la pista correcta, nadie nos persigue y podemos dedicarnos unos minutos —terminó de decir con una sonrisa cómplice.

Iñigo la miró y asintió con un gesto que a Marta le recordó a la imagen del lobo de su restaurante favorito.

—Quizá sean más de unos minutos —respondió él.

La noche de la Sombra había sido mucho menos placentera que la de Marta e Iñigo. Primero había conducido hasta Puente la Reina, donde había comprobado que Iñigo no estaba, no había regresado de su viaje. Rebuscó entre sus cosas para ver si había algo que pudiera serle de utilidad, pero no encontró nada. Luego continuó su camino hacia Donostia. Durante el trayecto hizo un par de llamadas y antes de llegar a su destino ya sabía la dirección de Marta y que el día anterior había alquilado en

Pamplona un vehículo a su nombre; conocía la marca, el modelo, el color y la matrícula. Antes de que amaneciera, ya había localizado el coche e instalado un nuevo sistema de escucha y seguimiento, el último que le quedaba.

A las nueve de la mañana, empezó a ver luces y movimiento de persianas en el piso de Marta. Una hora después, la pareja salía del portal cogidos de la mano. «No pierden el tiempo», pensó.

Los siguió a pie hasta una pequeña cafetería de barrio, de esas en las que el dueño conoce a cada uno de sus parroquianos. Tenía un extraño nombre y el dibujo de una gran mariquita en una pared lateral. Marta e Iñigo se sentaron junto a una enorme cristalera y desayunaron con calma; solo al final, Marta sacó de su mochila una pequeña hoja de papel que ambos se pusieron a estudiar. Aunque la Sombra no podía escuchar la conversación, supo de inmediato que hablaban de la reliquia; su gesto era serio y parecían intercambiar opiniones.

Inquieto ante la cantidad de información que desconocía, se preguntó qué sería aquella hoja de papel. Pronto lo sabría.

94

Año 34

Santiago se dirigió al punto de encuentro con Pedro, en el jardín de Getsemaní, sin estar muy seguro de lo que se encontraría, aunque nada de todo eso importaba ya. Se hallaba en paz consigo mismo. La decisión ya había sido tomada mucho tiempo atrás y ahora solo quedaba la duda de si sería capaz de mantener la firmeza ante lo que inevitablemente sucedería.

Pedro lo esperaba. Estaba solo, como le había prometido a María. Observó cómo Santiago se acercaba y ambos se detuvieron a unos metros de distancia el uno del otro sin decir nada.

Santiago fue consciente de la verdad de las últimas palabras de María Magdalena. Pedro había cambiado, lo veía en su mirada. Mostraba la seguridad de siempre, pero su expresión era como la del halcón que avista a su presa instantes antes de lanzarse sobre ella con sus garras afiladas.

—Ha pasado mucho tiempo desde nuestro último encuentro, Santiago —comenzó a decir Pedro con aire pausado y las manos unidas en el regazo.

Santiago trató de responder con la misma tranquilidad, pero sentía su corazón a punto de desbocarse.

—Así es, Pedro. Ha transcurrido más de un año y han sucedido muchas cosas.

—Puedo ver que has cambiado, Santiago —respondió Pedro con un gesto de asentimiento—, y un soplo de esperanza se abre en mi corazón. Anhelo que vuelvas a mi lado y que juntos construyamos sobre los cimientos que Jesús fundó. No sabes cuánto te he echado de menos y cómo he deseado compartir contigo esta pesada carga.

Santiago notó que lo invadía la tristeza. Las palabras de Pedro le parecían vacías, envueltas en el pesado manto de la mentira.

—Y dime, Pedro —dijo cambiando de tema—, ¿qué ha sido de nuestros hermanos?

Pedro lo miró desconfiado y lanzó un suspiro de impaciencia; le iba a costar trabajo llevar a Santiago por el camino que ansiaba.

—La mayoría continúa la tarea de Jesús —dijo a la vez que hacía un vago gesto con la mano, como si aquello no fuera importante— y juntos tratamos de reconstruir su Iglesia. Todos desean que te reúnas con nosotros y compartas nuestro destino.

—¿Todos, Pedro? —respondió—. Dime, ¿qué ha sido de Judas? No puedo encontrarlo.

Santiago se dio cuenta de que la ira iba creciendo en el interior de Pedro y que este hacía un esfuerzo por controlarse. A pesar de que trataba de parecer desinteresado, lo conocía lo suficiente como para saber que la incertidumbre acerca del destino de la reliquia y la posibilidad de recuperarla lo carcomían por dentro.

—¡Ay, mi buen Santiago! Cuánto hemos llorado la pérdida de nuestro hermano. Unos días después de tu marcha fue encontrado ahorcado no muy lejos de aquí. Según me dijeron, fue su conciencia, pues parece que traicionó a nuestro maestro y que por culpa de él Jesús fue apresado. Triste fin para nuestro querido hermano. Pero dime, Santiago, ¿deseas entonces unirte de nuevo a nosotros en nuestra tarea?

—Por supuesto, Pedro, llévame ante el resto. No sabes cuánto deseo volver a verlos y hablar con ellos.

—¡Qué alegría, Santiago! Pero antes, me darás el objeto de nuestra discordia para que lo guarde y lo proteja.

Un brillo de codicia asomó al rostro de Pedro, que ahora parecía ansioso, empequeñecido por la duda y la necesidad.

—No me has entendido, Pedro —negó Santiago con un gesto seguro—, no necesitamos el objeto. Juntos, con nuestras manos y nuestro corazón, construiremos el futuro.

—Creía que confiabas en mí. Me llena de pesar ver que el recelo aún anida en tu interior.

—El objeto solo ha sido fuente de discordia; quizá únicamente haya sido una prueba del maestro, que, sin duda, no hemos logrado superar. Por eso te ofrezco la posibilidad de olvidarnos de él y de construir juntos, con nuestro esfuerzo, la Iglesia de Jesús. Y para ello no necesitamos objeto alguno —insistió.

Pedro se acercó a Santiago y le puso la mano derecha en el hombro. Permaneció así unos instantes, mirándolo a los ojos con una curiosa expresión; luego la retiró y continuó diciendo:

—Mi buen Santiago, al menos tienes razón en una cosa: ya no lo necesito. Quizá antes sí y, en todo caso, te he ofrecido la posibilidad de remediar tu error en recuerdo de todo lo que hemos vivido juntos. Puedes quedártela para ti, pero seré yo quien continúe la tarea. Tu figura se irá empequeñeciendo y la historia solo se acordará de Pedro, aquel sobre el que el maestro construyó su Iglesia.

Las máscaras habían caído y Pedro se había mostrado ante él tal como era. No podría cambiarlo, pero ambos sabían que Santiago había vencido.

—No, Pedro —dijo con una sonrisa de lástima—, sigues sin comprender nada. Confundes el fin con los medios y ese error lo arrastrarás contigo, contaminará tu labor para siempre. Será tu pecado original y solo el día en el que los que te sigan lo comprendan, el trabajo del maestro habrá merecido la pena. Esa es la razón por la cual Jesús no te entregó la reliquia y tampoco lo haré yo ahora. Será el símbolo de tu fracaso, pero también el de nuestra esperanza.

—Creo que aquí termina nuestra conversación —respondió Pedro con el semblante pétreo—. Eres egoísta, pues deseas para ti lo que ya no puedes alcanzar. Te ofrezco mi mano abierta y tú la rechazas. Así sea.

Pedro pasó ante Santiago y se alejó sin esperar su respuesta, dejándole un regusto amargo en la boca. La noche había caído ya y su corazón fue, poco a poco, recuperando el pulso normal. A pesar de que le sudaban las manos, había logrado mantener la calma. Se quedó pensativo en la creciente oscuridad, sintiéndose triste y solo, con el cansancio del reo que aguarda su condena inexorable y que no espera ya ni la promesa de un milagro.

Tan absorto estaba en sus pensamientos que no se dio cuenta de su llegada. Al volverse, se encontró con varios soldados romanos que acompañaban a dos sacerdotes judíos.

—¿Eres tú Santiago, hijo de Zebedeo? Acompáñanos, pues estás acusado por el pontífice Abiatar de predicar la doctrina de Jesús. Tenemos órdenes de llevarte ante Herodes Agripa para ser juzgado.

Santiago recordó la extraña manera en que Pedro había puesto la mano sobre su hombro y comprendió entonces sus palabras. No lo necesitaba y se había convertido en un estorbo para sus planes. Ahora, con Santiago preso y con la reliquia perdida en los confines del mundo, ya nada se interponía entre él y su ambición. Santiago había caído en la trampa.

Aquella noche, meditó sobre lo que había sucedido en su vida a lo largo de los dos últimos años, desde el momento en que Jesús se había acercado a él y lo había exhortado a seguirlo. Santiago lo había hecho, abandonando su vida, su pasado y su futuro. Ahora, en la oscuridad de la celda donde estaba recluido no se arrepentía, sin embargo, de cada decisión tomada. Su legado sería otro, quizá no tan importante como el que Pedro ansiaba dejar tras de sí, pero allí, en el otro extremo del mundo, oculto, crecería como un joven brote en el desierto y algún día regresaría a la luz. Aunque tal vez solo lo pensaba desde el consuelo del que ha entregado su vida a un ideal y no tiene nada más a lo que asirse en el momento final.

95

Año 2019

—«Estoy solo. Él huyó y yo deseo que encuentre lo que busca» —repitió Iñigo con la mirada perdida.

—El principio parece fácil de interpretar. El caballero negro alcanzó a Jean en Donostia, pero por alguna razón ambos se separaron y el caballero negro tuvo que esconderse. —Marta trataba de encontrar sentido a todo aquello, pero las huellas del pasado eran endebles.

—Quizá —dijo Iñigo lanzando una conjetura— el abad Guy Paré les dio alcance y Jean logró huir, pero el caballero negro no. Este se quedó con el libro y antes de morir escribió estas líneas.

—Sí —afirmó Marta meditando las palabras de Iñigo—. Es una buena explicación, pero ¿qué es lo que Jean intentaba hacer?

—Parece que el caballero negro no lo sabía. Quizá esconder el objeto de nuevo, como habían hecho los guardianes durante doce siglos, y desaparecer. Que nadie lo encontrara jamás.

Aquello tenía sentido. Jean tenía dudas y su deseo inicial de volver a Cluny habría significado tomar parte en aquella guerra para la que no se sentía preparado.

—Y llegamos a la clave —continuó Marta—. «Habrá que buscar la respuesta a la luz de las velas.»

—Parece decir que la respuesta está en una iglesia. Allí suele haber muchas velas —sonrió Iñigo.

A Marta le agradaba que mantuviera el sentido del humor incluso cuando hablaban de cosas serias.

—Es una posibilidad —asintió devolviéndole una sonrisa cómplice—, pero ¿cómo saber de qué iglesia habla? Ambos visitaron muchas antes de separarse —respondió descorazonada.

—No se me ocurren más lugares donde encontrar velas y en los que se pueda hallar la respuesta —sentenció Iñigo.

Iñigo tenía razón, una iglesia era el lugar adecuado, pero Marta presentía que había algo más.

—En un *scriptorium* —respondió de pronto—. Allí también hay velas y eso reduciría mucho la lista.

—Ya hemos estado en los dos *scriptorium* que Jean menciona y no encontramos nada.

—¿Y los anteriores? —preguntó esperanzada.

Iñigo negó con la cabeza.

—Los visitaron antes de que Jean tomase supuestamente la decisión. Solo pueden ser el de San Millán de la Cogolla o el de Santo Domingo de Silos.

—En el primero apenas tuvo tiempo, o sea que queda descartado. En el segundo se demoró más. Tiene que ser ese.

—Pero ya pasamos allí un día entero y no encontramos nada. ¿Por qué perder el tiempo de nuevo?

Iñigo acababa de enterrar la última esperanza de Marta. Además, si Jean hubiese escondido un objeto en un *scriptorium*, se habría descubierto fácilmente.

—«... hasta encontrar la marca del cantero entre las piedras antiguas» —leyó en voz alta el final del manuscrito.

—¡Uf! —resopló Iñigo—. No hemos hecho otra cosa que ver piedras antiguas durante la última semana. No podemos dedicar el resto de nuestras vidas a buscar una pequeña marca de cantero en cada una de ellas.

Marta suspiró derrotada. No quería rendirse ahora que habían descubierto una pista que les daba ventaja sobre Federico.

—¡Espera! —dijo recordando algo—. Mi director de tesis siempre me decía que evitase observar las piedras desde mi perspectiva moderna, que las mirase desde el punto de vista del tiempo en que fueron construidas.

—Y eso quiere decir que... —dijo Iñigo levantando las cejas sin saber adónde quería ir a parar.

—Que podemos descartar las iglesias que datan de la época y centrarnos en aquellas que ellos considerasen antiguas —terminó con gesto victorioso.

—No sé —respondió Iñigo, que parecía dispuesto a echar por tierra cada idea—. Aun así, podríamos pasarnos la vida enterrados entre monumentos.

Marta miró a Iñigo con la boca abierta. Aquello tenía sentido, conectaba todas las piezas y hacía que el mensaje del caballero negro y el libro de Jean encajasen. Iñigo también miró a Marta, dándose cuenta de que algo importante se le había ocurrido.

—¡Espera! —dijo volviéndose hacia donde había dejado la mochila. Estaba nerviosa, su memoria había recordado un detalle que ahora le parecía esencial.

Cogió su cuaderno de apuntes y buscó con ansia el detalle al que no había dado importancia en Silos, pero que ahora cobraba un significado especial. Cuando lo encontró, miró a Iñigo con expresión triunfal.

—¡Eso es! ¡Mira aquí! Cuando visitamos Silos, buscamos un significado oculto en las *Glosas silenses*.

—Sí y no encontramos nada —le recordó Iñigo con un gesto de perplejidad.

—Eso es porque no sabíamos lo que buscábamos. Pero hubo un pequeño detalle que llamó mi atención y que acabé desechando por dos razones. Primero, porque el detalle no parecía fuera del contexto general de las glosas. Y segundo, porque, según el autor, era anterior al paso de Jean por allí.

—¿Y eso no lo invalida? —preguntó él sin comprender adónde quería llegar.

Iñigo parecía más confuso aún, pero Marta necesitaba pensar en voz alta para reorganizar sus ideas y le hizo un gesto pidiendo paciencia.

—Estaba datado a principios del siglo XII, no a finales. La datación puede estar equivocada.

—¿Y el hecho de que no pareciera fuera de contexto? —preguntó Iñigo que empezaba a entender.

—También puede tener sentido. Si Jean hubiese escrito algo completamente fuera de lugar, quizá habría sido eliminado. Tenía que camuflar el mensaje en el contexto de la obra.

Iñigo asintió, intuyendo por fin por qué el detalle podía tener validez.

—De acuerdo, demos por hecho que el mensaje estaba allí, pero ¿cuál era?

—Hace unos instantes has utilizado la expresión «enterrados entre monumentos».

—Ah, ¿sí? —dijo Iñigo sorprendido.

Marta no pudo por menos que sonreír. Iñigo tenía muchas virtudes, pero la memoria no era uno de ellas.

—Sí, lo has dicho —respondió levantando las cejas con un gesto de desesperación—. Créeme.

—De acuerdo, pongamos que lo he dicho. ¿Y qué?

—En Silos, leí un artículo acerca de las glosas. Había

una especial que el propio autor había considerado diferente, la glosa 39. Decía que no había sido escrita por la misma mano que el resto. La descarté porque solo era un ejemplo más del castigo a imponer si una regla era violada.

Marta no quería distraerse, pero ver a Iñigo mirándola tan concentrado, como si lo que ella estuviese diciendo fuese lo más importante del mundo, hacía que su corazón se saltara algún latido. Se obligó a regresar a la realidad, pero tuvo que reconocer que hacía tiempo que no se sentía tan viva. Iñigo pareció leerle la mente. Sonrió, le cogió la mano y la animó a seguir. A Marta le encantaba la capacidad que tenía para comprender y anticiparse a sus sentimientos.

—¿Sabes cuál era la regla? —preguntó—. «*Qui sepulcrum violaberit, V annis peniteat.*» Cinco años de penitencia por profanar una tumba.

Iñigo abrió mucho los ojos, dándose cuenta de lo que aquello significaba.

—¡Qué mejor escondite! Un lugar que nadie se atrevería a violar. ¿En qué lugares de los que visitó Jean había sepulcros?

—Solo en dos —dijo Marta haciendo memoria—. Jean tuvo que ocultar el objeto en el monasterio de las Huelgas o en el de Silos.

Ambos se quedaron callados, valorando las implicaciones del descubrimiento. Les parecía imposible haber resuelto el enigma.

—Tenemos que ir y comprobarlo —dijo Iñigo rompiendo el silencio con determinación.

—Dame un minuto —respondió ella con una amplia sonrisa—. Necesito ir al baño antes de resolver el mayor misterio de la historia de la cristiandad.

Se dirigió al lavabo, donde aprovechó para mirarse al espejo y retocarse el maquillaje. Se sentía exultante, viva. Mientras se secaba las manos, escuchó la voz de Iñigo en el bar. Estaba hablando por teléfono. Su estómago se encogió. Toda su alegría se esfumó tal como había aparecido y las dudas ocuparon su lugar. Terminó de arreglarse, puso su mejor sonrisa y regresó a la mesa. Aparentando la mayor de las indiferencias, preguntó:

—¿Hablabas con alguien?

Iñigo miró a Marta y sonrió.

—Así es —dijo con un gesto tranquilizador—, pero sé lo que estás pensando y puedes confiar en mí.

—¿Puedo? ¿Debo? —le preguntó ella desafiante.

—Soy un sacerdote —respondió Iñigo—. No creerías que lo que ha pasado estos últimos días no iba a tener consecuencias.

Un escalofrío recorrió la espalda de Marta. Parecía que la obediencia de Iñigo a la Iglesia pesaba más que lo que había sucedido entre ellos, tanto como para que la hubiese traicionado revelando el descubrimiento a sus superiores. No estaba enfadada, pero sí sentía una profunda decepción. Iñigo la miró directamente a los ojos con una expresión que Marta no pudo descifrar.

—Ayer cuando te dormiste, saqué mi espejo —dijo Iñigo—. Sí, aquel con el que me viste el primer día. Me miré en él y, como siempre, me devolvió la verdad.

—¿Y qué verdad es esa? —preguntó Marta con un nudo en la garganta.

—Mi llamada ha sido a la sede del obispado. Acabo de presentar mi renuncia —dijo bajando la cabeza.

Una mezcla de determinación y vergüenza se desprendía de sus palabras. Marta no sabía adónde quería ir a parar.

—Entonces —dijo tras dudar un instante, pronunciando las palabras con cuidado—, ¿ya no eres sacerdote?

—Me temo que no es tan fácil. Un sacerdote lo es para siempre. Pero no importa lo que la Iglesia diga, yo ya no lo soy. Por tu culpa —dijo con una sonrisa que transmitía tristeza y lo que Marta interpretó como afecto.

Se quedó boquiabierta. No sabía qué hacer ni qué decir. Aquello significaba que no había traición, que Iñigo estaba de su lado, que la había elegido a ella. Al final fue él quien rompió el silencio:

—Ya hablaremos de todo esto más adelante. Ahora tenemos que violentar un sepulcro.

Mientras Marta e Iñigo descubrían el significado de las últimas palabras del caballero negro, Aitor se desesperaba. Se había esforzado en desatar las ligaduras que le impedían moverse, pero no lo había logrado y comenzaban a hacerle heridas en las muñecas. Aunque después de que aquel ser aterrador se hubiera marchado ya no tenía miedo, sentía que Iñigo y Marta estaban en peligro. Una vez más, se inclinó hacia delante y bajó la cabeza para hacer fuerza. «Nada», pensó frustrado.

Cuando levantó los ojos se encontró con la mirada de un hombre que lo observaba con una sonrisa burlona, una escopeta en una mano y un cuchillo en la otra.

—¿Y tú quién coño eres? —preguntó el recién llegado señalándolo con el cuchillo.

Aitor respondió con un gemido, atrapado en una pesadilla que parecía no terminar nunca. Señaló el papel y el boli que estaban a su lado con la vaga esperanza de que le diera una oportunidad.

—Espero que tengas una buena explicación —replicó el desconocido con un brillo de dureza en la mirada—. Si no me gusta, terminarás el día en una acequia convertido en comida para ratas.

Aitor volvió a gemir y miró al desconocido con ojos suplicantes. Este pareció dispuesto a darle una oportunidad. Le enseñó el cuchillo y la escopeta y luego le soltó las ataduras con la advertencia de que no hiciera ningún movimiento brusco. Aitor se frotó las muñecas aliviado y pidió permiso para coger el papel y escribir. Cuando terminó, le pasó la hoja con una mirada mitad ruego mitad desesperación. El hombre lo observó un rato largo antes de leer en voz alta:

—«Soy mudo, me han secuestrado. Mis amigos están en peligro. Debo avisarlos. Por favor, ayúdeme.»

El desconocido releyó con calma la nota. Aitor aprovechó para analizarlo. Era un hombre robusto, de hombros anchos y un rostro que recordaba al de un antiguo boxeador. Tenía los hombros, los brazos y el cuello llenos de tatuajes, llevaba el pelo rapado y su mirada, mezcla de dureza y resignación, era la de alguien que ya ha visto de todo y que nada le sorprende. Alguien con quien no convenía tener un mal encuentro.

—Es una explicación tan absurda —dijo con escepticismo— que solo puede ser verdad. Tienes suerte de que hoy tenga buen día, el negocio me ha ido bien. Te dejaré marchar, pero si vuelvo a ver tu cara por aquí, no seré tan comprensivo.

Aitor hizo un gesto de alivio, agradecido, y escribió algo más en el papel.

—¡Sí, claro! —dijo el hombre echando chispas—. No hagas que me arrepienta. Vete, tienes un buen trecho andando hasta el siguiente pueblo.

Aitor salió del edificio en ruinas justo cuando el alba despuntaba en el este. Sintió que despertaba de un sueño que esperaba no se repitiese jamás.

«¡No te jode! —dijo el hombre para sí mismo cuando Aitor se hubo marchado—. ¡Que le deje el móvil para mandar un mensaje!»

La Sombra llevaba más de treinta horas sin dormir. No era un tiempo excesivo para él, pero tenía que vaciar la vejiga, así que se detuvo en una gasolinera y durante unos minutos descansó tomando un café. Seguía a Marta e Iñigo a unos kilómetros de distancia mientras escuchaba su conversación, en su mayor parte intrascendente.

No le sorprendió enterarse de que se habían acostado, mucho habían tardado. La Sombra no entendía por qué el resto del mundo le daba tanta importancia al sexo. Él, cuando sentía el impulso sexual, acudía a su prostituta habitual, que hacía un trabajo serio y profesional, como a él le gustaba. Además, la Sombra aprovechaba para sacarle información sobre otros clientes, lo que le proporcionaba infinitamente más satisfacción.

Le asombró más saber que Iñigo había renunciado a su sacerdocio. No es que fuera la primera vez que veía algo así; de hecho, era más habitual de lo que a la Iglesia le gustaba reconocer. Además, Iñigo daba el perfil; lo suyo no era una vocación verdadera, era una huida y la Sombra sabía que tarde o temprano sucedería.

Pero lo que más lo desconcertó fue el nuevo destino de la pareja, que regresaba a Burgos. Por alguna razón que aún no había descubierto, a aquellos dos les parecía importante volver. La Sombra reflexionó. Quizá querían ver de nuevo alguno de los *scriptorium* para consultar algún texto antiguo. Se preguntó si no estaría perdiendo el tiempo. En todo caso, ya tenía un plan preparado: seguiría a la pareja hasta su pensión, albergue u hotel, se registraría y, en medio de la noche, entraría en su habitación. Estarían agotados después de un nuevo encuentro carnal; cuando se despertasen, se llevarían una sorpresa.

La Sombra pagó el café y se dirigió a la tienda de la gasolinera. Compró cuerda y cinta americana. Primero dejaría que ambos le contasen todo lo que sabían. Es curioso que algunas personas puedan soportar el dolor propio, pero se rindan con facilidad ante el ajeno, sobre todo ante el de alguien querido. Satisfecha su curiosidad, daría rienda suelta a su ser oscuro. Quería sangre, después de ver frustrados sus planes con Aitor. Y ahora que lo pensaba, hacía mucho tiempo que no colmaba su impulso sexual.

96

Año 34

El juicio fue más rápido de lo que Santiago esperaba, como si el tribunal tuviese prisa por deshacerse de un invitado molesto. Fue acusado de haber predicado la doctrina de Jesús y de haber inducido públicamente la conversión de Hermógenes, a quien ni siquiera conocía.

Vivió aquellos momentos como quien contempla una situación que le es completamente ajena. No rechazó ninguna de las acusaciones; al contrario, respondió que se sentía orgulloso de haber transmitido la palabra de su maestro. ¿Qué sentido tenía defenderse cuando ya había sido condenado? Lo había visto en las expresiones del tribunal.

Santiago ni siquiera los escuchaba; intentaba pensar en los que habían sido sus hermanos, incluso en Pedro, y en cuando se habían conocido, atraídos por las prédicas del maestro. Sin embargo, las imágenes le parecían lejanas y se difuminaban en su mente. De pronto, notó que todo estaba en silencio. Miró al tribunal, perplejo por la atención que le prestaban.

—Santiago, hijo de Zebedeo. Se te ha preguntado si quieres añadir algo en tu defensa que el tribunal debiera saber.

Santiago miró uno por uno a aquellos hombres y sopesó si merecía la pena decir algo. Sabía que no serviría para cambiar la opinión del tribunal al respecto de la sentencia que sería dictada, pero sus silencios o sus palabras serían su legado. Así que se levantó, tratando de encontrar dentro de su corazón lo que quería transmitir:

—Diré que no me avergüenzo de haber conocido a Jesús ni de hablar de él ante vosotros. Durante dos años, no he sentido el menor hastío, ya que junto a él olvidé todos mis cuidados. No temo a la pobreza ni me espanta la muerte. Alejó mi vida del odio, la codicia y el poder. También me enseñó que libramos una lucha eterna contra el mal y que ese mal se puede resumir en la frase *«cum finis est licitus, etiam media sunt licita»*, cuando el fin es lícito, también lo son los medios. Nada ni nadie hará tanto mal al hombre como aquel que, empuñando esa manera de ver el mundo, trate de alcanzar sus objetivos.

Hizo una pausa para ordenar sus pensamientos y vio que María le sonreía, animándolo a seguir. Santiago creyó entrever un destello de orgullo en su mirada.

—Me enseñó a estar vigilante ante aquellos cuyo fin no es discutible, pues es loable y deseable, pero que están dispuestos a ceder, sin mostrar los necesarios escrúpulos, ante el modo de conseguirlo. No es solamente el fin lo que importa, sino que aún más esencial es el camino que recorremos para alcanzarlo. Si este no es el adecuado, echaremos a perder todo aquello por lo que luchamos. Jesús me enseñó a no desviarme jamás de ese camino y me advirtió que, a lo largo de los siglos, muchos lo harían y que solamente cuando lograran volver a él, solo entonces, el reino de Dios habitaría entre nosotros. La verdad no es el fin, es solo el camino. Y yo, al contrario que otros, no me he apartado de él y sé que muchos más me seguirán y que solo así Jesús, satisfecho, nos contemplará desde la diestra de su Padre.

Santiago fue devuelto a su celda. Al amanecer se ejecutaría la sentencia. Estaba en paz consigo mismo y el tiempo transcurría lentamente, no como las últimas horas de un condenado a muerte, sino como las de un viajero a punto de emprender el viaje tanto tiempo soñado. Poco a poco, la luz del amanecer comenzó a filtrarse a través de una alta ventana sobre su cabeza.

97

Año 2019

—¿Qué haremos una vez que lleguemos allí?

La pregunta de Iñigo cogió a Marta por sorpresa. No podían presentarse ante los responsables del monasterio y pedirles que los dejaran fisgar en los sepulcros para buscar marcas y objetos ocultos. Se quedó pensativa hasta que el sonido de un mensaje en el móvil de Iñigo la devolvió a la realidad.

—Buena pregunta —reflexionó mientras él miraba su teléfono—. De momento, iremos a Burgos y echaremos un vistazo, buscando con discreción la marca en los...

Se calló en seco al notar la mano de Iñigo apretando con fuerza su brazo. Lo miró asustada, pero él le hizo un gesto para que se callase a la vez que le mostraba su móvil. Marta comprendió que el mensaje recibido era importante y esperó impaciente a que le explicara qué decía.

—Podemos parar en la siguiente área de descanso —sugirió Iñigo con una despreocupación que no encajaba con su gesto serio—. No tenemos prisa y me apetece otro café.

—Sí, claro —contestó perpleja.

Iñigo comenzó una conversación intrascendente y Marta decidió no hacer preguntas hasta que se hubieran detenido. Hablaron de visitar la catedral de Burgos y de aprovechar para comer en algún restaurante de la ciudad. La curiosidad por el contenido y el autor del mensaje carcomía a Marta, pero entendía que debía seguirle el juego a Iñigo. Estaba claro que los escuchaban. La imagen de Federico y sus ojos inexpresivos volvieron a su mente y un escalofrío le recorrió la espalda.

Unos kilómetros más adelante pararon a tomar el café prometido. Cuando bajaron del coche, Iñigo miró a ambos lados y le enseñó el mensaje de su móvil: «Tened cuidado. Ha descubierto la verdad. Va detrás de vosotros desde ayer por la noche. Aitor». Sus peores presagios se habían cumplido. Marta lo miró asustada y se estremeció, envuelta en la profunda oscuridad que rodeaba a la aislada estación de servicio. Cada árbol parecía ocultar a Federico.

—Si lleva desde anoche tras nuestra pista, ya nos ha localizado —dijo Iñigo llegando a la misma conclusión que Marta— y quizá nos escucha y nos sigue.

—¿Y cómo ha dado con el coche de alquiler? ¿No crees que exageras?

—¿Quieres correr el riesgo? —preguntó Iñigo con una sonrisa irónica.

—Claro que no. ¿Qué propones?

—He estado pensando en cómo actuar una vez que lleguemos a Burgos —respondió Iñigo con un aplomo que sorprendió y agradó a Marta—. Aparcaremos en el centro y nos registraremos en un hotel, aunque en el coche hablaremos de otro. Luego iremos a pie hasta el monasterio de las Huelgas. Lo visitaremos por la tarde, cerca del cierre, e intentaremos quedarnos dentro para tener tiempo durante la noche.

Marta miró a la nueva versión de Iñigo, desconocida hasta ese momento. En poco tiempo, había ideado una estrategia que los protegería del peligro. Quizá aún fueran capaces de esquivar a Federico. Iba a felicitarlo por su idea, pero cambió de parecer y lo besó. La oscuridad exterior y el frío interior parecieron alejarse.

—¿Eso es que estás de acuerdo? —rio él cuando se separaron.

—Sí, pero tu plan tiene un fallo —dijo aparentando que reflexionaba con gesto serio.

Esta vez fue Marta quien lo sorprendió.

—¿Cuál? —Iñigo sabía que bromeaba.

—Que necesitaremos unas linternas y ropa negra.

—Yo puedo usar la sotana.

—Nunca más en la vida, óyeme bien, quiero verte con una puesta.

Entre risas, entraron en la cafetería y compraron cuanto creyeron que pudiera serles de utilidad. Marta vio que Iñigo añadía una navaja.

—No creo que eso sea necesario —dijo muy seria.

—No es un arma. ¿No creerás que el objeto estará esperándonos sobre el sepulcro?

Marta no había pensado en aquel detalle. Un objeto oculto durante tanto tiempo no sería fácil de recuperar.

—En ningún caso vamos a dañar una obra de arte —respondió tajante.

—Es curioso, no te importa violentar un sepulcro, pero te da miedo dañar una obra de arte.

—Cada uno tiene sus prioridades.

Desde la oscuridad proporcionada por la densa arboleda que rodeaba a la gasolinera, la Sombra vio a la pareja subirse al coche. «Ahora estos dos se comportan como si estuvieran de vacaciones —se dijo a sí mismo con tono despectivo—. Pero no volverán a engañarme.»

La Sombra tenía un método para estos casos. Si sus víctimas estaban desprevenidas, hacía caso de todas las informaciones recibidas. Si por el contrario, como sin duda era el caso, desconfiaba, no daba nada por bueno hasta confirmarlo por una segunda vía. Por eso, cuando Marta e Íñigo se pusieron a hablar sobre los próximos pasos que darían, sospechó. Anotó mentalmente el nombre del hotel que mencionaron y el del restaurante donde reservaron, así como su intención de visitar la catedral al atardecer. Ya cerca de Burgos, redujo la distancia que los separaba y los siguió hasta el centro de la ciudad hasta que la señal desapareció en un aparcamiento. La Sombra aparcó cinco minutos después y confirmó que estaban apenas a doscientos metros del hotel citado, un lugar modesto con una pequeña recepción.

Esperó fuera decidiendo si se arriesgaba o esperaba. Si entraba demasiado pronto, corría el riesgo de encontrarse con ellos en el vestíbulo. Si esperaba, podía cruzarse con ellos cuando salieran. Decidió probar suerte; aquella misión se había complicado mucho. Aunque odiaba actuar fuera de su zona de control, entró en el hotel.

—Disculpe —dijo acercándose a la recepcionista tratando de esbozar una sonrisa amable—, he quedado con dos amigos que se hospedan aquí. ¿Me podría decir si han llegado ya los señores Etxarri y Arbide?

La recepcionista comprobó su lista impresa durante unos instantes, tiempo suficiente para que el entrenado ojo de la Sombra pudiera ver que la habitación asignada a ellos era la 204.

—Hay una habitación para dos personas reservada a nombre del señor Etxarri, pero aún no han llegado. Quizá se hayan retrasado —añadió al ver la cara de contrariedad de la Sombra—. ¿Quiere que les avise cuando lleguen?

—No será necesario —respondió la Sombra—. Los llamaré al móvil, gracias.

La Sombra sonrió, pero su sonrisa no iba dirigida a la recepcionista, sino a sí mismo. Esta vez no lograrían engañarlo. Marta e Iñigo tenían que haber llegado al hotel antes que él y, sin embargo, no lo habían hecho. Estaba jugando al gato y al ratón, pero ahora era él quien llevaba la ventaja.

Subió a su habitación, dejó su maletín sobre una mesa y lo abrió. Sacó un sistema de escucha y sus ganzúas, bajó hasta el segundo piso por la escalera de servicio, comprobó que no había nadie en el pasillo y se detuvo frente a la puerta 204. Veinte segundos después ya estaba dentro. Colocó el sistema de escucha y regresó a su habitación. «Redundancia», pensó satisfecho. Sabía que Marta e Iñigo no se hospedarían allí, pero prefería no dar nada por sentado. Ahora comenzaría su pequeña investigación para determinar dónde se escondían realmente.

A cinco minutos andando desde donde se encontraba Federico, la puerta de la habitación 512 de otro hotel se cerró. Marta e Iñigo dejaron sus cosas sobre la cama y se miraron. Él negó con la cabeza, como si hubiera leído el pensamiento de Marta.

—Tenemos una misión —dijo con un tono de voz cariñoso—. Todo lo demás tendrá que esperar.

Marta le golpeó suavemente con el puño en el pecho.

—Por ahora —respondió levantando las cejas—. Hemos engañado a Federico, pero ¿qué crees que hará cuando descubra nuestra artimaña?

—Enfadarse mucho —respondió Iñigo con gesto serio—. Y luego buscarnos por toda la ciudad. Si yo fuera él, esperaría cerca del coche, en el aparcamiento. Si nos ha rastreado, esa es su mejor pista.

—Bien, entonces el coche no es una opción. Tendremos que caminar. ¿Cuál es tu plan?

Iñigo asintió dando a entender que él había llegado a la misma conclusión.

—El monasterio cierra a las siete y media. Llegaremos media hora antes, o sea que saldremos del hotel a las seis y media. Una vez allí, buscaremos un lugar para ocultarnos hasta que cierren.

—Mientras no estés pensando en meterte en uno de los sepulcros... —dijo Marta a modo de broma.

—No —dijo Iñigo fingiendo que sopesaba seriamente aquella opción—. Mi idea es esta. Escucha.

98

Año 2019

La Sombra miró el mapa que llevaba en la mano. Aquel era el quinto hotel que visitaba de una lista de ocho y hasta ahora no había tenido éxito. Primero pensó en apostarse junto al aparcamiento, en algún lugar desde el que poder controlar las tres entradas peatonales, pero lo desechó; el localizador lo avisaría si el coche se movía. Luego ideó un plan, una apuesta segura. Elaboró una lista con todos los hoteles y pensiones en quinientos metros a la redonda. Descartó el suyo y todos los de más de tres estrellas y precio alto. La lista se redujo a ocho. Llamó a su contacto en Roma y le dio órdenes precisas. A pesar de lo extraño de las mismas, su contacto aceptó, como siempre, sin hacer preguntas.

Marcó los ocho hoteles en el mapa y trazó el camino que le permitiría recorrerlos todos en el menor tiempo posible. Llegó al primero y entró en la recepción. Pidió una habitación y durante el proceso de registro preguntó si sus amigos habían llegado ya. Cuando le decían que no había ninguna habitación reservada a ese nombre, llamaba disimuladamente a su contacto en Roma y colgaba. Unos segundos después, su teléfono sonaba y él contestaba sin alejarse de la recepción, simulando que algo grave acababa de suceder. Entonces, anulaba el trámite de la reserva y salía del hotel camino del siguiente de la lista. En el quinto, su suerte cambió.

Pidió una habitación y completó, esta vez sí, la reserva. Marta e Iñigo ocupaban la 512. A él le fue asignada la 406. El amable recepcionista le informó de que ambos habían salido del hotel apenas media hora antes.

—Gracias —respondió con su estudiada sonrisa—. No les diga nada si regresan. Quiero darles una sorpresa.

Subió a su habitación y preparó el material. Había utilizado su último sistema de escucha y dudó si regresar al otro hotel y desmontarlo, pero perdería un tiempo precioso. Fue por la escalera hasta el quinto piso y caminó hasta la habitación. De pronto, la puerta frente a la 512 se abrió y salió una pareja de japoneses de edad avanzada. La Sombra disimuló haciendo que buscaba la llave en los bolsillos.

Esta vez no usó la ganzúa, ya que era una puerta de llave electrónica. Sacó el teléfono y abrió una aplicación móvil que no se podía descargar en las plataformas convencionales. En unos segundos, apretó un botón y la puerta mostró una luz verde y se abrió. Unos instantes después ya estaba dentro. Se maravilló de cómo la tecnología facilitaba las cosas. Encendió la luz y contempló la habitación sin moverse del centro. Apenas había nada fuera del sitio y la cama estaba sin deshacer. Se volvió y descubrió junto a la puerta de entrada dos trozos de papel doblados cuidadosamente. La Sombra sonrió, un viejo truco para saber si alguien había entrado en la habitación. Si la puerta se abría, los trozos de papel, colocados de manera estratégica, caían al suelo.

Entró en el baño; tampoco había sido utilizado, pero había algo en la papelera. Encontró el envoltorio de una linterna y un paquete de pilas vacío. Solo tardó unos segundos en comprender: Marta e Iñigo sabían dónde estaba el objeto, por eso habían regresado a Burgos, al monasterio de las Huelgas, a unos minutos andando del hotel.

Las linternas. La noche. La hora de cierre. Miró su reloj y vio que ya eran las ocho, demasiado tarde para él, pero ellos aún debían de estar dentro. Esperaría a que salieran para confirmar su teoría. Si luego regresaban al hotel, tendría su oportunidad. Colocó los papeles en la puerta y cerró con suavidad.

Unos pasos resonaron en la cripta. Hacía cinco minutos que el monasterio había cerrado y el guarda revisaba la parte visitable en busca de algún turista despistado.

Iñigo había pensado que la cripta sería el lugar más adecuado para esconderse. Visible desde el exterior en su mayor parte, probablemente el vigilante se conformaría con echar un vistazo general. Los dos aguardaban tensos tras una esquina, esperando que aquel hombre no fuera demasiado meticuloso. La suerte los acompañó. Después de unos segundos de silencio, oyeron el sonido de la llave en la puerta y unos pasos alejarse. Expulsaron el aire y la tensión retenidos. Estaban encerrados.

—¿Cómo saldremos de aquí? —preguntó Marta en un susurro preocupada por la situación.

Iñigo puso un dedo sobre sus labios y le pidió silencio. La ausencia de ruido, a excepción de su propia respiración, era sobrecogedora. Esperaron cinco minutos más y subieron los escalones de la cripta, avanzando hasta los sepulcros, de piedra tan blanca que parecía brillar en la oscuridad. Marta encendió la linterna e Iñigo la imitó. Ella señaló las seis tumbas que existían cuando Jean pasó por el monasterio, ochocientos años antes, y dibujó en el aire el símbolo de cantero de Jean para recordarle a Iñigo lo que debían buscar. Él asintió y se acercó al primer sepulcro mientras ella se dirigía al segundo.

Empezó por uno de los laterales siguiendo la luz de la linterna con su mano izquierda, tocando, casi acariciando, la piedra. Cuando completó los cuatro lados, revisó la lápida. Nada. Se levantó y miró a Iñigo negando con la cabeza; él le devolvió el gesto. Cada uno repitió tres veces el mismo proceso hasta examinar los seis sepulcros. Nada.

Apagaron las linternas y se encontraron en la oscuridad.

—¿Y ahora qué? —preguntó Iñigo.

Marta se quedó pensativa un instante. No habían encontrado nada y se sentía frustrada, pero no quería abandonar todavía. Algo la empujaba a seguir intentándolo.

—Repetiremos cambiando los sepulcros —contestó afirmando con un gesto de la cabeza.

—¿No te fías de mí? —preguntó Iñigo, que parecía algo dolido.

—Sabes que sí —dijo ella sonriendo en la oscuridad como una boba—, pero cuatro ojos ven más que dos.

Los revisaron todos de nuevo. Según avanzaba, ya de forma mecánica, Marta pensó que aquello no tenía sentido. Los sepulcros eran de mármol blanco y no habrían resultado fáciles de tallar; incluso para hacer únicamente la marca de cantero, Jean habría hecho mucho ruido. No compartió sus pensamientos con Iñigo, ya que quería llegar hasta el final. Media hora después, entumecidos por la posición y desalentados por el resultado, decidieron abandonar.

—¿Y ahora qué? ¿Cómo vamos a salir de aquí? —preguntó Marta recordando que estaban encerrados bajo llave.

—Sígueme —dijo Iñigo como si aquello no fuese un problema.

Marta lo siguió frunciendo el ceño hasta la puerta cerrada con llave y él le pidió que la iluminara mientras, para sorpresa de ella, sacaba la navaja multiusos. Abrió uno de los accesorios y lo introdujo por el hueco de la cerradura. Lo movió durante unos segundos mientras le guiñaba un ojo a Marta, que lo observaba incrédula. De pronto, con un chasquido seco, la puerta se abrió. Iñigo miró a Marta con una sonrisa de disculpa.

—¿Recuerdas que te conté que de joven me metí en algunos líos? Créeme, es mejor que no sepas más.

Marta decidió que tarde o temprano conocería en profundidad aquellos líos de los que hablaba, pero de momento podía esperar; aún tenían que salir de allí.

99

Año 34

La celda a la que Santiago fue arrojado olía a humedad y orines. Era angosta y no tenía ventanas, lo que lo obligaba a estar encogido y en la más absoluta oscuridad. La puerta daba a un pasillo cuyas antorchas permanecían apagadas casi todo el rato. Llevaba varios días aislado y había tenido mucho tiempo para pensar en la historia que había vivido. No esperaba que su regreso a Jerusalén acabase así, pero la ingenuidad lo había llevado a pensar que sería capaz de convencer a Pedro, que este habría reflexionado después de tanto tiempo. Qué equivocado estaba.

El sonido de la puerta lo devolvió al presente, alejándolo del recuerdo de Atanasio, Teodosio y Adonai, y el aún más lejano de Jesús. Dos soldados romanos, cuya expresión pretendía ser solemne, abrieron la puerta de la celda y lo condujeron a través de innumerables pasillos hasta un patio exterior. La luz del sol lo obligó a protegerse el rostro y tardó unos instantes en poder abrir los ojos y ver dónde estaba.

Una náusea inesperada le subió por la garganta cuando fue consciente de que estaba asistiendo a los preparativos de su propia ejecución. Había apenas un puñado de espectadores dispuestos a presenciar una muerte sin sentido de entre tantas. Enseguida vio a María y su mirada lo traspasó como una flecha. Sus ojos transmitían tranquilidad, pero también tristeza y resignación; Santiago pudo, o quizá quiso, entrever también una dosis de esperanza.

A su lado estaba María Magdalena con el rostro contraído y empapado en lágrimas desconsoladas. Santiago sintió que la emoción se adueñaba de él e hizo un esfuerzo por contenerse. María Magdalena lo miró con piedad y movió los labios pronunciando en silencio una palabra. Santiago tardó un instante en entender lo que había murmurado: «Perdóname», le había dicho. Santiago no comprendió por qué debía perdonarla.

Entre los presentes también estaba Pedro, que lo miraba con una expresión extraña, quizá impresionado por su serenidad, aunque probablemente solo fuese desdén.

Santiago sintió una tranquilidad en su interior que no esperaba. No guardaba rencor, pues tenía la sensación de que todo aquello estaba escrito desde mucho tiempo atrás y de que Pedro y él no eran dueños de su destino. Santiago le dirigió una mirada de perdón, pero Pedro la rehuyó, como si por un segundo hubiese podido leer sus pensamientos y hubiese sentido vergüenza.

Aún atado, Santiago fue obligado a arrodillarse frente a un tocón de madera sobre el que el verdugo le colocó la cabeza. Desde esa posición aún podía ver a María, a María Magdalena y a Pedro. Empleó su último aliento en recordar a Jesús y en rezar por Teodosio, Atanasio y Adonai.

El verdugo levantó la espada y lanzó el golpe con fuerza.

100

Año 2019

La Sombra sacó su navaja con un gesto estudiado, adquirido con la práctica, y con absoluta precisión comenzó a limpiarse las uñas. Estaba apoyado en un árbol, protegido por la oscuridad creciente, su territorio preferido. Desde allí podía observar los muros del monasterio de las Huelgas, que le devolvían la mirada silenciosos. Cualquier otro habría tenido dudas acerca de la suposición de que Marta e Iñigo estaban allí. Él no. Por ello, cuando vio dos manos aparecer sobre el muro perimetral no se sorprendió ni se movió un ápice. Marta e Iñigo se descolgaron por la pared, se sacudieron la ropa, miraron a ambos lados y tomaron el camino de regreso a Burgos.

Viéndolos acercarse, meditó qué hacer. Era de noche y llevaba una navaja. Podía ser muy fácil o complicarse. Pasaron a escasos metros de donde él estaba escondido, incluso los escuchó lamentarse de no haber tenido suerte en las Huelgas. Este comentario hizo que se decidiera a esperar; quizá pensaban buscar el éxito en algún otro lugar. Siguió a la pareja a prudente distancia pensando en actuar en el hotel, por la noche, tal como había planeado.

Marta e Iñigo regresaron caminando y se fueron directamente al restaurante sin pasar por la habitación. La

Sombra tendría que esperar aún unas horas, así que subió a su habitación y ordenó al servicio de habitaciones que le llevaran la cena. Comió poco y sin disfrutar de la comida, pero saboreando lo que vendría después. Estaba ansioso por terminar y ponerse manos a la obra. Dejó la bandeja vacía en el pasillo, colgó el cartel de no molestar y abrió su maletín, del que extrajo una pequeña caja que colocó en el centro exacto de la mesa. La abrió con mimo y contempló las cuatro jeringuillas y los tres pequeños viales de vidrio.

El primero, un veneno muy potente que ocasionaba un final rápido pero incómodo para el sacrificado, lo había utilizado ya dos veces. Aún recordaba el sufrimiento en la mirada de su última víctima, el intenso dolor y el reconocimiento de la cercana muerte. En un acto reflejo, la Sombra se pasó la legua por la comisura de los labios.

El segundo era su favorito y, a pesar de ser su último recurso, lo había usado también en varias ocasiones. El suero de la verdad solo era necesario para aquellas personas refractarias al dolor, aunque no creía que este fuera el caso, así que lo desechó con un gesto de fastidio.

El tercero fue el elegido para esa ocasión. Garantizaba un tranquilo sueño de un par de horas; la pesadilla comenzaba al despertar. Notó la excitación apoderándose de él y dejó escapar un imperceptible gemido.

Cogió el tercer vial y separó dos jeringuillas. En una de ellas rebajó la cantidad al mínimo, calculando que Marta no debía de pesar más de cincuenta y cinco kilos. Cuando hubo preparado ambas, la ganzúa y una cantidad suficiente de cinta americana, puso la alarma de su reloj a las dos y se dispuso a echar una cabezada sin desvestirse.

Despertó un minuto antes de que sonara la alarma, con el sexto sentido del soldado entrenado. Cogió el material, subió por la escalera del mismo modo que lo había hecho la tarde anterior y giró a la derecha, hacia la habitación. El pasillo estaba a oscuras, pero se iluminó cuando él lo enfiló. Odiaba ese tipo de luces.

Se acercó a la puerta y sacó el móvil. Debía ser silencioso. De pronto, escuchó unos pasos detrás de él.

—¿Puedo ayudarle? —dijo una voz alegre a su espalda.

Se volvió y se encontró con una mujer del servicio de limpieza cuya mirada servicial cambió a un rictus de extrañeza y finalmente de alarma. La Sombra reaccionó de manera mecánica, sujetó a la mujer con un brazo y le propinó un puñetazo en el abdomen. La mujer cayó al suelo sin emitir más que un leve gruñido.

La Sombra miró el pasillo, seguía vacío. Sin perder un segundo, buscó el armario de la limpieza y metió allí a la mujer. Sacó una de las jeringuillas, la destinada a Iñigo, y le inyectó el líquido. Dormiría hasta el amanecer.

Regresó a su habitación sin cambiar de expresión, pero maldiciendo haberse desviado del plan. Su ansiedad se había disparado en el momento en el que más tranquilidad necesitaba. Fue al lavabo y se lavó la cara con agua fría; estaba fuera de sí. Se abofeteó con fuerza y pareció recobrar la calma. Preparó una nueva jeringuilla. El pulso le temblaba perceptiblemente. Subió de nuevo al piso de arriba, comprobó que la mujer seguía inconsciente, regresó a la puerta de la habitación de Marta e Iñigo, la abrió sin producir ningún sonido y sin apenas respirar, con el hábito entrenado, se coló en la habitación. Dentro reinaba una oscuridad casi total, ya que la persiana estaba bajada, y de fondo se escuchaba el ronroneo del aire acondicionado. Permaneció sin moverse unos segundos, acostumbrando la vista a la oscuridad y tratando de oír la respiración de sus víctimas. Avanzó hacia la cama con las dos jeringuillas preparadas. El proceso sería sencillo: primero inyectaría el contenido de una en el cuello de Iñigo a la vez que le tapaba la boca para evitar que gritase; luego...

Notó la ira desbordándose en su interior. La cama estaba vacía. Miró en el baño mientras sentía cómo el descontrol lo iba poseyendo. Encendió la luz y buscó a su alrededor. El ser oscuro estaba ocupando su lugar. Nada, ni ropa ni mochilas. Se sentó en la cama tratando del calmarse, pero ya era demasiado tarde; la furia lo dominaba y pedía sangre, ya no le bastaba con encontrar el objeto. Habían conseguido engañarlo una vez más y no acertaba a entender cómo había sucedido. Ya no quería matarlos, ahora solo deseaba verlos sufrir, retorcerse y gritar hasta vaciar sus pulmones y que cuando hubiese terminado con ellos, las marcas en sus cuerpos les recordasen, durante el resto de sus vidas, que habían sido castigados por oponerse a la Sombra.

Los primeros rayos de la mañana se colaban por la rendija de la persiana. Marta se desperezó y miró a Iñigo a su lado, que aún dormía. Estaban desnudos. Se acercó a él y lo abrazó por la espalda, pegándose a su cuerpo. Sintió su olor y el calor de su piel y se descubrió llena de vida, como hacía tiempo que no se sentía. Su contacto lo despertó y lanzó un breve gruñido. Luego se giró y la besó.

—¿Qué hora es? —preguntó aún soñoliento.

—Las siete y media —respondió Marta.

Recordó la noche anterior y un rescoldo de excitación se reavivó en ella. Iñigo la miró con una sonrisa cariñosa que se tornó traviesa al adivinar lo que pasaba por su cabeza.

—¡Ah, perfecto! —sentenció antes de volver a besarla—. Entonces aún tenemos tiempo antes del desayuno.

Una hora después bajaban a desayunar.

—Al principio pensé que era una tontería —dijo Marta con el ceño fruncido—. Me refiero a eso de dejar un papel en la puerta por si alguien entraba y otro en el suelo por si era Federico y volvía a colocar los dos en su sitio; creía que exagerabas. Pero cuando al entrar vi los dos papeles allí, me di cuenta de hasta qué punto estamos expuestos y lo alta que es la apuesta.

Iñigo asintió en silencio. A Marta le resultaba imposible verlo con los mismos ojos. Al hombre divertido y conversador y a su versión misteriosa y taciturna se había incorporado un Iñigo dulce que le gustaba aún más que los dos primeros.

—Es otro pequeño truco que aprendí en mi vida anterior —dijo con una sonrisa ajena a los pensamientos de Marta.

—Creo que tienes muchas cosas que explicarme —dijo fingiendo ofenderse.

—Más adelante —contestó él negando con la cabeza—. Antes debemos ir a Silos.

—¿Y cómo lo haremos? Si vamos en coche, nos seguirá y está demasiado lejos para ir a pie; debe de haber unos cincuenta kilómetros.

—Sesenta para ser exactos. Puede que alguien como tú, acostumbrada a moverse en coche, no sepa que también existen los autobuses.

El Iñigo retador que tanto le gustaba a Marta había regresado.

—Oye, chico de barrio, no creas que soy una pija. ¿A qué hora sale nuestro autobús?

—Hay uno a las once que nos dejará allí antes de las doce.

—Veo que tienes todo perfectamente planificado.

—Sí —respondió él con seguridad—. Debemos sacar

dinero de un cajero, será el último uso de nuestras tarjetas de crédito. A partir de ahora, pagaremos todo en metálico. ¡Ah! —añadió viendo la cara de sorpresa de Marta—. Y nada de móviles, solo los encenderemos si no nos queda otro remedio.

Caminar con la mochila al hombro y coger el autobús le trajo a Marta el recuerdo de cuando tenía diecisiete años y se iba de vacaciones con sus amigas. Volvió a sentir la libertad que sentía entonces. ¿Cuándo había perdido aquella sensación? «Con Diego», se respondió. Él, tan maduro y sensato, la había apartado del mundo, de la diversión, de la locura. Pero ahora, con Iñigo, había recuperado todo aquello.

A las doce y media llegaron a Silos. Habían pasado apenas unos días desde su primera visita, pero parecía mucho más tiempo.

—¿Cómo lo haremos? —había preguntado Marta mientras veía desfilar el paisaje por la ventanilla.

—Entraremos para ver el sepulcro de Santo Domingo y para buscar un lugar donde escondernos al atardecer, en nuestra segunda visita, casi a la hora de cerrar.

Al llegar a Silos, Marta estaba bastante nerviosa. Hicieron una breve cola junto al resto de los turistas y accedieron al claustro. Se unieron a una visita guiada, pero tuvieron que reprimirse para no abandonarla ante lo lento del avance. Al doblar la esquina del claustro, Iñigo le hizo un gesto a Marta señalando el sepulcro. En aquel momento el guía hablaba de él.

—Y aquí está el sepulcro de Santo Domingo —dijo el hombre con un tono metálico ensayado hasta la extenuación—, aunque, para ser más preciso, se trata de la lauda del sepulcro, obra del siglo XIII.

Iñigo miró a Marta sin comprender y ella le pidió paciencia. Mientras el guía continuaba con su explicación, se acercó a él y le susurró al oído:

—Lo que ves es solo la tapa y es posterior al paso de Jean. Lo que importa es lo que hay debajo. ¿Ves la reja?

Iñigo retrocedió un paso y se agachó para ver lo que había bajo la lauda.

—¿No estarás insinuando que vamos a levantar esa reja y a meternos ahí dentro? —preguntó incrédulo alzando la voz.

—¿Qué crees que significa violar un sepulcro? —Marta bajó la voz al mínimo con la intención de que Iñigo la imitase.

Lo cogió del brazo y se alejaron del sepulcro esperando a que el grupo siguiera al guía, que comenzaba a hablar orgullosamente del ciprés centenario que vigilaba el claustro.

Al cabo de unos minutos, se acercaron de nuevo a la tumba fingiendo admirarla, pero en realidad buscaban la marca de cantero de Jean junto al enrejado. A Marta se le aceleró el corazón y se le secó la garganta. Parpadeó sobrecogida y se volvió hacia Iñigo. Allí estaba la marca, esculpida con delicadeza junto a la esquina inferior derecha de la reja, como si en lugar de llevar siglos esperando a ser descubierta, alguien la acabara de tallar. Un sudor frío le recorrió el cuerpo. Tenía razón. Ochocientos años después ella la había encontrado.

Miró a Iñigo con los ojos abiertos por la sorpresa y la emoción y él le devolvió un leve gesto afirmativo y se acercó. Marta le señaló la marca, pequeña pero inequívoca, superficial pero suficiente, trazada con rapidez pero visible. Se quedaron allí, embobados, hasta darse cuenta de que empezaban a llamar la atención. Se reintegraron en el grupo y pasaron el resto de la visita buscando un lugar en el que esconderse. Fue Iñigo quien lo encontró, un pequeño cuarto de luces en la zona del museo que permanecía descuidadamente entreabierto.

Salieron del monasterio con una excitación apenas contenida, deseando que llegase la tarde y hablando sobre sus planes. De repente, alguien se acercó a ellos:

—¡Otra vez aquí! —dijo una voz—. ¿Se puede saber qué os interesa tanto de nuestro monasterio?

Era Ricardo, el monje que tan bien los había atendido en el *scriptorium* durante su primera visita. Iñigo fue el primero en reaccionar.

—¡Eh... sí! En nuestra última visita no tuvimos tiempo de admirar el claustro, estuvimos muy ocupados en el *scriptorium*. Hemos aprovechado que estamos de regreso para verlo de nuevo.

—Me gusta vuestra pasión por Silos —respondió Ricardo con una sonrisa inocente—. Espero que encontréis lo que buscáis —dijo dirigiéndose a Marta.

Ella casi da un respingo creyendo que Ricardo los había descubierto.

—Sí, claro —respondió Marta quizá con demasiada rapidez—, me ayudará en mis investigaciones —continuó tratando de calmarse.

—¿Y sobre qué versan, si puede saberse? —preguntó Ricardo con expresión amable.

Aquello empezaba a parecerse a un incómodo interrogatorio. Estaba claro que Ricardo hallaba extraño el comportamiento de la pareja. Marta comenzó a angustiarse. Estaban muy cerca del objetivo y aquel encuentro parecía complicarlo todo.

—Mi tesis doctoral —respondió recuperando el control de la conversación— trata de entender la relación entre los textos escritos en papel o pergamino del siglo XII y los encontrados en piedra.

—¡Qué interesante! Espero poder leerla cuando esté terminada —dijo a modo de despedida.

Marta e Iñigo se alejaron preocupados y en un tenso silencio se dirigieron a uno de los restaurantes del pueblo.

—¿Qué hacemos? —preguntó Iñigo mirando confuso al suelo—. Está claro que sospecha algo, quizá sería mejor dejar pasar unos días.

—Puede que sospeche —asintió Marta tratando de no dejarse arrastrar por el miedo y de mantener la frente fría—, pero ¿de qué?

—No lo sé. El caso es que me preocupa y empiezo a no verlo claro.

—Aunque desconfíe, si actuamos hoy mismo apenas tendrá tiempo de descubrir nada. Además —dijo mientras un escalofrío le recorría la espalda—, no quiero que Federico vuelva a seguirnos la pista.

—Decidido, entonces —sentenció él con una sonrisa resignada—. ¿Sabes? Tu seguridad me resulta muy atractiva.

A Marta le sorprendió que aquello le agradara. Estaba acostumbrada a tratar con hombres protectores que preferían mujeres inseguras. Aquella visión de Iñigo resultaba estimulante.

—Bien —dijo impostando un gesto de seguridad exagerada—. Tengo hambre, aprovechemos el tiempo de espera. Luego hablaremos de lo atractiva que te parece mi seguridad.

Mientras comían preocupados pero sin prisa, otros hechos se precipitaban. Pronto les quedaría claro que su interpretación del encuentro con Ricardo había sido errónea.

101

Año 2019

La Sombra se lavó la sangre de la cara. «No ha sido fácil», se dijo contemplando su imagen en el espejo. Siempre se sorprendía de la cantidad de sangre que alberga un cuerpo humano. Aquello había sido necesario para calmar al ser oscuro que llevaba dentro, al menos de manera temporal.

Vio unas profundas ojeras que enmarcaban unos ojos rojos. ¿Cuántas noches llevaba sin dormir ocho horas seguidas? No tenía tiempo, pronto amanecería y para entonces ya tenía que haber abandonado el hotel. El turno de la mañana encontraría el cadáver de la limpiadora, o más bien lo que quedaba de él. Le había costado despertarla, pero no tenía gracia torturar a alguien dormido. Lo había hecho en la habitación de Marta e Iñigo con la intención de involucrarlos en el crimen, pero sobre todo por placer, un placer que aún reverberaba en las yemas de sus dedos y del que disfrutaría los próximos meses en el rincón secreto de su mente, aquel que nunca compartía con nadie.

Regresó a su habitación, se dio una larga ducha y se cambió de ropa. Lamentaba perder el dulce aroma de la sangre adherido a su piel, pero odiaba el olor acre de su propio sudor. Ya vestido, se sentó en la cama y pensó en el siguiente paso.

No tenía ningún medio para seguir a Marta e Iñigo, pero tampoco lo necesitaba. Sabía con seguridad que los encontraría en el monasterio de Santo Domingo de Silos. Los había oído mencionar ambos monasterios y estaba claro que en las Huelgas no habían tenido suerte. Esta vez estaría preparado cuando intentaran localizar el objeto. Los esperaría y se lo arrebataría cuando estuvieran saboreando el éxito.

Salió de la habitación y bajó a recepción. Resistió la tentación de volver a pasar por la habitación de Marta e Iñigo a contemplar su obra, pero ya había corrido demasiados riesgos. El ser oscuro volvía a ceder el control y la Sombra lo recuperaba. Así debía ser hasta hacerse con el objeto; luego ya tendría tiempo de saciar a su otro yo. Matar a Iñigo y divertirse con Marta le proporcionaría aún más placer que aquella limpiadora.

Mientras la Sombra salía del hotel, Marta e Iñigo dudaban. Se encontraban en el aparcamiento del monasterio dispuestos a entrar y a meterse en su escondite, pero el temor a encontrarse con Ricardo los atenazaba.

—¿A qué esperamos? —dijo Iñigo verbalizando su inquietud.

—A nada —respondió Marta abriendo la puerta del coche, decidida a lograr su objetivo.

Cruzó el aparcamiento sin mirar a los lados ni dudar, seguida de Iñigo, que parecía haber recuperado el aplomo. Miró su reloj. Eran las siete de la tarde. La chica de la taquilla les dio las entradas sin pestañear, a pesar de que faltaban treinta minutos para el cierre.

Recorrieron los pasillos muy tensos, pero tratando

de aparentar calma ante los demás visitantes. No cruzaron el claustro, para evitar el sepulcro, y fueron directos al museo. Marta volvió a mirar su reloj. Las siete y diez. El vigilante comenzaba a informar a los turistas de que faltaban veinte minutos para el cierre. Obedientes, todos se fueron acercando a la salida, excepto Marta e Iñigo, que jugaban a hacerse los despistados.

A las siete y veinte, el museo quedó desierto y decidieron acercarse a la puerta de servicio, separada con una cinta de la que colgaba un cartel: «Privado. No pasar».

Marta e Iñigo se miraron. Todo permanecía en silencio. Él fue el primero en pasar una pierna por encima de la cinta y empujar la puerta. Pero la puerta no se abrió. Marta sintió pánico. Iñigo volvió a intentarlo sin éxito y le hizo un gesto para que se alejara y vigilara por si venía el guarda. Marta obedeció temblando mientras Iñigo sacaba la navaja y comenzaba a hurgar en la cerradura. Ella trató de no mirarlo y de concentrarse en el pasillo, pero los segundos parecían no tener fin. De pronto, oyó pasos acercarse por el pasillo a la vez que escuchó un chasquido. Corrió hacia la puerta ahora entreabierta y ambos entraron atropelladamente y consiguieron cerrarla en el mismo instante en que el vigilante llegaba a su posición. Contuvieron el aliento, no estaban seguros de si los había visto. Al cabo de un minuto, el silencio regresó y comenzaron a tranquilizarse.

—Lo hemos logrado —musitó Marta con un hilo de voz.

Iñigo asintió con la cabeza y su cuerpo, pegado al de Marta, se relajó.

—Ahora a esperar. Al menos una hora —dijo con una inesperada sonrisa—. ¿Cómo podríamos entretenernos todo este tiempo?

El reloj del móvil de Marta marcó las ocho y media. La última hora había transcurrido más rápido de lo que esperaba. La puesta de sol había tenido lugar unos minutos antes y marcaba el momento de ponerse en marcha. Esperaban que la oscuridad los protegiese.

Abrieron la puerta con un chirrido que les pareció atronador y fuera los recibió el silencio más absoluto. El museo, apenas iluminado por la tenue luz de emergencia, parecía observarlos. Iñigo abrió la puerta de salida del museo sin mucho esfuerzo y ambos salieron al claustro. Se miraron tensos.

El claustro estaba a oscuras, pero no necesitaban luz para orientarse. Al pasar junto al relieve de la duda de Santo Tomás, Marta recordó que Jean había hecho lo mismo que ellos ocho siglos antes para esconder el objeto. Llegaron al sepulcro y Marta lo miró con una cierta aprensión. Las dos esculturas de leones sobre las que se sustentaba la lauda parecían advertirla contra el sacrilegio que iban a cometer y la glosa 39 le vino a la mente: «*Qui sepulcrum violaberit, V annis peniteat*». ¿Cuál sería su penitencia?

De pronto, el ruido de una puerta lejana en algún pasillo del monasterio los devolvió a la realidad. De manera instintiva, se pegaron a la pared y esperaron aterrados.

Con el ciprés centenario que vigilaba el claustro del monasterio como único testigo, Marta se acercó al sepulcro, se agachó y pasó la mano por la marca de cantero de Jean en el suelo. Jamás había sentido una piedra tan viva; estaba fría, pero la notaba ardiendo en la piel. Iñigo, a su lado, parecía leer los pensamientos de Marta, pero, adoptando una postura más práctica, sacó su navaja y empezó a trabajar en la reja. Estaba incrustada en el suelo, pero al cabo de unos segundos comenzó a moverse allí donde Iñigo escarbaba y poco a poco fue cediendo. Iñigo le pasó la navaja a Marta, levantó la reja y la apartó con delicadeza para que no hiciese ruido. Un agujero oscuro como una boca desdentada quedó al descubierto.

Marta se inclinó y no sin cierto recelo introdujo la mano. Recorrió el perímetro tratando de estimar su tamaño; no era demasiado grande. Tras pensarlo un instante, se atrevió a meter la cabeza a la vez que con la mano izquierda sujetaba la linterna. El suelo era de piedra, pero las paredes eran de tierra compacta. El objeto no aparecía a simple vista y Marta temió que se hubiesen equivocado otra vez. Entonces recordó la marca de Jean: no podían haber errado.

Dejó la linterna en el suelo, cogió la navaja y comenzó a trabajar de manera metódica. Marta quería olvidar lo que estaba haciendo y centrarse en el proceso, como cuando usaba el láser para limpiar esculturas, método y paciencia. Empezando por la parte superior, hincó la navaja y la deslizó hacia abajo para arrancar trozos de tierra. El olor a tierra, polvo y moho acumulado le llenó la nariz. Apartó una telaraña que le caía sobre el rostro y continuó. Completó uno de los lados haciendo un surco cada pocos centímetros sin que nada interesante apareciese. Iñigo permanecía en silencio a su espalda, probablemente pensando que era mejor dejar a Marta trabajar tranquila. Ella se lo imaginó tenso, mirando a un lado y a otro y una sonrisa asomó en su rostro.

En el segundo lado del sepulcro, la navaja tocó algo duro y su corazón se detuvo por un instante. Escarbó excitada hasta desenterrar un pequeño guijarro redondeado; nada más. Marta sentía ya el cansancio de la postura y el brazo izquierdo, sobre el que se apoyaba, empezaba a entumecerse. Notó algo caminar sobre su cara y lo apartó de un manotazo. A punto de terminar el tercer lateral, palpó nuevamente algo duro. Siguió rascando, tratando de no ilusionarse, hasta que un trozo grande de tierra se desprendió. Pensó que había encontrado otra piedra de mayor tamaño, pero le quitó la tierra y entonces su corazón pareció detenerse de nuevo. En la mano sujetaba un objeto de cuatro puntas de un color y brillo difíciles de describir a la tenue luz de la linterna. Era pesado, metálico pero cálido al tacto. Casi se le cae al intentar limpiarlo y su cabeza chocó con la lauda del sepulcro cuando se levantó.

Se volvió triunfante hacia Iñigo.

—Veo que lo has encontrado —dijo Federico Constanza con una sonrisa aterradora mientras sujetaba a Iñigo por el cuello y lo encañonaba en la sien con una pistola.

Los fríos ojos de Federico mostraban el regocijo de la victoria. Aun así, a Marta le sorprendió su aspecto desmejorado, la ropa sucia y los ojos inyectados en sangre. Iñigo no se movía ni emitía ningún sonido por si eso fuera suficiente para disparar la pistola.

—¿Qué quieres? —dijo Marta.

Se asombró al escuchar su propia voz, fría, como si no se tratase de un asunto de vida o muerte.

—¿No te lo imaginas? —respondió Federico entrecerrando los ojos—. ¡Vamos! No me subestimes. No tengo más que dispararos y huir, pero vamos a hacerlo de una manera sencilla. Tú me das el objeto y yo desaparezco. Sin heridos, sin sangre.

Al pronunciar la última palabra, las pupilas de Federico se abrieron y soltó un pequeño gemido que a Marta le horrorizó.

—¿Qué objeto? —preguntó notando que su seguridad se tambaleaba.

—¡No me pongas a prueba! —dijo la Sombra alzando la voz—. No creo que quieras vivir con el recuerdo de la sangre y los sesos de tu novio salpicándote.

—No se lo des —dijo Iñigo reuniendo valor.

Su voz sonó aguda, falsamente segura, y Federico soltó una carcajada despectiva. Marta no estaba dispuesta a sacrificar a Iñigo. Sacó el objeto y lo miró. Le parecía imposible que aquello hubiese causado tantas muertes en el pasado y que pudiera hacer lo mismo ahora.

—Toma —dijo extendiendo la mano—, es tuyo.

Marta se acercó y lo puso en el suelo, a un metro de distancia de Federico. Luego retrocedió. Estaba tranquila, nada de aquello era importante, solo Iñigo y ella, salir vivos de allí. Su voz sonó desapasionada y, por primera vez, Federico dudó. Quizá le parecía demasiado fácil.

—Cógelo —dijo Federico a Iñigo—. Sin tonterías ni heroicidades. Si te portas bien, no habrá problemas.

Algo en su voz le hizo pensar a Marta que Federico no iba a cumplir su promesa. Aquel hombre tenía un plan y no consistía solo en recuperar el objeto. Iñigo se agachó, recogió la reliquia y se quedó mirándola.

—Dámelo —ordenó Federico mientras sus ojos se abrían como platos por el deseo de alcanzar lo que anhelaba.

Cuando Iñigo le dio el objeto, la Sombra se lo guardó en el bolsillo con rapidez y colocó de nuevo el cañón de la pistola en la sien de Iñigo.

—Déjanos ir —dijo Marta—, lo has prometido.

—No hay prisa —respondió Federico recuperando su sonrisa cruel—, disfrutemos del momento. Es hora de confidencias. Iñigo, empieza tú, ¿no tienes nada que contar?

Iñigo permaneció callado. Su rostro no cambió de expresión, quizá solo una leve sorpresa. Marta lo miró sin entender el juego de la Sombra.

—Está bien —dijo Federico—, se lo contaré yo. Tu novio —dijo señalando a Iñigo con la pistola— te ha estado engañando todo el tiempo. Es él el que me ha traído hasta aquí. Ha hecho bien su trabajo y hay que reconocer que ha disfrutado lo suyo, ¿no es así, Iñigo?

—Eso es mentira —respondió Iñigo hablando más para Marta que para Federico.

A Marta se le encogió el estómago, como si le hubieran dado un puñetazo. No quería creer lo que acababa de escuchar, pero la duda se instaló en su mente. Recordó las veces que había visto a Iñigo hablar por teléfono cuando ella no estaba, sus cambios de humor, sus secretos. Siempre había tenido la respuesta a sus preguntas, pero ahora todo se mezclaba en su cabeza.

—Si así hubiera sido —respondió intentando no ceder ante el abismo que se abría frente a ella—, ¿por qué instalaste un sistema de seguimiento y escucha en el coche?

—Redundancia —respondió Federico con un gesto despectivo—. Siempre hay que tener un plan b. No se puede confiar en las personas —añadió negando con la cabeza.

—Pero fuiste tú —dijo Marta mirando a Iñigo y creyendo que el corazón se le congelaba— quien luego sugirió abandonar el coche, ir en autobús, ir a pie...

—¿Qué mejor manera de ganarse tu confianza? —respondió Federico—. Incluso se acostó contigo. Hay que reconocer que es un actor increíble.

—No creas nada de lo que te dice —dijo Iñigo serio mirando a Marta como si Federico no estuviera allí—. Todo ha sido verdad.

—En fin, Marta, vivirás con la duda los pocos segundos que te quedan —dijo Federico encogiéndose de hombros—. Es hora de despedirse. Iñigo, ya no me eres útil.

Y sonó un disparo.

Muchas cosas sucedieron a la vez, unas de manera vertiginosa, otras a cámara lenta. Marta cerró los ojos al escuchar la detonación y algo viscoso le salpicó la cara. Un olor a sangre, pólvora y algo más que no reconoció le inundó las fosas nasales. Quizá incluso había gritado, pero no estaba segura. Luego escuchó voces, pasos apresurados y órdenes dadas a voz en grito.

Cuando abrió los ojos, la luz inundaba el claustro. Delante de ella, Iñigo estaba pálido, pero vivo. Tenía el lado derecho de la cabeza cubierto de sangre, pero Marta se dio cuenta de que no era la suya. En el suelo, detrás de él, el cuerpo de Federico yacía con el rostro irreconocible. En su mano, la pistola que no había llegado a disparar.

—¿Está usted bien? —dijo un hombre dirigiéndose a Marta.

—Sí —respondió con un hilo de voz—. ¿Qué ha pasado?

No llegó a escuchar la respuesta porque Iñigo se abalanzó sobre ella y la abrazó. Marta dejó que lo hiciera, pero algo se había roto. Se alegraba de que siguiera vivo, pero no podía olvidar las últimas palabras de Federico. Se apartó de él y lo vio sorprendido por su reacción.

—No puedes creerle —dijo al fin.

—No sé qué creer —respondió Marta.

En ese momento, un hombre uniformado se acercó a ella y le puso una manta sobre los hombros.

—Venga —le dijo—. Le daremos algo caliente y podrá asearse.

Marta lo acompañó al ver que Iñigo también era atendido. Un enfermero le hacía preguntas, pero él solo la miraba a ella. Marta pensó que nunca olvidaría aquella expresión, era la viva imagen de la desolación.

102

Año 2019

—Soy el teniente Luque —dijo un guardia civil al tiempo que le ofrecía un café con leche.

Era un hombre grande, alto y de anchas espaldas, pero con un rostro amable, incoherente con lo que Marta acababa de vivir.

—Sé que ha pasado por una situación horrible, pero necesito hacerle algunas preguntas —continuó diciendo mientras se sentaba en la mesa frente a ella.

Buscó en el bolsillo y sacó la reliquia. La miró durante unos segundos y la depositó sobre la mesa con delicadeza, como quien mueve una ficha de ajedrez.

—¿Qué es esto? —preguntó.

Marta cerró los ojos y trató de olvidar la sangre y el cuerpo desfigurado de Federico en el suelo. Tenía la sensación de que seguiría viendo esa imagen el resto de su vida.

—Nada, en realidad —respondió.

—Pues para no ser nada, alguien ha muerto y han matado por él.

—¿Matado? —preguntó sin comprender.

—Uno de mis hombres ha tenido que disparar a matar, cosa que odio. Además, una mujer, Ana María Rodríguez —añadió consultando su libreta—, limpiadora en el hotel donde ustedes se hospedaron en Burgos, ha aparecido descuartizada en la habitación en que pasaron la noche.

—Pero... nosotros no...

—No se preocupe por eso. Ya lo sé. Las cámaras del hotel evidencian que Federico Constanza es el responsable. ¿Sabe quién era?

—En realidad, no. —Marta trataba de asimilar toda la información, pero no era capaz de pensar con claridad—. Sabemos que nos perseguía y que era un enviado del... —vaciló antes de lanzar una acusación.

—¿Del Vaticano? —aventuró el teniente Luque.

—Eso creíamos, sí —respondió.

—Esa afirmación, ¿puede sustentarla en alguna prueba? —preguntó tranquilamente el teniente.

—No.

—¿Y por qué les perseguía?

El teniente Luque miró el objeto sobre la mesa y ambos se quedaron unos segundos en silencio, contemplando la reliquia, como si aquel objeto fuera a darles la respuesta.

—Volvamos a mi primera pregunta. ¿Qué es esto? —dijo señalando la reliquia.

—Es un objeto antiguo, anterior al siglo XII, aunque probablemente tenga más de dos mil años. Fue escondido aquí hace ochocientos años por un peregrino que huía.

—¿De quién huía? —la animó el teniente viendo que empezaba a responder con algo más que monosílabos.

—De un enviado de Roma, un abad, y de los caballeros templarios. Un soldado cátaro, cuyo cadáver apareció hace algunas semanas, lo ayudaba. Y luego está el libro; fue escrito por el peregrino, pero...

El teniente Luque levantó una mano para interrumpir a Marta.

—¿Se da cuenta de lo absolutamente inverosímil de su historia?

—Pero es que...

—Le diré cómo lo veo yo. Usted y su amigo, el cura renegado, pueden ser acusados de allanamiento e intento de robo de obras de arte, por no hablar de la violación de un sepulcro.

Marta tomó un sorbo de café y se encogió en el asiento, quería desaparecer.

—Pero algo me dice —continuó el teniente— que nadie va a presentar ninguna acusación formal contra ustedes.

—¿No? —preguntó sorprendida.

—Conozco a la Iglesia. Por si no se ha dado cuenta, dirijo el Grupo de Patrimonio de la Unidad Central Operativa de la Guardia Civil. Nos ocupamos de los intentos de robo de obras de arte, en especial de obras religiosas. —Hizo una pausa y miró a Marta antes de continuar—. Sabemos quién es usted, una reputada investigadora en Patrimonio. No tiene pruebas de nada y no creo que quiera poner en riesgo su carrera profesional sin una base sólida. La Iglesia tendrá lo que quiere —dijo mirando el objeto sobre la mesa—. Nadie preguntará por el señor Constanza y el Vaticano negará cualquier relación con él.

—Pero la muerte de la mujer del hotel... —Marta estaba escandalizada.

—Un loco, dirán los periódicos. Un hombre trastornado que mató a la mujer y que pretendía hacer lo mismo con ustedes.

—Y gracias a la Guardia Civil —completó Marta con una sonrisa irónica— esas dos muertes fueron evitadas.

—Todo ello verdad —dijo el teniente con una expresión entre resignada y triste—. En realidad, esa será la verdad para el resto del mundo, pero déjeme hacerle una pregunta, ¿por qué era tan importante este objeto?

—Porque cambiaría la historia del cristianismo por completo, porque la Iglesia católica temblaría hasta sus cimientos y quizá no volvería a recuperarse jamás. Pero si de verdad quiere saberlo, busque entre las cosas de Federico. Encontrará un libro, allí está todo.

—Yo no soy un erudito, no creo que entendiera nada. Solo investigo robos. El libro será restituido a su legítimo dueño, la Iglesia. Tengo entendido que fue encontrado en una.

—Y quedará oculto otros mil años y el tiempo y el olvido se encargarán de borrar el recuerdo de Jean y del valor del caballero negro, que dio su vida.

El teniente Luque se encogió de hombros y se levantó.

—La dejo en manos de uno de mis hombres, que le tomará declaración. Piense bien lo que va a decir antes de contestar. Quizá le convendría hablar con su amigo para ponerse de acuerdo en lo que van a decir.

—¿Amigo? —preguntó Marta—. Solo son amigos aquellos en los que se puede confiar.

—Así es, pero ¿me permite que le dé un consejo? —dijo el teniente. Asintió intrigada por lo que aquel guardia civil tenía que decir—. Ni la confianza ni la desconfianza se pueden basar en lo que escuchamos de terceros. Y menos cuando se trata de psicópatas.

—Y entonces, ¿cómo saber la verdad?

—Preguntando, hablando, evaluando y al final confiando en que nuestro juicio no esté equivocado.

El teniente Luque se fue y Marta se quedó meditando sus palabras; otro guardia civil joven entró y comenzó a hacerle preguntas.

—¿Me permite un descanso, agente? Me gustaría hablar con mi amigo.

El guardia civil se volvió para mirar al teniente Luque, quien hizo un leve movimiento afirmativo. Marta e Iñigo se reunieron con sus cafés en una esquina. Hablaban en voz baja, pero tenían la sensación de que todos los presentes los miraban de reojo.

—¿Estás bien? —preguntó Iñigo.

—Eso debería preguntártelo yo a ti —respondió Marta—. A mí no me han apuntado con una pistola en la cabeza.

—Sabes a lo que me refiero. Las últimas palabras de Federico...

Marta levantó una mano para detenerlo.

—Solo necesito hacerte una pregunta. ¿Trabajabas para Federico?

Iñigo la miró a los ojos y negó con la cabeza.

—Desde aquel día en que ambos descubrimos nuestro juego en aquella habitación de hotel en Carrión de los Condes, solo te he dicho la verdad. ¿Te acuerdas de mi espejo?

—Sí —respondió Marta sin saber adónde quería llegar Iñigo.

—Ya no lo tengo. Lo usaba porque estaba solo y necesitaba mirar de frente a alguien para afrontar la verdad; pero ahora me basta con mirar tus ojos. En ellos está toda la verdad que necesito.

103

Año 2019

Ciudad del Vaticano.

El cardenal giró en redondo y se dirigió a la puerta por la que había entrado sin ni siquiera asegurarse de que Marta lo seguía. Tras unos segundos de sorpresa, tuvo que apresurarse por los interminables pasillos y estancias que atravesaron. Durante el recorrido no se cruzaron con nadie y únicamente pudo entrever a otros cardenales caminar silenciosamente hacia sus propios destinos.

Una puerta bellamente trabajada y vigilada por dos guardias detuvo su avance. Uno de ellos la abrió y ambos accedieron a un salón de grandes dimensiones en el que un escritorio, una mesa de reuniones de gran tamaño y una pequeña zona con sillones apenas ocupaban una mínima parte de la superficie total.

Un hombre, al que rápidamente Marta reconoció como el papa, se sentaba frente al escritorio. Levantó la cabeza al escuchar los pasos y una sonrisa iluminó una cara en la que destacaban unos luminosos ojos azules.

—Ya tenía ganas de conocerla, señorita Arbide, ¿o puedo llamarla Marta?

—Por supuesto, su santidad —dijo tratando de aparentar tranquilidad—, puede llamarme como desee.

El sumo pontífice le hizo un gesto con la mano al cardenal para indicarle que los dejara solos y agarrando a Marta por el brazo la condujo hacia los sillones, al final del salón. Le ofreció sentarse y se acomodó frente a ella.

—Estaremos más cómodos aquí, ¿no cree? ¿Desea tomar alguna bebida? No puedo ofrecerle alcohol, los médicos me lo tienen prohibido —dijo con un rápido guiño de su ojo.

—No, gracias.

Marta no sabía muy bien cómo actuar. No esperaba un comportamiento tan amistoso y cercano y su amabilidad la desconcertaba.

—Magnífico —dijo—. Así podemos concentrarnos en lo que nos ocupa. Supongo que se imaginará por qué ha sido traída hasta aquí. Señorita Arbide, ha sido usted un problema para nosotros durante las últimas semanas.

—Pero ahora ya tienen lo que desean. No sé para qué me necesitan —respondió.

El papa la miró evaluándola y su gesto se afiló, dándole un aire mucho menos benévolo. Marta recordó que debía andarse con cuidado.

—Ya llegaremos a eso, pero antes me gustaría saber algo más sobre usted y sobre su interés por nuestra posesión.

—Supongo que ya conocerá el modo en que me involucré en esta historia y lo que sucedió al final. Estuvimos a punto de morir.

Su interlocutor no pudo reprimir una mueca de desagrado, como si el comentario de Marta hubiese sido inapropiado.

—Entiendo su resquemor, pero debe entender que todo se hizo por el bien de Dios, por recuperar algo que nunca debió abandonar las manos de sus verdaderos dueños, la Iglesia. Usted, que ha sido educada en una familia católica, seguro que lo entenderá.

—Vuelve a equivocarse —un escalofrío sacudió a Marta de arriba abajo al darse cuenta de cómo le estaba hablando a la mayor autoridad religiosa del planeta— y confunde el bien de la Iglesia con el bien de Dios.

Vio cómo el papa trataba de contenerse, adoptando un semblante marmóreo.

—¿No es acaso lo mismo? Dios instituyó la Iglesia para que continuara su tarea y desde entonces ese ha sido nuestro camino común.

—No desde el mismo momento en que ambos se separaron, cuando Pedro cometió la traición que nos trajo hasta aquí.

Por un momento, el sumo pontífice perdió la compostura y un atisbo de irritación se vislumbró en su cara, aunque rápidamente recuperó el control.

—En todo caso, aquello ya es pasado.

—No, no para mí —interrumpió Marta—. Ni para toda la gente que desconoce la verdad.

—La verdad es un término demasiado complejo como para estar al alcance de cualquiera. Pero volvamos a su primera pregunta, quería usted saber la razón por la que la he hecho venir. El motivo es que el objeto que usted encontró y que nos pertenece...

—Les está dando problemas, ¿no?

Esta vez la sorpresa se reflejó claramente en el rostro del sumo pontífice. Sus ojos se abrieron considerablemente y sus manos mostraban un ligero temblor. Consiguió dominarse y, muy despacio, entornó los ojos evaluando la nueva situación.

—Entonces usted ya lo sabía. Por supuesto, hemos comprobado que es el auténtico. Las más modernas técnicas de datación y estudio así lo atestiguan.

—Y, sin embargo, no saben cómo hacerlo funcionar, ¿verdad?

Marta se quedó contemplando a aquel hombre que la miraba ansioso, tratando de descubrir en ella el mayor secreto que había perseguido la Iglesia en sus dos mil años de historia.

—Todavía no lo comprende —dijo Marta negando con la cabeza—. Es muy sencillo. No consiguen ni conseguirán hacerlo funcionar... porque el objeto no tiene ningún poder, nunca lo tuvo. Lo habrían entendido si hubiesen mirado el mundo a la luz de la razón. Es una luz invisible, pero es la única que nos ilumina el camino hacia la verdad.

El papa pasó de la sorpresa más absoluta a comprender por fin las implicaciones de las palabras que Marta acababa de pronunciar. Marta se levantó y se dirigió hacia la puerta. Antes de salir de la estancia, se detuvo unos instantes, se volvió y, mirándolo a los ojos, le dijo:

—Era una prueba. Su prueba. La prueba definitiva a los discípulos y su última lección, creo que ustedes la llaman parábola. Y han fracasado. No había cantado el gallo tres veces y ya habían sustituido a Jesús por un mero objeto decorativo. Y en dos mil años no han sido capaces de comprenderlo. Vivan ahora con ello.

Marta salió de la estancia y recorrió sola los diferentes pasillos del Vaticano en dirección a la salida. Cuando llegó a la plaza de San Pedro, Iñigo la esperaba junto al monolito central. Marta se acercó a él, le cogió la mano y lo besó. Después le sonrió.

—Caminemos. No puedo irme de Roma sin conocer la Capilla Sixtina.

104

Año 1200

Desde la ventana de la abadía de los Chateliers, el abad Isaac contemplaba el mar embravecido que azotaba la isla de Ré desde hacía ya cuatro días. Las olas se elevaban furiosas, empujadas por un viento tenaz que parecía que fuese a durar para siempre. El espectáculo era a la vez aterrador e impresionante.

Sin embargo, no era aquel mar lo que preocupaba al abad, sino algo que ocurría dentro de los muros del propio monasterio. A pesar del desapacible temporal, un monje trabajaba la tierra, como cada día, hiciese frío o calor, viento o lluvia, desde el amanecer al atardecer. Había llegado hacía seis meses a la abadía y había pedido refugio sin pronunciar ni una sola palabra. Participaba en todos los ritos religiosos, pero nadie lo había escuchado cantar los salmos ni rezar. El resto de los monjes se había habituado a su presencia, nadie tenía queja de su trabajo y su comportamiento era intachable. Parecía un hombre que había abandonado el mundo terrenal para refugiarse en aquella isla perdida, como si tuviera algo de lo que huir o algún secreto que ocultar. ¿Quién era aquel hombre?

El abad se volvió al oír abrirse la puerta de su habitación. Era el prior Gerlan. Este se acercó a la ventana y se situó a la derecha del abad. Ambos contemplaron silenciosos al monje que trabajaba tenazmente la tierra. Como si el abad hubiese hablado en voz alta, el prior Gerlan verbalizó lo que pensaba.

—¿Quién es ese hombre?

—Estaba haciéndome la misma pregunta. Llegó aquí hace seis meses y aún no sabemos nada de él.

—Un proscrito tal vez. Quizá un amante despechado que se ha recluido aquí huyendo de las tentaciones del mundo.

El abad Isaac no estaba de acuerdo. Aquel hombre no era un proscrito. Tenía un porte religioso y aquel silencio solo se aprendía entre las paredes de un monasterio.

—Algo me dice que no es así —negó con la cabeza—. Trabaja incansablemente, pero en los pocos momentos que lo he visto descansar, su comportamiento me ha llamado la atención.

—Ah, ¿sí? ¿Y cuál es la desviación que habéis observado?

—Nada grave. Suelo encontrarlo en el *scriptorium*, leyendo. Y luego está lo de las piedras.

—¿Leyendo? —preguntó el prior abriendo los ojos.

No era habitual que alguien supiera leer, así que no pudo por menos que estar de acuerdo con el abad en que no era un proscrito.

—No parece un crimen peligroso. ¿Y qué leía? —preguntó curioso.

—El *Codex Calixtinus*. Siempre el mismo libro, como si no hubiera otro en nuestro *scriptorium*. Un libro extraño sobre la peregrinación a Compostela.

El prior se encogió de hombros, como si aquello no tuviera mucha importancia para él.

—¿Y a qué te refieres con lo de las piedras?

—Las acaricia —respondió el abad enarcando las cejas.

—¿Qué quieres decir con que las acaricia? —preguntó el prior cada vez más fascinado.

—Que cuando nadie lo ve, se acerca a los muros de la abadía, de la iglesia o del claustro y acaricia las piedras. Las sigue con las manos y las mira como si pudieran hablarle. A veces parece que incluso él les habla a las piedras.

—¿Pero no es mudo?

El abad sonrió. Entendía que todos en el monasterio hubiesen llegado a aquella conclusión; ni una sola palabra en seis meses.

—No —negó con la cabeza—. Todavía recuerdo el día que llegó. Solo logré sacarle una palabra.

—Creía que nadie lo había oído hablar.

—Yo sí —dijo complacido el abad por ser el único guardián de aquella información—. Respondió a una sola de mis preguntas. Al resto se negó.

—¿Y qué le preguntaste?

—Simplemente su nombre. Jean.

105

Año 34

María caminaba absorta en sus pensamientos. Se sentía culpable por no haber podido evitar la ejecución de Santiago, como tampoco había podido impedir, un año antes, la de su propio hijo. También se sentía mal por no haber llorado su muerte. No le quedaban lágrimas.

A su lado, caminaba María Magdalena. A ella sí le quedaban lágrimas por verter. Aún era joven, impetuosa y rebelde, una mujer única, la que había escogido su hijo. Tenía mucho que aprender si quería ocupar el puesto que Jesús le había otorgado.

El poder en la sombra.

La primera de una estirpe.

Entraron en la casa y, ya en soledad, se permitieron hablar más libremente.

—Soy culpable de la muerte de Santiago —dijo María Magdalena con una mirada atormentada—. No es justo que él haya muerto y yo todavía esté viva.

—Nadie más que Pedro es culpable. No te tortures con ese pensamiento. Jesús sabía que sucedería así.

María Magdalena negó con la cabeza tercamente. María pensó que a aquella joven aún le quedaban muchas cosas por saber y ella no estaría mucho tiempo a su lado para enseñarle.

—¿Qué haremos ahora? —preguntó María Magdalena.

—Aprender de la lección que hoy nos ha dado Santiago. Él fue el depositario de la reliquia, la protegió y ha dado su vida por esconderla.

—¿He de morir yo también?

—Todos hemos de morir, eso no es relevante. Lo único importante es qué hacemos antes de que eso suceda.

María Magdalena miró hacia la mesa. Allí estaba el objeto de sus desvelos, la razón por la que se sentía culpable de la muerte de Santiago, el fiel amigo de Jesús, que había cruzado el mundo y pagado con su muerte el haberse enfrentado a Pedro. Y ahora aquel objeto era su responsabilidad y lo sería el resto de su vida.

—Cógela, es tuya ahora —dijo María señalando la reliquia sobre la mesa—. Jesús le confió una a Santiago y la otra a ti. Sabía lo que hacía. Nadie más sabe que existe. Guárdala bien.

María Magdalena contempló la reliquia. Parecían dos piedras de río que se hubiesen traspasado una a la otra.

—¿Y de qué sirve esta reliquia sin la que Santiago ha ocultado en Hispania? —preguntó María Magdalena.

—Algún día ambas volverán a unirse —respondió la madre de Jesús—. Solas no tienen utilidad; juntas, por el contrario, son la llave que abre el arca de la alianza.

—¿Y qué hay dentro del arca? ¿Dónde está guardada?

—No lo sé. Nadie lo sabe. Mi hijo se llevó el secreto. Algún día el arca reaparecerá y entonces las dos reliquias serán necesarias. Tu deber es protegerla hasta ese día.

Al lado de la reliquia estaba el último testamento de Santiago, el evangelio que había escrito durante su regreso de la lejana Hispania. María Magdalena cogió la reliquia y el Evangelio de Santiago sin mirarlos y los guardó bajo su vestimenta. Se despidió de María y salió de la casa sin un destino fijo.

Jesús la guiaría.

Nota del autor

Todos los libros son difíciles de escribir y este no ha sido una excepción. Ha costado quince años convertir una idea que surgió durante un viaje al Perigord francés en la novela que ahora el lector tiene entre las manos.

Tengo que reconocer que una parte de la dificultad se debe a que es mi primera obra literaria y que, con toda seguridad, escribirla estaba más allá de mis posibilidades. Solo que yo no lo sabía.

La otra parte estriba en lo complejo que ha sido crear, definir, escribir y ensamblar una historia que transcurre en tres épocas y en decenas de enclaves históricos muy distribuidos geográficamente y que cuenta con una gran variedad de personajes, unos reales, otros inspirados y algunos también inventados.

He tratado de mantener una cierta fidelidad al marco histórico en el que se desarrolla la novela, pero debo reconocer que esto no ha sido una obsesión. A veces he sacrificado esa fidelidad para hacer más dinámica y entretenida la historia.

Todos los lugares que visitan los protagonistas existen, son reales o existieron en las épocas en las que transcurre la historia. Muchos de ellos siguen hoy en día en plena forma, pequeños pueblos con encanto, iglesias conservadas como los tesoros que fueron, son y serán. Otros han caído en el olvido, el abandono o simplemente han desaparecido, dejando un tenue rastro que he intentado perseguir. Si al lector le interesa, puede visitar cada uno de ellos, como yo mismo he hecho, y, por si le sirve de ayuda, le diré cuáles son mis favoritos.

La excéntrica iglesia del Santo Sepulcro, en Torres del Río, le deparará una bella sorpresa por sus reducidas dimensiones y su buen estado de conservación. La iglesia de San Martín de Fromista, mucho más conocida, es para mí, coincidiendo con la opinión de los protagonistas del libro, la más bella iglesia románica que he tenido la oportunidad de visitar. El monasterio de Suso, más antiguo y evocador que el de Yuso, me sobrecogió las diferentes veces que lo visité. El de San Miguel de Escalada es una joya escondida en los montes de León, donde reposa alejado del mundanal ruido, un imponente reflejo de la evolución de un monasterio a través de los siglos; busquen los pájaros tallados en sus piedras. Por último, no me puedo olvidar del monasterio de los Capuchos, en Sintra, un lugar mágico, hogar de los monjes blancos en esta novela.

También muchos de los protagonistas de *La luz invisible* existieron, como el abad Guy Paré, cuyo verdadero nombre, Arnaud Amaury, aún resuena en algunas zonas del Languedoc, donde sembró el terror durante dos décadas. Si al lector le interesa descubrir más sobre él, tendrá la oportunidad de hacerlo en la continuación de esta novela, que, para cuando lea estas líneas, yo ya habré terminado. El caballero negro, Pierre Roger de Mirepoix, también toma su nombre de otro personaje histórico y, lógicamente, lo mismo sucede con los apóstoles. Otros, como Federico Constanza, la Sombra, son solo fruto de mi imaginación.

Todos los manuscritos antiguos mencionados en el libro, excepto el propio de Jean, existieron y fueron copiados en aquella época en los *scriptorium* que aparecen en el libro. Tuve la oportunidad de tener uno de ellos en mis manos (en realidad, su facsímil), el conocido como *Beato Corsini*, en el monasterio de la Peregrina, en Sahagún. Allí está expuesto para quien desee acercarse a ver un objeto real mencionado en el libro. Pero hay otros, como la cruz de la iglesia del crucifijo, en Puente la Reina.

Por último, también la música y los poemas que aparecen son reales. Ha sido todo un placer encontrarlos y devolverlos a la vida.

Dos apuntes más para el lector curioso.

El primero es una cuestión personal. Me decidí a escribir un libro que transcurre en el siglo XII, ambientado en iglesias y monasterios, porque yo mismo he dedicado varios años de mi vida a investigar y restaurar monumentos; incluso mi tesis doctoral trata este tema. Aunque mi vida profesional me ha llevado después por otros derroteros, tocar piedras es un veneno que, una vez inoculado, no tiene antídoto.

El segundo es un comentario acerca del fondo del libro, de lo que hay detrás de la historia. Tenía ganas de escribir acerca de la lucha entre la fe y la razón y me decidí a hacerlo desde la perspectiva de los perdedores. Se suele decir que la historia la escriben los ganadores, pero yo he querido dar voz a los que no suelen tenerla. Su historia suele ser mucho más interesante y a veces más verdadera que la de los vencedores, que no solo necesitan ganar, sino también intentar borrar de la historia el rastro y la verdad de sus enemigos. Respecto a los aspectos más filosóficos, quedan a la interpretación de cada uno. El objetivo del libro no es convencer de nada, aunque a nadie le viene mal reflexionar acerca de sus creencias y de la tozuda realidad.

Agradecimientos

Hay escritores que tienen terror a la página en blanco. Yo tenía la suerte de no ser uno de ellos hasta que la página en blanco ha sido la de agradecimientos. Entonces el miedo se ha apoderado de mí ante el riesgo de olvidarme de alguien importante. Si así ha sido, pido disculpas de antemano y espero tener más talento para escribir que memoria.

El primer agradecimiento no puede ser para otra persona que para mi mujer, Karmele. Durante quince años aceptó una excentricidad más con mi proyecto de novela. Ha sido además mi primera lectora cero y su crítica, constructiva pero directa, ha servido para que el primer borrador mejore hasta convertirse en una novela. También tengo mucho que agradecer a los demás lectores cero. A Maider, por creer en el libro y alentarme durante todo el proceso; a Tamara, por el entusiasmo que me transmitió tras leerlo; a Marijo e Iñaki, por sus amables y razonadas críticas en aquella agradable cena que compartimos; y a Ester y Guillermo, por engancharse a la novela y animarme.

Quiero agradecer a Manu Manzano sus correcciones, sugerencias y mejoras del manuscrito. Ha sido un gran corrector de estilo, con una elevada dosis de paciencia con un novato y he disfrutado mucho de nuestras conversaciones sobre la Edad Media y Antigua.

Hay dos personas que han hecho realidad este sueño de niñez, sin ellos este libro cogería polvo en un armario de mi casa. La primera es Pablo Álvarez, mi agente literario, de Editabundo. Siempre se necesita que haya una primera persona que crea en ti y te dé el empujón que necesitas y Pablo lo hizo con amabilidad, entusiasmo y profesionalidad. La segunda es Carmen Romero, mi editora en Penguin Random House, que me ha introducido en el desconocido pero excitante mundo editorial, mostrando una paciencia infinita con un recién llegado y apostando por un desconocido contra todo pronóstico. Para ambos, mil gracias. Deseo que esto solo sea el inicio de la aventura.

En este libro, el patrimonio cultural es un protagonista más. Hay varias personas que me ayudaron en mi carrera investigadora en conservación de la piedra. Todo comenzó con Simón Garín, que apostó por que la investigación ayudara a la empresa TEUSA que dirigía y me embarcó en ese apasionante mundo. A él y a todo el equipo de TEUSA, especialmente a Itziar, muchas gracias.

Si hay una persona que me contagió el amor al patrimonio cultural, es, sin duda, Marius Vendrell, profesor de Cristalografía y Mineralogía de la Universidad de Barcelona y una de las personas que mejor aúna conocimiento sobre conservación de piedra y sentido común para aplicarlo. A él y a Pilar Giráldez, con los que he compartido horas de trabajo, visitas a edificios y discusiones sobre tratamientos de la piedra, muchas gracias, este libro también tiene cosas vuestras. También José Delgado Rodrígues, del Laboratorio Nacional de Ingeniería Civil de Lisboa, uno de los mayores expertos mundiales en conservación de monumentos, me transmitió su pasión por tocar piedras. A esta lista se pueden añadir muchos otros, como Ana Galaz, Rachael Wakefield, Maureen Young o Wolfgang Krumbein.

Varias personas me han ayudado durante el trabajo de campo necesario para este libro. Cristina, cuya amabilidad al enseñarnos el museo del monasterio de la Peregrina en Sahagún y el facsímil del *Beato Corsini* fue más allá de lo que hubiéramos podido soñar. A todo el personal del hotel Monasterio de San Zoilo, en Carrión de los Condes, que se desvivieron por enseñarnos el hotel; en especial, a Zoilo, nieto del antiguo bedel de San Zoilo, que nos mostró los secretos del monasterio con una pasión contagiosa. A los priores y bibliotecarios de los monasterios de Silos y Yuso, por enseñarme sus respectivas bibliotecas y responder a todas mis preguntas.

A todos ellos, muchas gracias.

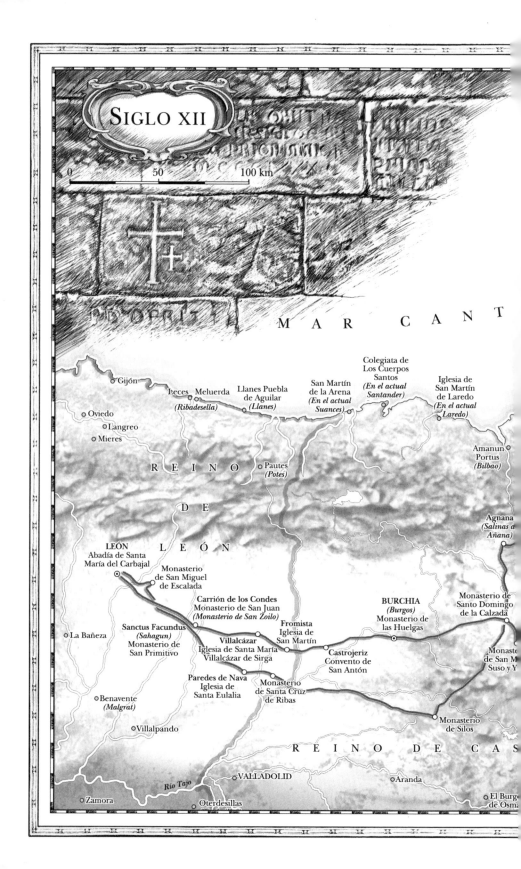

SIGLO XII

0   50   100 km

MAR CANT

Gijón

Oviedo

Langreo

Mieres

Leces   Meluerda
(Ribadesella)

Llanes Puebla
de Aguilar
(Llanes)

San Martín
de la Arena
*(En el actual
Suances)*

Colegiata de
Los Cuerpos
Santos
*(En el actual
Santander)*

Iglesia de
San Martín
de Laredo
*(En el actual
Laredo)*

Amanun
Portus
(Bilbao)

REINO

Pautes
(Potes)

DE

Agnana
*(Salinas a
Añana)*

LEÓN

LEÓN
Abadía de Santa
María del Carbajal

Monasterio
de San Miguel
de Escalada

Carrión de los Condes
Monasterio de San Juan
(Monasterio de San Zoilo)

BURCHIA
(Burgos)
Monasterio de
las Huelgas

Monasterio de
Santo Domingo
de la Calzada

La Bañeza

Sanctus Facundus
(Sahagun)
Monasterio de
San Primitivo

Fromista
Iglesia de
San Martín

Villalcázar
Iglesia de Santa María
Villalcázar de Sirga

Castrojeriz
Convento de
San Antón

Monast
de San M
Suso y Y

Paredes de Nava
Iglesia de
Santa Eulalia

Monasterio
de Santa Cruz
de Ribas

Benavente
(Malgrat)

Villalpando

Monasterio
de Silos

REINO DE CAS

Río Tajo

VALLADOLID

Aranda

Zamora

Oterdesillas

El Burg
de Osm